HEYNE <

Das Buch

Thora, es gibt etwas, das ich Dir nie erzählt habe und auch sonst niemandem. Es ist also kein Zeichen von Misstrauen, denn wenn ich mich überhaupt einem Menschen anvertraut hätte, dann Dir. Aber ich konnte es nicht. Oder vielleicht wollte ich es auch nicht, weil es zwischen uns so bleiben sollte, wie es immer war. Doch es gibt tief in jedem Menschen etwas, das ihn ausmacht und bewegt und das er für sich bewahren muss.

Die Autorin

Susanne Goga wurde 1967 in Mönchengladbach geboren und lebt dort bis heute. Die renommierte Literaturübersetzerin und Autorin reist gern – mit Vorliebe auch in die Vergangenheit. Das spiegelt sich in ihren überaus erfolgreichen historischen Romanen wider. Für die Kriminalreihe um Leo Wechsler taucht sie ein ins Berlin der 1920er-Jahre, für viele ihrer Romane begab sie sich immer wieder ins geschichtsträchtige 19. Jahrhundert. Das Rheinland nach dem Ersten Weltkrieg war die Inspiration für ihren neuesten Roman bei Heyne.

Lieferbare Titel

Der verbotene Fluss
Das Haus in der Nebelgasse
Die vergessene Burg
Das Geheimnis der Themse
Glasgow Girls

SUSANNE GOGA

Die wilden Jahre

ROMAN

WILHELM HEYNE VERLAG
MÜNCHEN

MIX
Papier | Fördert gute Waldnutzung
FSC® C014496
FSC www.fsc.org

Penguin Random House Verlagsgruppe FSC® N001967

Originalausgabe 11/2025

in der Penguin Random House Verlagsgruppe GmbH,
Neumarkter Str. 28, 81673 München
produktsicherheit@penguinrandomhouse.de
(Vorstehende Angaben sind zugleich
Pflichtinformationen nach GPSR)

Dieses Werk wurde vermittelt durch die
Literarische Agentur Thomas Schlück GmbH, 30161 Hannover.
Redaktion: Hanna Bauer
Umschlaggestaltung: t.mutzenbach design unter Verwendung von akg-images / Universal Images Group / Underwood Archives, akg images / brandstaetter images / Photoinsitut Bonartes / Shutterstock.com (Bernulius)
Satz: Satzwerk Huber, Germering
Druck und Bindung: GGP Media GmbH, Pößneck
Printed in Germany
ISBN: 978-3-453-42965-9

www.heyne.de

Dem Düsseldorfer Schauspielhaus,
das mir wunderbare Orte zum Schreiben bietet,
und seinen Menschen, die mich inspiriert haben
und denen dieser Roman so viel verdankt

»Der Meinige?«
»Auf ewig
Und in des Worts verwegenster Bedeutung.«

Friedrich Schiller, *Don Karlos*

Prolog

Es war August. Er stand auf dem Hof und schaute zum Feld hinüber. Der Weizen war reif und golden und wogte in der Brise. Die Sonne schien seit Tagen beharrlich. Sie hatten den Raps eingebracht und wollten heute mit der Getreideernte beginnen. Dass man sein Land überfallen hatte, bekümmerte ihn, doch er tat die Arbeit, wie sie von fünf Generationen vor ihm getan wurde.

Beim Aufwachen hatte er gespürt, dass heute ein guter Tag für die Ernte war, und nun wartete er auf seinen Sohn. Er war erst elf, aber anstellig und ging seinem Vater tüchtig zur Hand. Er hatte eine kleine Sense für Louis anfertigen lassen. Der Junge war sehr geschickt, jedoch noch zu klein, um das große Gerät zu bedienen.

Die Sonne brannte schon auf der Haut und ließ die Luft flimmern. Drückende Hitze kündigte sich an, war beinahe greifbar wie ein schweres Tuch, das sich über das Land breitete. Er schloss einen Moment die Augen und stellte sich vor, es gäbe keinen Krieg.

Seufzend drehte er sich zum Haus, rief nach Louis und Marie, seiner Frau. Keine Antwort. Sie hatten doch besprochen, dass heute der Weizen anstand. Sein Blick fiel auf den Wald. Er wusste, dass sein Junge gern dort spielte, wenn ihm die Arbeit auf dem Hof ein bisschen Zeit ließ, dass er in dem schmalen Bach, der sich durch die Felder wand, einen kleinen Damm aus Steinen angelegt hatte und manchmal ganz still dasaß und hoffte, ein Reh zu beobachten.

Er würde Louis wohl suchen müssen. Als er sich dem Wald näherte, ertönten plötzlich Schüsse, zerrissen die frühmorgendliche Stille.

Dort, am Waldrand, ein Trupp Soldaten, Kragen und Schulterklappen mit bunten Paspeln, die sich vom Feldgrau der Uniformen abhoben, Schnurrbärte und Mützen.

Sein Herz hämmerte, schien geradewegs aus seiner Brust zu springen. Er traute sich nicht, nach seinem Sohn zu rufen, bewegte sich geduckt ins Unterholz. Es war wieder still, er hörte nur das Zwitschern der Vögel, die ihn hoch oben im Gezweig zu verspotten schienen.

Eine Frau schrie gellend auf. Dann noch ein Knall.

Er rannte los, Zweige peitschten ihm ins Gesicht und rissen seine Haut auf, doch er spürte es nicht.

Düsseldorf, Dienstag, 1. April 1919

Thora saß aufrecht im Bett, ans geschnitzte Kopfende gelehnt. Etwas hatte sie aus dem Schlaf gerissen. Sie konnte sich nicht erinnern, ob es ein Traum gewesen war oder ein Geräusch. Sie horchte, in der Wohnung war es still. Auch von draußen war nichts zu hören, keine Schüsse oder Schreie wie so oft in den vergangenen Monaten. Kein Fußgetrappel von der Poststraße, keine Lastwagen, nichts, das von Schlägereien oder Polizeieinsätzen zeugte. Auch die Glocken der nahen Maxkirche hatten sie nicht geweckt. Und doch schlug ihr Herz heftig, sie spürte es in der Kehle und konnte kaum schlucken. Sie wollte aufstehen und ans Fenster treten. Vielleicht half die kühle Morgenluft, die über die zartgrünen Baumwipfel im Spee'schen Park herüberwehte. Dabei fiel ihr Blick auf den Nachttisch und den geöffneten Brief, der darauf lag.

Als sie gestern aus dem Theater heimgekommen war, hatte er auf ihrem Schreibtisch gewartet. Frau Hendricks, die Vermieterin, legte die Post immer dorthin. Der Brief trug den vollständigen Namen und die Adresse des Absenders, wie es die belgischen Besatzer vorschrieben. Die

Bevölkerung war angehalten, möglichst Postkarten zu verwenden, doch Hannes hatte den Anschein von Diskretion, den ein Brief bot, vorgezogen.

Thora hatte die Schrift erkannt, bevor sie den Namen las, und den Umschlag hastig aufgerissen. Sie und Hannes konnten einander selten schreiben, weil der Postverkehr zwischen der besetzten und der unbesetzten Zone zeitweilig ganz verboten gewesen war. Darum war diese Nachricht umso kostbarer.

München-Gladbach, den 29. März 1919

Liebe Thora,

jeden Tag verfluche ich die Besatzung, die es uns so schwer macht, einander zu besuchen. Selbst das Briefeschreiben ist mühselig geworden. Aber Du sollst endlich wissen, wie es mir geht, und ich hoffe sehr, dass wir uns bald wieder umarmen können. Auch muss ich Dich um Verzeihung bitten, aber davon mehr, wenn wir uns sehen.

Es fällt mir nicht leicht, in mein altes Leben zurückzukehren. Dass ich bei Papa in der Firma arbeite, als wäre es immer noch 1913, zeigt mir umso nachdrücklicher, wie sehr sich die Welt verändert hat. Und ich mich mit ihr. Wenn ich in den Spiegel schaue, komme ich mir bisweilen fremd vor, auch wenn die größten Veränderungen gar nicht äußerlicher Natur sind.

Papa und ich haben unsere Abmachung, und an die muss ich mich halten: Ich arbeite einige Monate für ihn und überlege mir, ob ich im Herbst nach Aachen an die Technische Hochschule gehe. Die Geschäfte laufen langsam wieder an, und er ist verhalten optimistisch, was die Zukunft angeht. Das macht es nicht leichter, mich für das Architekturstudium zu entscheiden.

Doch davon will ich gar nicht schreiben. Ich muss Dir etwas anvertrauen, das mich glücklicher und zugleich verzweifelter macht, als ich es mir je hätte ausmalen können, das mich in höchste Höhen hebt und dann wieder in den tiefsten Abgrund stürzt. Das mag rätselhaft klingen, Thora, aber ich muss zu jemandem ehrlich sein, und niemand hat meine Ehrlichkeit mehr verdient als Du. Ich habe Dir unendlich viel zu erzählen, Dinge, die ich seit Jahren tief und still in mir getragen habe und die ich Dir nicht auf Papier mitteilen kann.

Ich habe lange mit mir gerungen, doch Du musst und sollst es erfahren. Meine Hand zittert beim Schreiben.

Wir sehen uns bald, versprochen.

Dein Hannes

Der Brief war sonderbar, und diesen Eindruck hatte Thora wohl mit in ihre Träume genommen. Er war voller überschwänglicher Gefühle und rätselhafter Andeutungen, doch was gänzlich fehlte, war Hannes' liebevoller, gutmütiger Spott, die Leichtigkeit, mit der sie einander früher begegnet waren. Was sollte sie ihm verzeihen? Worin war er nicht ehrlich gewesen? Welche inneren Kämpfe hatte er ausgetragen?

In einem hatte Hannes völlig recht: Er hatte sich verändert, aber wie lange schon? Gewiss nicht erst in den letzten Monaten. Dafür musste sie viel weiter zurückgehen.

München-Gladbach, August 1914

Thora fühlte sich einsam, als sie vom Bahnhof nach Hause ging. Die Menschen um sie herum waren begeistert, begegneten dem Kriegsausbruch nach wie vor mit Überschwang und Zuversicht, doch sie selbst empfand anders. Wie sollte sie sich darüber freuen, dass sie im Krieg waren? Dass junge Männer zu Hunderttausenden in Kasernen einrückten oder gleich nach Belgien an die Front geschickt wurden?

Viele Jungen, mit denen sie zur Schule gegangen war, tauchten plötzlich in Uniform auf der Straße auf, waren in Bäckereien und Cafés, in den Parks und bei Festen in Feldgrau zu sehen. Thoras Eltern sprachen beim Essen davon, wer sich wieder freiwillig gemeldet hatte. Ihr Vater war zurückhaltender als manch anderer, doch auch er konnte seinen Stolz auf die jungen Soldaten nicht verbergen. Und ihre Mutter? Die begegnete dem Ganzen mit einem Gottvertrauen und einer Leichtgläubigkeit, die Thora bis aufs Blut reizten.

Sie las die Zeitungen, die verkündeten, dass dieser Krieg gerecht und von Gott gewollt sei, dass Deutschland sich verteidigen müsse, da es sich nur gegen die barbarischen Feinde von außen zur Wehr setze.

Barbarische Feinde? Sie dachte an die Sandfords, eine Familie wie ihre, mit der sie herrliche Urlaubstage verbracht und deren Sohn Tom sich in ihr Herz gestohlen hatte. Sie versuchte zu verstehen, was in den letzten Wochen mit der Welt, ihrer Welt, geschehen war, doch es gelang ihr nicht. Es kam ihr vor, als würde man ihr etwas vorenthalten, als zeigten die Zeitungen nicht das ganze Bild, als präsentierten sie ihr eine Geschichte, in der grobe Lücken klafften. Fast wie ein Rätsel, das man zum Zeitvertreib löste, nur war dies hier keine Spielerei.

Bereits nach kurzer Zeit sah man die ersten Frauen in Schwarz, Väter, die gedrückt und stolz zugleich über die Straße schritten. Namen wurden genannt, die Leute redeten von Gefallenen, als würden diese Männer einfach tot umkippen wie ein morscher Baum. Dass man so wenig über die Umstände erfuhr, machte es nur schlimmer.

Thora wusste wenig über das Kriegshandwerk, doch wenn sie an Kanonen und Bomben und Gewehre und Bajonette dachte, war ihr klar, dass niemand, der damit in Berührung kam, einfach tot umfiel. Und das Wissen, alles nur verschleiert und beschönigt zu erfahren, quälte sie umso mehr.

Sie hatte sich für die Erfrischungsstation am Bahnhof gemeldet, wo Essen und Getränke an Soldaten ausgegeben wurden, die zur Front aufbrachen. Sie wollte sich damit ablenken, denn zu Hause zu sitzen, Bücher zu lesen und unablässig an das zu denken, was jenseits der Grenze geschah, erschien ihr unerträglich. Die Kämpfe fanden in Belgien statt, aus dessen Seebädern noch vor wenigen Wochen scharenweise Urlauber heimgekehrt waren. Am Bahnhof konnte Thora sich wenigstens ein bisschen nützlich machen, auch wenn es wehtat, die lodernde Begeisterung in den Gesichtern der Männer zu sehen.

Auf die Eisenbahnwaggons hatte man mit Kreide verwegene Sprüche gekritzelt: *Ausflug nach Paris. Auf Wiedersehen auf dem Boulevard. Auf in den Kampf, mir juckt die Säbelspitze.* Thora fragte sich, ob das alles wirklich ein Spaziergang würde, ein Krieg von wenigen Wochen, der bis Weihnachten gewonnen wäre, sodass alle wieder mit ihren Familien vereint wären und gemeinsam feiern würden.

Sie konnte mit niemandem darüber sprechen. Hannes verkroch sich seit Tagen unter dem Dach, wo er sich eine Art Atelier eingerichtet hatte. Ihr Vater war entsetzt gewesen, als er ihm eröffnet hatte, er wolle nicht in die Firma eintreten, sondern Architektur studieren. Ihr Großvater hatte die Spinnerei Bernrath und Sohn gegründet, und Vater hoffte, Hannes werde die Tradition fortsetzen.

Er war grenzenlos enttäuscht, hatte immer wieder den Kopf geschüttelt und »Was machst du nur, mein Junge?« gesagt. Dass Papa nicht wütend, sondern traurig war, hatte Thora getroffen. Natürlich stand sie auf der Seite ihres Bruders, wie immer, aber es war schwer gewesen, ihren Vater so niedergeschlagen zu sehen.

Vater und Sohn hatten einen Kompromiss geschlossen: Hannes würde bis zum Herbst in der Firma arbeiten und währenddessen Material für eine Mappe zusammenstellen, mit der er sich um einen Studienplatz bewerben könnte. Ihr Vater hoffte wohl insgeheim, dass er es sich noch anders überlegen würde, doch Thora ahnte, dass Hannes sich entschieden hatte.

Gestern hatte er erzählt, die Mappe sei fast fertig, hatte sie ihr aber nicht zeigen wollen, weil er sehr streng mit sich war und immer daran zweifelte, dass seine Arbeiten gut genug waren.

Thora war so in Gedanken, dass sie selbst überrascht war, als sie plötzlich vor der Haustür stand. Der Weg vom Bahnhof in die Hohenzollernstraße war ihr so vertraut, dass ihre Schritte sie ganz automatisch dorthin lenkten. Als sie die Tür aufschloss, hörte sie Schritte von drinnen, laut und hallend. Dann stand ihr Hannes gegenüber – in Uniform. Es waren seine glänzenden Stiefel auf den Fliesen gewesen, die sie gehört hatte.

Sie tastete nach der Türklinke, wollte sich festhalten, weil sie ihre Beine nicht mehr spürte. Er trat rasch auf sie zu und hielt sie fest, damit sie nicht umkippte.

»Hannes, du kannst nicht …«

Er legte Thora den Arm um die Schultern und zog sie halb mit sich ins Wohnzimmer. Zum Glück war niemand da, denn sie wollte mit ihm allein sein. Sie musste ihm das ausreden, das war doch Unsinn, dass Hannes, ihr sanfter Bruder, eine graue Uniform trug und diese Stiefel, die wie Donnerschläge auf dem Boden hallten.

Er drückte sie aufs Sofa und kniete sich vor sie, legte ihr die Hände auf die Beine. »Ich muss es tun«, sagte er nur.

»Nein. Das musst du nicht. Du willst Architekt werden. Die schießen nicht auf andere Menschen.« Sie wusste, dass sie schrecklich naiv und ängstlich klang, was sie gar nicht sein wollte. Aber Hannes in dieser fremden Aufmachung, dieser Verkleidung vor sich zu sehen, tat grausam weh.

Er fuhr sich durch die Locken und lächelte. Das Lächeln erreichte seine Augen nicht. »Ich habe Papa enttäuscht, als ich mich gegen die Firma entschieden habe. Darum ist mir, als wäre ich ihm etwas schuldig.« Er suchte nach den richtigen Worten. »Wenn ich schon nicht sein Nachfolger werde, wie er es erwartet und gehofft hat, kann ich ihm wenigstens auf diese Weise entgegenkommen. Er soll stolz auf mich sein, sich nicht für mich schämen müssen. Wenn andere stolz auf ihre Söhne sind, soll er es auch sein.«

»Ihm entgegenkommen?« Das klang nicht nach dem jubelnden Heldenmut, mit dem sich andere junge Männer ins Soldatenleben stürzten. Es erinnerte eher an eine geschäftliche Abmachung, dachte Thora und überlegte verzweifelt, wie sie ihn noch umstimmen konnte, während die Angst ihre Kehle eng machte. »Bist du wirklich davon überzeugt? Es ist ein sehr großer Schritt.«

Thora sah den Schmerz in Hannes' Augen. Dann wandte er den Kopf ab, als wollte er sein Inneres vor ihr verbergen.

»Bitte rede mit mir.«

Er schaute über die Schulter zur Tür, wie um sich zu vergewissern, ob sie noch allein waren, und blickte ihr dann offen in die Augen. »Nein, wirklich überzeugt bin ich nicht. Und ich habe Angst. Aber ich kann Papa nicht noch einmal enttäuschen.«

Sein Tonfall ließ keinen Zweifel: Es war das Letzte, was er dazu sagen würde. Er hatte sich entschieden. Und nichts, was Thora sagte oder tat, würde daran etwas ändern.

Düsseldorf, Dienstag,
1. April 1919

Thora faltete den Brief, schob ihn wieder in den Umschlag und legte ihn in die Nachttischschublade. Die Unruhe, die sie aus dem Schlaf gerissen hatte, war immer noch da. Wie gern hätte sie sofort mit Hannes gesprochen, so wie früher, als sie nur an seine Tür klopfen musste oder – als Kind – einfach ins Zimmer gestürmt war. Im Dezember, kurz nach Kriegsende, war er ins Elternhaus zurückgekehrt, doch durch die Besatzung des Rheinlandes war eine neue Grenze zwischen ihnen gewachsen. Thora wohnte in Düsseldorf, wo sie eine Schauspielausbildung absolvierte. München-Gladbach hingegen war vom belgischen Militär besetzt, und sie konnte nicht mehr ohne Weiteres nach Hause fahren, zumal das Theater sehr viel Zeit in Anspruch nahm. Also musste sie warten, bis sie wieder von Hannes hörte.

Sie las ein wenig und stand pünktlich um sieben auf. Heute war Montag, und der begann mit Technikunterricht bei Frau Dalands, früh um acht im Foyer des Schauspielhauses. Es war eigentlich eine unchristliche Zeit für Theatermenschen, die häufig sehr spät ins Bett kamen und am nächsten Morgen dementsprechend später anfingen, doch für die Schauspielschüler galt das ganz offensichtlich nicht.

Sie sprang aus dem Bett, wusch sich über der Schüssel und zog einen wadenlangen Rock und eine Bluse an. Dann steckte sie den Kopf aus dem Fenster, um die Temperatur zu prüfen, und streifte spontan den grauen Wollpullover mit dem Zopfmuster über, der, so kam es ihr vor, immer noch nach Hannes roch. Sie hatte ihn aus seinem Schrank genommen, nachdem er sich zur Armee gemeldet hatte, und nie wieder zurückgelegt. Seither trug Thora den Pullover bei kaltem Wetter und fühlte sich dabei, als wäre Hannes ihr ganz nah.

Ihre Mutter hatte sie anfangs missbilligend angesehen und gesagt, es gehöre sich nicht, dass eine junge Frau Männerkleidung trage. Irgendwann hatte sie jedoch aufgegeben und nur noch schicksalsergeben genickt, wenn Thora in dem geliebten Pullover erschien.

Die Witwe Hendricks erwartete sie mit besorgter Miene im Esszimmer: »Ist Ihnen nicht wohl, Fräulein Thora? Sie sehen ein bisschen blass aus.«

»Danke, alles gut. Ich habe nur schlecht geschlafen.«

Die Vermieterin schenkte ihr Muckefuck ein. »Keine schlimmen Nachrichten, hoffe ich? Da war doch dieser Brief. Heutzutage kommt ja selten Post von drüben, da rechnet man schon mit dem Schlimmsten.«

Kurios, dachte Thora, dass das andere Rheinufer jetzt *drüben* sein sollte, ein entlegener Ort, der einem fremd geworden war.

Die Witwe war fürsorglich, aber auch neugierig, und Thora verfluchte ihren aufmerksamen Blick ebenso wie die Tiraden, in denen sie dem Kaiser nachtrauerte. »Der Brief war von meinem Bruder, kein Grund zur Sorge.« Eher hätte sie sich die Zunge abgebissen, als Frau Hendricks etwas Persönliches anzuvertrauen. Dann würde sie keine Ruhe mehr geben und immer wieder nachfragen. Das Zimmer mit Aussicht auf den Spee'schen Park war wunderschön und erschwinglich, die Vermieterin in Fragen der Moral nachsichtiger, als Thoras Eltern lieb gewesen wäre, doch sie musste auf der Hut sein, wenn ihr privates Leben privat bleiben sollte.

»Heute Nacht hat es wieder Unruhen gegeben«, seufzte die Witwe und sah zu, wie Thora sich rasch ein Brot schmierte, das sie unterwegs zu essen gedachte. »Ich frage mich, wie das weitergehen soll. Den Frieden habe ich mir anders vorgestellt.«

Sie hatte nicht ganz unrecht. War es wirklich Frieden, wenn man sich einen Passierschein ausstellen lassen musste, um die eigenen Eltern zu besuchen? Wenn man keinerlei Lebensmittel von daheim mit nach Düsseldorf nehmen durfte, weil die belgischen Besatzer es verboten? Wenn man beträchtliche Umwege in Kauf nehmen musste, um die lächerlich kurze Strecke von Gladbach nach Düsseldorf zurückzulegen?

Als Thora sich vor zwei Jahren Hals über Kopf ins Schauspielhaus verliebt hatte, war die Welt eine andere gewesen. Natürlich hatte sie jeden Tag um Hannes gebangt, doch in der Heimat erlebte man vor allem die

Folgen des Krieges, nicht die Kämpfe selbst. Die passierten fern von hier, in Flandern und Russland. Die verwundeten Soldaten strömten in die Lazarette, doch im Rheinland blieb es friedlich. Und nun, da der Krieg endlich beendet war, wurde der Alltag beherrscht von Schießereien, Streiks, Barrikaden und Demonstrationen.

Die Witwe Hendricks erwartete offenbar keine Antwort, sondern hielt ihr eine Papiertüte hin. »Für das Brot.« Sie kannte ihre Pappenheimer, da sie nicht zum ersten Mal an Schauspielschüler vermietete, die morgens gern auf den letzten Drücker die Wohnung verließen und kauend zum Schauspielhaus eilten.

Thora schob das Butterbrot in die Tüte, trank den Muckefuck aus und nickte im Gehen. »Danke, ich wünsche Ihnen einen angenehmen Tag.«

Sie zog die Wohnungstür hinter sich zu und eilte die Treppen aus dem zweiten Stock hinunter. Unten im Hausflur kam ihr Pitter, der Neffe von Frau Hendricks, entgegen, die Wangen rot, in der Hand einen Knüppel, und trat breitbeinig vor sie hin. »Guten Morgen, Fräulein Thora. Soll ich Sie begleiten, damit Sie auf der Straße sicher sind?«

Pitter hielt sich für einen Furcht einflößenden Kämpfer, er konnte vor Kraft kaum laufen. Aber sie hatte es eilig und war nun wirklich nicht auf den Schutz eines Siebzehnjährigen angewiesen, der sich vor ihr großtun wollte.

»Danke, Pitter, das ist nett von dir, aber ich komme schon zurecht.«

»Nehmen Sie sich vor den Roten in Acht, die sind nicht anständig Frauen gegenüber«, rief er ihr nach, wobei er die Enttäuschung in seiner Stimme nicht ganz verbergen konnte.

Thora lief nach draußen und atmete die frische Frühlingsluft ein. Sie brauchte acht Minuten bis zur Kasernenstraße. Der Weg war inzwischen so vertraut, dass sie ihn blind hätte gehen können und kaum länger unterwegs gewesen wäre. Sowie sie um die letzte Ecke bog, sah sie schon das zinnenbewehrte Bühnenhaus aufragen, das wie eine mittelalterliche Burg anmutete. Sie ging seit sieben Monaten dort ein und aus, doch das Theater hatte nichts von seinem Zauber eingebüßt.

Thora zerknüllte die Papiertüte und steckte sie in ihre Ledertasche, in der sie Reclam-Hefte und Bücher bei sich trug. Sie überquerte die Straße und wollte gerade durchs Tor gehen, das von zwei steinernen Säulen flankiert wurde, da eilte ein Mann mit wehendem Mantel an ihr vorüber.

Als Thora eintrat, stand er beim Pförtner und fragte mit einer recht hellen Stimme, wo der Raum für den Technikunterricht zu finden sei.

Herr Lohkamp, der Pförtner, betrachtete ihn ein wenig zweifelnd und zwinkerte Thora zu. »Da ich mal annehme, dass Sie mich nicht in den April schicken wollen und hier richtig sind, gehen Sie doch einfach mit Fräulein Bernrath. Die kennt sich aus.«

Der Mann drehte sich um. Blonde Haare, glatt an den Kopf gekämmt, gut gekleidet, einen Schal mehrfach um den Hals geschlungen, als wäre tiefster Winter. Seine auffällig hellblauen Augen schienen sie zu durchdringen. Dann lächelte er und sagte mit einer angedeuteten Verbeugung: »Ich bin der neue Schüler. Heute ist mein erster Tag.«

»Freut mich. Ich bin Thora Bernrath.«

»Gustav Gründgens.«

»Machen Se lieber schnell«, riet Herr Lohkamp, »wir haben fast acht.«

Elsa Dalands, die Lehrerin, war streng mit allen, die zu spät kamen; der frühe Unterrichtsbeginn war für sie weder Erklärung noch Entschuldigung. »Kommen Sie mit, ich zeige Ihnen den Weg«, sagte Thora und eilte los. »Man kann sich hier ganz schön verlaufen.«

Zügig führte sie den jungen Mann durch die labyrinthischen Gänge, treppauf, treppab, durch Türen mit Aufschriften wie *Nur für befugte Personen.* Sie genoss es zu zeigen, wie gut sie sich auskannte. Herr Gründgens folgte ihr in einem Meter Abstand und verzichtete auf Konversation.

Thora war verwundert, dass zum 1. April ein neuer Schüler aufgenommen wurde, da das Schuljahr grundsätzlich im September begann.

»Sie kennen sich wirklich bestens aus«, sagte Gründgens, als Thora stehen blieb und die Tür zum Foyer öffnete.

»Das lernen Sie auch noch«, sagte sie freundlich, aber ein wenig distanziert.

Der weite runde Raum mit der Kuppeldecke wurde außerhalb der Vorstellungen auch für den Schauspielunterricht genutzt. Das ganze Theater diente dem Unterricht, hier lernte man immer und überall und bewegte sich vom ersten Tag an dort, wo auch die fertig ausgebildeten Schauspieler tätig waren.

Frau Dalands war bereits da und machte eine einladende Armbewegung. »Fräulein Bernrath, besser spät als nie.«

Thora setzte sich auf den freien Stuhl neben ihrer Freundin Hilde, die sie neugierig ansah und zu Herrn Gründgens nickte. »Wer ist das?«

Sie stellte die Tasche ab und zog den warmen Pullover aus. »Ein Neuer.«

Hilde hob die Augenbrauen. »Ob er so viel kann, dass sie ihn zum April genommen haben?«

Thora zuckte mit den Schultern. »Es könnte auch daran liegen, dass er ein Mann ist.«

Hilde schmunzelte. »An denen herrscht natürlich Mangel. Es ist reichlich unbefriedigend, wenn wir die Liebesszenen immer unter uns Mädchen spielen müssen. Allerdings weiß ich nicht, ob er mir gefällt. Der sieht aus wie ein kalter Fisch.«

Thora presste die Hand vor den Mund, um ihr Lachen zu unterdrücken.

Frau Dalands klatschte in die Hände und sah sich in der Runde um. »Ich darf Ihnen einen neuen Mitschüler vorstellen, Herrn Gustav Gründgens aus Oberkassel. Er hat bereits Theatererfahrung gesammelt und wird sich gewiss gut in die Gruppe einfügen. Nehmen Sie sich einen Stuhl, dann wollen wir beginnen.«

Eine halbe Stunde später runzelte Frau Dalands bedenklich die Stirn. Sie hatte den neuen Schüler die üblichen Stimmübungen absolvieren lassen und schien ganz und gar nicht zufrieden mit dem, was sie hörte.

»Sie wissen hoffentlich, dass Sie einiges nachzuholen haben.« Elsa Dalands schaute Gründgens sorgenvoll an. »Ich muss sagen, Ihre hastige Sprechweise behagt mir gar nicht. Wenn Sie auf der Bühne so reden, wird niemand im Publikum Sie verstehen.«

Er blickte betreten auf seine gefalteten Hände. »Ich werde mir alle Mühe geben, Frau Dalands. Es ist mein allergrößter Wunsch, Schauspieler zu werden, und wenn ich dafür vierzehn Stunden am Tag arbeiten muss, werde ich das tun.«

»Falls er Dumont und Lindemann in die Hände fällt, arbeitet er wohl eher achtzehn Stunden«, flüsterte Hilde.

Den Rest des Unterrichts verbrachten sie mit den bereits bekannten Sprechübungen, die täglich praktiziert werden mussten, bis sie einem in Fleisch und Blut übergingen.

Am Ende des langen Unterrichtstags zog Thora gerade den grauen Pullover über und setzte die Mütze auf, als Paul Kemp von hinten rief: »Wer ist heute Abend im Storch dabei? So ab sieben?«

»Ich bin raus«, sagte Renée, eine Mitschülerin, die demnächst zum Ensemble gehören würde und schon größere Rollen spielte. »Wir geben heute *Madame Legros*. Danach bin ich zu müde. Macht euch einen netten Abend.«

»Ich komme mit«, sagte Thora spontan. Vielleicht täte es ihr ganz gut, sich von dem Brief abzulenken, der wie ein Schatten auf ihr lag. Allein in ihrem Zimmer würde sie die ganze Zeit draufstarren und sich fragen, was mit Hannes los war.

Hilde nickte. »Ich bin auch dabei.«

Paul schaute zu Gründgens, der ein wenig Abstand hielt und sich gerade eine Zigarette anzündete. »Und du?«, fragte er formlos.

»Ist das die Wirtschaft Ecke Camphausenstraße und Derendorfer Straße?«

»Ja, das Vereinslokal vom Laetitia, da geht's immer lustig zu.«

»Danke, ich komme gern«, sagte er ein wenig scheu.

Und so kam es, dass am Abend eine ganze Gruppe Schauspielschüler lachend und schwatzend in die Gaststätte Zum Storch einfiel.

Nachdem die Wirtin sie herzlich begrüßt hatte, begaben sie sich ins sogenannte Sitzungszimmer, das sich im ersten Stock befand und mit skurrilen Gegenständen eingerichtet war, die Kunststudenten auf Studienreisen zusammengetragen hatten: Masken, Skulpturen, Gemälde, aber auch Haushaltsgegenstände wie irdene bemalte Töpfe und gefährlich aussehende Messer. Eingerichtet hatte man den Raum mit dem Chorgestühl und der Kanzel einer ehemaligen Kapelle, und Thora hatte sich bei ihrem ersten Besuch lebhaft an die sonntäglichen Kirchgänge mit Hannes und den Eltern erinnert gefühlt.

Bald war ihr jedoch klar geworden, dass es hier respektlos und unkonventionell zuging, vor allem, wenn Studenten der Kunstakademie dazukamen. An diesem Abend waren sie aber unter sich.

Als alle saßen, hob Gründgens die Hand. »Da heute mein erster Tag an der Schule ist und ihr mich alle so freundlich empfangen habt, gebe ich eine Runde Bier aus. Es freut mich, mit euch an dieser illustren Stätte zu lernen.«

Alle klatschten, die Männer schlugen ihm kameradschaftlich auf die Schulter.

»Die Dalands sagt, du hättest Bühnenerfahrung?«

Gründgens zündete sich eine Zigarette an und hielt die Schachtel in die Runde. Er nahm einen tiefen Zug. »Vor meinem ersten Kampfeinsatz wurde ich durch ein dummes Missgeschick verletzt und kam ins Lazarett. Danach hörte ich von einem Fronttheater in Saarlouis und habe mich sofort beworben.« Er grinste verschämt. »Möglicherweise habe ich nicht die ganze Wahrheit über meine schauspielerischen Erfahrungen gesagt. Oder sie ein wenig ausgeschmückt.«

Im Gelächter, das folgte, brachte die Wirtin das Bier und stellte einen Korb mit Brötchen auf den Tisch. Alle langten zu, aber Thora fühlte sich unbehaglich. Sie dachte an Hannes, der mehr als vier Jahre in der Armee verbracht und unzählige Schlachten erlebt hatte, der verwundet worden war und auch jetzt, Monate nach Kriegsende, noch nicht der Mensch war, den sie von früher kannte. Und es vielleicht auch nie wieder werden würde.

Hilde bemerkte ihre Verstimmung und kniff ihr ein Auge. »Der hört sich gern reden«, flüsterte sie ihr ins Ohr.

Gründgens schob den leeren Teller beiseite. »Das mag leichtfertig klingen, aber Theater bedeutet mir alles.« Er sah Thora an, als hätte er gespürt, was sie dachte. »Und wie ist es bei Ihnen – dir?«

Thora schob die Gedanken an ihren Bruder beiseite und suchte nach einer Antwort, die am besten ausdrückte, was sie empfand. »Wenn ich im Theater bin, kann ich alles Schwere vergessen, das mich am Boden hält, und fliegen.« Sie wusste nicht, woher die Worte gekommen waren.

»Das hast du schön gesagt.« Für einen Moment wirkte er in sich versunken, bevor sich wieder die kühle, belustigte Maske davorschob.

Die anderen hatten den kurzen Austausch nicht bemerkt, sondern witzelten über die Sparsamkeit von Direktor Lindemann, der angeblich jede Stecknadel vom Boden aufhob und alle im Theater dazu anhielt, nichts zu verschwenden.

»Neulich habe ich mitbekommen, wie er Frau Dumont angeblafft hat, weil sie wieder sündhaft teuren Stoff in München bestellt hat«, sagte Hilde. »Da ist er richtig laut geworden.«

»Ich glaube, er ist ihr so ergeben, dass er zwar bellt, aber niemals beißen würde«, warf Paul Kemp ein. »Wenn es hart auf hart kommt, frisst er der Frau Direktor aus der Hand.«

Thora bekam das Gespräch nur mit einem Ohr mit, weil ihre Gedanken zu dem Brief und der Frage zurückgekehrt waren, was sich hinter den Worten ihres Bruders verbergen mochte. Der Drang, Hannes zu sehen und in Ruhe mit ihm zu sprechen, war überwältigend. Nur lebten sie im Grunde in verschiedenen Ländern, und der Rhein war die streng bewachte Grenze, die sie trennte.

Natürlich hatte sie gewusst, dass mehr als nur die dreißig Kilometer Weg zwischen ihr und ihrer Familie liegen würden, wenn sie an die Hochschule für Bühnenkunst ging, doch ihr Wunsch hatte alles andere in den Schatten gerückt. Thora hatte die Entscheidung nie bereut, und ihre Worte an Gründgens waren ehrlich gewesen. Das Gefühl, ganz in eine Rolle einzutauchen und jemand zu werden, der nichts mit ihr gemein hatte, war unvergleichlich. Die vielen Unterrichtsstunden, das Auswendiglernen daheim und die abendlichen Auftritte forderten ihre ganze Kraft, erschöpften sie aber nicht, sondern trieben sie voran, weil sie ein klares Ziel vor Augen hatte.

Heute aber hatte Thora erkannt, dass sie keine Ruhe finden würde, bis sie Hannes gesehen und mit ihm gesprochen hatte. Also musste sie nach Hause fahren, egal wie.

Düsseldorf, Samstag, 5. April 1919

So bald, wie Thora gehofft hatte, konnte sie dann doch nicht nach Gladbach fahren. Eine Kleindarstellerin fiel aus, für die sie einspringen musste, und der Text wollte über Nacht gelernt sein. Auch ging der Unterricht für sie weiter, da wurden keine Ausnahmen gemacht. Der Brief lag weiterhin auf ihrem Nachttisch, und sie las ihn morgens nach dem Aufstehen und abends vor dem Schlafengehen, doch er verriet nicht mehr als beim ersten Mal.

Schreiben konnte sie Hannes nicht, da er ihr seine Geheimnisse nur mündlich anvertrauen wollte. Private Telefongespräche ins besetzte Gebiet waren untersagt, die Leitungen zudem immer wieder gestört. Sie hätte bei ihrem Vater in der Firma anrufen müssen, wo Hannes nicht ungestört sprechen konnte. Gleiches galt für sie in Düsseldorf, denn die Witwe Hendricks besaß kein Telefon.

Thoras Unruhe wuchs mit jedem Tag. Am Samstag hielt sie es nicht länger aus, nahm allen Mut zusammen und fragte Louise Dumont nach dem Unterricht, ob sie den kommenden Montag frei haben könne.

Die Direktorin verschränkte die Arme und musterte sie nachdenklich. »Ihre Leistungen sind sehr gut, Fräulein Bernrath. Dass Sie so spontan eingesprungen sind und sich ganz auf die Rolle eingelassen haben, lässt auf innere Festigkeit und Konzentration schließen. Allerdings scheinen Sie besorgt, und das wirkt sich auf die Arbeit aus. Also fahren Sie bitte nach Hause, damit Sie wieder einen freien Kopf bekommen. Abgelenkte Schülerinnen kann ich nicht gebrauchen. Erledigen Sie, was zu erledigen ist, und kehren frisch und munter zu uns zurück.«

Als Thora den Unterrichtsraum verließ, räusperte sich jemand neben ihr. Es war Hilde, die das Gespräch offenbar mitgehört hatte.

»Du willst nach Hause?«

»Ja, ich muss dringend zu meinem Bruder.« Mehr sagte sie nicht, weil sie ihre Unruhe nicht in Worte fassen konnte.

Hilde schien etwas in ihrem Gesicht zu lesen und schaute sie mitfühlend an. »Hast du nicht gehört, dass ein Generalstreik kommt? Manche aus dem Theater machen auch mit, Bühnenarbeiter, vielleicht noch andere. Gestern haben sie schon den Spielplan geändert, zweimal *Raub der Sabinerinnen* statt *Donna Diana* und *Sommernachtstraum*. Und ob *Schneider Wibbel* heute gespielt wird, steht auch noch in den Sternen.«

»Die Änderungen habe ich mitbekommen«, sagte Thora verwundert, »aber ich dachte, jemand sei krank geworden.«

»Nein, es ist wegen des Streiks. Wer weiß, ob du morgen überhaupt aus Düsseldorf wegkommst«, sagte Hilde besorgt. »Vielleicht sperren sie mal wieder die Brücke. Und ob ab Oberkassel eine Straßenbahn fährt, ist auch nicht sicher.«

Thora war es mittlerweile gewöhnt, dass der Alltag ständig unterbrochen wurde und man improvisieren musste, weil sich von einer Minute zur anderen alles ändern konnte. Doch dass es sie gerade jetzt traf, wo sie unbedingt Hannes sehen wollte ... Sie presste die Lippen aufeinander, um die Tränen zurückzuhalten. Hilde legte ihr tröstend die Hand auf den Arm.

Gründgens kam dazu und schaute sie fragend an. »So betrübt?«

Da kam ihr eine Idee, verrückt zwar, aber nicht ganz unmöglich. »Du wohnst doch in Oberkassel.«

»Ja.«

»Wie kommst du denn jeden Tag über die Brücke? Ist es sehr mühsam?«

Er zuckte mit den Schultern. »Ich habe einen Dauerpassierschein, der macht es leichter. Aber die Kontrollen sind nach wie vor sehr streng.« Er hielt inne. »Was hast du vor? Ich sehe so ein Funkeln in deinen Augen.«

»Oje«, warf Hilde ein, »das Funkeln kenne ich, und es verheißt nichts Gutes.«

»Ich werde mit dem Rad nach Hause fahren«, verkündete Thora forsch und mit mehr Zuversicht, als sie tatsächlich empfand.

»Mitten durchs besetzte Gebiet?«, fragte ihre Freundin entsetzt. »Da streunen sicher überall belgische Soldaten herum. Das ist zu gefährlich.«

Gründgens schien hingegen zu erkennen, dass ihr Entschluss unverrückbar feststand. »Ich hoffe, du hast ein passables Fahrrad.«

Thora biss sich auf die Lippe. Genau das war der Haken. Bei Frau Hendricks im Hinterhof stand ein altes Rad, das sie benutzen durfte. Es hatte Pitter gehört, der zum Geburtstag ein neues bekommen hatte. Das Rad war verrostet und mehr als einmal notdürftig geflickt, sie war noch nie längere Strecken damit gefahren. Sie konnte nur hoffen, dass die alte Kiste unterwegs nicht schlapp machte.

»Kaiser-Wilhelm-Ring 18.« Wasserblaue Augen, ein verhaltenes Lächeln. »Du kannst meins geliehen haben. Das stand im Keller, während ich beim Militär war, und wurde gut instand gehalten. Aber pass drauf auf, ich hänge an dem Ding.«

Thora konnte ihr Glück kaum fassen und nickte dankbar. »Das ist wirklich nett von dir, Gustav. Ich bringe es heil zurück, versprochen.«

Am Sonntagmorgen um sechs kämpfte sich Thora aus dem Bett, wusch sich, zog Hannes' Pullover, einen alten Rock und knöchelhohe Stiefel an, packte Wäsche und Kamm ein. Dann ging sie in die Küche, um sich ein Brot zu schmieren, und verließ leise die Wohnung. Sie holte das alte Fahrrad vom Hof und schob es auf die Straße, in der einen Hand das Brot, die Ledertasche, in der sie gewöhnlich ihre Schulsachen trug, schräg über der Schulter. Es war so frisch, dass ihr Atem wolkte, und sie war froh über die Mütze, die sie über die Ohren ziehen konnte.

Thora hatte vereinbart, dass Gründgens ihr um halb acht das Rad an die Haustür bringen würde. Natürlich würde sie unter normalen Umständen nie so lange für die Strecke brauchen, aber sie musste die Brückenkontrolle mit einrechnen.

Sie stieg auf und fuhr vorsichtig los. Das Rad quietschte bedenklich, aber wenn sie nicht zu heftig in die Pedale trat, schaffte sie es hoffentlich heil nach Oberkassel. An der Maxkirche bog sie nach rechts in die Benrather Straße und dann nach links in den Hindenburgwall. Vor dem eleganten Hotel Breidenbacher Hof standen schon die Portiers und halfen früh eintreffenden Gästen beim Aussteigen. Ein Page schob einen Gepäckwagen herbei, und Thora staunte im Vorbeifahren, dass es in diesen ungewissen Zeiten immer noch Menschen gab, die sich ein so teures Hotel leisten konnten.

Thora warf einen Blick in den Hofgarten, dessen Bäume das erste zarte Frühlingsgrün trugen. Wie gern würde sie dort einmal mit Hannes sitzen und ihm aus einem Stück vorlesen, das sie gerade lernte. Wenn der Sommer kam, fühlte sich das Leben unbeschwerter an, und so würde es auch diesmal sein, sagte sie sich. In wenigen Stunden wäre sie daheim und könnte mit Hannes reden und sich vergewissern, dass es ihm gut ging und die Welt nicht gänzlich aus dem Takt geraten war.

Das Ratinger Tor leuchtete weiß zu ihrer Rechten, dann beschrieb die Straße einen weiten Bogen in Richtung Rhein. Vor ihr tauchte der Torturm der Brücke auf und mit ihm die belgischen Soldaten.

Thora hatte bisher kaum mit ihnen zu tun gehabt. Sie war, kurz nachdem das belgische Militär in Gladbach einmarschiert war, nach Düsseldorf gezogen, wo man für gewöhnlich keine Besatzungssoldaten zu sehen bekam. Sie hatte natürlich von ihren Eltern gehört, wie es war, unter fremder Besatzung zu leben, von den hohen Ansprüchen, die die belgischen Offiziere stellten, von den beschlagnahmten Wohnungen und Häusern, von Demütigungen und Anzeigen, weil Leute gegen die Regeln verstoßen hatten. Doch der Krieg war vorbei, immerhin, und wie es aussah, würde es in absehbarer Zeit auch einen Friedensvertrag geben. Ihr Herz schlug schneller, als sie das Fahrrad auf den Kontrollposten zuschob, und ihre Hände schlossen sich fester um den Lenker.

Ein Soldat mit langem Mantel und Helm kam auf sie zu, stützte sich auf sein Gewehr und musterte sie unverhohlen. Dann sagte er auf Deutsch: »Ihren Ausweis!«

Sie hielt ihm den Pass hin, der in Gladbach von der Polizeiverwaltung ausgestellt und von der belgischen Sûreté Militaire gestempelt und mit ihrem Bild versehen war. Er studierte das Dokument, schaute kritisch von ihr zur Fotografie und wieder zurück.

»Was ist der Zweck Ihres Besuchs?«, fragte er mit starkem Akzent.

»Ich möchte meine Familie in Gladbach besuchen.«

Er nickte zum Fahrrad und zog die Augenbrauen hoch. »Damit?«

Thora wurde ein bisschen ruhiger. Er wirkte nicht unfreundlich. »Ich muss nur auf die andere Rheinseite damit. Dort wohnt ein Bekannter, der mir sein Fahrrad leiht.«

Er gab ihr den Pass zurück und deutete auf die Brücke. »Sie kennen die Vorschriften. Auf dem Rückweg dürfen Sie keine Lebensmittel mitführen. Das gilt auch für Druckerzeugnisse und Zeitungen. Darauf stehen hohe Strafen.«

»Ich weiß. Danke.«

Sie stieg auf und fuhr zwischen den Straßenbahnschienen und dem schmalen Gehweg entlang.

Der Wachposten am anderen Ufer warf nur einen flüchtigen Blick auf ihren Pass, da man sie beim leisesten Verdacht gar nicht erst auf die Brücke gelassen hätte. Als sie den Torturm hinter sich gelassen hatte, bog sie nach links in den Kaiser-Wilhelm-Ring mit seinen herrschaftlichen Häusern. Neben ihr erstreckten sich die weiten Oberkasseler Wiesen.

Thora entdeckte das rote Haus mit der Nummer 18, das mit den schön geformten Fenstern und der schmuckreichen Fassade ziemlich prächtig wirkte. Bevor sie anhalten konnte, ertönte ein durchdringender Pfiff, und Gustav schob ein glänzendes Fahrrad aus der Haustür.

Thora stieg ab und sah verlegen von der Klapperkiste zu seinem eleganten Gefährt. »Guten Morgen. Und das willst du mir wirklich anvertrauen?«

Er schob sich die blonden Haare aus dem Gesicht und zuckte mit einer Schulter. »Versprochen ist versprochen. Also nimm schon, bevor ich es mir anders überlege.«

Sie tauschten die Räder, und er sah zum Himmel. »Immerhin scheint es trocken zu bleiben. Gute Fahrt.«

»Danke noch mal, für alles.«

Doch die Haustür war schon hinter ihm ins Schloss gefallen.

Was gut war, da ihr erst jetzt auffiel, dass Gustavs Fahrrad eine hohe Stange besaß, während die alte Kiste, mit der er im Haus verschwunden war, deutlich besser zu besteigen war. Zum Glück waren die Röcke in den letzten Jahren deutlich kürzer geworden; ihrer reichte bis zum Schienbein. Dennoch schaute sie sich gründlich um, bevor sie den Rock hochzog, die Strümpfe entblößte und ein Bein über die Stange schwang.

Thora hatte sich die Strecke in einem Straßenatlas angesehen, der bei Frau Hendricks im Regal stand, und sich die wichtigsten Straßen und Abzweigungen notiert. Sie würde bis Neuss und von dort aus über die Dörfer bis nach Hause fahren und hoffen, dass sie keinen belgischen Soldaten begegnete. Zwar war es nicht verboten, durch die Gegend zu radeln, doch als sie den Rhein überquert hatte, war es ihr vorgekommen, als beträte sie ein fremdes Land.

Sie kam zügig voran. Zum Glück war der Weg nach Neuss gut ausgeschildert, doch sie wusste auch, dass das erste Stück am einfachsten war.

Thora radelte dahin, den Wind im Gesicht, zog dann und wann die Mütze tiefer, damit sie nicht verloren ging. Die Bewegung brachte sie ins Schwitzen, und als die

Sonne durch die Wolken brach, träumte sie sich zurück in eine unbeschwertere Zeit, in den letzten sorgenfreien Urlaub in England. In die Tage mit Tom.

Bowdon, Manchester,
Mai 1914

Der Flieder stand in voller Blüte, duftende Dolden in Lila und Weiß, die sich im schon warmen Maiwind wiegten. Sie saßen im Garten der Sandfords in bequemen Korbstühlen mit bunt gemusterten Kissen, vor ihnen auf dem Tisch das zart geblümte Teeservice und die Etagere mit hauchdünnen Sandwiches und kleinen Kuchen. Die Familien waren seit vielen Jahren befreundet, die Männer enge Geschäftspartner.

Thora liebte die Villa in Bowdon. Sie stand fernab der Fabriken von Manchester, denen die meisten Familien, die hier lebten, ihren Wohlstand verdankten. Daheim in Gladbach war alles viel kleiner und gedrängter, da konnte man vom eigenen Garten die rauchenden Schornsteine sehen. Die Sandfords hatten sich ihre eigene Welt im Grünen erschaffen, in der rote Backsteinmauern, ratternde Maschinen und schlechte Luft nicht existierten. Natürlich fuhr Papa täglich mit Mr. Sandford in die Stadt, um wichtige Gespräche zu führen und eben jene ratternden Maschinen zu inspizieren, doch sie selbst besichtigte entweder die Sehenswürdigkeiten oder amüsierte sich mit

Tom und Hannes im Garten. Die Bernraths besuchten die Sandfords nicht zum ersten Mal, doch waren es diese fliederduftenden Tage im Mai, deren unbeschwerte Leichtigkeit ihr für immer im Gedächtnis bleiben sollte.

Nach dem Tee stand Tom auf und nickte ihr auffordernd zu. »Lass uns spazieren gehen, bevor ich platze.«

Als Thoras Mutter nicht protestierte, sondern unbekümmert weiter mit Mrs. Sandford plauderte, stand sie auf und griff nach ihrem Strohhut.

Sie schlenderten nebeneinander her, der Rasen ein weicher Teppich unter ihren Füßen, während die Stimmen der Familien hinter ihnen verklangen. Thora spürte, wie Tom sie im Gehen anschaute und dass seine Hand sehr nah neben ihrer hin- und herschwang.

Tom und seine Schwester Julia hatten ein deutsches Kindermädchen gehabt, das ihnen schon früh die Sprache beigebracht hatte. Schon als Kinder hatten sie in diesem Garten miteinander gespielt, oft kleine Theaterstücke aufgeführt, die Thora selbst verfasst hatte. Sie verteilte auch die Rollen und versuchte, möglichst gerecht zu sein, damit alle ihren Augenblick im Rampenlicht bekamen. Sie spielten in einem Theaterzelt aus Bettlaken, die sie an die Bäume hängten, und verwandelten sich in Ritter und Prinzessinnen, während die Väter im Arbeitszimmer ernste Gespräche über neue Absatzmärkte führten. Wenn sie mit den Proben fertig waren, mussten die Herren Bernrath und Sandford ihre Geschäfte unterbrechen und sich ansehen, was ihre Kinder auf die Bühne zauberten.

Sie waren nahezu unbemerkt erwachsen geworden. Darum war Thora anfangs auch etwas befangen gewesen, als Tom sie vom Bahnhof abgeholt hatte – er sah jetzt wie ein Mann aus, nicht mehr wie der Junge, mit dem sie Theater und Verstecken gespielt hatte. Er war größer und breitschultriger geworden, auf seinen Wangen wuchsen rötlich-blonde Stoppeln. Seine Stimme klang tief und voll, und das Lachen schien in seinem Brustkorb zu vibrieren. Doch es dauerte nicht lange, bis sich die alte Nähe wieder eingestellt hatte.

Thora warf Tom einen kurzen Blick zu und spürte, wie sich eine angenehme Wärme in ihr ausbreitete. Sie fragte sich, ob das wohl Liebe sei. Sie kannte das Gefühl nur aus Romanen, und ob man sich auf die verlassen konnte ... Doch ihr Herz schlug schneller, wann immer Tom sie ansah. Es fühlte sich vertraut an. *Er* war ihr vertraut, schon immer, doch etwas hatte sich unbemerkt verändert.

»Ich komme im Herbst eine Weile nach Deutschland«, sagte er unvermittelt.

Thora blieb stehen und sah ihn überrascht an. »Auch zu uns?«

Die Sandfords waren schon bei ihnen zu Besuch gewesen, aber sie konnte sich kaum daran erinnern. Nun stellte sie sich vor, wie sie Tom ihre Stadt zeigen würde, das Münster, die elegante Kaiser-Friedrich-Halle, die Geschäfte in der belebten Krefelder Straße. Sie könnte auch mit ihm nach Düsseldorf fahren, die Stadt war weltläufiger als Gladbach, und sie könnten dort ins Theater oder in die Oper gehen, über die Königsallee oder am Rhein entlangspazieren.

»Natürlich. Mein Vater möchte, dass ich seine deutschen Geschäftsfreunde besser kennenlerne, bevor ich in die Firma eintrete. Aber ihr seid viel mehr als Geschäftsfreunde, und darum gönne ich mir ein paar angenehme Tage bei euch, bevor ich weiterreise.«

Sie setzten ihren Weg langsam fort. »Das wäre schön«, sagte Thora leise.

Warme Finger legten sich um ihre Hand und zogen kaum merklich daran. Sie drehte sich zu Tom, sah aber nicht ihn an, sondern an sich hinunter auf ihr weißes Kleid und die hellblauen Schuhe, die darunter hervorschauten. Jetzt ging ihr Atem doch schneller, sie legte die freie Hand auf seine und drückte sanft, um ihn zu ermutigen. Dann schaute sie hoch und sah in seine braunen Augen, die wie Bernstein schimmerten. Er lächelte, beugte sich langsam vor und küsste sie behutsam auf den Mund. Es war kein leidenschaftlicher Kuss, eher ein Versprechen.

Sie hatten so viel Zeit, dachte Thora. Vor dem Schlafengehen würde sie Hannes davon erzählen, wie sie ihm immer alles erzählte, denn er war der beste Bruder der Welt. Und Toms Freund.

Natürlich würde er sie aufziehen und ein paar respektlose Bemerkungen machen, wie es seine Art war, aber sie wusste auch, dass er sich ehrlich für sie freuen würde. Und im Herbst, wenn Tom zu Besuch kam, würden sie Ausflüge machen und tanzen und Kuchen essen, und wenn sie mit ihm allein sein wollte, würde Hannes ihr ein Alibi geben. So nannte man das doch in Kriminalromanen.

München-Gladbach,
Sonntag, 6. April 1919

Als Thora den Bahnhof von Gladbach erreichte, verstärkte sich das Gefühl, in einem anderen Land zu sein. Denn hier, kaum dreißig Kilometer von Düsseldorf entfernt, patrouillierten Männer in belgischen Uniformen. Es war schwer zu begreifen, dass ihre Heimat so zerrissen war. Die Stadt, die sie genau zu kennen glaubte und in der sie fast ihr ganzes Leben verbracht hatte, schien ihr zu entgleiten.

Ein Soldat pfiff durchdringend, was womöglich auf ihren hochgezogenen Rock zurückzuführen war, doch die anderen beachteten sie nicht weiter.

Als Thora die kleine Grünanlage auf dem Bahnhofsvorplatz sah, fühlte sie sich ein wenig heimischer. Straßenbahnen fuhren klingelnd vorbei, Menschen, die vom Kirchgang kamen, spazierten an den Geschäften entlang, alles wirkte friedlich, wie in früherer Zeit. Einen Moment lang konnte sie sich einreden, dass es an diesem Bahnhof nie eine Verbandsstation gegeben hatte, dass sie ihren Bruder hier nie an die Front verabschiedet und im Heimaturlaub begrüßt hatte.

Auf den ersten Blick hatte sich kaum etwas verändert, und die scheinbare Beständigkeit ließ ihr die Illusion noch eine Sekunde länger. Sie schaute im Vorbeifahren in die Schaufenster, in denen sich feine Lederwaren und Seifen, Wäsche und Zigarren stapelten, als wollte man diskret verbergen, dass es am Wesentlichsten mangelte – an Lebensmitteln.

Als sie nach rechts in die Bismarckstraße bog, bemerkte Thora einen Bettler auf dem Boden, an die Hauswand gelehnt, die Krücken neben sich, die umgeschlagenen Hosenbeine wie leere Beutel auf dem grauen Straßenpflaster. Er streckte nicht die Hand aus, sprach die Vorübergehenden nicht an, hatte nur die Hand leicht auf der Krempe des verschlissenen Hutes, der mit der Öffnung nach oben neben den verhüllten Beinstümpfen ruhte.

Thora hielt an, stieg ab und legte ihm einige Münzen in den Hut, worauf er sich mit leiser Stimme bedankte. Sie sah den Mann flüchtig an. Er war ihr unbekannt, und doch fühlte sie einen Stich im Herzen. Wie froh sie war, dass ihr Bruder unversehrt aus dem Krieg zurückgekommen war.

Der Gedanke an Hannes trieb sie schneller voran. Nun, da sie fast zu Hause war, schlug ihr Herz sehr heftig. Vor ihr tauchte die Kaiser-Friedrich-Halle auf, eingerahmt vom ersten Frühlingsgrün des Kaiserparks.

Früher war sie mit Hannes dorthin gegangen, um Verstecken zu spielen, bevor es ihm zu peinlich wurde, sich mit seiner kleinen Schwester zu zeigen. Einmal hatte er sich so gut versteckt, dass Thora ihn nicht hatte finden können, und sie hatte sich auf den Weg gesetzt und furchtbar geweint. Eine Dame mit großem Blumenhut war vorbeigekommen und hatte sie mitleidig angesprochen. Hannes hatte das von seinem Versteck aus beobachtet und sich nicht mehr getraut herauszukommen, weil er – nicht zu Unrecht – fürchtete, von der Spaziergängerin ausgeschimpft zu werden. Also hatte er zugesehen, wie die Dame Thora an die Hand genommen und über die Straße nach Hause begleitet hatte. Am Abend hatte es ein gewaltiges Donnerwetter gesetzt, und Hannes hatte ihr seine Portion Pudding gegeben, um die Missetat wiedergutzumachen.

Als Thora endlich in die Hohenzollernstraße bog, sah sie das vertraute Haus mit dem Erker, der sich wie eine grüßende Hand über den Gehweg wölbte. Sie sprang vom Rad, konnte es kaum erwarten, ihre Eltern zu umarmen und ganz rasch nach oben zu ihrem Bruder zu laufen.

Sie klingelte und hörte Schritte, dann öffnete Auguste, das Dienstmädchen, die Haustür. Sie wich einen Schritt zurück und sah Thora überrascht an. »Fräulein Thora, wir wussten nicht – guten Morgen, kommen Sie doch herein. Ich stelle das Rad gleich auf den Hof.«

Sie trat in den Flur mit den vertrauten bunten Fliesen in Rot, Grau, Gelb und Schwarz. Als Kind war sie das Muster manchmal mit dem Finger nachgefahren und hatte sich dabei vorgestellt, sie selbst würde den Boden so schön bemalen.

Es war ungewöhnlich still im Haus. Ihre Eltern besuchten jeden Sonntagmorgen die Messe und müssten um diese Zeit eigentlich bereits zurück sein. Denkbar, dass Papa zum Frühschoppen gegangen war, aber ihre Mutter eilte meist geschäftig umher, ordnete hier etwas, gab dort eine Anweisung fürs Sonntagsessen. Heute jedoch war nichts zu hören.

»Wo ist meine Mutter?«

Erst jetzt bemerkte Thora, dass das Hausmädchen bedrückt wirkte. Sie hatte den Finger in ihre Schürze gebohrt und wickelte den Stoff verlegen um den Finger.

»Was ist denn los, Auguste?«

In diesem Moment erklangen Schritte auf der Treppe, und ihre Mutter kam herunter. Thora lief ihr entgegen und warf sich in ihre Arme. »Ich bin so froh, wir haben uns so lange nicht gesehen!«

Noch während sich die Arme ihrer Mutter um sie legten und sie den vertrauten Geruch von Lavendel einatmete, spürte sie, wie hart und angespannt Mamas Körper war. Etwas stimmte nicht.

Thora löste sich vorsichtig aus der Umarmung, nahm die warmen Hände ihrer Mutter und trat einen Schritt zurück, um sie anzusehen. Sie wirkte nicht krank, aber müde und besorgt.

»Was ist denn? Sag es mir doch.«

Wortlos nahm Mama ihr Mütze und Mantel ab und hielt beides dem Hausmädchen hin. »Bring uns bitte Tee, Auguste.« Dann ergriff sie Thora sanft am Arm und schob sie zur Treppe. Die honigfarbenen Stufen mit dem roten Läufer waren ihr noch nie so lang erschienen, und sie glaubte, ihren eigenen Herzschlag zu hören.

Im Wohnzimmer ging ihre Mutter zum Erker, wo ein kleiner Tisch mit zwei lindgrün bezogenen Stühlen stand, von dem aus man auf den Kaiserpark und die Kaiser-Friedrich-Halle gegenüber blickte. Hier las oder stickte sie gern, doch als Thora sich nun mit ihr dort hinsetzte, wirkte die Situation plötzlich seltsam ernst und feierlich.

»Es ist gut, dass du gekommen bist«, sagte ihre Mutter. »Wir hätten dir sonst ein Telegramm geschickt.«

Eine Faust bohrte sich in Thoras Magen. Auf einmal gerann die unbestimmte Angst, die sie seit Hannes' Brief verspürt hatte, zu einem harten Klumpen, um den herum sie kaum noch atmen konnte.

»Was ist passiert? Ist etwas mit Papa?« Doch noch während sie das fragte, wusste sie, dass es nichts mit ihrem Vater zu tun hatte. »Es geht um Hannes, oder?«

Der Gesichtsausdruck ihrer Mutter nahm die Antwort vorweg. Etwas Schreckliches musste geschehen sein, Möglichkeiten zuckten blitzschnell durch Thoras Kopf: Hannes hatte einen Unfall erlitten, die Kriegsverletzung war wieder aufgebrochen, er war tot.

»Er ist vorgestern Abend nicht nach Hause gekommen.«

Thora brauchte einen Moment, um sich aus ihren dahinrasenden Gedanken zu befreien. Sie begriff zuerst nicht, was sie hörte. »Wie bitte?«

Ihre Mutter schaute sie ernst an, so wie früher, wenn Thora sich irgendwohin geträumt hatte, während man mit ihr sprach. »Dein Bruder ist am Freitagmorgen aus dem Haus gegangen und seither nicht zurückgekommen. Papa ist in der Firma und versucht, telefonisch etwas herauszufinden.«

»Wo wollte Hannes denn hin?« Sie verstand immer noch nicht ganz. »Er arbeitet doch bei Papa in der Firma.«

Ihre Mutter wirkte jetzt ungeduldig. »Er hatte sich den Freitag freigenommen und nur gesagt, er habe etwas vor. In diesen Zeiten wäre er nie über Nacht weggeblieben, ohne es uns zu sagen, schon gar nicht zwei Nächte lang.«

Thora dachte sofort an den Brief, an Hannes' Andeutungen, die vage und dramatisch zugleich klangen. Sie versuchte, sich an die genauen Worte zu erinnern. *Ich habe Dir unendlich viel zu erzählen, Dinge, die ich seit Jahren tief und still in mir getragen habe und die ich Dir nicht auf Papier mitteilen kann. Ich habe lange mit mir gerungen, doch Du musst und sollst es erfahren.* Keine Andeutung, worum es dabei gehen könnte, nur diese Sätze, die so viel und doch so wenig sagten. Und er hatte sich glücklich und verzweifelt zugleich genannt.

Sie erinnerte sich an ein Gespräch im vergangenen Dezember. Sie war gerade beim Packen gewesen, weil sie nach Düsseldorf zurückkehren wollte, wo das Theater und ihr Zimmer bei der Witwe Hendricks warteten. Thora hätte gern mehr Zeit mit ihrem Bruder verbracht, aber niemand wusste, was passieren würde, wenn die Belgier erst in der Stadt wären. Sie fürchtete, in Gladbach festzusitzen und den Platz an der Schauspielschule zu verlieren.

Hannes war erst wenige Tage zuvor von der Front heimgekehrt. Er schien sich noch fremd in seiner Zivilkleidung zu fühlen und tastend nach dem vertrauten Alltag zu suchen. Es war ihr vorgekommen, als hätte er sich verloren, als hätten ihn die letzten Jahre abgeschliffen und neu geformt, sich selber fremd gemacht.

Thora hatte seit jenem Dezembertag oft an das Gespräch gedacht und sich gefragt, was wirklich in ihrem Bruder vorging und warum er sich ihr nicht mehr öffnete wie früher.

München-Gladbach, 7. Dezember 1918

»Erzähl mir von deiner Schauspielschule«, sagte Hannes und setzte sich in den Sessel. Nicht lässig wie sonst, er hockte sich still auf die Kante, als wäre er nur ein Gast in ihrem Zimmer. »Es ist viel passiert, seit wir uns das letzte Mal gesehen haben. Und nun komme ich heim und erfahre, dass du nach Düsseldorf gezogen bist. Meine kleine Schwester geht aus dem Haus, und ich kehre ins Nest zurück.«

Thora meinte, eine leise Bitterkeit in seiner Stimme zu hören. Dass ihr Bruder etwas über sie und ihr neues Leben hören wollte, beruhigte sie jedoch ein wenig. Sie setzte sich im Schneidersitz auf den Teppich und sah ihn an.

»Was willst du wissen? Ich könnte stundenlang erzählen.«

Hannes lächelte. »Wer hat dich am meisten beeindruckt von all den Leuten, die du dort kennengelernt hast?«

»Das ist einfach«, sagte Thora. »Unsere Direktorin Louise Dumont. Sie ist eine großartige Schauspielerin, und so viel mehr als das – die Seele des Theaters und der Schule. Ihre Energie ist überall zu spüren. Auch wenn

sie nicht immer freundlich ist und sehr eigen sein kann. Wenn jemand es sich mit ihr verscherzt, hat derjenige es richtig schwer. Aber meist ist sie offen und herzlich und immer bemüht, uns etwas beizubringen. Wenn uns eine Szene nicht gelingt, springt sie bisweilen auf, stürmt auf die Bühne und spielt uns vor, wie sie es sich denkt. Sie sagt, dass wir das, was der Dichter uns sagen will, vollkommen verstehen müssen, um es zu spielen. Dass das Wort des Dichters das Allerwichtigste ist, dem sich alles andere unterzuordnen hat.« Sie hielt inne und wurde ein bisschen verlegen. »Das klingt jetzt sicher nicht besonders aufregend, aber für mich ist jeder Tag wie eine neue Welt. Und ich bin jetzt auch Statistin, demnächst stehe ich in *Hamlet* auf der Bühne.«

Hannes beugte sich vor und nahm ihre Hand. »Ich freue mich, dass du etwas gefunden hast, das dich so erfüllt.« Es schien, als wollte er noch etwas sagen, schwieg dann aber.

»Ich wünsche dir, dass du auch etwas findest«, sagte Thora und schluckte. Ihr Herz tat weh, weil alle Worte, die ihr einfielen, klein und belanglos schienen. Letztlich hatte ihr Bruder Jahre seines Lebens verloren. Es waren Jahre, in denen andere über ihn bestimmt hatten, in denen er nicht seinen Weg gegangen war, im Gegensatz zu ihr. Manchmal trübten diese Gedanken ihr eigenes Glück, aber das wollte sie nicht aussprechen, um es ihm nicht noch schwerer zu machen. »Möchtest du denn immer noch Architektur studieren? Das sollte doch möglich sein.«

Hannes zuckte mit den Schultern und wandte sich ab. »Ich würde sehr gern den Menschen etwas Gutes tun und ihnen schöne Häuser bauen. Ich habe viel Leid und Schmerz und unaussprechliche Dinge gesehen, da sollte ich lieber heute als morgen nach Aachen fahren und mich an der Hochschule vorstellen.« Er machte eine Handbewegung, als wollte er einen unerfreulichen Gedanken verscheuchen. »Gewiss, es wird nicht einfach, dorthin zu kommen. Keiner weiß, was nach der Niederlage wirklich passiert, wie wir künftig leben werden und wie die Belgier mit uns umgehen. Aber ...«

Thora ahnte, was er sagen wollte. »Aber das ist nicht der eigentliche Grund.«

Hannes stand auf und ging im Zimmer auf und ab, die Hände in den Hosentaschen. Das Hinken war so leicht, dass sie es nur bemerkte, weil sie ihn so genau kannte. Er hielt den Kopf gesenkt, die lockigen Haare fielen ihm ins Gesicht. Schließlich blieb er stehen und drehte sich zu ihr um. »Nein, ist es nicht. Ich kann – ich kann einfach nicht.«

Es tat ihr weh, ihn so unsicher und zweifelnd zu sehen. »Du brauchst Zeit, Hannes, du warst so lange im Krieg, weit weg von zu Hause. Ich kann nicht ermessen, was das heißt, aber ich habe einiges gesehen und gehört. Auch Dinge, die nicht für mich bestimmt waren und die man mir ersparen wollte. Ich weiß, dass die ganzen Phrasen, mit denen die älteren Männer um sich werfen, nicht stimmen. Nichts daran war süß und ehrenvoll.«

Er lachte auf, und diesmal war die Bitterkeit nicht zu überhören. Thora fürchtete schon, sie hätte etwas Falsches gesagt, aber sein Gesicht verriet, dass sie den Punkt genau getroffen hatte.

»Das ist es ja! Ich kann niemandem erzählen, was ich dort erlebt habe, weil die Leute es nicht hören wollen. Papa ...« Hannes zögerte. »Er will nicht wissen, wie es wirklich war. Und was du gehört hast, stimmt und stimmt wiederum auch nicht, denn es kann nur ein Bruchteil des Grauens gewesen sein, das wir ... Egal. Jedenfalls glaube ich, er hofft, dass der Krieg mich bekehrt hat. Dass ich froh bin, daheim zu sein, überlebt zu haben und darum den sicheren Weg wähle.«

»Die Firma zu übernehmen?«, fragte sie vorsichtig.

Hannes nickte. »Aber es ist nicht mein Weg.« Er stand ganz still da, die Hände in den Taschen, den Kopf ein wenig erhoben, und sah aus, als lauschte er einer Melodie, die nur er hören konnte.

Thora spürte, dass da noch etwas anderes, etwas Verborgenes war, das nichts mit Krieg und Berufswahl zu tun hatte. Dann streckte er die Hand aus und berührte sanft ihre Wange. »Danke. Du bist immer bei mir, selbst wenn du nicht da bist.«

Mit diesen Worten verließ Hannes das Zimmer und zog leise die Tür hinter sich zu.

München-Gladbach, Sonntag, 6. April 1919

Um kurz nach zwei hörte Thora, wie die Eingangstür ihres Elternhauses geöffnet wurde und mit einem lauten Knall zufiel. Dann erklangen schwere Schritte auf der Treppe. Papa stürzte ins Zimmer. Er war blass, Schweiß perlte auf seiner Stirn, als wäre er von der Firma nach Hause gerannt. Er trug keinen Hut, die Haare hingen ihm wirr ins Gesicht. Als er sie sah, blieb er abrupt stehen. »Kind, was machst du hier? Aber gut, dass du da bist.« Er drückte sie fest an sich und rief dann: »Maria, wo bist du denn?«

Thora griff nach seinem Handgelenk, um ihn zu beruhigen. »Was ist los, Papa? Ist etwas mit Hannes?« Die Angst stieg wieder in ihr auf, drohte sie zu ersticken. Und als sie in die Augen ihres Vaters sah, begriff sie, dass die Vorahnung sie nicht getrogen hatte.

In diesem Moment kam ihre Mutter herein, die neues Stickgarn geholt hatte, und blieb abrupt stehen. »Wie siehst du denn aus, Fritz, du bist ja völlig derangiert. Was ist passiert?«

Er deutete unwirsch aufs Sofa. »Setz dich, Maria. Du auch, Thora.« Er sprach mit solchem Nachdruck, dass

Thora sofort gehorchte. Ihre Mutter setzte sich neben sie und griff nach ihrer Hand. Das darf nicht sein, dachte Thora voller Panik, er hat den langen Krieg überlebt, da darf ihm doch gerade jetzt nichts Schlimmes zugestoßen sein. Bilder verschiedener grässlicher Unfallszenarien zuckten durch ihren Kopf – oder Hannes war überfallen worden, in diesen wilden, brüchigen Zeiten konnte das durchaus geschehen.

»Die Düsseldorfer Polizei hat vorhin in der Firma angerufen. Hannes wurde dort verhaftet.«

Erleichtert atmete Thora auf. Im ersten Moment zählte nur, dass ihr Bruder lebte, hoffentlich heil und gesund war. Dann aber folgte die bange Frage, was geschehen war.

»Verhaftet, Fritz?«, fragte ihre Mutter tonlos. »Deshalb ist er nicht nach Hause gekommen. Aber warum denn nur?«

Die wenigen Sekunden, die ihr Vater für die Antwort brauchte, erschienen Thora wie eine Ewigkeit.

»Er wurde bereits am Freitag verhaftet und befindet sich in einem Gefängnis in Düsseldorf. Aber es gab wieder Probleme mit der Telefonverbindung. Darum habe ich erst heute davon erfahren.«

Ihre Mutter fiel ihm ins Wort. »Nun sag endlich, was passiert ist!«

Ihr Vater wischte sich mit einem Taschentuch die Stirn ab und ließ sich in einen Sessel fallen, die Arme lose auf den Oberschenkeln, mit hängendem Kopf. »Sie sagen, es gehe um ein Kapitalverbrechen.«

Der Raum um Thora schien zu verschwimmen, die Möbel entfernten sich von ihr, sie hörte nur noch wie durch Watte. Sie verkrampfte die Finger im Sofapolster, um sich an die Wirklichkeit zu klammern.

»Viel hat man mir nicht gesagt. Aber es geht um das Schlimmste. Offenbar wurde jemand ermordet.«

»Was soll das heißen?«, stieß Thora hervor. »Hannes würde niemals …«

Dann kam ihr ein Gedanke, der so schmerzhaft war, dass sie nicht weitersprechen konnte. Hannes war jahrelang Soldat gewesen, gewiss hatte er Menschen getötet. Es war seine Aufgabe gewesen, und niemand hatte ihn dafür bestraft. Doch nun war der Krieg vorbei.

Sie sah, wie schwer es ihrem Vater fiel, seine Hilflosigkeit einzugestehen. »Man hat mir nur gesagt, dass er im Zusammenhang mit einem Mord verhaftet wurde. Seinem Ausweis haben sie entnommen, wo er wohnt, und dann die Telefonnummer der Firma ausfindig gemacht.«

»Was ist das nur für eine Geschichte?«, rief ihre Mutter. »Wie könnte Hannes etwas mit einem Mord zu tun haben?«

»Er verweigert jede Aussage.«

»Er muss sich doch verteidigen!«, brach es aus Thora heraus. Ihr war, als hätte sich die Welt von innen nach außen gekehrt, als wäre nichts mehr wie noch vor wenigen Minuten. »Es kann sich nur um ein Missverständnis handeln, eine Verwechslung.«

Ihr Vater lockerte die Krawatte, atmete zitternd durch. »Das hoffe ich auch. Aber die Polizei verhaftet niemanden ohne Grund oder Verdacht. Etwas muss geschehen sein.«

Thora legte die Hand ihrer Mutter behutsam aufs Sofa und erhob sich. Sie konnte nicht länger tatenlos dasitzen, musste ihre Panik in Bewegung verwandeln. Die vergangenen Minuten waren wie ein Albtraum, nein, schlimmer, denn ihr war absolut klar, dass sie nicht träumte und ihr Bruder tatsächlich in Düsseldorf im Gefängnis saß. Sie hatte so viele Fragen, dass ihr Kopf zu zerplatzen drohte. Sie verspürte den starken Drang, sofort aufzubrechen und nicht innezuhalten, bis sie bei der Polizei war und dort ihre Fragen loswerden konnte.

»Ich fahre hin«, sagte ihr Vater entschlossen. »Wir müssen in Erfahrung bringen, was man Hannes vorwirft. Und er braucht einen Anwalt.«

Mama unterbrach ihn. »Sie werden uns nicht durchlassen, Fritz. Denk an die Maßnahmen.«

Thora schaute verwirrt zwischen ihren Eltern hin und her. »Was soll das heißen?«

Ihr Vater machte eine unwirsche Handbewegung, schob aber eine Erklärung hinterher: »Vor einigen Tagen wurden zwei Schüsse auf die belgische Wachabteilung am Güterbahnhof abgefeuert. Die beiden Soldaten blieben zum Glück unverletzt. Der Schütze wurde nicht gefunden, aber die Belgier gehen von einem Attentat aus. Seither müssen alle Gaststätten um acht Uhr schließen, Theateraufführungen und Konzerte hat man verboten. Wie es heißt, ist es kaum möglich, einen Passierschein in die neutrale Zone zu bekommen. Hannes muss sich den vorher besorgt haben, was immer er dort wollte.«

»Ich kümmere mich darum«, sagte Thora sofort und ohne eine Spur von Zweifel. Sie wohnte in Düsseldorf, man würde sie kaum an der Rückkehr hindern. Dort würde sie zur Polizei gehen und herausfinden, was sich überhaupt ereignet hatte, könnte hoffentlich auch mit Hannes sprechen. Die Unruhe, die sie seit Tagen verspürte, war zur Gewissheit geworden. Und diese Gewissheit verlieh ihr Kraft. Zu erkennen, woher die Angst rührte, machte es leichter, mit ihr umzugehen. »Ich fahre zurück und finde heraus, was geschehen ist.«

Ihre Mutter sprang auf, nahm ihren Arm. »Kind, willst du dich auch noch in Gefahr bringen? Ich hätte dich in dieser schlimmen Lage gern bei mir.«

Thora schoss ungeduldig herum, sie konnte ihre Erregung kaum zügeln. »Ich weiß, Mama! Aber mein Platz ist in Düsseldorf. Dort kann ich etwas ausrichten.«

»Das hat doch keinen Sinn«, mischte sich ihr Vater ungehalten ein. »Hannes braucht einen Anwalt. Du als seine Schwester wirst ihm da nicht helfen können.«

Gewiss waren die Worte nicht so harsch gemeint, wie sie klangen, versetzten Thora aber dennoch einen Stich. Er hätte ebenso gut »du als Frau« sagen können. Er traute ihr schlichtweg nicht zu, Hannes in irgendeiner Weise zu unterstützen.

»In Düsseldorf ist ab morgen Generalstreik, das macht alles noch schwieriger. Ich wohne in der Stadt und kann mich dort anders als du frei bewegen.«

Ihr Vater sah sie verwundert an und schluckte, widersprach aber nicht. Dann kam ihr eine Idee. Sie hatte noch etwas zu erledigen, bevor sie aufbrach.

Gerade eben war Thora sich noch sicher gewesen, dass sie das Richtige tat, doch als sie das Zimmer ihres Bruders betrat, kam sie sich plötzlich wie ein Eindringling vor. Früher war sie oft unangekündigt hereingestürmt, hatte Hannes ihre neuen Puppenkleider gezeigt oder ihn übermütig zum Spielen aufgefordert. Er hatte sie gelegentlich hinausgeworfen, wenn ihm die kleine Schwester zu lästig wurde, aber auch hereingebeten, wenn sie von den Eltern ausgeschimpft worden war und brüderlichen Trost benötigte.

Jetzt aber stand sie da, die Hand an der Klinke, und zögerte. Sie und Hannes hatten sich voneinander entfernt, nicht nur räumlich. Sie hatte es bei jedem Heimaturlaub gespürt und dann ganz deutlich, als er im Dezember zurückgekehrt war. Dann aber dachte sie daran, wie er verloren in einer Gefängniszelle saß, und das unerträgliche Bild trieb sie voran.

Das Zimmer wirkte kühl, beinahe unbewohnt. Das Bett war so akkurat gemacht, wie man es wohl nur beim Militär lernte. Hannes hatte es offenbar selbst erledigt, denn Auguste pflegte die Decke anders anzuordnen. Wie viel diese simple Tatsache über ihren Bruder aussagte. Früher hätte er ein zerwühltes Bett hinterlassen und wäre davongestürmt. Aber die Jahre als Soldat hatten ihm auch diese Sorglosigkeit ausgetrieben.

Das wohlbekannte Familienfoto hing noch an der Wand: Papa, Mama und sie beide in einem üppigen Garten, alle weiß und sommerlich gekleidet, sie selbst hielt einen Krocketschläger, Hannes hatte die Hand auf Mamas Schulter. Es war in England aufgenommen worden, während ihres letzten Besuchs bei den Sandfords, und sie spürte den vertrauten Schmerz, als sich der enge Bildausschnitt in ihrer Erinnerung weitete und auch Tom zeigte, der das Foto aufgenommen hatte. Tom, der sie lachend anwies still zu halten, sonst käme nichts Brauchbares dabei heraus, das er ihnen schicken könnte.

Thora schluckte gegen die Traurigkeit an, gegen die Gewissheit, dass dieses Bild nie wieder so aufgenommen werden konnte.

Eigentlich war sie nicht hergekommen, um sich Fotografien oder Betten anzusehen, wusste aber auch nicht recht, wonach sie suchte. Da, wo sich früher Bücher und Papiere gestapelt hatten, war nur eine kahle Tischplatte, die lederne Schreibunterlage, eine Schale mit Stiften. Der Tisch schien Hannes' Verlorenheit geradezu widerzuspiegeln. Er hatte noch nicht zurückgefunden und auch nicht entschieden, wie seine Zukunft aussehen sollte.

Thora zog die Schubladen nacheinander auf, fand Schreibpapier, Stifte, ein leeres Notizbuch, ein paar alte Hefte mit Abenteuerromanen, die Hannes aus unerfindlichen Gründen aufgehoben hatte. Fotografien aus der Schulzeit. Einzelne Münzen, aufgewickelte Schnur, ein kaputtes Feuerzeug, ein Taschenmesser. Nichts, das ihr verraten hätte, wie er aus dem vertrauten Zimmer in eine Düsseldorfer Gefängniszelle gelangt war.

Sie wandte sich zum Fenster und schaute auf die Baumwipfel des Gartens. Es hatte ihr immer gefallen, dass ihr eigenes Zimmer zur Straße hinausging, doch Hannes hatte die ruhigere Aussicht bevorzugt. Wie oft hatte er wohl in den vergangenen Monaten hier gestanden und hinausgeschaut?

Sie trat ans Bücherregal, das unverändert schien. Jugendromane, einige Klassiker, ein Werk über berühmte Architekten von der Antike bis heute. In diesem Regal war die Zeit stehen geblieben, hatte es keinen Krieg gegeben. Dann bemerkte Thora ein Büchlein, das nicht in einer Reihe mit den anderen stand, sondern quer darauf lag. Neugierig zog sie es heraus. Ein Gedichtband, *Frühling und Liebe* von Eichendorff, der Einband aus blauem Leinen und ein wenig abgegriffen. Sie konnte sich nicht erinnern, es je gesehen zu haben. Sie schlug es auf, da sie auf eine Widmung hoffte, die ihr vielleicht etwas mehr verraten würde. Es gab keine.

Sie überflog das Verzeichnis der Gedichte und stutzte. Der Titel »Adler« war mit Bleistift eingekreist. Sie blätterte zu der Seite und las.

Steig nur, Sonne,
Auf die Höhn!
Schauer wehn,
Und die Erde bebt vor Wonne.

Kühn nach oben
Greift aus Nacht
Waldespracht,
Noch von Träumen kühl durchwoben.

Und vom hohen
Felsaltar
Stürzt der Aar
Und versinkt in Morgenlohen.

Frischer Morgen!
Frisches Herz,
Himmelwärts!
Laß den Schlaf nun, laß die Sorgen!

Das Gedicht selbst sagte ihr nichts, doch sie musste an Hannes' ungestüme Zeilen im letzten Brief denken: *das mich in höchste Höhen hebt und dann wieder in den tiefsten Abgrund stürzt.* Da bemerkte sie, dass unten, am Ende der Seite, etwas von Hand geschrieben stand. *Vulkan.* Was mochte das bedeuten? Es war nicht Hannes' Handschrift.

Thora überlegte kurz und steckte das Büchlein in ihre Rocktasche. Dann drehte sie sich langsam im Kreis. Blieb nur noch der Kleiderschrank. Zögernd öffnete sie die Türen, es fühlte sich intimer an als die Suche in den Schreibtischschubladen.

Ganz unten standen Schuhe und Stiefel ordentlich aufgereiht. Die Wäsche war gefaltet, ebenso Pullover und Pullunder. Die Krawatten hingen über einer Halterung, die an die Tür geschraubt war. Im obersten Fach lagen Hüte und Mützen.

An der Kleiderstange hingen Hemden und Anzüge – und Hannes' Uniform. Warum hatte man sie nicht eingemottet? Er war kein Soldat mehr, und in den besetzten Gebieten durften keine deutschen Uniformen getragen werden. Sie glaubte auch nicht, dass Hannes das gewollt hätte. So, wie sie ihren Bruder kannte, war er froh gewesen, die Uniform endgültig abzulegen.

Aber kannte sie ihn tatsächlich noch?

Vielleicht diente die Uniform als Erinnerung, als Mahnung, wie nah Hannes dem Tod gekommen und wie kostbar das Leben war. Thora spürte, dass sie nicht aus Nachlässigkeit oder Gedankenlosigkeit hier hing, sondern eine tiefere Bedeutung für ihn besaß.

Aus einem Impuls heraus streckte sie die Hand aus und fuhr über die raue Wolle. Sie fühlte sich kratzig an, und Thora stellte sich vor, dass die Männer diesen Stoff in Hitze und Kälte und Nässe auf dem Leib getragen hatten, dass er mit Blut und Unrat verkrustet gewesen war. Die Uniform war sauber, gewiss hatte man sie gründlich gereinigt. Thora tastete die Taschen ab, schob die Finger hinein, doch es war nichts zu finden.

Seufzend schloss sie den Kleiderschrank und lehnte sich mit dem Rücken dagegen, schaute sich noch einmal im Zimmer um. Einem Fremden hätte es nichts über Hannes verraten. Es war ihr nur vertraut, weil sie es aus einer Zeit kannte, in der ihr Bruder ihr nah gewesen war.

Sie öffnete die Tür und trat in den Flur, kämpfte gegen die Enttäuschung. Hatte sie erwartet, eine fein säuberliche schriftliche Erklärung auf dem Schreibtisch vorzufinden? Gewiss nicht, doch die unpersönliche, beinahe kalte Atmosphäre überraschte sie dann doch.

Dann begriff sie – und eilte hinauf ins Dachgeschoss.

Thora schaltete das Licht ein und fühlte sich augenblicklich wie von einem warmen, weichen Tuch umfangen. Bücherstapel auf dem Boden, der Zeichentisch unter dem Dachfenster, ein großes Sitzkissen, bunte Tücher, mit Heftzwecken an den Dachbalken befestigt, die sich im Luftzug bauschten. Sie schloss behutsam die Tür hinter sich.

Hier konnte sie ihren Bruder spüren, als hätte der Raum seine Essenz gespeichert. Hierher hatte er sich zurückgezogen, wenn Papa ihn seine Enttäuschung hatte spüren lassen. Hier hatte er an seiner Mappe gearbeitet.

Sie trat an den Schreibtisch, schaute auf die Rolle Zeichenpapier, den Zirkelkasten, die Lineale und Stifte in verschiedenen Stärken und Schattierungen, sah Hannes dort sitzen, konzentriert, mit einer kleinen Falte zwischen den Augenbrauen. Falls sie einen Hinweis auf das fände, was ihn in den letzten Monaten bewegt hatte, dann hier. Sein Zimmer unten war nicht mehr als ein Schlafplatz, ein Aufbewahrungsort für Dinge. Hier aber schien ihr Bruder zum Greifen nah, und sie ahnte, dass er in den letzten Monaten oft hier heraufgekommen sein musste. Nirgendwo lag Staub, alle Gegenstände wirkten benutzt und geliebt.

Thora setzte sich auf den Stuhl, legte die Hände in den Schoß und betrachtete die vertrauten Gegenstände, mit denen Hannes gearbeitet hatte. Manchmal hatte sie zusehen dürfen, dann wieder hatte er sie unwillig hinausgeschickt, weil sie ihn angeblich beim Zeichnen ablenkte. Der Tisch verriet viel über ihren Bruder, nicht aber, was ihn in eine Gefängniszelle gebracht hatte.

Sie wollte schon aufstehen, als sie die Ecke einer Mappe bemerkte, die rechts neben dem Tisch lehnte. Thora zog sie heraus – grau marmorierte Pappe mit schwarzen Ecken und einem schwarzen Seidenband zum Verschnüren. Sie legte sie auf den Boden, löste die Schleife und schlug die Mappe auf.

Sie enthielt wie erwartet Architekturzeichnungen, die oberste war sogar auf den vergangenen Januar datiert. Also hatte Hannes zumindest versucht, an seine alte Leidenschaft anzuknüpfen. Dann bemerkte sie einen kleinen Umschlag, der unten in der Lasche steckte, und zog ihn heraus.

Er war unbeschriftet, aber etwas rollte darin hin und her. Sie schob vorsichtig zwei Finger in den Umschlag und fand etwas Rundes, Hartes darin.

Thoras Herz schlug heftig, als sie den Ring herauszog.

Er lag flach auf ihrer Hand, nicht golden glänzend, sondern matt und dunkelgrau. Ein Eisenring. Sie kannte diese Ringe. Ihre Mutter hatte auch einen getragen, graviert mit den Worten: *Gold gab ich für Eisen*. Im Krieg waren die Menschen dazu angehalten worden, ihren Goldschmuck zu spenden, und hatten als Entschädigung Ringe oder Medaillen aus Eisen erhalten. Wer so etwas trug, zeigte damit, dass er das Vaterland in besonderer Weise unterstützte. Ihre Mutter hatte ihn irgendwann abgelegt und trug seither ihren Verlobungsring, von dem sie sich nicht hatte trennen können. Wenn bessere Zeiten anbrachen, hatte Papa versprochen, werde er ihr einen neuen Trauring schenken.

Thora nahm den Ring und trat damit unter das Fenster, wo das Licht besser war. Er gehörte nicht ihrer Mutter, trug keine Inschrift, sondern war einfach glatt und grau. Thora streifte ihn über den Ringfinger, wo er etwas zu locker saß. Dann über den Mittelfinger, wo er ziemlich gut passte.

Hannes bewahrte den Ring einer Frau in seiner Bewerbungsmappe auf, die ihm so kostbar war. Was bedeutete das? Er hatte nie von einem Mädchen gesprochen, weder im Heimaturlaub noch nach seiner Rückkehr. Wäre er verliebt gewesen, hätte er ihr davon erzählen können. Oder eher nicht? Thora und er hatten sich in den vergangenen Jahren voneinander entfernt. Sie war weggezogen, hatte neue Menschen kennengelernt, bewegte sich in völlig anderen Kreisen als ihre Familie. Oder Hannes hatte es ihr persönlich sagen wollen und nur den richtigen Moment abgewartet. War es vielleicht das, was er in seinem Brief angekündigt hatte?

Einen Moment lang war Thora erleichtert. Wenn Hannes sich in ein Mädchen verliebt hatte und es seiner Schwester lieber von Angesicht zu Angesicht sagen wollte, wäre das eine gute Neuigkeit.

Doch dann kehrten die Fragen zurück und rissen Löcher in ihre Erleichterung. Warum bewahrte er den Ring hier oben auf, statt ihn bei sich zu tragen? Warum hatten ihre Eltern nichts von einem Mädchen erwähnt? Und die drängendste Frage von allen – was war in Düsseldorf geschehen?

Thora steckte den Ring in die Rocktasche und räumte die Mappe weg. Sie ging zur Tür und hielt kurz inne, den Kopf gesenkt. Sobald sie wusste, was geschehen war, sobald Hannes wieder frei war, würde sie ihm den Ring zurückgeben. Denn er würde freikommen, alles andere war undenkbar.

Sie verließ das Zimmer und ging die Treppe hinunter. Auf der letzten Stufe hielt sie inne und ertastete den Umriss des Rings in ihrer Rocktasche. Dann zog sie das Gedichtbüchlein hervor und las noch einmal das Wort *Vulkan.* Nur wenige Buchstaben, die nicht verrieten, wer es geschrieben hatte. Gehörten Ring und Buch vielleicht zusammen? Thora spielte mit dem Gedanken, ihre Eltern nach beidem zu fragen. Sie waren in den letzten Monaten ständig mit Hannes zusammen gewesen, und falls es ein Mädchen gab, in das er sich verliebt hatte, würden sie es vermutlich wissen.

Doch etwas ließ sie zögern. Womöglich die Tatsache, dass er das Buch zwar offen im Regal gehabt, den Ring hingegen in seiner Mappe verborgen hatte, die niemand anrühren durfte.

Sie ging zurück ins Wohnzimmer, zeigte ihren Eltern weder Ring noch Buch, sondern fragte lediglich, ob ihnen etwas an Hannes aufgefallen sei. Ob er neue Bekannte habe oder sich in irgendeiner Weise verändert habe.

»Du weißt ja, dass es ihm nicht gut geht«, sagte ihre Mutter, was ein wenig vage klang, aber eine Unsicherheit verriet, die Thora auch verspürte. »Er ist noch nicht wirklich zu Hause angekommen.«

»In der Firma hat er sich tüchtig angestellt«, sagte ihr Vater, »auch wenn ich das Gefühl hatte, dass er nicht mit dem Herzen dabei ist. Aber das war er ja nie. Der Junge braucht einfach Halt.«

Thora spürte Unbehagen, beinahe Empörung bei diesen Worten. Hannes war doch kein Kind mehr, er konnte selbst entscheiden, wie seine Zukunft aussehen sollte.

Ihre Mutter hingegen nickte nachdenklich. »Ich habe mir manchmal gedacht, dass es ihm helfen würde, eine Frau zu finden und zu heiraten. Er ist in einem Alter, wo man durchaus daran denken kann. Und er hat den Krieg unversehrt überstanden. Natürlich wäre es nicht ganz einfach, wenn er als Student verheiratet wäre, aber es sind eben ungewöhnliche Zeiten.«

Sie verstummte, als wären ihr die Worte davongelaufen.

Damit hatte Thora eine Antwort. Eine Antwort und viele neue Fragen.

Sie zog den Pullover über, setzte die Mütze auf und umarmte ihre Mutter, die verloren neben ihr im Flur stand. Thora spürte, wie sie zitterte.

Papa drückte sie kurz an sich und trat dann zurück. Als sie ihre Eltern so dastehen sah, kam sie sich plötzlich sehr erwachsen vor, als wäre sie diejenige, die wusste, was zu tun sei. Zumindest fühlte sie sich nicht ganz hilflos, was auch an Ring und Buch lag, die tief in ihrer Ledertasche steckten.

Wenn man sie zu ihrem Bruder ließ, könnte sie ihm den Ring zeigen und beobachten, wie er darauf reagierte. Vielleicht würde er ihr auch ganz offen erzählen, was es damit auf sich hatte. Gut möglich, dass er nicht mit der Polizei sprechen wollte, wohl aber mit einem Menschen, den er sein Leben lang kannte und dem er stets vertraut hatte.

Thora öffnete die Tür zum Hof und holte das Fahrrad. Ihr Vater trug es die Stufen hinunter, stellte es auf den Gehweg und schien es erst jetzt wirklich zu registrieren. »Woher hast du denn das schöne Rad?«

Sie lächelte. »Von einem Kommilitonen. Er hat es mir netterweise geliehen. Ich muss es noch zurückbringen, dann wieder über die Brücke ...«

»Aber bis dahin ist es dunkel«, sagte ihre Mutter besorgt.

»So lange brauche ich nicht«, sagte Thora und rechnete im Kopf. Mit etwas Glück käme sie glatt über die Brücke und könnte von dort direkt zum Polizeipräsidium fahren.

Sie winkte ihren Eltern noch einmal, stieg auf und radelte davon. Als sie die Häuser hinter sich ließ und aufs Land hinausfuhr, während der Wind an ihrer Mütze zupfte, trat sie noch fester in die Pedale.

Thora dachte an die vage Angst, die sie hergetrieben und sich in eine Gewissheit verwandelt hatte, die sie nur noch entschlossener machte.

Und dann fiel ihr ein seltsamer Moment ein, der einige Wochen zurücklag.

Düsseldorf, 25. Februar 1919

Der Februartag war erstaunlich mild. Darum hatten Thora und ihre Freundin Hilde beschlossen, nach dem Unterricht einen Bummel zu unternehmen. Thora ahnte, wo der Bummel enden würde – im Café Cornelius an der Königsallee. Es hieß, das Haus habe seine beste Zeit hinter sich, aber sie fand den Bau mit den riesigen Fenstern, in dem es mehrere Restaurants gab, äußerst faszinierend. Ein so mondänes Etablissement kannte sie aus Gladbach nicht. Der Kuchen war unerschwinglich, aber bei einer Tasse richtigem Kaffee dort zu sitzen, war ein Luxus, den sie sich gelegentlich gönnten.

Sie schlenderten die Breite Straße entlang und lachten über die Witze, die ein Kommilitone vorhin im Fechtunterricht hinter vorgehaltener Hand erzählt hatte. Damit hatte er sich beim Lehrer, der den klangvollen Namen Karl Gottgetreu trug, zwar äußerst unbeliebt gemacht, die Klasse jedoch bestens unterhalten.

»Der mit dem Souffleur und dem alten Schauspieler«, kicherte Hilde. »Keine Einzelheiten jetzt – Wie heißt das Stück?«

»Ja, der war gut! Aber weißt du, ich wünsche mir eine Rolle, in der ich tatsächlich einmal fechten kann«, kehrte Thora mit sehnsüchtiger Stimme zum Thema Unterricht zurück.

»Ach, das liegt mir gar nicht, und der Gottgetreu macht mir irgendwie Angst«, meinte Hilde. »Dafür liebe ich das Tanzen umso mehr. Manchmal überlege ich, ob ich besser Tänzerin werden sollte. Es kommt mir vor, als könnte ich mich im Tanz besser ausdrücken als mit der Sprache.«

Hilde wollte gerade nach rechts in Richtung Königsallee abbiegen, als Thora stehen blieb. »Da hinten gibt es eine Galerie. Ich habe mir die Bilder im Fenster angesehen, mich aber nie hineingetraut.«

Hilde deutete auf die linke Straßenseite. »Fast am Anfang, Nummer 11 oder so?«

»Du kennst sie?«

»Ja, das ist die Galerie von Frau Ey. Ein Freund von der Kunstakademie hat mich ein paarmal mitgenommen. Wir können demnächst gern zusammen hingehen. Die Besitzerin ist ein Original.«

Thora hatte neulich bunte Kreidezeichnungen im Schaufenster bewundert. Wenn man so etwas auf einen großen Vorhang malen könnte, wie sie im Schauspielhaus gern anstelle von Kulissen verwendet wurden, wäre das ein fantastischer Hintergrund, hatte sie gedacht. Seit sie die Hochschule für Bühnenkunst besuchte, hatte sie begonnen, die Welt mit anderen Augen zu sehen. Sie bemerkte besondere Gesten, die ein alter Mann an einer

Straßenbahnhaltestelle machte, oder horchte auf, wenn jemand eine auffällige Stimme, einen eigenartigen Dialekt oder einen Sprachfehler hatte. Inzwischen betrachtete Thora alles um sich herum als Inspiration.

Sie hakte sich bei ihrer Freundin unter und ging weiter. »Das wäre schön. Ich liebe bildende Kunst, auch wenn ich selbst überhaupt nicht gut zeichnen und malen kann. Ich sehe es im Kopf, aber sobald ich etwas zu Papier bringen soll, ist es vorbei. Das kann mein Bruder besser.« Als sie an Hannes dachte, verdunkelte sich ihre Stimmung, doch Hilde riss sie aus ihren Gedanken.

»Wir sollten unbedingt auf eins der Feste bei Mutter Ey gehen. Die sind legendär.«

O ja, dachte, Thora, Feste sollte man mitnehmen. In den letzten Jahren hatte der Tod sie stets begleitet, und sie hatte gelernt, das Leben und seine Freuden mit beiden Händen zu packen und nicht loszulassen, bis sie ihr mit Gewalt entrissen wurden.

Das Cornelius-Haus mit seinen großen Fenstern und der von Türmchen gekrönten Fassade tauchte vor ihnen auf, aber so ganz wollte sich die Leichtigkeit nicht mehr einstellen. Hannes lebte zwar seit drei Monaten wieder in ihrem Elternhaus, doch Thora hörte nur selten von ihm. Ihr letzter Kontakt lag schon zwei Wochen zurück, und der Brief war knapp, beinahe unpersönlich gehalten. In den vergangenen Wochen war es ihr unmöglich gewesen, nach Hause zu fahren. Die Kämpfe zwischen den Spartakisten und den von der Regierung entsandten Freikorps hatten es verhindert, die Stadt geriet immer wieder in

Aufruhr. Sie hatte zweimal in der Firma angerufen, damit sich ihre Eltern nicht sorgten, aber mit Hannes hatte sie seit Dezember nicht gesprochen. Sie wusste nicht, was in ihm vorging, wie er von nun an leben wollte.

Bei seiner Heimkehr aus dem Krieg hatte er still und in sich gekehrt gewirkt. Ihr eigener Schwung und die Euphorie über all das Neue, das sie erlebte, ließen sie bisweilen vergessen, dass für ihn kein neues aufregendes Leben begonnen hatte. Im Gegenteil, er musste versuchen, an das Vergangene anzuknüpfen, sich selbst wiederzufinden.

Hilde stieß sie in die Seite. Sie musste etwas gesagt haben, das Thora vollkommen entgangen war.

»Verzeih, ich war in Gedanken.«

»Jetzt ist aber Schluss mit Grübeln.« Hilde öffnete die Tür und marschierte zielstrebig durchs Restaurant zur Treppe, die nach oben ins Café führte. Thora wollte ihr folgen, doch es war, als hätte jemand ihren Kopf genommen und ihn sanft, aber bestimmt zum Seiteneingang gedreht.

Dort bemerkte sie flüchtig den dunklen Kopf eines Mannes, der gerade den Hut aufsetzte und nach draußen auf die Blumenstraße trat. Es ging so schnell, konnte ein Irrtum sein. Ganz sicher war es das, solche Dinge passierten eben – man dachte an jemanden, und schon glaubte man, ihn tatsächlich zu sehen.

»Wo bleibst du denn?«, fragte Hilde ungeduldig von der obersten Treppenstufe.

Thora sah noch einmal zur Tür, doch der Mann, der Hannes so ähnlich gesehen hatte, war verschwunden.

Düsseldorf, Sonntag, 6. April 1919

Auf dem Rückweg von Gladbach nach Düsseldorf fuhr Thora wie ein Automat. Sie spürte kaum, wie der Wind an ihren Haaren zerrte, die unter der Mütze hervorschauten. Sie dachte an jenen Moment im Café Cornelius. Denkbar, dass ihre Fantasie das Bild des dunkelhaarigen Mannes umgestaltet hatte, dass sie ihn in ihrem Kopf nicht so sah, wie er an jenem Tag im Februar gewesen war. Aber sie wusste auch, dass sie schon damals sofort an ihren Bruder gedacht hatte.

Aber es war einfach nicht möglich. Gewiss, sie mochten einander fremd geworden sein, doch wollte sie nicht glauben, dass ihr Bruder in Düsseldorf gewesen war und sich nicht bei ihr gemeldet hatte. Und so war Thora zu dem Schluss gelangt – hatte sich vielleicht auch damit trösten wollen –, dass sie ihn mit einem anderen Mann verwechselt hatte. Bis heute. Seit sie wusste, dass man Hannes in Düsseldorf verhaftet hatte, war ihre Überzeugung ins Wanken geraten.

Thora trat heftiger in die Pedale, trieb sich förmlich voran.

Was hatte sie erwartet, als sie heute Morgen an denselben Dörfern vorbeigefahren war? Dass sie Hannes daheim antreffen und in Ruhe mit ihm reden und er ihr anvertrauen würde, was er in seinem Brief nur angedeutet hatte. Dass sie einen schönen Sonntag miteinander verbringen würden, dass sie im Bett ihrer Kindheit schlafen und am nächsten Morgen geruhsam mit Mama frühstücken würde. Dass sie nach Düsseldorf zurückkehren und sich ganz auf die Ausbildung und die Arbeit am Theater konzentrieren könnte.

Nichts davon war eingetreten. Die eine Ungewissheit war einer anderen, noch schlimmeren gewichen.

Sie zwang sich, ruhig zu atmen, den Blick nach vorn zu richten, und als die ersten Häuser von Neuss vor ihr auftauchten, wurde sie zuversichtlicher, setzte sich kleine Ziele. Durch die Stadt, dann über Land nach Oberkassel, wo sie die Fahrräder tauschen und auf dem schnellsten Weg zur Polizei fahren würde.

Als Thora in den Kaiser-Wilhelm-Ring bog, strich sie sich mit dem Handrücken über die Stirn. Vermutlich bot sie einen fürchterlichen Anblick, verschwitzt und zerzaust. Als das rote Haus zu ihrer Linken auftauchte, bremste sie und versuchte, möglichst elegant abzusteigen. Sie war noch damit beschäftigt, ihren Rock zu richten, als hinter ihr eine Stimme erklang. Sie drehte sich um und sah Gustav mit einem Buch in der Hand von der Rheinwiese kommen.

Er blieb vor ihr stehen und deutete mit dem Buch in Richtung Fluss. »Ich setze mich gern auf die Wiese, um zu lesen oder Text zu lernen. Das geht dort besser als in meinem Zimmer.« Dann runzelte er die Stirn. »Wolltest du nicht bis morgen bei deinen Eltern bleiben?«

Thora stand da, eine Hand auf dem Sattel, in der anderen ihre Ledertasche. Ihr Atem ging heftig, sie spürte den Schweiß, der unter ihrer Kleidung auf der Haut abkühlte. Sie konnte Gustav nicht verdenken, dass er sich über ihre frühe Rückkehr wunderte.

»Es ... es ist was passiert. Jedenfalls musste ich früher nach Düsseldorf zurück.«

Verwundert zog er die Augenbrauen hoch, fragte aber nicht weiter. »Gut, dann hole ich dein Rad.«

Er ging ins Haus und kam mit dem alten Drahtesel zurück.

»Ich danke dir fürs Leihen. Es hat mich sicher nach Gladbach und zurückgebracht.«

»Komm gut heim.«

Am Anfang der Brücke wurde Thora diesmal gründlicher kontrolliert, weil sie die besetzte Zone verließ. Sie musste ihre Tasche öffnen, und der Soldat klopfte sogar, wenn auch behutsam, ihren Körper ab. Sie stand da und zitterte innerlich, aus Angst vor dem belgischen Soldaten, aber auch aus Sorge und Ungeduld. Sie konnte es nicht erwarten, die Brücke zu überqueren und die wenigen Minuten bis zum städtischen Polizeiamt zurückzulegen.

Der Belgier schien ihren Personalausweis auswendig zu lernen, so gründlich schaute er ihn von beiden Seiten an. Dann reichte er ihn endlich zurück und ließ Thora durch.

Am anderen Ende der Brücke wiederholte sich das Spiel, wenn auch kürzer und ohne körperliche Untersuchung. Sie fuhr, bis sie außer Sichtweite der Posten war, hielt an und holte erst einmal tief Luft. Ihr Herz hämmerte so heftig, dass sie kaum atmen konnte. Sie hatte sich schrecklich machtlos gefühlt, als sie von den Soldaten kontrolliert worden war. Wäre ihnen danach gewesen, hätten sie sie nach Lust und Laune festhalten und verhindern können, dass sie etwas über Hannes in Erfahrung brachte.

Jetzt aber hatte sie es geschafft. Sie fuhr das kurze Stück bis in die Mühlenstraße. Das altehrwürdige Stadthaus, das seine Geschichte als Jesuitenkloster begonnen hatte, kannte sie nur vom Sehen, doch die blau gekleideten Schutzleute vor der Toreinfahrt mit der Nummer 31 verrieten ihr, wohin sie musste.

Thora warf einen Blick auf das Emailleschild, das neben der Durchfahrt hing: *Kriminal-Abteilung – über den Hof*.

Als sie das Fahrrad zwischen den Polizeiposten hindurchschieben wollte, streckte einer die Hand aus. »Nicht so schnell, Fräulein. Wo wollen Sie denn überhaupt hin?«

»In die Kriminalabteilung.« Das Wort lag wie ein Stein in ihrem Mund. Sie fühlte sich unwohl unter den Blicken der beiden Männer, fast wie vorhin auf der Brücke, dabei sollten Polizisten einen doch beschützen.

»Dann hoffe ich mal, dass Sie sich nichts haben zuschulden kommen lassen.« Er deutete hinter sich. »Über den Hof und durch die Tür in der Mitte.«

Thora stieß ein gepresstes Danke hervor und ging eilig in den Innenhof.

Drinnen war es kühl und ein wenig feucht, und Thora bildete sich ein, dass es noch leicht nach Kirche roch, was natürlich Unsinn war nach all den Jahren. Der Steinboden und die kahlen Wände wirkten streng und abweisend. Dies war kein Ort, den man freiwillig aufsuchte oder an dem man länger als zwingend nötig verweilte.

Thora schaute sich nervös um. Sie hatte mit einem Empfangsschalter gerechnet, an dem sie ihr Anliegen vortragen konnte, stand nun aber in einem langen Flur, von dem zu beiden Seiten Türen abgingen, die allesamt geschlossen waren. Sie würde wohl sämtliche Schilder lesen und hoffen müssen, dass sie die zuständige Stelle fand.

Sie wollte sich gerade ans Werk machen, als drei Türen weiter eine ältere Frau im grauen Kostüm herauskam. Sie hatte die Haare hochgesteckt und trug eine runde Hornbrille, die an einer dünnen Kette befestigt war. Unter dem Arm trug sie mehrere Aktenmappen. Sie kam zielstrebig auf Thora zu und wollte schon an ihr vorbeigehen.

»Verzeihung.«

Die Frau blieb stehen, sie schien in Eile, wirkte aber nicht unfreundlich. »Kann ich Ihnen helfen?«

»Mein Bruder wurde verhaftet. Ich möchte mit jemandem sprechen, der dafür zuständig ist.«

Die Frau musterte sie verwundert. Was mochte sie denken – dass Thora nicht aussah, als säße ihr Bruder im Gefängnis? Oder dass sie mit ihren verschwitzten Haaren und der zerknitterten Kleidung exakt wie eine Frau aussah, deren Bruder im Gefängnis saß? Doch Thora hatte es bis hierher geschafft und würde nicht weichen, bis sie wusste, was mit Hannes passiert war.

»Weshalb wurde er verhaftet?«

Es auszusprechen, fiel ihr unerwartet schwer. Im Gespräch mit den Eltern und in ihrem eigenen Kopf war es ihr gelungen, den Vorwurf zu benennen, doch dieser Frau gegenüber war ihr Mund plötzlich trocken und ihre Kehle eng.

»Es hat mit einem Mord zu tun. Es muss sich um ein Missverständnis handeln –«

Die Frau unterbrach sie. »Das sagen die meisten. Wenn es nach den Familien ginge, gäbe es keinen einzigen Mörder auf der Welt.« Dann schien sie zu bemerken, welche Wirkung ihre Worte hatten, und fuhr etwas sanfter fort: »Die dritte Tür von hinten auf der rechten Seite. Kriminalkommissar Heinen. Er hat heute Bereitschaft und ist für Kapitalverbrechen zuständig.« Sie nickte knapp und verschwand mit ihren Akten in einem Büro.

Thora atmete tief durch, ging weiter und blieb vor der glänzend dunkelbraunen Tür stehen, neben der *F. Heinen, Kriminalkommissar* stand. Sie klopfte und hörte ein knurriges »Herein«.

Der Mann hinter dem Schreibtisch war massig, seine Wangen gerötet und grobporig. Er trug einen gewichsten grauen Schnurrbart, wie ihn der abgedankte Kaiser beliebt gemacht hatte, die Enden waren himmelwärts gezwirbelt. Seine Augen verschwanden beinahe in den Falten, die sie umgaben, und seine Weste spannte über dem Bauch. Erstaunlich, dass es bei all dem Hunger noch so dicke Menschen gab, dachte Thora verwundert.

»Sie wünschen, junge Dame?«

Thora schloss die Tür hinter sich und schaute fragend auf den Stuhl, der vor dem Schreibtisch stand, doch der Kommissar reagierte nicht. Sie trat einen Schritt vor, den Riemen ihrer Tasche fest umklammert. Wie viel gewichtiger ihr Vater dem Beamten gegenüber aufgetreten wäre. Bestimmt hätte man ihm einen Stuhl angeboten. Aber er war nicht hier, und sie musste es allein meistern. Und das würde sie auch, machte sie sich Mut.

»Ich heiße Viktoria Bernrath.« Als der Kommissar den Namen hörte, zuckte Erkennen über sein Gesicht, er beugte sich ein wenig vor.

»Können Sie sich ausweisen?«, knurrte er.

Thora kramte erneut ihren Personalausweis hervor und legte ihn auf den Schreibtisch. Der Kommissar prüfte ihn gründlich und schob ihn zurück. Dann deutete er auf den Stuhl. »Bitte, Fräulein Bernrath.«

Sie setzte sich erleichtert und steckte den Ausweis wieder ein.

»Woher wissen Sie von der Verhaftung?«

»Ich war bei meinen Eltern in Gladbach zu Besuch. Mein Vater erhielt den Anruf in der Firma.«

Er stützte die Ellbogen auf den Tisch und legte das Kinn auf die dicken, dunkel behaarten Hände. »Hat er Ihnen auch gesagt, weshalb wir Ihren Bruder verhaftet haben?«

Sie sah ihm in die Augen. »Es war von einem Mord die Rede. Mehr wissen wir nicht. Bitte sagen Sie mir, was geschehen ist. Ich ..., wir stehen uns sehr nahe, ich muss es wissen.« Sie hasste den flehenden Ton in ihrer Stimme.

Der Kommissar schaute sie mitleidig, aber auch herablassend an, als nähme er sie nicht ganz ernst. »Ich glaube nicht, dass sich ein junges Fräulein mit so etwas beschäftigen sollte. Das ist wohl eher eine Angelegenheit für Ihren Vater.«

Thora spürte, wie etwas in ihr überzukochen drohte. »Sie wissen sicher, wie schwierig es ist, aus dem besetzten Gebiet nach Düsseldorf einzureisen. Meine Eltern können zurzeit keinen Passierschein bekommen. Sie sind auf den guten Willen der Belgier angewiesen, und die haben eine Sperre verhängt. Da ich hier in Düsseldorf wohne, ist es naheliegend, dass ich bei der Polizei vorspreche.«

Er betrachtete sie lange und nickte dann. »Die Sache verhält sich wie folgt. Am Freitag, also vorgestern, wurde in der Ackerstraße in Flingern gegen sechs Uhr abends ein Mann im Flur seines Wohnhauses erschlagen. Eine Nachbarin entdeckte die Leiche und beobachtete einen jungen Mann, der den Flur eilig verließ und davonlief. Sie stürzte auf die Straße und rief Passanten zu Hilfe, die den Mann festhielten. Die herbeigerufenen Schutzleute nahmen ihn fest und brachten ihn hierher ins Kommissariat. Bei dem Festgenommenen handelt es sich um Herrn Johannes Bernrath.«

»Wer ist der Tote?«, fragte Thora.

»Hauptmann Heinrich Leuchtenberg, ehemaliger Offizier.«

Den Namen hatte sie nie gehört. Sie versuchte, die Ereignisse zu ordnen und einen Sinn darin zu finden. Was hatte Hannes in dem Haus gewollt? Hatte er den Toten aus dem Krieg gekannt? Aber warum hätte er ihm etwas antun sollen?

»Hat mein Bruder irgendetwas gesagt, als man ihn verhaftete?«

»Nein. Er hat seinen Ausweis vorgezeigt, das war alles.« Er schaute sie ernst an. »Wir haben bisher keine Hinweise auf einen anderen Täter. Ihr Bruder war am Tatort und wollte von dort fliehen, das ist mehr als belastend.«

»Hatte er denn eine Waffe bei sich?«, fragte sie geistesgegenwärtig.

»Das nicht, aber die kann er weggeworfen haben.«

Thoras Schultern sackten hinunter. Sie kam sich vor wie ein Ballon, aus dem man die Luft gelassen hatte. Hannes, wo bist du nur hineingeraten?, dachte sie verzweifelt. Undenkbar, dass ihr Bruder diesen Mann kaltblütig getötet haben sollte. Doch sie konnte auch verstehen, weshalb man ihn verhaftet hatte. Die Tatsachen sprachen gegen ihn.

»Er hat überhaupt nicht versucht, sich zu verteidigen?«

Der Kommissar schüttelte den Kopf. »Mit keinem Wort.«

»Kann ich jetzt zu meinem Bruder?«

Er zog die Augenbrauen hoch. »Der ist nicht hier, Fräulein Bernrath. Unsere wenigen Zellen dienen der Ausnüchterung und kurzzeitigen Unterbringung von Unruhestiftern. Ihr Bruder befindet sich in der Strafanstalt Derendorf in der Ulmenstraße.«

»Danke. Dann fahre ich jetzt dorthin.«

Der Kommissar hob die fleischige Hand. »Nicht so schnell. Es ist schon spät. Man wird Sie heute nicht mehr vorlassen.«

Sosehr sie sich danach sehnte, Hannes zu sehen und mit ihm zu sprechen, war Thora doch erleichtert. Einen Abend lang nachdenken, eine Nacht darüber schlafen und morgen früh ausgeruht nach Derendorf fahren. Die kurze Strecke würde die Klapperkiste hoffentlich noch schaffen.

Sie stand auf und dankte dem Kommissar. »Darf ich im Gefängnis Ihren Namen nennen, damit man mich zu meinem Bruder lässt?«

»Gewiss«, knurrte er. »Und jetzt sehen Sie zu, dass Sie heimkommen. Dieser Generalstreik«, er spie das Wort förmlich aus. »Das rote Ungeziefer kriecht wieder aus seinen Löchern.«

Thora ging nicht darauf ein, sondern nahm ihre Tasche, verabschiedete sich und verließ das Büro.

Düsseldorf, Montag, 7. April 1919

Am nächsten Morgen wusch sich Thora ausgiebig mit kaltem Wasser das Gesicht, um nach einer unruhigen Nacht mit wirren Träumen halbwegs wach zu werden. Sie zog sich an und ging ins Esszimmer, wo die Witwe Hendricks das Frühstück bereitgestellt hatte.

Sie hatte sich gerade hingesetzt, als die Vermieterin hereinkam und vor ihr stehen blieb, die Hände in die Hüften gestemmt. »Jetzt wollen sie auch noch den Strom abstellen. Was sagen Sie dazu?«

Thora war in Gedanken schon unterwegs zum Gefängnis und schaute sie verwundert an, dann fiel der Groschen. »Hat es mit dem Streik zu tun?«

»Das möchte ich meinen«, donnerte die Witwe Hendricks. »Zuerst die Zeitungen, dann die Elektrizität. Ich habe es gründlich satt.« Sie ließ sich stöhnend auf den Stuhl gegenüber fallen und schenkte Thora und sich Muckefuck ein. »Ich wundere mich, dass Sie schon zurück sind.«

Ihr war nicht danach, einem fremden Menschen von Hannes zu erzählen, also sagte sie nur: »Es kam etwas dazwischen.« Das war nicht einmal gelogen, wenn auch stark untertrieben. »Ich brauche in den nächsten Tagen wohl öfter das Fahrrad.«

Die Vermieterin lachte. »Nur zu. Aber passen Sie gut auf, es treibt sich eine Menge rotes Gesindel in der Stadt herum.«

Thora war sich über ihre eigenen politischen Neigungen nicht ganz im Klaren. Einerseits wünschte sie sich Frieden in der Stadt und war entsetzt, dass ausgerechnet jetzt, da auf den Schlachtfeldern die Waffen endlich schwiegen, ein Krieg unter Deutschen tobte. Im Januar und Februar hatte sie den sozialistischen Spartakus-Aufstand miterlebt, und die Situation hatte sich immer noch nicht ganz beruhigt. Und mit dem Generalstreik drohten neue Unruhen. Andererseits hatte ihr Freund Rudi Dinge erzählt, die das *rote Gesindel* in einem anderen Licht erscheinen ließen. Auch Politik war eben nicht schwarz oder weiß, gut oder böse, sondern wie so oft eine Mischung aus hellem und dunklem Grau.

»Ich habe sogar angeboten, einen der tapferen Männer aufzunehmen, die uns von den Bolschewisten befreien wollen.«

Thora schaute die Witwe fragend an. Wen meinte sie damit?

»Sie wissen schon, das Freikorps. Diese Männer haben uns bereits Ende Februar geholfen, als es so schlimm stand.«

Sie schwieg, weil sie sich an ein Gespräch mit Rudi erinnerte, der damals sehr empört vom Freikorps Lichtschlag gesprochen hatte, das in Düsseldorf eingesetzt worden war. Es war nach seinem Anführer benannt, doch er bezeichnete es nur als Freikorps Totschlag. »Das sind Mörder, richtige Verbrecher«, hatte Rudi gesagt. »Ehemalige Soldaten, die keine Republik wollen, keine Demokratie. Die wollen den Kaiser zurück und sind bereit, dafür über Leichen zu gehen. Und die Regierung in Berlin hat sie hergeschickt.«

Wenn Thora ehrlich mit sich war, hatte das Theater sie in den letzten Monaten so gefesselt, dass sie kaum bemerkt hatte, was in der Welt der Politik geschah. Natürlich hatte sie am 19. Januar stolz gewählt. Das große Ereignis, die erste Wahl, bei der Frauen das Stimmrecht hatten, war dann doch nicht an ihr vorbeigegangen. Danach aber war sie wieder in ihre Schauspielausbildung getaucht, die wenig Zeit für andere Gedanken ließ. Wenn sie jedoch mit Rudi sprach, holte er sie in die Wirklichkeit zurück, seine Wirklichkeit. Das Theater war für ihn nur von Bedeutung, weil er dort Sprechunterricht erhielt. Was auf der Bühne geschah, dass dort zu allen Tageszeiten Menschen mit angemalten Gesichtern und fantasievollen Kostümen die Worte irgendwelcher Dichter deklamierten, war für ihn zweitrangig.

Thora hörte Rudi immer aufmerksam zu, und seine Worte über die Verbrecher hatten sie nachdenklich gestimmt. Doch es hatte keinen Sinn, mit der Witwe Hendricks über die Schreckenstaten der Freikorpsleute zu sprechen. Die wünschte sich den Kaiser und ihre alte Welt zurück, wie so viele. Außerdem hatte sie heute etwas sehr viel Dringenderes zu erledigen, das keinen Aufschub duldete.

»Ach so«, sagte Thora daher unverbindlich und biss in ihr Marmeladenbrot. Als sie den Muckefuck getrunken und das Brot aufgegessen hatte, stand sie auf und verabschiedete sich.

»Sie gehen heute doch ins Theater?«, fragte die Vermieterin, und Thora befand, dass eine Lüge mitunter der einfachere Weg war. Sie zahlte pünktlich ihre Miete und benahm sich anständig, zu mehr war sie nicht verpflichtet. Vor allem aber musste sie endlich zu Hannes.

»Ja, es kann spät werden. Ich wünsche einen guten Tag.«

In ihrem Zimmer zog sie eine knielange Jacke mit Gürtel und die Baskenmütze über, hängte sich die Ledertasche um und verließ die Wohnung.

Thora hatte den Stadtplan studiert und sich den Weg zur Ulmenstraße eingeprägt. Dort befand sich die Strafanstalt, die im Volksmund Ulmer Höh' genannt wurde. In der Gegend war sie noch nie gewesen, doch die Fahrt war nicht lang, etwa vier Kilometer, schätzte sie. Das sollte das alte Rad wohl schaffen.

Die Straßen waren zwar stiller, weil aufgrund des Streiks keine Bahnen fuhren, aber auch belebt, weil alle, die nicht streikten und zur Arbeit mussten, zu Fuß gingen oder das Fahrrad nahmen. Sie sah Polizisten, Arbeiter mit roten Armbinden und Herren in eleganter Kleidung, die im Eilschritt zu ihren Büros strebten. Die Atmosphäre war angespannt, noch aber blieb es friedlich. Doch wie lange würden die Leute still halten, wenn der Streik weiterging und sich womöglich ausweitete? Die ständigen Unruhen zermürbten die Menschen, ebenso wie der Mangel an Nahrungsmitteln, die tiefe Verunsicherung und Sorge um die Zukunft.

Sie fuhr über die Königsallee und durch den Hofgarten auf die Jacobistraße, vorbei am stattlichen Haus des Künstlervereins Malkasten und an Schloss Jägerhof. Von hier aus ging es immer geradeaus. Die Straßen wurden leerer, die Häuser standen weniger dicht. Vermutlich waren die Düsseldorfer ganz froh, dass sich die Strafanstalt nicht wie früher mitten in der Stadt befand, sondern nach draußen gerückt war, in die Nähe des Fuhrparks und des städtischen Schlachthofs. Eine symbolische Lage, dachte sie bei sich.

Thoras Herz schlug heftig, und das kam nicht von der Anstrengung. Als die dunkelroten Backsteinmauern des Gefängnisses auf der rechten Straßenseite auftauchten, wurde ihre Brust ganz eng. Sie stieg ab und schob das Rad das letzte Stück. Jenseits der Mauern sah sie das Türmchen der Kapelle und den gewaltigen Gefängnisbau, der die Form eines Kreuzes hatte, wie sie vom Stadtplan wusste. Nun, da sie kurz vor dem Ziel war, bekam sie Angst. Nach dem Besuch bei Kommissar Heinen war sie besorgt, aber entschlossen gewesen und voller Hoffnung, dass ein Gespräch mit Hannes die furchtbare Geschichte aufklären würde.

Aber würde man sie wirklich zu ihm lassen? Und falls ja, was sollte sie Hannes sagen, wie überhaupt anfangen?

Sie hatte mit ihm über den Brief sprechen wollen, darum war sie ursprünglich nach Hause gefahren. Doch seine aufgewühlten Zeilen verblassten vor dem, was seither geschehen war. Und dann war da noch der Ring, den sie in seinem Atelier gefunden hatte. Sollte sie ihn erwähnen, Hannes fragen, was er bedeutete, von wem er ihn bekommen hatte? Aber dann müsste sie auch gestehen, dass sie seine Sachen durchsucht hatte. Ihre Unsicherheit wuchs, drohte ihr den Mut zu rauben.

Dann stand sie vor dem Torgebäude aus rotem Backstein. Es gab kein Zurück, was immer sie dort drinnen erwartete, wie immer Hannes ihr begegnen mochte. Sie klopfte ans Tor und wartete.

Kurz darauf öffnete ein hagerer Mann in dunkler Uniform das Tor und musterte sie. »Sie wünschen?«

»Mein Name ist Viktoria Bernrath. Ich möchte meinen Bruder besuchen. Er ist in Untersuchungshaft.« Das Wort ging ihr schwer über die Lippen. »Kommissar Heinen hat gesagt, ich könne mit ihm sprechen. Er heißt Johannes Bernrath.«

Der Mann trat zurück und ließ sie ein, dann verriegelte er das Tor hinter ihr. »Kommen Sie.«

Er führte Thora in einen kleinen Raum mit einer Glasscheibe zum Hof, schlug ein großes Registerbuch auf, das auf dem Tisch lag, und fuhr mit dem Finger an der ersten Spalte entlang. »Ihren Ausweis, bitte.«

Sie holte ihren Personalausweis heraus und legte ihn auf den Tisch. Er betrachtete ihn und notierte sich die Angaben. »Und Ihr Bruder heißt?«

Sie wiederholte seinen Namen.

»Folgen Sie mir.«

Er führte sie aus dem Gebäude auf den Hof, hinter dem das eigentliche Gefängnis emporragte. Die abweisenden dunklen Mauern, die vergitterten Fenster, all das verströmte eine düstere Beklemmung. Hinter diesen Fenstern saßen Hunderte Männer, manche wütend, andere verzweifelt, schuldig und unschuldig, Mörder, Betrüger, Diebe. Und Hannes.

Der Uniformierte betrat das Gebäude, hielt ihr die Tür auf und sprach mit einem Kollegen an der Pforte, bevor er wortlos an ihr vorbei zum Torgebäude zurückging.

»Fräulein Bernrath?« Der Pförtner wirkte etwas zugänglicher. »Eigentlich verstößt es gegen die Vorschriften, dass Sie einfach hier erscheinen und einen Gefangenen besuchen wollen. Aber da Sie sagen, Kommissar Heinen hätte Sie geschickt, dürfen Sie bleiben. Normalerweise müssen Sie sich vorher anmelden.«

»Ich ... ich habe kein Telefon. Und der Streik –«

»Schon gut. Warten Sie hier. Ich gebe Bescheid.«

Thora konnte sich nicht setzen, obwohl einige rohe Holzstühle im Flur standen, sie war viel zu unruhig. Also lief sie auf und ab, um ihren Herzschlag und das Zittern ihrer Hände zu beherrschen. Es schien eine Ewigkeit zu dauern, was machten die nur so lange? Gleich würde sie Hannes sehen. Wie anders hatte sie sich ihre nächste Begegnung vorgestellt. Ihre Augen brannten verräterisch, doch sie kämpfte mit aller Macht gegen die Tränen an.

»Kommen Sie mit.«

Ein Wärter mit Schlagstock und Schlüsselbund am Gürtel war hinter sie getreten. Er führte sie um einige Ecken und blieb dann vor einer Tür stehen.

»Sie dürfen den Gefangenen nicht berühren und müssen Abstand halten. Sie sitzen auf einer Seite des Tisches, er auf der anderen. Ein Kollege bleibt die ganze Zeit dabei. Sie haben zehn Minuten.«

Die Worte klangen nüchtern und kalt, doch das kümmerte sie nicht. In wenigen Sekunden würde sie ihren Bruder sehen.

Die Tür schwang auf, und Thora trat ein. Nackte Wände, Gitter vor den Fenstern, in der Mitte ein unbearbeiteter Holztisch mit zwei Stühlen. Auf einem davon saß Hannes.

Er sah so vertraut aus und doch ganz fremd. Er trug einen gut geschnittenen grauen Anzug mit Weste darunter und ein weißes Hemd, doch die Kleidung war fleckig und verknittert. Seine Haare waren nicht frisiert und fielen ihm lockig ins Gesicht. Er hatte sich nicht rasiert, der dunkle Bartschatten ließ sein Gesicht schmal erscheinen.

Als er sie sah, sprang er unwillkürlich auf, worauf der Wärter in der Ecke einen Schritt in den Raum machte. »Hinter dem Tisch bleiben!«

Thora trat vor und streckte unwillkürlich die Hand aus, obgleich sie ihren Bruder nicht berühren durfte. »Hannes, endlich.«

Er ließ sich schwer auf den Stuhl fallen. »Du bist gekommen.« In den drei Worten lag eine ganze Welt.

Sie hängte ihre Tasche an den Stuhl, nahm die Mütze ab, setzte sich und legte die Hand auf die Tischplatte. Dann atmete sie tief durch und schaute ihren Bruder an. »Was ist denn nur passiert, Hannes? Warum warst du in diesem Haus, bei diesem Leuchtenberg? Der Kriminalkommissar hat mir einiges gesagt, aber es erklärt gar nichts.«

Sie wollte nicht vorwurfsvoll klingen, aber es fiel ihr schwer, ihre Fassungslosigkeit zu verbergen.

Hannes wirkte jetzt ganz ruhig. Er hielt die Hände im Schoß, die Augen gesenkt. Die Haare fielen ihm in die Stirn, sodass sie kaum erkennen konnte, was in seinem Gesicht vorging. »Ich habe nichts zu sagen.« Seine Stimme klang seltsam rau.

Thora zuckte zusammen. Dass er nicht mit der Polizei sprechen wollte, war eine Sache, aber sie war seine Schwester, sie hatten einander immer vertraut. Der kahle Raum, der Wärter in der Ecke, die Gitter vor dem Fenster, es war wie ein Albtraum, aus dem sie nicht erwachen konnte. »Hannes, die Polizei glaubt, du hättest jemanden getötet. Einen ehemaligen Offizier, er hieß Leuchtenberg. Hast du ihn gekannt? Warum warst du überhaupt in diesem Haus? Ich verstehe das alles nicht.«

Er hob den Kopf. Seine Augen, deren Farbe je nach Licht zwischen Grün und Blau zu wechseln schien, blickten sie flüchtig an. Dann zog er die Augenbrauen zusammen und wandte leicht den Kopf zur Seite, wie er es als Junge getan hatte, wenn die Eltern ihn zur Rede stellten. »Ich habe ihn nicht getötet. Das immerhin kann ich dir sagen.«

Wieder wollte sie ihn berühren, wieder zog sie die Hand zurück. »Das reicht nicht, Hannes. Du musst der Polizei schildern, warum du dort warst. Warum du weggelaufen bist. Wenn du nichts getan hast – und das glaube ich dir –, kannst du's doch erklären.«

Ein Lächeln spielte um seine Lippen, das sie nicht zu deuten wusste. Auf einmal schien er sehr weit weg von ihr zu sein, wirkte geradezu entrückt. »Nein. Das kann ich nicht.«

Thora biss sich auf die Unterlippe. In ihr kämpften alle möglichen Gefühle – Angst, Empörung, Verständnislosigkeit, Verzweiflung. Sie hätte ihn am liebsten geschüttelt, damit er redete. Wie konnte er zu diesen Vorwürfen schweigen? Es ging um seine Freiheit, um sein – aber nein, daran würde sie nicht denken, so weit waren sie noch nicht. Noch lange nicht.

Sie beschloss, ihn mit einer Kehrtwende zu überraschen. »Du hast mir einen Brief geschrieben. Was wolltest du mir erzählen? Sag es mir jetzt.«

Er schluckte, setzte zum Sprechen an und schien sich dann zu besinnen. »Dafür ist es zu spät.«

Seine Ruhe reizte sie bis aufs Blut. Dass er einfach so dasitzen konnte, im Besucherraum eines Gefängnisses, und über nichts mit ihr sprechen wollte, weder über den rätselhaften Brief noch über den Mord, den man ihm vorwarf. Was war mit ihrem Bruder geschehen?

Und dann, als hätte er ihre Gedanken gelesen, sagte er leise: »Erzähl mir von dir. Vom Theater. Das würde ich gerne hören.«

Thora lehnte sich zurück und fuhr sich mit der Hand übers Gesicht. Zu jeder anderen Zeit hätte sie sich über die Frage gefreut, hätte ihm in leuchtenden Farben geschildert, was sie alles lernte, wem sie begegnete, hätte von Enttäuschungen und Erfolgen berichtet.

Aber doch nicht jetzt! Wie konnte Hannes sie nach dem Theater fragen, als säßen sie in einem Café beim Kuchen, als wäre dies ein gewöhnliches Treffen unter Geschwistern? Dann kam ihr ein Gedanke. »Kann es sein, dass ich dich vor ein paar Wochen im Café Cornelius gesehen habe? An der Königsallee?«

Ein Zucken ging über sein Gesicht und verriet ihr, dass es keine Verwechslung gewesen war. Sie hatte Hannes an jenem Februarnachmittag tatsächlich gesehen.

Doch er antwortete nicht.

Sie grub die Fingernägel in die Handflächen. »Warum bist du nicht zu mir gekommen, wenn du in Düsseldorf warst? Warum hast du nicht geschrieben, dann hätten wir uns treffen können? Ich hätte dich so gern gesehen.« Sie war traurig und wütend zugleich.

Wieder kam keine Antwort. Sie überlegte kurz, ob sie Hannes den Ring zeigen oder ihn zumindest danach fragen sollte, entschied sich aber dagegen. Der Wärter hörte jedes Wort und sah genau, was sie taten. Und Thora konnte nicht ermessen, wie Hannes reagieren würde.

»Das hier ist ernst«, drängte sie. »Wenn du weiter schweigst, kann es durchaus passieren, dass die Polizei nicht weiter ermittelt. Dann bleibst du ihr einziger Verdächtiger und kommst wegen Mordes vor Gericht.«

Hannes blieb äußerlich ungerührt, und Thora sah ihn forschend an. Sie hatte immer in ihm lesen können, in seinem Gesicht, seiner Körperhaltung, hatte gespürt, wenn es ihm nicht gut ging. Er zog kaum merklich die Schultern hoch, als wollte er sich schützen, blieb aber still.

»Ich suche dir hier in Düsseldorf einen Anwalt, einverstanden? Der wird dafür sorgen, dass du –«

»Nein!« Der Schleier der Ruhe zerriss. »Keinen Anwalt. Ich würde nicht mit ihm reden, also kannst du dir die Mühe sparen.«

Thora kämpfte die aufsteigende Verzweiflung nieder. Sie musste doch irgendetwas für ihn tun. »Was soll ich Mama und Papa sagen? Ich war zu Hause, als sie die Nachricht bekamen. Sie sind verzweifelt.«

Hannes presste die Lippen aufeinander, seine Miene verschloss sich. »Es tut mir leid. Ich hätte es ihnen gern erspart. Mehr kann ich nicht sagen.«

Thora schluckte. Das alles war so schrecklich falsch. Sie wollte ihrem Bruder helfen, aber er vertraute ihr nicht mehr. Er vertraute niemandem. Sie suchte verzweifelt nach einem Weg, um ihn zu überzeugen, doch bevor sie etwas sagen konnte, gab der Wärter ein Zeichen, und Hannes stand auf.

»Wenn du mir Waschsachen und einen Kamm besorgen könntest. Rasierzeug wird gestellt, das geht nur unter Aufsicht.« Er lachte freudlos. »Ach ja, und Papier und Bleistift. Ich danke dir.«

Er richtete sich darauf ein, länger hierzubleiben, dachte Thora entsetzt. Er rechnete gar nicht damit, dass man ihn entlassen würde. Aber es war ein kleiner Schritt auf sie zu, und sie würde jede Möglichkeit ergreifen, um eine Brücke zu ihm zu schlagen. »Ja, ich bringe es dir. Sonst noch etwas?«

»Vielleicht eine Zeitung?«

»Die gibt es gerade nicht. Es wird gestreikt.«

»Ach so. Hier drinnen bekomme ich nichts mit. Aber danke für alles.« Noch einmal der blau-grüne Blick, dann führte ihn der Wärter aus dem Raum.

Draußen auf der Ulmenstraße musste Thora sich an die Mauer des Torgebäudes lehnen und die Augen schließen. Ihr war schwindlig, ihr Atem ging sehr schnell. Sie ballte die Fäuste und zählte langsam in Gedanken.

»Ist Ihnen nicht gut, Fräulein?«

Die Stimme ließ sie zusammenzucken. Vor ihr stand eine alte Frau mit einem Handkarren, in dem ein Durcheinander aus Holzstücken, Sackleinen und fauligem Obst lag. Ihre Kleidung war verschlissen, sie trug einen Hut, der vor dreißig Jahren einmal modern gewesen sein mochte, und hatte nur noch wenige krumme Zähne, die sie jetzt entblößte.

»Keine gute Gegend für ein junges Fräulein.« Sie nickte zum Gefängnis hinüber. »Die Ulmer Höh' ist ein verrufener Ort.«

Thora wich zurück und machte Anstalten, aufs Rad zu steigen, doch die alte Frau griff mit einer klauenähnlichen Hand nach ihrem Unterarm. »Da haben sie früher die Verbrecher gehängt. Der Galgen stand immer auf einer Anhöhe. Daher kommt der Name. Manchmal richten sie hier auch noch welche hin.«

Sie riss sich los und wischte sich den Arm am Rock ab, während die Alte ihr mit rauer Stimme etwas Unverständliches hinterherrief.

Im Hofgarten ließ Thora sich mit letzter Kraft auf eine Parkbank fallen, vergrub das Gesicht in den Händen und blieb lange so sitzen. Ihr Herz hämmerte so sehr, dass sie das Blut in ihren Ohren rauschen hörte.

Die Alte war verrückt, dachte sie. Wie konnte das wirre Gerede sie nur so ängstigen? Doch tief im Inneren wusste sie, was sie erschreckt hatte. Die Frau hatte nur in Worte gefasst, was ihr selbst durch den Kopf geschossen war, bevor sie es entschieden verdrängt hatte.

Mord war ein schweres Verbrechen, das schwerste überhaupt. Falls die Polizei nicht weiter ermittelte, weil sie glaubte, den Täter gefunden zu haben, und Hannes weiter schwieg, würde man ihn vor Gericht stellen. Und wenn er schuldig gesprochen wurde, erwartete ihn im schlimmsten Fall die Todesstrafe.

Sie wollte es nicht denken und musste es doch. Um ihm zu helfen, brauchte sie einen klaren Kopf, und den bekam sie nur, wenn sie sich genau vor Augen führte, was geschehen konnte.

Sich das Allerschlimmste auszumalen, besaß mitunter etwas Befreiendes, weil es dann nichts mehr gab, das verschleiert in einer dunklen Ecke lauerte. Während der Kriegsjahre hatte sie ihre Angst um Hannes im Zaum gehalten, indem sie sich gelegentlich erlaubte, an seinen Tod zu denken. Das mochte paradox klingen, aber es hatte ihr geholfen. Vielleicht wäre es richtig, auch jetzt diesen Weg zu gehen. Sich die Angst einzugestehen und so – hoffentlich – blinde Panik zu vermeiden.

Sie dachte an die Begegnung mit Hannes, wie nah und doch fern, wie vertraut und doch fremd er ihr gewesen war. So ähnlich hatte sie schon einmal empfunden.

München-Gladbach, Winter 1915

Hannes würde auf Fronturlaub kommen, endlich. Thora wartete seit einer Stunde in der Kälte auf dem Bahnhof. Sie hatte den ganzen Morgen lang versucht, einen Schal für die Frontsoldaten zu stricken, doch der Gedanke, ihren Bruder wiederzusehen, hatte sie so unruhig gemacht, dass sie keine gerade Masche zustande brachte. Also war sie – viel zu früh – aus dem Haus geeilt. Der Gedanke, Hannes könnte von niemandem begrüßt werden, falls der Zug zu früh käme, war ihr unerträglich gewesen.

Nun drängten sich die Menschen auf dem Bahnsteig, Eltern, Geschwister, Ehefrauen, Verlobte. Manche hatten Blumen dabei, andere warme Schals oder Mützen, weil sie fürchteten, die Soldaten könnten in ihren Uniformen frieren. Thora ahnte jedoch, dass Kälte nicht das Schlimmste sein konnte, was die Soldaten beschäftigte.

Hannes hatte in den vergangenen Monaten Feldpostbriefe geschickt, in denen immer das Gleiche stand. Es gehe ihm gut, die Verpflegung sei anständig, die Stimmung hoffnungsvoll und siegesgewiss. Sie wusste, dass er wegen der Zensur nichts anderes schreiben konnte.

Die Männer durften nicht verraten, wo sie sich aufhielten, ob ein Angriff bevorstand oder wie hoch die Verluste waren, denn es gab Spione, und der Feind durfte diese Einzelheiten keinesfalls erfahren. Das hatte sie jedenfalls in der Zeitung gelesen. Seit der Krieg ausgebrochen war, las sie mit geradezu religiösem Eifer alle Zeitungen, die sie in die Finger bekam.

Als Thora von fern den Rauch der Lok aufsteigen sah, schlug ihr Herz schneller. Nun, da das Wiedersehen zum Greifen nah war, merkte sie, wie sehr sie Hannes vermisst hatte. Sie stellte sich einen Moment lang vor, er käme von einer Wanderung in der Eifel heim, braun gebrannt, unbeschwert, mit federndem Schritt und einem Rucksack auf den Schultern.

Sie hoffte, dass sie in Ruhe mit ihrem Bruder sprechen könnte, denn sie wollte ihm von Tom erzählen und dem Brief, den er ihr geschrieben hatte. Seine Mutter hatte ihn an sie weitergeleitet, da Tom von der Front aus keine Post nach Deutschland schicken durfte. Er hatte geschrieben, wie sehr es ihn schmerze, dass sie auf einmal Feinde sein sollten und er bei jedem Kampfeinsatz fürchte, Hannes gegenüberzustehen. Nur der Gedanke, sie wiederzusehen, wenn endlich Frieden sein würde, lasse ihn den Mut nicht verlieren. Sie hatte still geweint, nachdem sie die Zeilen gelesen hatte, und sich an Toms ansteckende Heiterkeit und sein Lächeln erinnert.

Hannes würde ihren Schmerz verstehen, ohne sie mit seinem Mitleid zu erdrücken. Anders als ihre Mutter, die sie bisweilen anschaute, als wäre sie krank und müsste geschont werden. Doch das wollte Thora nicht. Was sie wollte, war eine sinnvolle Aufgabe, um die Grübeleien zu vertreiben.

Sie hatte sich heimlich in einem Lazarett gemeldet und zwei Tage dort gearbeitet. Sie war schockiert gewesen, als sie die ersten Amputationswunden gesehen hatte und die entstellten Füße von Männern, die wochenlang nasse Stiefel getragen hatten. Doch nachdem sie den ersten Ekel überwunden hatte, überwog das Gefühl, helfen zu können.

Dann hatte ihre Mutter es gemerkt und ihr aufgebracht verboten, noch einmal dorthin zu gehen. Sie könne verstehen, dass Thora sich nützlich machen wolle, aber doch nicht so. Was genau dieses *so* beinhaltete, hatte sie nicht erklärt, aber Thora ahnte, dass es an den Männern liegen musste, denen sie dort in einer intimen, körperlichen Weise begegnete, die sich in Maria Bernraths Augen für eine Tochter aus gutem Hause nicht gehörte. Stricken für die Frontsoldaten war akzeptabel und löblich, ebenso die Essensausgabe in den Kriegsküchen, die überall in der Stadt entstanden – verwundete Männer zu verbinden oder gar zu waschen hingegen nicht.

Thora hatte gehofft, ihr Vater werde sie unterstützen, doch er war zu sehr mit sich beschäftigt gewesen. Er war kein Kriegshetzer, stand aber voll und ganz hinter Kaiser und Regierung, auch wenn er zunehmend bedrückt wirkte.

Einmal hatte Thora gesehen, wie er in seinem Arbeitszimmer stand, in der Hand ein Foto der Familie Sandford. Er war so versunken gewesen, dass er sie nicht bemerkt hatte, und sein Gesicht war von Traurigkeit erfüllt. Offenbar litt auch er unter dem Gedanken an die Feindschaft zwischen ihren Ländern und schien genau wie sie zu ahnen, dass es nie wieder so werden würde wie früher, selbst wenn der Krieg irgendwann vorbei wäre. Mit jedem Soldaten, der in den Schützengräben Flanderns starb, wurden die Risse tiefer und schwerer zu heilen.

Das alles waren Dinge, die sie spürte, die aber in der Familie nicht ausgesprochen wurden, als könnte das Schweigen sie erträglicher machen. Außerdem verbot es sich, am Sinn des Krieges zu zweifeln. Wer das tat, verriet die tapferen Soldaten, die für Deutschland ihr Leben wagten. So wie ihr Bruder.

Dann stieß die Lokomotive einen lauten Pfiff aus und riss Thora in die Gegenwart zurück. Sie stand wieder auf dem kalten Bahnsteig, umgeben vom Menschengewimmel, und reckte den Hals, als sich die Zugtüren öffneten und eine Masse grauer Uniformen ausspien. Die Männer sahen einander so ähnlich, dass sie Hannes nicht sofort erkannte. Aber er musste dabei sein, er konnte doch nicht ...

Erst als er auf sie zukam, den Tornister auf dem Rücken, die Mütze schief auf dem Kopf, und beinahe zaghaft die Hand hob, löste sie sich aus ihrer Starre und stürzte auf ihn zu. Sie schlang die Arme um ihren Bruder und spürte, wie er den Kopf flüchtig an ihrem Hals vergrub. Ein Schauer ging durch seinen Körper, vielleicht von der Kälte, vielleicht von etwas anderem.

Im nächsten Moment trat Hannes zurück und sagte leichthin: »Du wirst immer schöner, kleine Schwester.« Doch als Thora in seine Augen schaute, bemerkte sie darin eine Leere, als hätte er etwas verloren. Und als bezweifelte er, dass er es jemals wiederfinden würde.

Fritz Bernrath gab ein festliches Essen zu Ehren seines Sohnes, zu dem er Honoratioren und Geschäftsfreunde eingeladen hatte. Hannes war den ganzen Tag über still gewesen. Am Nachmittag setzte Thora sich zu ihm an den Kamin und tippte leicht gegen das Buch, in dem er las.

Er klappte es zu und legte es neben sich auf den Boden.

»Heine?«, fragte Thora sanft. »Er geht hart mit Deutschland ins Gericht.«

»Ja, aber er schreibt auch:

›Und als ich an die Grenze kam,
Da fühlt ich ein stärkeres Klopfen
In meiner Brust, ich glaube sogar
Die Augen begunnen zu tropfen.‹«

Hannes lächelte, doch seine Augen blieben ernst. Dann schien er sich einen Ruck zu geben und schaute an sich hinunter. »Gleich muss ich mich verkleiden.« Thora dachte unwillkürlich an die Theateraufführungen ihrer Kindheit.

»Wie meinst du das?«

»Ich muss präsentabel wirken. Niemand will einen Helden in Tweedhose und altem Pullover sehen.« Sein Lächeln war vertraut und doch fremd, als trüge er eine Maske. »Die Uniform sollte inzwischen gereinigt und frei von Ungeziefer sein.« Als er Thoras schockierten Blick bemerkte, fügte er lachend hinzu: »Keine Sorge, ich wurde entlaust, bevor ich in den Zug gestiegen bin.«

Etwas Leichtes brach sich Bahn in ihr, ein flatterndes Lachen, obwohl Hannes gar nichts Komisches gesagt hatte. Sie griff nach seiner Hand und drückte sie, als könnte sie sich jeden Moment in Luft auflösen.

Sie hatte Hannes gestern Abend Toms Brief gezeigt und ihm gestanden, wie sehr sie Tom vermisste und dass sie den Gedanken nicht ertragen konnte, einen von ihnen zu verlieren. Dass sie sich fragte, was aus ihnen werden sollte, wenn der Krieg vorbei war, und ob es nach all dem Leid eine gemeinsame Zukunft der Familien geben könne. Hannes hatte aufmerksam zugehört, wie immer, dabei mit angezogenen Beinen auf der Fensterbank gesessen und aus dem geöffneten Fenster geraucht. Viel gesagt hatte er nicht, aber das musste er auch nicht. Es tat einfach gut, Worte für das zu finden, was sie fühlte.

»Es gefällt dir nicht, dass Papa das Essen gibt.« Es war keine Frage.

Hannes fuhr sich durch die dunklen Locken und zuckte mit den Schultern. »Die wollen nur Geschichten von der Front hören. Aber nicht die, die ich zu erzählen habe.« Er verstummte, als hätte er schon zu viel gesagt.

Thora ließ seine Hand los und setzte sich neben ihn auf die Sessellehne. »Erzähl sie mir.«

»Nicht jetzt.« Mehr sagte er nicht, ließ ihr jedoch die Hoffnung, dass er es tun würde, wenn die Zeit dafür gekommen war.

Düsseldorf, Montag, 7. April 1919

Thora kehrte langsam aus den Erinnerungen zurück. Sie sah nach oben in die Baumkronen, atmete tief durch und stand von der Parkbank auf. Dann fragte sie einen vorbeigehenden Herrn nach der Uhrzeit. Er zückte seine Taschenuhr und verkündete: »Kurz vor halb elf, mein Fräulein.«

Sie bedankte sich. Ihr blieb fast der ganze Tag, und sie würde alles tun, um Hannes zu helfen, auch wenn er sich ihr nicht geöffnet hatte. Und sie wusste auch, wo sie damit anfangen würde.

Bald ließ sie die gepflegten Wege des Hofgartens hinter sich, radelte über den Hindenburgwall und bog nach rechts auf den Friedrichsplatz. Vor ihr erhob sich der prächtige Bau des Kunstgewerbemuseums, doch sie hatte nicht vor, eine Ausstellung zu besuchen. Im Anbau des Museums befand sich die Stadtbibliothek, und dort würde sie mit ihrer Suche beginnen.

Der Lesesaal war beeindruckend – holzgetäfelte Wände, gepolsterte Sessel mit geraden Lehnen, deren Form sich in den eckigen Lampen an der Decke und auf den Tischen wiederholte. Thora trat an den Tresen und bat um ein aktuelles Adressbuch. Die junge Frau, die dort arbeitete, bat sie, Platz zu nehmen, man werde ihr das Gewünschte bringen.

Sie setzte sich und betrachtete die gesenkten Köpfe, die über Büchern und Zeitungen brüteten. Als Kind war sie oft in die Bücherei gegangen, obwohl sie eine ansehnliche eigene Sammlung besessen hatte. Sie hatte es immer verlockend gefunden, vor den gefüllten Regalen zu stehen und auf unerwartete Entdeckungen zu hoffen. Vor allem konnte sie in einer Bücherei selbst auswählen, was sie lesen wollte, und musste sich nicht mit dem begnügen, was sie zu Hause fand.

»Bitte sehr.« Die junge Frau legte einen dicken Band auf den Tisch. »Sie wissen, wie es aufgebaut ist?«

»Nicht genau.«

Die Bibliothekarin schlug das Buch beim Inhaltsverzeichnis auf und erklärte Thora, wie sie nach bestimmten Adressen oder Personen suchen konnte. Nachdem sie sich bedankt hatte, wartete sie, bis die Frau gegangen war. Warum, wusste sie selbst nicht genau, sie tat ja nichts Verbotenes.

Thora suchte nach dem Namen Heinrich Leuchtenberg und fand tatsächlich eine Adresse in der Ackerstraße. Der Blick auf den Stadtplan verriet ihr, dass diese in der Nähe des Bahnhofs begann und sich bis weit nach Flingern hineinzog. Sie notierte die Anschrift und suchte nach weiteren Personen, die Leuchtenberg hießen und unter derselben Adresse gemeldet waren. Sie fand eine

Frau namens Emilie, wohl die Ehefrau oder Schwester des Getöteten.

Thora schrieb alles genau auf und trug den schweren Band an die Theke zurück.

Dann verließ sie die Bibliothek und blieb nachdenklich draußen auf dem Platz stehen. Jetzt wusste sie, wo der Tote gewohnt hatte und konnte sich die Gegend näher anschauen. Und sie wusste auch, dass er nicht allein gelebt hatte, aber würde ihr das weiterhelfen? Sie konnte schlecht bei Emilie Leuchtenberg klingeln und Fragen stellen.

Thora stand unschlüssig da, blickte zurück zur Bibliothek und machte dann auf dem Absatz kehrt. Drinnen bat sie an der Theke noch einmal um das Adressbuch und schlug diesmal die Zeitungen nach, die in der Stadt erschienen. Sie notierte sich die Adressen und gab zum zweiten Mal an diesem Tag den schweren Band zurück.

Es war eine kühne Idee, und sie hatte sich gewiss nicht den besten Zeitpunkt dafür ausgesucht, konnte aber nicht abwarten, bis der Generalstreik vorbei war. Sie musste alles versuchen, um Licht in diesen Wirrwarr zu bringen.

Das prächtige Girardet-Haus, in dem die *Düsseldorfer Nachrichten* ihren Sitz hatten, wirkte verlassen. Natürlich erschienen keine Zeitungen, aber das bedeutete nicht, dass niemand arbeitete. Sie mussten doch die Berichterstattung für die Zeit nach dem Streik vorbereiten, alles festhalten, was geschah, damit es später genau beschrieben werden konnte. Das hoffte sie jedenfalls. Und sie hatte auch gehört, dass die Polizei wichtige Meldungen an Zeitungen weitergab und Journalisten mit der Polizei zusammenarbeiteten, wenn sie über aktuelle Verbrechen berichteten.

Mit anderen Worten, wenn jemand über den Mord an Leuchtenberg Bescheid wusste, dann Zeitungsleute.

Das Portal des Gebäudes war eindrucksvoll, die Tür bestimmt dreimal so hoch wie sie selbst. Sie drückte sie auf und trat in die Eingangshalle. Sofort eilte ein Portier in Uniform auf sie zu.

»Wir nehmen heute keine Anzeigen entgegen.«

Thora drückte den Rücken durch, um größer zu erscheinen. »Darum geht es mir auch nicht. Ich möchte einen Redakteur sprechen.«

»Hier ist niemand.«

So leicht ließ sie sich nicht abspeisen. »Vielleicht ja doch. Es ist wirklich wichtig.«

»In der Stadt wird gestreikt.«

»Dessen bin ich mir bewusst. Ich möchte lediglich mit jemandem über die Polizeimeldungen sprechen.«

Der Portier schaute sie an, als wäre sie schwer von Begriff. »Mein wertes Fräulein, selbst wenn ein Redakteur hier wäre, hätte er ganz sicher Wichtigeres zu tun, als Ihnen spannende Verbrechergeschichten zu liefern. Hier wird ernsthaft gearbeitet.«

Thora spürte, wie bei seinen herablassenden Worten Wut in ihr aufstieg. »Das bezweifle ich nicht. Und gerade, weil ich glaube, dass hier ernsthaft gearbeitet wird, komme ich mit meiner Frage zu Ihnen.«

»Wie gesagt, es ist niemand im Haus außer mir und dem Hausmeister.«

Sein Tonfall machte deutlich, dass er kurz davor war, sie hinauszubefördern.

Thora ging mit aller Würde, die sie aufbringen konnte, über den hallenden Marmorboden zur Tür. Sie zitterte vor Wut und fühlte sich an gestern erinnert, als ihr die Polizisten vor dem Stadthaus so gönnerhaft begegnet waren und der Kommissar deutlich gezeigt hatte, dass er sie als Frau nicht ernst nahm.

Seit sie von Theatermenschen umgeben war, hatte sie fast vergessen, dass solch geringschätziges Verhalten existierte. Im Schauspielhaus herrschte eine verblüffende Gleichheit, wie manche Revolutionäre sie sich wohl erträumten. Natürlich waren alle im Wesen unterschiedlich, aber man stellte an alle die gleichen Forderungen und Erwartungen. Geleitet wurde das Schauspielhaus von einer Frau und einem Mann, in der Hochschule für Bühnenkunst gab es etwa gleich viele Frauen und Männer. Hier draußen aber galten andere Regeln, daran änderte auch die neue Gleichberechtigung nichts, die immerhin in der Verfassung stand.

Doch so leicht ließ Thora sich nicht entmutigen. Sie studierte die Liste der Zeitungen, glich die Adressen mit dem Stadtplan ab und stellte fest, dass sich die Redaktion der *Düsseldorfer Freien Presse* in der nahe gelegenen Wallstraße befand. Es lohnte einen zweiten Versuch.

Sie hielt vor dem großen Haus in der Altstadt, an dem zahlreiche Firmenschilder prangten. Eins trug die Aufschrift *Düsseldorfer Freie Presse, Bureau und Redaktion, Zimmer 16,* daneben wies ein Pfeil in den zweiten Stock. Das Gebäude war weniger prachtvoll als der Girardet-Bau an der Königsallee, was es gleich sympathischer machte. Noch angenehmer war die Tatsache, dass auf ihr Klopfen hin eine Frau die Tür von Zimmer 16 öffnete. Sie war etwa Ende dreißig, groß und füllig, mit rötlich-blondem, hochgestecktem Haar und einer Schildpattbrille. In ihren blauen Augen lag ein lustiges, mutwilliges Funkeln.

»Guten Tag. Wir haben geschlossen. Wegen des Streiks.«

Das hörte Thora nicht zum ersten Mal, doch der freundliche Blick der Frau machte ihr Mut. »Ich habe ein privates Anliegen. Es ist wichtig«, fügte sie hinzu.

Die Frau schien die Dringlichkeit in ihrer Stimme zu bemerken, denn sie hob die Augenbrauen und ließ Thora eintreten. Im Büro standen mehrere Schreibtische mit kleinen Glasscheiben dazwischen, um ein wenig Privatsphäre zu schaffen. Schreibmaschinen, verstreute Papiere, ein Stadtplan an der Wand, in dem Heftzwecken und kleine Fahnen steckten. Die Frau folgte Thoras Blick. »Damit versuche ich, den Überblick zu behalten, wo die Roten stehen und wo die Freikorpsleute.« Sie streckte die Hand in Thoras Richtung aus. »Trude Busch.«

»Thora Bernrath.« Sie bemerkte, dass die Frau einen Ehering trug und damit offenbar kein Fräulein Busch war.

Die Redakteurin bot ihr einen Stuhl an und setzte sich auf die Schreibtischkante. »Was kann ich für Sie tun?«

Thora erklärte, sie sei an den Polizeimeldungen der letzten Tage interessiert.

»Darf ich fragen, warum?« Der Blick war forschend, aber nicht unangenehm.

Thora überlegte blitzschnell und kam zu dem Schluss, dass sie offen sein musste, wenn sie etwas erreichen wollte. Ein Anliegen ehrlich zu schildern, konnte bei dieser Frau nur helfen, das spürte sie. »Mein Bruder Johannes Bernrath wurde verhaftet. Er soll einen Mann namens Heinrich Leuchtenberg getötet haben. Ich bin überzeugt, dass er unschuldig ist, aber er will mit niemandem darüber sprechen, auch nicht mit mir. Ich habe Angst um ihn. Darum will ich versuchen, etwas über die Tat herauszufinden.« Sie berichtete wahrheitsgetreu, was sie bisher in Erfahrung gebracht hatte.

Trude Busch öffnete eine Blechdose, nahm eine Zigarette heraus und hielt Thora die Dose hin, die den Kopf schüttelte. »Vernünftig, es ist ein übles Laster.« Sie zündete ungerührt die Zigarette mit einem Streichholz an, nahm einen tiefen Zug und stieß den Rauch durch die Nase aus. »Das ist eine interessante Geschichte, die Sie da haben.«

»Für mich ist es keine Geschichte«, erklärte Thora mit Nachdruck. »Ich ... ich habe wirklich Angst um Hannes. Er hat den Krieg überlebt, und jetzt ..., ich verstehe das alles nicht. Warum er nicht redet.«

Die Journalistin hielt die Zigarette, als wäre sie ein Pfeil, dessen glühendes Ende auf Thora gerichtet war. »Ich berichte öfter über Kriminalfälle. Meines Erachtens kann es nur zwei Gründe geben, aus denen Ihr Bruder schweigt.«

Überrascht sah Thora sie an. Die Frau machte keine Umschweife, das gefiel ihr. »Und?«

Frau Busch strich mit einer Hand ihren Rock glatt, mit der anderen schwenkte sie die Zigarette. »Entweder er ist schuldig und will sich schützen.« Das klang ein wenig enttäuschend, dachte Thora, denn die Möglichkeit, dass Hannes ein Mörder war, kam in ihrem Universum nicht vor. »Oder er ist unschuldig und will jemand anderen schützen.«

Im ersten Moment klang es ganz und gar logisch. Doch dann stiegen wieder die Fragen an die Oberfläche wie Luftblasen. Wen wollte Hannes schützen? Wusste er, wer der wahre Mörder war? Oder glaubte er es nur? Kannte er überhaupt jemanden in Düsseldorf? Hannes war früher selten hergefahren. Er hatte sich für ein Studium in Aachen bewerben wollen und kaum Verbindungen nach Düsseldorf gepflegt.

Frau Busch schien ihre Gedanken zu lesen. »Sie können auch einen anderen Weg einschlagen. Wenn Ihr Bruder nicht über seine Beweggründe sprechen will, finden Sie eben mehr über das Opfer heraus.« Sie erhob sich und trat an einen Tisch, auf dem eine hölzerne Ablage mit mehreren Fächern stand. Aus einem zog sie einige Blätter, ging sie durch und legte Thora eins hin. »Dies ist die offizielle polizeiliche Meldung des Vorfalls. Sie dürfen das ruhig abschreiben, falls es Ihnen hilft.«

Dankbar holte Thora das Notizbuch hervor. Ihr Stift zuckte noch übers Papier, als Frau Busch schon weitersprach.

»Wissen Sie was? Ich mache Ihnen einen Vorschlag. Wie Sie sehen, ist gerade nicht viel zu tun. Meine Kollegen kommen später, wegen des Streiks. Die meisten sind in der Stadt unterwegs und versuchen, an Informationen zu gelangen, damit wir darüber berichten können, sobald die Drucker wieder arbeiten. Unsere Sympathien sind, wie soll ich sagen, gespalten.«

Thora schaute sie überrascht an.

»Ach, Sie wussten nicht, dass diese Zeitung zur SPD gehört?«

»Nein. Aber ich habe nichts gegen die SPD.«

Frau Busch lachte tief und rau. »Das ist schön zu hören. Aber noch einmal zu meinem Vorschlag: Ich versuche, mit meinen Mitteln Dinge zu erfahren, und Sie berichten mir, was Sie auf Ihrem Weg erfahren. Falls ich dazu beitragen kann, Ihren Bruder zu entlasten – immer vorausgesetzt, er hat sich nichts zuschulden kommen lassen –, werde ich es tun. Und wenn es an der Zeit ist, schreibe ich einen Artikel über den Fall Leuchtenberg.«

Thora wurde ganz warm, sie konnte ihr Glück kaum fassen. »Ich danke Ihnen sehr. Damit hatte ich wirklich nicht gerechnet.«

Trude Busch stieß den Zigarettenrauch an die Decke. »Glauben Sie bitte nicht, dass ich es aus reiner Menschenfreundlichkeit tue. Wir sind eine kleine Wochenzeitung, und wenn ich über einen aufsehenerregenden

Fall berichten kann, ist das ein Vorteil für uns. Aber ich verspreche Ihnen, dass ich nichts schreiben werde, was nicht der Wahrheit entspricht. Einverstanden?« Sie streckte eine kräftige Hand aus, und Thora schlug ein.

»Ich werde mir das Haus ansehen, in dem der Tote gewohnt hat. Vielleicht kommt mir dabei irgendeine Idee, was mein Bruder dort gewollt haben könnte.«

Frau Busch nickte. »Aber seien Sie vorsichtig, falls Sie Fragen stellen. Die Kriminalpolizei mag nicht sonderlich fähig sein, sieht es aber nicht gern, wenn man ihr ins Handwerk pfuscht.«

Thora schaute sie verwundert an. »Wie meinen Sie das – nicht sonderlich fähig?«

»Sagen wir, es sind keine begnadeten Ermittler. Sie nutzen kaum wissenschaftliche Methoden, sind personell unterbesetzt, ihre Aufklärungsrate ist bescheiden.«

»Ist das gut oder schlecht für meinen Bruder?«, platzte Thora heraus.

Trude Busch zuckte mit den Schultern und zündete sich die nächste Zigarette an. »Beides. Wenn Sie sich geschickt anstellen, werden die gar nicht merken, dass Sie sich auch mit dem Fall befassen. Das ist natürlich ein Vorteil. Andererseits ...« Sie legte eine vielsagende Pause ein.

»Andererseits?«

Die Journalistin wirkte ernst. »Wenn ein Untersuchungshäftling nicht aussagt und sich nicht verteidigt, werden sie sich kaum besondere Mühe geben, um einen anderen Verdächtigen zu ermitteln. Selbst wenn es Unstimmigkeiten in dem Fall geben sollte, wird die Kriminalpolizei froh sein, wenn sie der Bevölkerung einen Erfolg präsentieren kann. Die Menschen sind verunsichert, alles um sie herum scheint zu zerfallen. Einen Mörder hinter Gittern zu wissen, sorgt für besseren Nachtschlaf.«

Eine ähnliche Befürchtung hatte Thora auch schon gehabt und sah sich nun bestätigt. Aber sie durfte sich nicht entmutigen lassen, zumal sie soeben eine Verbündete gefunden hatte. »Dann muss ich – müssen wir eben besser sein als die Polizei«, verkündete sie und staunte über ihre eigene Kühnheit.

»Gut gebrüllt«, meinte Trude Busch. In diesem Moment hörte man Fußgetrappel auf der Treppe, dann stürmten zwei Männer herein und riefen wild durcheinander etwas von Unruhen, dass ab morgen auch das Gas abgestellt werde und der Streik noch lange nicht vorbei sei.

Thora winkte zum Abschied und verließ die Redaktion.

Strafanstalt Düsseldorf-Derendorf, Montag, 7. April 1919

Liebe Thora,

ich war ungeduldig und habe um Papier und Bleistift gebeten, die man mir bewilligt hat. Und dann habe ich einen Brief an Dich begonnen, wie so oft in den letzten Jahren. Vielleicht wirst Du die Briefe niemals lesen. Bisher war nie der richtige Moment, sie Dir zu zeigen. Und ich muss gestehen, ich schreibe sie aus einem selbstsüchtigen Grund: Ich muss mir selbst das alles erzählen, um es zu verstehen.

Als ich Dich vorhin in diesem nackten, unfreundlichen Raum sah, konnte ich kaum atmen. Dabei hätte ich wissen müssen, dass Du kommst, gerade Du, vor allen anderen Menschen. Lass mich berichten, was ich vorhin nicht sagen konnte.

Ich war noch nie in meinem Leben gefangen. Im Krieg gab es Momente, in denen wir im Unterstand saßen, während draußen die Granaten einschlugen und die Erde bebte, als rüttelte man uns in einem gigantischen Sieb. Hätte ich es nicht ausgehalten, hätte ich jedoch nach draußen laufen können. Dann wäre ich wenigstens nicht in dem Gefängnis unter der Erde gestorben.

Hier führten sie mich über Laufgänge aus Metall, die wie ein Baugerüst die Mauern verbinden. Tür um Tür, endlose Reihen. Darüber stehen Nummern. Meine ist die 45. Die Türen sind aus grau gestrichenem Holz, sehr massiv, mit eisernen Beschlägen, Schlössern und Riegeln, und dicht beieinander, woraus ich schloss, dass es sich um Einzelzellen handelt.

Ich bin mir nicht sicher, was mir lieber gewesen wäre – allein in einem Raum oder eingepfercht mit anderen Männern, ihren Geräuschen, ihrem Körpergeruch. Das mag abstoßend klingen, wäre mir aber immerhin vertraut gewesen, denn genau das habe ich im Krieg erlebt. Ungewaschen, verlaust, dicht an dicht, sodass man nichts voreinander verbergen kann.

Also beschloss ich, dankbar für die Einzelzelle zu sein, die mir immerhin Ruhe und Zurückgezogenheit bot. Was ich jedoch nicht bedacht hatte, war der Mangel an Ablenkung. Denn erst als einer der Aufseher die Tür öffnete und mich hineinschob, wurde mir das ganze Ausmaß dieser Enge bewusst.

Der Raum war kaum breiter als die Tür. Kahle Wände, links ein hochgeklapptes Bettgestell aus Metall, rechts ein kleiner Holztisch mit einem Hocker. An der Decke eine nackte Glühbirne. Und geradeaus an der Wand das Fenster, durch das Tageslicht fiel, zerschnitten durch die Eisenstäbe.

Die Einrichtung war auf das Allernötigste beschränkt, ein kleiner Wandschrank, ein Tisch zum Essen, ein Bett zum Schlafen, ein Blecheimer für die Notdurft. Mehr Leben gab es nicht.

Was soll ich tun? Die Frage durchzuckte mich wie eine heiße Flüssigkeit, breitete sich in allen Adern aus bis in die Fingerspitzen. Nichts zu lesen, nichts zu schreiben, nichts, mit dem ich die Gedanken, die Erinnerungen im Zaum halten konnte.

Als die Tür hinter mir ins Schloss fiel, sank ich auf die Knie. Mir fehlte die Kraft zum Stehen, aber auch, die Pritsche herunterzuklappen und mich hinzulegen.

Irgendwann zog ich mich am Hocker hoch und vergrub das Gesicht in den Händen. Ich versuchte, an nichts zu denken, was, wie Du sicher weißt, ganz und gar unmöglich ist. Dann probierte ich es mit schönen Erinnerungen an unsere Kinderzeit, den letzten Besuch bei den Sandfords, meine liebsten Bücher, meine Zeichnungen, an Fußballspiele, aber nichts davon konnte mich aus dieser steinernen Hülle befreien. Und immer wieder überfiel mich der Gedanke an den Hauptmann, wie er auf dem Boden lag, den Kopf in einer Blutlache. Wie mich Erleichterung durchflutete und dann Panik, die mich auf die Straße stürzen ließ.

Ich weiß nicht, ob ich jemals wieder frei sein werde.

Ich hoffe, Du kommst bald wieder und bringst mir Schreibzeug. Sie werden Dich nicht zu mir lassen, Besuch ist nur einmal im Monat erlaubt, jedenfalls für die verurteilten Häftlinge. Aber etwas in Händen zu halten, das von Dir kommt, von draußen, wäre sehr tröstlich.

Immer
Dein Hannes

Düsseldorf, Montag, 7. April 1919

Die Ackerstraße stieg steil an. Thora kam beim Fahren ganz schön außer Atem, doch die Sorge um Hannes und das Gefühl, endlich ein Ziel zu haben, trieben sie voran. Zwischendurch schaute sie auf die Hausnummern der grauen Häuser auf der rechten Seite. Die Gegend war viel ärmlicher als die Carlstadt, in der sie wohnte.

Dann war sie da. Das Haus hatte drei Etagen und einen Erker, der an allen Seiten Fenster aufwies. Darunter befand sich ein zurückliegender Eingang – in der Mitte gab es eine hölzerne Haustür mit geschliffenen Fenstern, rechts und links davon zwei Geschäfte, einen Schreibwarenladen und eine Bäckerei.

Thora überquerte die Straße, um sich das Haus als Ganzes anzusehen. Ein gewöhnliches Wohngebäude, nichts verriet, dass hier ein Verbrechen geschehen war. Die mittlere Tür war geschlossen, dahinter befand sich wohl der Hausflur, in dem man den Toten gefunden hatte. Plötzlich merkte sie, dass sie ihre Hände in den Rock gekrallt hatte.

Sie ging zurück und betrat die Bäckerei, in der zwei Leute vor ihr warteten. Gut, sie würde sich ein wenig umsehen und überlegen, wie sie mit der Bäckersfrau ein Gespräch beginnen konnte.

Die Auslagen in der Theke waren bescheiden. Grau aussehende Brötchen, ein Kuchen, der trocken wirkte, ohne Obst oder Zuckerguss. In den Regalen dahinter lagen Brote, die weder gut rochen noch appetitlich aussahen. Thora konnte sich kaum noch erinnern, wie Brot einmal geschmeckt hatte oder Gerichte, die ohne irgendwelche Ersatzstoffe gekocht waren. Richtiger Honig, Zucker, Kaffee. Brot, das nur aus Roggen und Weizen bestand, dem man keine anderen Dinge beigemischt hatte, um es zu strecken.

»Was kann ich für Sie tun?«, fragte die Bäckersfrau.

»Ein Brötchen und ein Hefeteilchen, bitte«, sagte Thora. Es war noch das Ansprechendste in der Auslage.

Die Frau packte beides ein und legte es auf die Theke.

Nachdem Thora bezahlt hatte, wandte sie sich zögernd zur Tür. Sie wusste einfach nicht, wie sie die Fragen stellen sollte, die ihr wichtig waren. Doch dann kam ihr die Frau zu Hilfe.

»Sind Sie neu in der Gegend? Ich habe Sie noch nie gesehen.«

Thora drehte sich um. Die Frau schien einfach nur zu plaudern, ihr Blick war ohne Argwohn.

Sie überlegte, wie sie das Gespräch auf den Mord lenken könnte, und griff spontan zu einer Notlüge. »Ich habe eine Freundin besucht, die kürzlich nach Flingern gezogen ist. Jetzt bin ich ein wenig besorgt um sie. Ich habe gehört, hier soll etwas Schlimmes passiert sein. Vielleicht war es aber auch nur ein Gerücht.«

Die Bäckersfrau beugte sich ein wenig vor, als könnte jemand sie belauschen. »O nein, kein Gerücht. Es war entsetzlich.« Sie legte die Hand auf ihre ausladende Brust. »Mir ist ganz anders geworden, als ich davon hörte. Der arme Herr Leuchtenberg.«

»Was ist ihm denn zugestoßen?«

»Tot«, flüsterte die Bäckersfrau, als brächte es Unglück, die Tatsache laut auszusprechen. »Erschlagen. Hier im eigenen Hausflur.« Sie nickte mit dem Kopf in die Richtung. »Zum Glück haben sie den Täter schon gefasst. Auf der Straße, bei der Flucht.«

»Haben Sie das etwa mitangesehen?«

Leicht verlegen zog die Bäckersfrau die Schultern hoch. »Nein, die Frau Ziegolf vom Schreibwarengeschäft nebenan hat es erzählt. Sie hat gesehen, wie der Mann aus dem Hausflur gerannt kam. Hinter ihm die alte Peschke, die hat gerufen: ›Haltet den Mörder!‹. Also ist Frau Ziegolf raus und hat nach den Schutzleuten gerufen. Passanten haben den Mann festgehalten, bis die Schupos kamen. Und dann haben sie den Herrn Leuchtenberg tot im Flur gefunden. Seine arme Schwester hat so geschrien.«

Die Schilderung war etwas wirr, doch Thora konnte sich zusammenreimen, wie die Sache abgelaufen war. Es passte zu dem Wenigen, was ihr der Kommissar verraten hatte.

»Kannten Sie Herrn Leuchtenberg gut?«

»Nein, er war beim Militär, schon vor dem Krieg, und hatte ein Zimmer bei seiner Schwester, wenn er auf Heimaturlaub kam. Nach der Demobilisierung ist er ganz zu ihr gezogen. Ein strenger Mann, aber anständig. Hat immer gegrüßt und sein Brot bei mir gekauft. Und jetzt so was. Was sind das bloß für Zeiten? Das wirft ein schlechtes Licht auf unser ganzes Haus.«

Bevor die Bäckersfrau das Elend des verlorenen Krieges, der Besatzung und des abgedankten Kaisers bejammern konnte, verabschiedete sich Thora höflich und verließ den Laden.

Sie warf einen Blick zur Schreibwarenhandlung und griff in die Rocktasche, in der sich noch einige Münzen befanden. Entschlossen drückte sie die Klinke und betrat den Laden. In den Regalen lagen Hefte, Schreibpapier und Aktenordner, in der verglasten Theke Bleistifte und Füllfederhalter. Obwohl alles blitzsauber war, wirkte das Angebot ein wenig angestaubt und traurig. In diesen Zeiten kauften die Leute nur das Notwendigste, und das waren nun mal vor allem Lebensmittel.

Frau Ziegolf war sehr groß und dünn und trug die Haare in strengen Wellen dicht am Kopf. Sie begrüßte Thora freundlich, als hätte sie noch nicht viel Kundschaft gehabt und würde auf ein lohnendes Geschäft hoffen.

»Guten Tag, womit kann ich dienen?«

Es schadete sicher nicht, etwas zu kaufen, und ihr kam eine spontane Idee. »Ich hätte gern ein Schreibheft, am besten eine Kladde mit robustem Einband.« Sie musste alles festhalten, was sie in Erfahrung brachte, und durfte nichts vergessen, wenn sie auch nur die geringste Chance haben wollte, Hannes zu helfen.

Frau Ziegolf zeigte ihr mehrere Kladden. Thora entschied sich für eine schwarze mit marmoriertem Inneneinband, die etwas teurer war, aber hübsch aussah. Dann sagte sie beiläufig: »Die Bäckersfrau nebenan hat von der furchtbaren Sache erzählt, die hier passiert ist. Sie haben das mitangesehen?«

Frau Ziegolf wickelte die Kladde in braunes Papier, reichte sie ihr und nahm das Geld entgegen. Als sie die Kasse geschlossen hatte, schaute sie auf. »Ja, ich war sogar in gewisser Weise beteiligt. Es war kurz vor sechs, ich wollte gerade den Laden schließen. Als die alte Frau Peschke aus der Tür gelaufen kam und geschrien hat, bin ich auch auf den Gehweg raus und hab gerufen, dass die Leute den Mann festhalten sollen. Die Peschke hatte was von Mörder geschrien, was ich kaum glauben konnte. Der Mann sah eigentlich ganz manierlich aus.«

In einem anderen Leben hätte Thora sich wohl über das Wort *manierlich* amüsiert, das ihrem Bruder gar nicht gefallen hätte. Sie nickte mitfühlend und stellte dann die eine Frage, die ihr schon die ganze Zeit auf den Nägeln brannte. »Haben Sie gesehen, was vorher passiert ist? Wann der Mann dort hineingegangen ist? Ob er allein war?«

Frau Ziegolf schaute etwas argwöhnisch, als hätte Thora es mit den Fragen übertrieben, schüttelte aber den Kopf. »Nein, ich hatte zu tun, da gucke ich nicht, wer im

Haus ein- und ausgeht. Und Frau Peschke fegt jeden Tag den Flur, dann lässt sie die Tür offen, damit ein bisschen Durchzug ist und frische Luft ins Haus kommt. Also die Haustür und die Tür hinten zum Hof. Da passiert nie was, das hier ist eine anständige Gegend.«

Thora nahm die Kladde und steckte sie in die Tasche. Sie hätte gern weiter nachgefragt, wollte aber nicht noch mehr Verdacht erregen. »Es muss jedenfalls schlimm sein, wenn ein Nachbar auf diese Weise ums Leben kommt.«

Der Schatten, der über Frau Ziegolfs Gesicht zuckte, war sofort wieder verschwunden, doch Thora hatte ihn bemerkt. »Wir waren nicht gut miteinander bekannt. Aber seine Schwester kauft gelegentlich bei mir. Sie wirkte immer so geduckt, wenn er zu Hause war, als hätte sie Angst vor ihm. Einmal hat sie angedeutet, er vermisse den Krieg, könne sich im Frieden nicht einleben. Aber man soll ja nicht schlecht über Tote reden.«

Schlecht oder einfach nur ehrlich, dachte Thora. Auch die Bäckersfrau hatte Heinrich Leuchtenberg als streng bezeichnet. Das konnte alles Mögliche heißen und bedeutete nicht, dass er sein Schicksal herausgefordert hatte. Es bedeutete aber auch nicht, dass er ein netter Mensch gewesen war.

Sie verabschiedete sich, trat auf die Straße und überlegte kurz, ob sie sich weiter umsehen sollte. Doch sie wollte nicht zu viel Aufsehen erregen und hatte auch schon einiges erreicht.

Es war später Nachmittag. Aus einem Fabrikgebäude strömten Büroangestellte und machten sich zu Fuß oder mit dem Fahrrad auf den Heimweg. Thora verspürte ein seltsames Gefühl im Bauch, er zog sich schmerzhaft zusammen. Dann begriff sie, dass sie seit dem Frühstück nur das Brötchen gegessen hatte und das Hefeteilchen noch in der Tasche trug. Sie aß es im Fahren, satt machte es sie nicht. Mit etwas Glück hatte die Witwe Hendricks Suppe vom Mittag aufgehoben, sonst müsste sie sich mit Butterbroten begnügen.

Während sie in Richtung Altstadt radelte, versuchte sie, sich für die kommenden Tage einen Plan zurechtzulegen. Morgen musste sie wieder ins Theater, sie konnte nicht länger fehlen. Heute Abend wurde *Peer Gynt* gespielt, mit einer riesigen Besetzung, und sie hatte Glück, dass sie diesmal nicht zur Statisterie gehörte. Aber der Unterricht war Pflicht, den durfte sie keinesfalls versäumen.

Frau Hendricks hatte ihr tatsächlich Kartoffelsuppe warm gestellt, dazu gab es Graubrot. Sie aß schnell, um den neugierigen Fragen der Vermieterin auszuweichen.

In ihrem Zimmer schrieb Thora alles Erlebte auf, so wie sie es sich vorgenommen hatte, angefangen mit Hannes' Brief, der ein erstes Alarmsignal gewesen war, bis zu ihren Erkundigungen in der Ackerstraße. Danach verfasste sie einen Brief an ihre Eltern, in dem sie den Besuch bei Hannes schilderte. Morgen würde sie versuchen, ihren Vater in der Firma anzurufen. Sollte auch die Telefonverbindung ausfallen, würden ihre Eltern wenigstens den Brief erhalten, das hoffte sie jedenfalls. Sie saß da, das Kinn in die Hand gestützt, und sah aus dem Fenster auf die Bäume. Es waren nur dreißig Kilometer bis nach Hause, aber alles, einfach alles war unendlich mühsam geworden.

Als sie im Bett lag, auf dem Nachttisch die Kladde, fühlte Thora sich plötzlich einsam. Der einzige Mensch, dem sie sich heute anvertraut hatte, war Trude Busch gewesen, die ihr im Grunde völlig fremd war. Wie gern hätte sie mit jemandem, den sie besser kannte, über ihre Sorgen gesprochen. Es gab am Theater viele, die sie gernhatte, mit denen sie gut zusammenarbeiten und feiern konnte, und doch verspürte sie nicht den Drang, mit ihnen über Hannes zu sprechen. Hilde war eine liebe Freundin, aber konnte sie ihr sagen, dass ihr Bruder im Gefängnis saß, weil er einen Menschen ermordet haben sollte? Nein, das war unmöglich.

Dann setzte sie sich unvermittelt auf. Natürlich gab es jemanden in Düsseldorf, der ihr zuhören und sie verstehen würde, der selbst Leid erfahren hatte und dadurch nicht bitter, sondern mitfühlender geworden war. Morgen nach dem Unterricht würde sie zu ihm fahren.

Düsseldorf, September 1918

Es war an einem ihrer ersten Tage im Schauspielhaus. Thora hatte sich von der Witwe Hendricks und ihren Geschichten aufhalten lassen und war deshalb erst in letzter Minute im Theater eingetroffen. Panisch versuchte sie, sich daran zu erinnern, in welchem Raum an diesem Morgen die Kostümkunde stattfand. Sie riss eine Tür auf, bemerkte Elsa Dalands, die Schauspielerin des Ensembles war und Sprechunterricht erteilte, und hielt abrupt inne. Sie hatte sich wohl in der Tür geirrt. Thora wollte sich diskret zurückziehen, bemerkte dann aber die Männer, die im Raum saßen und sie überrascht anschauten.

Ihr Herz begann zu rasen, ihr Atem schien in der Brust gefangen. Einer der Männer zog einen Schal aus der Jackentasche und hielt ihn vors Gesicht. Die anderen schienen wie gelähmt.

Thora hatte so manche Versehrung gesehen, die der Krieg an menschlichen Körpern hinterlassen hatte – fehlende Gliedmaßen, Schützengrabenfuß, quälender Husten nach Gasvergiftungen –, doch so etwas war in ihrem geschützten Dasein nie aufgetaucht.

Eine gezackte Narbe, wo einmal ein Auge gewesen war, eine gespaltene Stirn, über die nur unzureichend Haut gewachsen war, vor allem aber zerstörte Münder, fehlende Unterkiefer, gegeneinander verschobene Lippen, grob vernarbte Haut.

Sie war wie gelähmt und wusste doch, dass sie die Männer nicht anstarren durfte, die unablässig mit solchen Blicken zu kämpfen hatten. Sie tastete nach der Türklinke, spürte, wie feucht sie unter ihren verschwitzten Fingern war.

»Der Unterricht für die Schauspielschüler findet heute im Probensaal statt«, sagte Frau Dalands freundlich. Dann wandte sie sich wieder den Männern zu. Thora konnte sich endlich bewegen und trat rasch nach draußen in den Flur. Sie lehnte sich an die Wand, schloss die Augen und versuchte, sich zu beruhigen. Noch immer sah sie die Gesichter vor sich, die Entstellungen, vor allem aber die Augen, in denen sich ihr eigenes Entsetzen gespiegelt hatte. Was machten diese Männer im Theater?

In den folgenden Stunden musste sie sich zusammenreißen, weil ihre Gedanken immer wieder in jenen Raum wanderten. In der Pause eilte sie rasch nach draußen, sie brauchte dringend frische Luft und wollte allein sein. Die Erinnerung saß wie ein Stachel in ihrem Fleisch, und den musste sie irgendwie loswerden, um sich wieder auf den Unterricht zu konzentrieren. Dabei konnte sie keine Mitschüler gebrauchen, die laut und lachend auf sie einredeten.

Thora lief in der Einfahrt auf und ab, die Hände in den Taschen ihrer langen Strickjacke. Sie atmete tief und regelmäßig und spürte, wie ihr ein bisschen leichter wurde. Der Septemberhimmel war blau und wolkenlos, und sie genoss die Sonne, die noch ein wenig sommerliche Wärme verströmte.

»Es tut mir leid.« Die Stimme klang undeutlich, wie verwaschen, doch sie verstand, was der Mann gesagt hatte.

Er trug keine Maske, hatte aber einen Schal so um den Hals geschlungen, dass er den unteren Teil seines Gesichtes verdeckte. Thora wusste sofort, wer er war und was er meinte.

»Ich muss mich entschuldigen. Es war sehr unhöflich von mir, Sie so anzustarren.«

Das Grauen, das sie empfunden hatte, war verflogen, und das nicht nur, weil er seine Verletzung hinter dem Schal verbarg.

»Das bin ich gewohnt.« Er sprach langsam, um besser verstanden zu werden.

»Trotzdem hätte ich es nicht tun sollen.«

»Sie waren überrascht.«

Thora machte ein paar Schritte auf ihn zu. »Ja, ich wusste nicht, dass Frau Dalands auch verwundete Soldaten unterrichtet.«

»Ein Wunder«, sagte er zögernd. »So großzügig. Wir müssen nichts bezahlen.«

»Wo haben Sie gekämpft?«, fragte Thora.

»Westfront. Wurde im März verwundet.«

»Mein Bruder war auch an der Westfront, Belgien und Frankreich. Er wurde am Bein verletzt.« Sie dachte flüchtig, wie dankbar sie war, dass Hannes eine so grauenhafte Verletzung erspart geblieben war. Gewiss, dieser Mann war in der Heimat, in Sicherheit, würde aber sein Leben lang mit diesem Gesicht zurechtkommen müssen.

Seltsam, wie zwanglos sie mit einem Menschen sprach, dem sie nie zuvor begegnet war. Aus dem Augenwinkel bemerkte Thora, wie einige Mitschülerinnen verwundert zu ihr herüberschauten und miteinander tuschelten. Es kümmerte sie nicht.

»Wie lange erhalten Sie schon Unterricht?«

»Zwei Monate. Schon besser.« Er sprach in knappen Sätzen. Vielleicht hatte er Schmerzen, fand es anstrengend oder wollte einfach deutlich sprechen, was ihm bei längerem Reden schwergefallen wäre.

Sie bemerkte, dass rötlich-blonde Haare unter seiner Mütze hervorschauten. Er schien etwa in Hannes' Alter zu sein.

»Ich kann Sie jedenfalls gut verstehen.«

Seine Augen verrieten, dass sein unsichtbarer Mund lächelte. »Danke. Rudi Mertens.«

»Thora Bernrath. Ich bin Schauspielschülerin hier.«

»Bin Arbeiter. *Schiess* in Flingern. Bald wieder. Hoffe ich.«

In den wenigen Worten lag ein ganzes Schicksal. In einer Fabrik, wo ihn nur die anderen Arbeiter sahen, wo er keine Kunden oder Gäste bedienen musste, war ein Gesicht wie das seine vielleicht kein allzu großes Hindernis. Doch er musste sich verständlich ausdrücken können und besuchte dafür den Unterricht hier an der Schauspielschule.

»Ich wünsche Ihnen alles Gute.« Thora sagte es mit beinahe feierlichem Ernst, und er nahm mit einer theatralischen Bewegung die Mütze ab und verbeugte sich, wobei er sorgsam darauf achtete, sein Gesicht nicht zu entblößen.

»Hat mich gefreut. Schönen Tag.« Er setzte die Mütze wieder auf und wandte sich zum Gehen.

Thora sah ihm nach, als er die Kasernenstraße in Richtung Altstadt nahm. Sie fragte sich unwillkürlich, ob er in die Straßenbahn steigen oder lieber zu Fuß nach Hause gehen würde. Was er an heißen Sommertagen machte, wenn ein Schal unerträglich warm wäre. Und wie er einmal ausgesehen hatte.

Sie wollte die Gedanken beiseiteschieben, doch die Begegnung hatte sie beeindruckt. Sie dachte an ihr eigenes Gesicht, das ein wichtiges Instrument für sie war, ein nützliches und nötiges Werkzeug, auf dem sie spielen und das sie benutzen würde, wenn sie diesen Beruf wirklich erlernt hatte und auf der Bühne stand. Das Gesicht war es, das andere zuerst bemerkten, das Gefühle verriet, das sie mit Schminke verändern konnte. Wie musste es sich anfühlen, wenn dieses Eingangstor zum eigenen Wesen auf einmal Abscheu und Schrecken erregte?

Sie wollte gerade wieder ins Gebäude gehen, als Frau Dalands ihr entgegenkam. Sie lächelte, wobei ihre rundlichen Wangen deutlich hervortraten, und fragte ein wenig besorgt: »Ich hoffe, Sie haben sich vorhin nicht zu sehr erschreckt, Fräulein Bernrath.«

»Nur im ersten Moment. Aber ich habe mich mit Herrn Mertens unterhalten und entschuldigt, weil ich die Männer so angestarrt habe.«

Frau Dalands hob die Hand. »Das ist verständlich. Wenn man sie zum ersten Mal sieht, ist man schockiert, das ging mir nicht anders.«

Thora nutzte die Gelegenheit. »Wie kam es eigentlich zu diesem Unterricht?«

»Es gibt in Düsseldorf ein Lazarett für Kieferverletzungen. Vor einigen Jahren trat der Direktor an uns heran und fragte, ob wir den Männern helfen könnten, wieder sprechen zu lernen. Die Hochschule für Bühnenkunst war sein erster Gedanke, weil man in unserem Beruf auf klares Sprechen und dessen Erlernung angewiesen ist.«

»Und Frau Dumont hat sofort zugestimmt?«, fragte Thora. Sie hatte gleich in den ersten Tagen am Schauspielhaus erfahren, dass die Direktorin eine weithin bekannte soziale Ader besaß. So hatte sie vor zwanzig Jahren mit Kolleginnen die *Centralstelle für die weiblichen Bühnenangehörigen Deutschlands* gegründet, die Schauspielerinnen den Kauf preiswerter, gebrauchter Kostüme ermöglichte. Bis dahin hatten die Frauen ihre Kostüme selbst kaufen müssen, was viele in soziale Not und sexuelle Abhängigkeit gestürzt hatte.

»Natürlich«, meinte die Schauspiellehrerin lächelnd. »Wir sind alle froh, diesen Männern helfen zu können. Herr Mertens ist Arbeiter, aber wir haben auch Lehrer und Verkäufer dabei, die von Berufs wegen viel sprechen müssen. Wir haben gute Erfolge erzielt und hoffen, noch einige Männer das deutliche Sprechen zu lehren. Der Krieg mag vorbei sein, aber seine Spuren sind allgegenwärtig.«

Die Frage sprudelte aus ihr heraus und erstaunte sie selbst. »Darf ich einmal dabei sein und mir ansehen, wie Sie mit ihnen arbeiten?«

Frau Dalands wirkte überrascht und nickte dann. »Ich frage die Männer, ob sie einverstanden sind. Falls ja, können Sie gern hospitieren.«

Eine Woche später hatte Thora dabeigesessen und fasziniert beobachtet, wie die Kriegsversehrten mit Atemübungen begannen und dann zu gymnastisch-mimischen Übungen übergingen, um Gesicht und Muskulatur beweglicher zu machen. Wenn sie die Zunge trainierten, hielten sie einen Spiegel in der Hand, damit sie sahen, ob sie es richtig machten. Zuletzt kamen die eigentlichen Sprechübungen.

Der eine oder andere sah scheu zu ihr hinüber, doch bald schienen die Männer zu vergessen, dass Thora dabei war, und vertieften sich in ihre Arbeit. Danach waren sie und Rudi Mertens ganz selbstverständlich bis zum Tor gegangen und hatten sich dort voneinander verabschiedet. Mit der Zeit war daraus eine Freundschaft geworden, die sie nicht mehr missen wollte.

Düsseldorf, Dienstag, 8. April 1919

Am nächsten Morgen sprang Thora beim ersten Weckerklingeln aus dem Bett, wusch sich und zog sich an. Sie griff nach dem Brief, den sie gleich auf dem Weg ins Theater einwerfen wollte, damit er ihre Eltern so schnell wie möglich erreichte.

Dann setzte sie sich aufs Bett, schlug die Kladde auf und überflog noch einmal die Fragen, die sie ihren Eltern stellen wollte. Ohne die Antworten konnte sie wenig ausrichten. Nur wusste sie noch nicht, wie sie es anstellen sollte. Bei den Nachbarn zu telefonieren, war ausgeschlossen, die würden alles mithören. Sie musste versuchen, in der Mittagspause einen öffentlichen Fernsprecher zu finden, und konnte nur hoffen, dass sie ihren Vater dann im Büro antraf.

Thora klappte das Heft zu und steckte es in die Tasche. Dann fiel ihr Blick auf die Schreibsachen und das Waschzeug, die sie gestern noch für Hannes besorgt hatte. Sie musste zwischendurch nach Derendorf fahren und sie im Gefängnis abgeben.

Plötzlich verließ sie der Mut. Es gab so viel zu tun.

Wie sollte sie konzentriert dem Unterricht folgen, während Hannes in seiner Zelle saß und wartete – worauf eigentlich?

Thora sah ihn wieder in seinem zerknitterten Anzug, blass und schweigsam, und fragte sich, woran er denken mochte, was er sich erhoffte. Wollte er, dass sie ihm half? Wollte er überhaupt irgendetwas? Er hatte verschlossen gewirkt, ganz in sich gekehrt, als hätte er sich von der Welt jenseits der Gefängnismauern schon verabschiedet.

Bevor die Verzweiflung sie überwältigen konnte, atmete sie tief durch und begab sich ins Esszimmer.

Auf dem Tisch brannten Kerzen, ebenso auf Anrichte und Vertiko. Sie verliehen dem Raum eine heimelige Stimmung, passten aber nicht so recht zur Tageszeit. Thora schaute die Vermieterin verwundert an, worauf diese gleich loslegte: »Haben Sie es noch nicht bemerkt? Wir haben jetzt auch kein Gas mehr. Im Januar haben sie es immerhin erst ab neun Uhr abends abgestellt, was schlimm genug war. Gut, dass ich die Kerzen von damals aufgehoben habe. Ach, ich wünschte, sie würden eine Armee herschicken und die Stadt von diesen Verrückten befreien. Das hat es unter dem Kaiser nicht gegeben, da herrschte Ordnung im Land.«

Thora fiel es leicht, die Klagen an sich abgleiten zu lassen, denn ihr gingen ganz andere Dinge durch den Kopf. Als sie mit dem Frühstück fertig war, stand sie auf, verabschiedete sich freundlich und ging zur Tür. Frau Hendricks rief ihr nach: »Passen Sie bloß auf. Die Straßenlaternen funktionieren auch nicht mehr.«

Sie nahm das Rad zum Schauspielhaus, damit sie nach dem Unterricht gleich zum Gefängnis fahren konnte. Und später dann zu Rudi in die Kiefernstraße.

Das Tor zum Theatergelände stand offen, doch es war niemand zu sehen. Hatte sie sich in der Zeit geirrt? Aber nein, sie hatte noch auf die Uhr geschaut, die bei Frau Hendricks auf dem Vertiko stand.

Thora stellte das Rad ab und klopfte ans Fenster der Pforte. Herr Lohkamp schaute heraus und fragte verwundert: »Na, Fräulein Bernrath, was machen Sie denn hier? Wissen Sie es noch nicht?« Er deutete auf einen großen rot umrahmten Zettel, der an der Tür hing.

Wegen des Generalstreiks und der damit verbundenen Einschränkungen wird der Proben- und Spielbetrieb vorerst eingestellt. Wir nehmen ihn wieder auf, sobald ein geordnetes Arbeiten möglich ist.

Die Leitung des Schauspielhauses
Louise Dumont – Gustav Lindemann

Thora las die Worte zweimal, bis sie wirklich begriffen hatte, was dort stand. Das Theater hatte durch Krieg und Revolution gespielt und sollte nun wegen eines Generalstreiks seine Pforten schließen und die Lichter löschen? Der Gedanke stimmte sie traurig. Ein dunkles, verlassenes Schauspielhaus, kein Unterricht, keine Proben, keine Aufführungen, keine Zuschauer, kein Leben.

Dennoch war die unerwartete Pause ein Geschenk, mit dem sie nicht gerechnet hatte und das sie dringend brauchte. So bekam sie Zeit, um Antworten auf die vielen Fragen zu finden, die Hannes ihr durch sein Schweigen stellte. Sie würde jetzt sofort zum Gefängnis fahren und ihm die gewünschten Sachen bringen. Thora wollte sich gerade verabschieden, als ihr ein Gedanke kam.

»Herr Lohkamp, ich habe eine Frage. Besser gesagt, eine ganz große Bitte.«

Er lächelte. »Dann bitten Sie mal.«

»Dürfte ich das Telefon benutzen? Es ... es geht um meine Familie, es ist sehr wichtig, sonst würde ich nicht fragen. Ich bezahle auch dafür.«

Er überlegte kurz und zwinkerte ihr zu. »Die gnädige Frau muss es ja nicht erfahren, falls wir uns verstehen.«

»Von mir erfährt sie kein Wort.«

»Gut, dann kommen Sie. Wer weiß, wie lange das Telefon noch geht.«

Schon saß sie in einem kleinen Raum neben der Pforte und drehte die Kurbel. Als sich die Vermittlung meldete, bat sie nervös darum, sie mit der Firma Bernrath in Gladbach zu verbinden.

Thora hörte mit klopfendem Herzen, wie es in der Leitung knisterte und knackte, und fürchtete schon, die Verbindung würde unterbrochen. Dann aber meldete sich eine Frauenstimme. »Spinnerei Bernrath, guten Tag. Was kann ich für Sie tun?«

»Hier spricht Viktoria Bernrath. Bitte stellen Sie mich zu meinem Vater durch.«

»Selbstverständlich, Fräulein Bernrath.«

Und dann dröhnte seine Stimme so laut aus dem Hörer, dass sie ihn ein Stück von sich weghalten musste. »Thora, Kind, wir sind völlig verzweifelt. Gestern haben deine Mutter und ich versucht, mit dem Auto nach Düsseldorf zu fahren, aber man hat uns nicht über die Brücke gelassen, nicht einmal zu Fuß, weil wir keinen Passierschein hatten. Wir haben erklärt, wie wichtig es ist, hatten es sogar auf Französisch aufgeschrieben. Weißt du denn etwas von Hannes?«

Thora schilderte kurz ihren Besuch im Gefängnis. »Ich versuche, etwas herauszufinden, Papa, und habe auch jemanden gefunden, der mir hilft, aber ich brauche eure Unterstützung.«

»Hannes braucht vor allem einen Anwalt«, sagte er, als hätte er gar nicht zugehört.

Sie seufzte. »Er weigert sich, mit irgendjemanden über den Vorfall zu sprechen. Das gilt auch für einen Anwalt, das hat er ausdrücklich gesagt. Er vertraut nicht einmal mir etwas an.«

Ihr Vater wollte widersprechen, doch Thora fiel ihm ins Wort. »Papa, ich muss mich kurzfassen. Ich kann hier mehr ausrichten als ihr. Ich habe eine Journalistin kennengelernt, die mir helfen will. Aber du und Mama könnt auch etwas tun.«

Endlich schien sie zu ihm durchzudringen. »Was denn?«

Thora schlug die Kladde auf. »Ich habe einige Fragen. Manche kannst du mir beantworten, andere musst du mit Mama besprechen.«

»Also gut, Kind.«

»War Hannes in letzter Zeit in Düsseldorf?«

»Ich glaube, zwei- oder dreimal vor letztem Freitag. Dafür musste er bei der Kommandantur einen Passierschein beantragen. Also habe ich ihm eine Bescheinigung ausgestellt, dass er dort einen Auftrag für die Firma zu erledigen hat.«

»Aber das stimmte nicht?«

»Nein. Ich kann verstehen, dass er in die Großstadt wollte, das Leben ein bisschen genießen. Er hat einiges nachzuholen. Er ist allerdings nie über Nacht weggeblieben.«

Er klang reichlich verlegen. Thora begriff, dass ihr Vater an einen Bordellbesuch dachte, doch sie glaubte nicht daran. Dafür hätte Hannes, wenn er es denn gewollt hätte, nicht die mühsame Fahrt in die neutrale Zone auf sich nehmen müssen. »Wisst ihr, mit wem er seine freie Zeit verbracht hat? Mit Kameraden aus der Armee? Alten Schulfreunden?«

»Er hat keine Namen erwähnt. Und ich habe ihn nicht gefragt, mit wem er verkehrt.« Er zögerte. »Du hast sicher gemerkt, dass dein Bruder verändert aus dem Krieg zurückgekommen ist. Ich wollte nicht zu sehr in ihn dringen.«

Sie stellte eine letzte Frage. »Kann es sein, dass Hannes ein Mädchen kennengelernt hat?«

»Ein Mädchen?« Ihr Vater klang ehrlich überrascht. »Nicht, dass ich wüsste. Er hat es jedenfalls nie erwähnt.«

Thora klappte die Kladde zu. Viel hatte sie nicht notiert. »Danke, Papa. Ich versuche, alles für Hannes zu tun. Und gib Mama einen Kuss von mir.«

»Ich bin mir wirklich nicht sicher, ob du das allein schaffst. Ein Anwalt –«

»Bitte lass mich! Rede mit Mama, so könnt ihr am besten helfen. Wir müssen selbst herausfinden, was passiert ist, auf die Polizei können wir uns nicht verlassen.«

»Was soll das heißen? Man wird doch wohl auf unsere Polizei vertrauen –«

Das Telefonat hatte schon zu lange gedauert. »Bis bald, Papa.«

Als Thora auflegte, brannten Tränen in ihren Augen. Sie hätte sich ein einvernehmlicheres Ende des Gesprächs gewünscht, aber ihr Vater glaubte, alles besser zu wissen. Dabei konnte er sich gar nicht vorstellen, wie eine Stadt im Generalstreik aussah. Und noch etwas bekümmerte sie. Hannes war mindestens dreimal in Düsseldorf gewesen und hatte sich nicht bei ihr gemeldet. Was hatte er nur hier gewollt?

Entschlossen blinzelte sie die Tränen weg, kehrte zu Herrn Lohkamp zurück und bot ihm Geld an, das er entschieden ablehnte.

Thora trat auf den Hof und sah sich unvermittelt Louise Dumont gegenüber, die einen extravaganten violetten Hut und üppigen Schmuck trug. Glück gehabt, dachte sie erleichtert, eine Minute länger und die Frau Direktor hätte sie am Telefon erwischt. Frau Dumont schaute sie bedauernd an.

»Es tut mir leid, Fräulein Bernrath, dass Sie umsonst hergekommen sind. Ich hatte gestern die Schließung angekündigt, aber Sie waren nicht im Haus. Wir werden Theater und Schule wieder öffnen, sobald es irgend möglich ist. Aber unter diesen Bedingungen« – sie machte eine ausholende Geste, die das Theater, die Stadt und vermutlich das ganze Land umfasste – »ist kein vernünftiges Arbeiten möglich.« Dann fügte sie hinzu: »Ich hoffe, Sie konnten Ihre Angelegenheit zu Hause klären.«

Thora schluckte. Wie gern hätte sie sich Frau Dumont anvertraut, empfand aber viel zu großen Respekt vor ihr. »Nicht ganz, aber ich werde die Zeit nutzen.«

»Hoffentlich auch, um die Texte von der Liste zu lesen, die ich Ihnen letzte Woche ausgehändigt habe. Das Studium der Dichter ist die Grundlage jeder schauspielerischen Ausbildung.«

Sie nickte. »Selbstverständlich.«

»Dann sehen wir uns, wenn die Stadt zur Vernunft gekommen ist.« Mit diesen Worten rauschte Frau Dumont an Herrn Lohkamp vorbei und verschwand im Inneren des Bühnenhauses. Er zwinkerte Thora zu. »Wenn ich ein streikender Arbeiter wäre, würde ich mich vor der gnädigen Frau gehörig in Acht nehmen.«

Thora verabschiedete sich lächelnd, nahm ihr Fahrrad, drehte sich aber noch einmal um und schaute an dem imposanten Theaterbau empor. Sie erinnerte sich, wie sie ihn zum ersten Mal gesehen und gleich an eine Burg gedacht hatte, eine Festung, die nicht dem Krieg, sondern der Kunst gewidmet war.

Düsseldorf, 28. März 1917

An ihrem Geburtstag im März gab es eine große Überraschung für Thora. Sie war insgeheim ein bisschen enttäuscht gewesen, als sie die Taschentücher mit gesticktem Monogramm ausgepackt hatte. Dann erst hatte sie den fliederfarbenen Umschlag bemerkt, der daneben lag und auf dem in der Handschrift ihrer Mutter »Für unsere liebe Tochter« stand.

Sie hatte die Lasche geöffnet und zwei Theaterkarten herausgezogen: *Don Karlos. Infant von Spanien – ein dramatisches Gedicht in fünf Aufzügen von Friedrich von Schiller*. Es würde am Mittwoch, dem 28. März, abends um halb sieben im Schauspielhaus Düsseldorf aufgeführt.

Thora hatte ihre Eltern stürmisch umarmt. Bisher hatte sie nur von dem aufsehenerregenden Theater in Düsseldorf gehört, war aber nie dort gewesen und hatte nur Aufführungen in Gladbach und im benachbarten Rheydt gesehen, die sich eher bescheiden ausnahmen.

Aus der Zeitung wusste sie, dass eine berühmte Schauspielerin, Louise Dumont, die Seele des Hauses war, das sie zusammen mit ihrem Mann gegründet hatte. Thora hatte einige Theaterkritiken gelesen und sich insgeheim gewünscht, einmal dorthin zu gehen, aber nie gewagt, danach zu fragen. Denn Bernraths blieben seit Kriegsausbruch lieber in ihrer gewohnten Umgebung, mit den vertrauten Freunden und Bekannten. Zudem erschien es in diesen Zeiten beinahe unanständig, sich einen Theaterbesuch in der Großstadt zu wünschen, doch die Eltern mussten ihre Sehnsucht irgendwie geahnt haben.

»Du hast ein bisschen Freude verdient nach diesem furchtbaren Winter«, hatte ihr Vater gesagt und ihr über die Haare gestrichen. »Aber Theater ist nicht meine Welt, das weißt du ja. Daher hielten wir es für besser, dass du mit Mama hingehst.«

Ihre Mutter hatte gelächelt und versprochen, ihr die zarte Spitzenstola zu leihen, die Thora oft an ihr bewundert hatte.

Und dann war der ersehnte Mittwoch da. Sie waren zeitig mit dem Zug nach Düsseldorf gefahren und hatten am Bahnhof eine Autodroschke genommen. Thora hatte sich gewünscht, die Fahrt möge möglichst lange dauern, hatte das Gesicht an die Scheibe gedrückt und die große Stadt auf sich wirken lassen. Alles war eleganter als daheim, die Straßen breiter, die Häuser prächtiger, selbst die Bäume wirkten majestätischer. Düsseldorf war gar nicht weit entfernt und kam ihr dennoch vor wie eine andere Welt. Sie war nur einmal als Kind hier gewesen, als sie an Hannes' Geburtstag den Zoo besucht hatten.

Ihre Mutter hatte dem Fahrer gesagt, er solle ihnen ein bisschen von der Stadt zeigen, vor allem die Königsallee, und so waren sie über die baumbestandene Straße gefahren, in deren Mitte der Stadtgraben verlief. Sie hatten auch das exotisch anmutende Apollo-Theater gesehen, doch Thora konnte es nicht erwarten, endlich zum Schauspielhaus zu kommen.

Zuvor hatte sie ihre alte Schullektüre hervorgekramt und Schillers Stück mit ganz anderen Augen gelesen, viel glühender mit den Figuren mitgefiebert. Am Ende hatte sie Tränen in den Augen gehabt, weil alles so hoffnungslos ausgegangen war und die ganzen Bemühungen des Marquis von Posa umsonst gewesen waren.

Sie bogen in die Carl-Theodor-Straße, wo Menschen zu Fuß zum Haupteingang des Schauspielhauses strömten. Das Gebäude mit der ebenmäßigen Fassade sah älter aus, als es war, nämlich erst vierzehn Jahre. Kugelförmige Lampen hingen von eisernen Armen und beleuchteten die fünf Portale, zu denen Stufen hinaufführten.

Thora erwartete, dass der Wagen hier anhalten würde, doch er bog rechts um die Ecke und bremste dann vor einem offenen, von vier Säulen getragenen Vorbau, der von einem Balkon gekrönt wurde. Überall standen Kutschen und Automobile, aus denen elegant gekleidete Damen und Herren stiegen. Es gab offenbar zwei Eingänge – einen für Fußgänger und einen für jene, die sich ins Theater fahren ließen.

Ihre Mutter wollte sofort hineingehen, doch Thora war, als zöge ein Magnet sie nach links. Sie bewegte sich wie an einem Zauberfaden an einem schlichteren, mit Efeu bewachsenen Gebäude vorbei und fand sich vor einer breiten Einfahrt wieder, in der sie staunend stehen blieb.

Vor ihr ragte ein gewaltiges Etwas empor, das an eine Burg erinnerte, mitsamt Rundbogenfenstern und von Zinnen gekrönten Türmen. Es sah aus, als wäre ein Gebäude aus dem Mittelalter geradewegs in die Düsseldorfer Innenstadt gefallen. Das Wappen mit dem Löwen, das auf die Fassade gemalt war, verstärkte noch den Eindruck, vor einer Burg aus alter Zeit zu stehen.

Fasziniert schaute Thora daran empor, nahm jede Einzelheit wahr. Das Gebäude sah abweisend aus, aber es lockte sie auch an. Sie fragte sich, was sich dort drinnen befinden mochte – Kostüme? Requisiten? Die Schauspieler selbst? Wurden sie dort geschminkt und angezogen? Baute man dort die Kulissen? Wurde darin entschieden, welche Stücke gespielt wurden und wer welche Rolle übernahm?

Sie stellte sich einen Moment lang vor, Hannes stünde neben ihr. Sie ahnte, was er, der von einer Karriere als Architekt träumte, beim Anblick des stilistisch wild zusammengewürfelten Gebäudekomplexes gesagt hätte. »Du lieber Himmel, wer hat das denn verbrochen? Da passt ja kein Teil zum anderen.« Und Thora hätte belustigt geantwortet: »Aber kommt es nicht auf das an, was drinnen passiert?« In diesem Augenblick war Hannes ihr ganz nah, sie hörte beinahe seine Stimme.

»Was machst du da?« Ihre Mutter klang leicht ungehalten und riss sie aus ihren Gedanken. »Der Eingang ist da drüben. Wir wollen doch noch eine Erfrischung nehmen.«

Thora löste sich widerwillig vom Anblick der Burg, wie sie das Gebäude bei sich nannte. Mama führte sie in den Salon, in dem weiß gedeckte Tische auf die Gäste warteten. Die Wände waren zartgelb gestrichen, die Decke war mit Sternen geschmückt, und alles wirkte sehr schön und elegant. Sie aßen Torte und tranken Kaffee.

Thora schaute auf den Theaterzettel, den ihre Mutter neben den Teller gelegt hatte, und las die Namen der Personen, die mitspielen würden. Emil Lind. Olivia Veit. Den Marquis von Posa spielte ein Herr mit dem rheinischen Namen Peter Esser. Es klang nicht so edel, wie sie sich den spanischen Marquis beim Lesen vorgestellt hatte, aber das musste ja nichts heißen.

»Sie geben es schon seit zwei Jahren«, sagte ihre Mutter. »Wenn sie es immer noch spielen, ist es sicher gut.« Sie klang ein bisschen eingeschüchtert, als befände sie sich auf fremdem Terrain. Sie hatte Schiller nicht gelesen. Ihr Vater war Meister in der Firma Bernrath gewesen, sie hatte keine Höhere Schule besucht. In vertrauter Gesellschaft bewegte sie sich gewandt, doch in Momenten wie diesen spürte Thora bisweilen, dass ihre Mutter sich unwissend vorkam, und das tat ihr im Herzen weh. Sie berührte sanft ihre Hand. »Ganz bestimmt. Und es wird dir auch gefallen. Ich bin so froh, dass ihr mir die Karten geschenkt habt.«

Ihre Mutter lächelte. »Es muss doch auch Freude im Leben geben. Trotz allem.«

Sie brauchte Hannes nicht zu erwähnen. Beide Frauen wussten, dass immer ein Schatten auf der Freude liegen würde, solange er nicht zu Hause und der Krieg nicht vorbei war.

Dann ertönte eine Glocke, und sie verließen den Teesalon. Das Innere des Gebäudes war fast durchgehend in Rot, Weiß und Grau gehalten, als wären goldene Schnörkel in diesem modernen Theater unerwünscht.

Thora trug ihr bestes Kleid, das sie lange nicht angehabt hatte. Es war schwarz und knöchellang, mit einem Überkleid aus hellgrauer Seide. Die Ärmel waren ein bisschen durchsichtig, der Stoff über dem Ausschnitt auch, und sie hatte sich schon lange nicht mehr so schön gefühlt, was auch an der Spitzenstola lag, die ihre Mutter gerade sorgfältig zurechtzupfte.

Sie stiegen eine Marmortreppe hinauf ins Foyer, das von einer Kuppel gekrönt und von zahlreichen Glühbirnen beleuchtet wurde. In den Nischen an den Wänden standen weiße Sessel und Bänke, auch hier schienen Gold und Glitzer verpönt. Unter den Zuschauern waren einige Männer in Uniform, manche davon an Krücken oder mit Armschlingen, die meisten waren jedoch älter und in elegantem Zivil.

Im Zuschauerraum sah sie sich staunend um. Er war schlicht und schön, mit elegant geschwungenen Balkonen. Er sah aus, als wollte er dem Publikum sagen: Schau nach vorn zur Bühne und nicht um dich, es geht einzig um das, was dort vorn geschieht.

Später kam es ihr vor, als hätte sie während der gesamten Aufführung kein einziges Mal geatmet.

Die Bühne blieb gleich bis auf die Rückwand, deren Farbe sich veränderte: So war sie leuchtend blau, als sie den Garten von Aranjuez darstellte. Der einzige Schmuck waren Porträts an den Seitenwänden, die wohl die bleierne Schwere und Steifheit symbolisieren sollten, die auf diesem Spanien lasteten.

Thora war so hingerissen von den Darstellern, dass sie kein spanisches Dekor benötigte, um sich an jenen fernen Ort zu versetzen, an dem es keinen Platz für Liebe gab.

Am besten gefielen ihr die Prinzessin von Eboli und der Marquis von Posa. Die Schauspielerin vermittelte die zerrissenen Gefühle der Eboli so überzeugend, dass Thora Tränen in den Augen hatte. Als der Marquis in den Armen seines Freundes Karlos starb, schluchzte sie hemmungslos in ihr Taschentuch. Sie fieberte mit, als Karlos dem Vater entgegenschleuderte: »Da liegen meine Reiche« und auf den erschossenen Freund zu seinen Füßen deutete.

Am Ende brandete Applaus auf, und Thora erhob sich, ohne darauf zu achten, ob die Menschen um sie herum das Gleiche taten. Sie konnte nicht einfach dasitzen, wenn sie innerlich so aufgewühlt war.

Enttäuscht bemerkte sie, dass die Darsteller nicht an den Bühnenrand traten, um sich zu verbeugen, wie sie es von anderen Theateraufführungen kannte. Thora fragte sich, warum man das hier so machte – ob das Publikum ganz in der Geschichte bleiben und die Darsteller als Figuren in Erinnerung behalten sollte?

»Das möchte ich auch machen«, sagte sie sehnsüchtig, als der Applaus endlich verklungen war und die Zuschauer zu den Ausgängen strömten.

Ihre Mutter schaute ein wenig irritiert. »Aber Kind, das ist doch nichts für unsereins.«

Im Hinausgehen kamen sie an einem Tisch vorbei, auf dem Broschüren ausgebreitet lagen. Ihr Blick fiel auf einen Zettel, der für die theatereigene Schauspielschule warb. Sie hatte nicht gewusst, dass es so etwas überhaupt gab. Aus einem Impuls heraus griff Thora danach und ließ ihn unauffällig in ihre Handtasche gleiten.

Auf der Rückfahrt war Thora ganz in Gedanken und hörte kaum, was ihre Mutter sagte. Sie erinnerte sich an den Winter vor zehn Jahren. Sie war zwölf gewesen und Hannes schon in einem Alter, in dem er nicht mehr gern mit seiner kleinen Schwester spielte. Doch an diesem Tag war er großzügig gestimmt und hatte sich bereit erklärt, mit ihr aus Pappkartons, die sie Papa abgeschwatzt hatte, ein Theater zu bauen und ein Stück aufzuführen.

Hannes half ihr, die Kartons anzumalen. Er zeichnete Fenster und Bilder und sogar eine Standuhr mit Zeigern und römischen Ziffern, sodass es wie ein richtiges Zimmer aussah. Sie stellten Hocker hinein und einen kleinen Tisch mit einer Blumenvase.

Er saß im Schneidersitz, die Pulloverärmel hochgeschoben, vor einem großen Stück Pappe und bemalte es sorgfältig mit hell- und dunkelrosa Streifen, die eine Tapete darstellen sollten.

»Du machst das richtig schön.«

»Ich würde so was gern entwerfen, wenn ich erwachsen bin. Keine Tapeten, sondern ganze Häuser zum Wohnen, Theater, Hotels, Geschäfte.«

»Aber du übernimmst doch Papas Firma«, erwiderte Thora und sah, wie sich ein Schatten über Hannes' Gesicht legte. Sie war noch ein Kind, spürte aber, dass tief in ihm etwas steckte, über das er nicht sprechen wollte.

»Was soll das eigentlich für ein Stück werden?«, lenkte Hannes ab.

Thora lieferte ihm prompt die fertige Geschichte, in der es um zwei Schwestern ging, von denen die eine sehr gut, aber unscheinbar, die andere wunderschön, aber zutiefst böse war.

Hannes hob den Pinsel und deutete damit auf sie. »Lass mich raten: Dann kommt ein gut aussehender Jüngling dazu, der sich natürlich in die schöne Schwester verliebt, die ihn aber sehr schlecht behandelt und in ein tiefes Verlies wirft. Aus dem befreit ihn die andere, und er begreift, dass er sein Herz an die Falsche verschenkt hat.«

Thora lachte verlegen. Das Gerede von Liebe behagte ihr nicht. »Nein. Die eine soll heiraten, also die Schöne, weil alle Männer in sie verliebt sind. Und die Nichtschöne ist frei, um sagenhafte Abenteuer zu erleben. Sie reist mit dem Schiff um die ganze Welt und lernt Menschenfresser kennen und sieht Eisbären und Elefanten, und alles ist sehr aufregend.«

Hannes' Blick hatte sie nie vergessen. Ein wenig amüsiert, aber auch gebannt, als gefiele ihm ihre Version besser als seine eigene.

»Welche Schwester wärst du lieber?«

»Natürlich die nette, nicht so schöne. Ich will Abenteuer erleben.«

Sie umklammerte den Zettel in ihrer Tasche. Vielleicht könnte ihr altes Märchen Wirklichkeit werden.

Düsseldorf, Dienstag, 8. April 1919

Auf dem Weg zum Gefängnis bemerkte Thora auffallend viele Soldaten in den feldgrauen Uniformen der Reichswehr. In der Stadt herrschte eine angespannte Atmosphäre wie vor einem Gewitter, das sich jederzeit entladen konnte. Die Regierung hatte die Truppen in Düsseldorf einquartiert, um den Streik niederzuschlagen, aber sie staunte, dass sich die Männer so offen auf den Straßen zeigten. Die gesamte Düsseldorfer Innenstadt gehörte zur entmilitarisierten Zone, in der deutsche Uniformen eigentlich verboten waren. Doch die Freikorps, von denen Rudi erzählt hatte, scherten sich nicht darum – und das mit Zustimmung der Regierung. Sie führten sich auf, als wäre der Krieg nie verloren gegangen, und wurden von großen Teilen der Bevölkerung freudig empfangen und in ihren Wohnungen aufgenommen. Thora hatte sich nie sehr mit Politik beschäftigt und eigentlich auch jetzt keinen Sinn dafür, doch die angespannte Lage war nicht zu übersehen.

Als sie in die Schadowstraße biegen wollte, ertönte schrilles Geschrei. Sie schrak zusammen. Zwei ärmlich gekleidete Frauen schlugen mit Fäusten auf einen Mann mit Schirmmütze ein. Er hatte ein Gewehr dabei, das er schützend vor sich hielt, statt es auf die Angreiferinnen zu richten.

»Wir haben kein Brot und keine Milch für unsere Kinder! Und euch fällt nichts Besseres ein, als uns auch noch Strom und Gas abzustellen?«

Der Mann wich zurück, bis er mit dem Rücken an der Mauer stand. »Wir kämpfen für euch alle!«

»Unsinn«, fuhr ihm die andere Frau unwirsch über den Mund. »Ihr habt den Kopf in den Wolken! Mein Mann ist mit kaputter Lunge aus dem Krieg gekommen, der braucht keine Räterepublik oder wie ihr das nennt. Der braucht anständiges Essen und eine trockene Wohnung. Darum solltet ihr euch kümmern.«

Thora fuhr weiter, bevor die drei auf sie aufmerksam werden konnten. Ihr Herz schlug heftig, auch wenn der Mann keinerlei Anstalten gemacht hatte, auf jemanden zu schießen. Doch die Verzweiflung der Frauen war greifbar und laut gewesen, und sie fürchtete, dass es wieder zu Gewalt auf den Straßen kommen könnte. Die Not war so groß, die Menschen so uneins. Das hatte sie bereits im Januar während des Spartakus-Aufstands aus nächster Nähe erlebt und spürte immer noch einen Schauer, wenn sie daran dachte. Wie hatte sie glauben können, das alles ginge sie nichts an, dass sie in ihrer goldenen Theaterwelt sicher und geborgen war?

Der weitere Weg in die Ulmenstraße verlief ohne Zwischenfälle. Sie war erleichtert, als die roten Mauern des

Gefängnisses vor ihr auftauchten und keine Spur von der alten Frau zu sehen war, die sie gestern angesprochen hatte. Sie mochte arm und krank sein, doch ihr Gerede von Tod und Galgen war unheimlich gewesen und hatte in Thora eine Angst geweckt, die sie seither mit aller Kraft verdrängte.

Der Aufseher am Tor nahm ihr den Karton ab, in den sie die Sachen für Hannes gepackt hatte, und durchsuchte ihn vor ihren Augen. Thora überkam Abscheu, als seine groben Hände Waschlappen, Handtuch und die Lindenblütenseife berührten. Es war ihr liebster Duft, der ihrem Bruder hoffentlich eine stille Botschaft senden würde. Zu den Schreibsachen hatte sie auch einen kleinen Riegel Schokolade gelegt, Hannes hatte immer gern Süßes gegessen.

Der Aufseher nickte knapp, nachdem er nichts Verfängliches gefunden hatte. »Die Gegenstände werden dem Häftling umgehend ausgehändigt.«

Häftling. Das Wort war unerträglich. Er wollte schon das Tor schließen, als Thora fragte: »Darf ich denn nicht zu meinem Bruder?« Er schaute sie verärgert an und blaffte: »Besuch einmal im Monat.«

»Nur einmal im Monat? Das hat mir niemand gesagt.«

»Dann wissen Sie es jetzt.«

»Aber das ist unmenschlich!«

Als Thora die grimmige Miene des Aufsehers bemerkte, schluckte sie und sagte leiser: »Darf ich meinem Bruder wenigstens schreiben?«

»Briefe sind erlaubt, werden aber zensiert.«

Mit diesen Worten schlug er das Tor zu und verriegelte es von innen.

Es war fast wie im Krieg, dachte Thora verzweifelt. Sie erinnerte sich an die Feldpostkarten, die Lebenszeichen gewesen waren, aber nie verraten hatten, wie es Hannes wirklich ging. Wenn sie ihm jetzt schrieb, würde sie wieder die Worte sorgfältig abwägen und alles verschweigen müssen, was eigentlich gesagt werden sollte. Vor allem aber könnte sie nicht die Fragen stellen, auf die sie so dringend eine Antwort brauchte.

Aber nein, dachte sie dann, es war nicht wie im Krieg. Das hier würde vorübergehen, sie und Hannes wären nicht auf Jahre hinaus getrennt. Bald würden sie wieder vertraut miteinander sprechen, und dann könnte er ihr endlich erzählen, was er in jenem Brief nur angedeutet hatte. Wenn er freikam, könnte er sie auf der Bühne sehen, vielleicht würden sie gemeinsam im Gasthaus Storch feiern …

Falls er freikam, meldete sich eine warnende Stimme in ihr, die sie sofort verdrängte. Wenn sie sich auf diese Gedanken einließ, würde die Angst sie überwältigen und jedes Handeln unmöglich machen. Nein, sie musste etwas tun, statt untätig auf der Straße herumzustehen. Erst einmal weg von hier.

Thora überlegte, was der nächste Schritt sein könnte. Sie wäre nur zu gern zu Emilie Leuchtenberg gegangen und hätte sie geradeheraus gefragt, was ihre Brüder verbunden hatte. Aber sie wusste, dass es nicht ratsam war. Dann kam ihr eine Idee – genau genommen sogar zwei. Sie selbst konnte nicht mit Emilie Leuchtenberg sprechen, wohl aber Trude Busch. Es wäre nicht ungewöhnlich, wenn die Presse mit der Schwester eines Verbrechensopfers reden wollte. Frau Busch hatte so interessiert und hilfsbereit gewirkt, dass Thora sie hoffentlich für den Plan gewinnen konnte.

Und sie wusste auch, was sie selbst unternehmen konnte. Wenn Hannes öfter in Düsseldorf gewesen war, hatte er Spuren hinterlassen. Leute mussten ihn gesehen haben. Sie würde eine Fotografie aus ihrem Zimmer holen und überall dort zeigen, wo man sich vielleicht an ihn erinnerte: in den Geschäften in der Ackerstraße, vielleicht sogar bei den Kontrollposten auf der Rheinbrücke. Dann fiel ihr der seltsame Moment im Café Cornelius ein. So wie Hannes auf ihre Frage reagiert hatte, war er tatsächlich dort gewesen. Falls es ihr gelang, seine Schritte nachzuverfolgen, könnte sie so womöglich erfahren, was er in Düsseldorf gewollt hatte.

Denn eines war ihr mittlerweile klar: Bloße Vergnügungsbesuche waren es nicht gewesen, sonst hätte er sich bei ihr angekündigt. Sie spürte, dass hier in der Stadt der Schlüssel zu dem Rätsel lag, vor das Hannes sie gestellt hatte.

In der Poststraße angekommen eilte sie in die Wohnung, wo die Witwe Hendricks gerade dabei war, zwei alte Petroleumlampen zu füllen. »Ich will heute Abend nicht im Dunkeln sitzen. Wie gut, dass ich die Lampen noch im Keller hatte.« Dann stutzte sie. »Was machen Sie denn eigentlich hier? Sollten Sie nicht im Theater sein?«

Endlich konnte Thora etwas aus der Stadt berichten, das die Vermieterin noch nicht wusste. »Das hat geschlossen. Wegen des Streiks.«

»So ein Jammer!«

»Ich nutze die Zeit, um einige Dinge zu erledigen«, sagte Thora rasch.

»Nehmen Sie sich bloß in Acht! Sie wissen doch, was auf den Straßen los ist, lauter Gesetzlose, die sich an anständigen Bürgern vergreifen. Eins sag ich Ihnen: Wenn sie Soldaten schicken, die uns von dieser Plage befreien, sind sie mir herzlich willkommen.«

»Ich bin sicher, dass man das zu schätzen weiß«, sagte Thora diplomatisch und eilte in ihr Zimmer. Auf der Kommode standen mehrere gerahmte Fotografien. Eine zeigte sie mit Hannes und ihren Eltern, daneben stand eine von Hannes allein. Sie war in England aufgenommen worden, er saß in Flanellhose und weißem Hemd im Schneidersitz im Gras. Zum Glück war sein Gesicht darauf recht deutlich zu erkennen. Sie wickelte das Bild samt Rahmen in ein Tuch und schob es behutsam in die Tasche.

In der Wallstraße betrat sie das Haus der *Düsseldorfer Freien Presse* und klopfte an die Tür der Redaktion. Sie war erleichtert, als von drinnen eine Frauenstimme »Einfach reinkommen!« rief.

Frau Busch stand mit einer Zigarette in der Hand mitten im Raum, die andere hatte sie in die Hüfte gestemmt und sah ihr überrascht entgegen. Thora wollte schon zurückweichen, doch dann lächelte die Journalistin sie aufmunternd über die Brille hinweg an.

»Ich hatte nicht so schnell mit Ihnen gerechnet, aber bitte.« Sie deutete auf einen Stuhl, setzte sich halb auf die Tischkante und fragte auffordernd: »Was verschafft mir das Vergnügen?«

Thora wurde rot und fragte sich, ob sie das Angebot gestern missverstanden hatte. Frau Busch musste doch begreifen, wie dringend ihr Anliegen war. Sie schaute verlegen auf ihre Füße und wäre am liebsten davongelaufen.

Dann berührte ein warmer Finger sie leicht unter dem Kinn. »Kopf hoch, Fräulein Bernrath. Verzeihen Sie bitte meine burschikose Art. Natürlich weiß ich, warum Sie hier sind. Ich werde Ihnen helfen, ich stehe immer zu meinem Wort.«

Thora atmete erleichtert auf. »Sie haben gesagt, ich solle versuchen, mehr über das Opfer herauszufinden. Also habe ich mich in der Ackerstraße umgehört.«

»Berichten Sie, ich bin gespannt.«

Sie erzählte, was sie in den Geschäften erfahren hatte und auch, dass sie nicht gewagt hatte, bei der Schwester des Toten zu klingeln.

»Das war auch besser so«, sagte Frau Busch und stieß eine Rauchwolke an die Decke. »Das hätte unangenehm ausgehen können. Seien Sie bitte vorsichtig.«

Thora erinnerte sich an die Worte der Journalistin, sie könne mit ihren Mitteln helfen, und nahm allen Mut zusammen. »Würden Sie mit Fräulein Leuchtenberg sprechen? Es wäre doch naheliegend, wenn Ihre Zeitung über einen Mordfall berichtet, nicht wahr?«, fragte sie hoffnungsvoll.

Die Journalistin streckte sich über den Schreibtisch, um die Zigarette in einer Messingschale auszudrücken, und schaute Thora nachdenklich an. »Wir erscheinen zurzeit nicht, aber mein Chef würde sich vermutlich freuen, wenn wir mit einer großen Geschichte aufmachen könnten, sobald es wieder losgeht.« Sie biss sich auf die Lippe und runzelte die Stirn. »Natürlich ist es ein Unterschied, ob ich hinter den Kulissen Erkundigungen einziehe oder selbst zu dieser Frau gehe. Aber ich denke, ich kann es rechtfertigen.«

Thoras Herz schlug schneller. Bevor sie etwas sagen konnte, hob Trude Busch den Zeigefinger.

»Noch eine Frage – in welchem Regiment hat Ihr Bruder gedient? Es könnte nützlich sein, die Regimentsliste einzusehen. Vielleicht kommt Ihnen der eine oder andere Name bekannt vor. Falls wir Leute finden, die sowohl Leuchtenberg als auch Ihren Bruder kennen, könnte uns das weiterhelfen.«

»Er war im 10. Rheinischen Infanterie-Regiment Nr. 161«, sagte Thora prompt.

»Gut«, sagte die Journalistin. »Ich kümmere mich um die Liste.«

Thora hatte sich schon gefragt, wie sie an derartige Informationen gelangen sollte, und war dankbar, dass Frau Busch sich damit auszukennen schien und ihr die Aufgabe abnehmen konnte.

»Ich war übrigens noch einmal beim Gefängnis, um Hannes einige Dinge zu bringen. Man hat mich nicht zu ihm gelassen. Nur ein Besuch im Monat, sagte man mir.«

Trude Busch nickte mitfühlend. »Ja, die Vorschriften sind streng. Aber so, wie Sie das Verhalten Ihres Bruders schildern, dürfte er seine Haltung ohnehin nicht geändert haben. Was haben Sie jetzt vor?«

Sie zog das Foto aus der Tasche und hielt es Trude Busch hin. »Damit wollte ich an Orte gehen, an denen mein Bruder gewesen sein könnte. Vielleicht erinnert sich jemand an ihn und kann mir sagen, ob er allein dort war und was er gemacht hat.«

»Ausgezeichnete Idee, das sollten Sie auf jeden Fall versuchen.« Sie glitt vom Tisch und streckte Thora die Hand hin. »Kommen Sie morgen ruhig wieder her, dann tauschen wir uns aus.«

Ihr Herz zog sich vor Dankbarkeit und Erleichterung zusammen, sie hätte Frau Busch am liebsten umarmt. Sie fühlte sich nicht mehr so allein, musste nicht ganz auf sich gestellt gegen unüberwindlich scheinende Hindernisse kämpfen. Von nun an gab es noch einen Menschen, der alles daransetzte, die Wahrheit ans Licht zu bringen und Hannes hoffentlich zu retten.

Auf der Königsallee drängten sich elegant gekleidete Menschen, betraten Geschäfte und Restaurants oder strebten zu den großen Hotels, als gäbe es keinen Streik und keine Not. Hinter den Mauern fanden wie ehedem

Tanztees und Abendgesellschaften statt, und wer es sich leisten konnte, vergaß dort drinnen die Kriegsfolgen.

Als Thora auf das Cornelius-Haus zuging, dachte sie wieder an den Besuch mit Hilde, den dunkelhaarigen Mann, den sie flüchtig gesehen und für Hannes gehalten hatte. Damals hatte sie es als Irrtum abgetan und den Cafébesuch mit ihrer Freundin genossen. Aber er war es wohl doch gewesen.

Sie betrat das Restaurant mit den großen Fenstern und sah sich suchend um. Geschirr klirrte, es roch herzhaft nach gutem Essen, wie man es in diesen Zeiten kaum noch bekam. Doch dafür hatte sie jetzt keinen Sinn, denn sie sah sich einer äußerst schwierigen Aufgabe gegenüber: Im Erdgeschoss gab es zwei Restaurants, im ersten Stock das Café, darüber noch die Galerie. Falls Hannes das Haus besucht hatte, konnte er überall gewesen sein. Und natürlich arbeitete nicht an jedem Tag dasselbe Personal, gut möglich also, dass sich jemand an ihn erinnerte, der heute gar nicht hier war. Dennoch musste sie es versuchen.

An der Theke stand ein Kellner, der gerade die Kasse bediente. Thora trat heran und räusperte sich.

Er musterte sie abschätzig, und sie bereute, dass sie Hannes' alten Pullover über der Bluse trug statt einer hübschen Jacke. Er fragte knapp: »Womit kann ich dienen?«

Mit zitternder Hand zog sie das Bild heraus und hielt es ihm hin. »Kennen Sie diesen Mann? Falls Sie ihn hier schon einmal gesehen haben, sagen Sie es mir bitte.«

Wieder der taxierende Blick. Sie ballte die Fäuste, um Ruhe zu bewahren.

»Ich muss es wissen, es ist ein Notfall«, sagte Thora drängend.

Er nahm das Foto und schaute es an, blickte dann zu ihr und schüttelte den Kopf. »Nie gesehen.«

»Ich würde es gern Ihren Kollegen zeigen.« Sie formulierte es nicht als Frage, weil sie ein Nein fürchtete. Er zuckte mit den Schultern und sagte im Gehen: »Nur zu. Solange Sie sie nicht von der Arbeit abhalten.«

Es war eine mühsame und auch demütigende Aufgabe. Thora bemerkte die Blicke der Gäste, die deutlich eleganter wirkten als sie. Das Cornelius-Haus war ein Ort, an dem die alte Zeit noch nicht gestorben zu sein schien.

Bei der vierten Bedienung verlor sie allmählich den Mut und schaute sie flehend an. »Überlegen Sie, es ist wirklich sehr wichtig.«

Die Frau fuhr sich bedächtig mit dem Finger über die Lippen und sagte dann: »Kann sein, dass er mal hier war. Aber wenn, habe ich ihn nur im Vorbeigehen gesehen. Vielleicht versuchen Sie es mal oben im Café.« In ihrer Stimme klang Mitgefühl an, und sie warf einen Blick auf Thoras Bauch unter dem weiten Pullover.

Ach du liebe Güte! Die Frau glaubte wohl, sie erwarte ein Kind und sei auf der Suche nach dem verschwundenen Vater. Thoras Wangen wurden heiß, sie wäre am liebsten im Boden versunken, besann sich dann aber. Wenn die Menschen ihr hilfsbereiter begegneten, nur weil sie das glaubten, würde sie es für ihre Zwecke nutzen.

Thora bedankte sich und nahm die Treppe nach oben, blieb kurz an der Stelle stehen, von der aus sie Hannes damals zu sehen geglaubt hatte. Dort drüben an der Tür zur Blumenstraße war der dunkle Kopf aufgetaucht, die vertraut wirkende schlanke Gestalt.

Das Café mit seinen runden weißen Tischen und den Metallstühlen wirkte zeitlos und elegant. Konnte sie sich ihren Bruder, der Süßes liebte, hier vorstellen? Durchaus. Doch dafür hätte er nicht nach Düsseldorf kommen müssen. In Friedenszeiten wäre es ein netter Ausflug gewesen, doch heutzutage war die Fahrt umständlich und mühsam, und wenn man Pech hatte, kam man nicht weiter als bis zur Rheinbrücke.

Thora fragte sich auch hier beim Personal durch und erntete immer wieder Kopfschütteln, mal bedauernd, mal ungehalten, mitunter auch mitfühlend. Sie wollte nicht enttäuscht sein, doch ihr Kopf sagte das eine und ihr Herz das andere.

Sie wollte das Bild gerade endgültig wegstecken, als ein älterer Kellner auf sie zukam.

»Mein Kollege sagte mir, dass Sie jemanden suchen, Fräulein?«

Sie zog das Bild erneut hervor und zeigte es ihm. »Haben Sie diesen Mann in letzter Zeit hier gesehen? Er ist jetzt ein paar Jahre älter und etwas hagerer.«

Er kramte eine Brille hervor, setzte sie auf und nahm die Fotografie in Augenschein. Und dann bewegte sich sein Kopf bedächtig auf und nieder. »Ja, der war mal hier. Zwei- oder dreimal vielleicht.«

Thoras Herz schlug so heftig, dass der Kellner es sicher hören konnte. Endlich ein Erfolg! »Können Sie mir sagen, wann das war?«

Er zuckte mit den Schultern. »In den letzten Monaten, würde ich sagen. Sie können sich vorstellen, wie viele Leute herkommen. Ich weiß auch nicht, warum ich mich gerade an ihn erinnere.« Dann ging ein Leuchten über sein Gesicht. »Ach doch, einmal hat er ein besonders gutes Trinkgeld gegeben, weil ich ihnen einen Tisch in einer Ecke besorgt hatte.«

Thora hob spontan die Hand. »Ihnen?«

»Er war nicht allein. Ein anderer Mann war bei ihm.«

»Können Sie sich erinnern, wie er ausgesehen hat?«

»Hm, ich glaube, er war blond, jedenfalls heller als der hier.« Er deutete auf das Bild. »Sie dürften etwa im selben Alter gewesen sein. Aber an mehr erinnere ich mich wirklich nicht.« Er schaute kurz über die Schulter. »Ich muss weiterarbeiten.«

Bevor Thora ihm noch einmal danken konnte, war er schon an den nächsten Tisch getreten, um eine Bestellung entgegenzunehmen.

Um nichts zu übersehen, sprach sie auch noch mit dem Personal in der Galerie im zweiten Stock, deren eckige, mit Samtvorhängen versehene Nischen sie an viele kleine Theaterbühnen erinnerten. Auch hier zeigte sie die Fotografie, ohne Erfolg.

Der Kellner im Café war der Einzige, der Hannes sicher gesehen hatte. Ihn und seinen geheimnisvollen Begleiter.

Strafanstalt Düsseldorf-Derendorf, Dienstag, 8. April 1919

Liebe Thora,

vorhin brachte mir der Aufseher Deinen Karton. Natürlich war mir klar, dass sie ihn genauestens durchsucht hatten und nichts darin verborgen sein konnte. Ich habe jeden einzelnen Gegenstand herausgenommen, in der Hand gewogen, daran gerochen. Die Seife erinnert mich an früher, wenn Du gar nicht genug von den Lindenblüten bekommen konntest. Du bist immer stehen geblieben und hast gesagt: »Riech mal, so riecht der Sommer.«

Rasiert werde ich übrigens jeden Morgen mit gefesselten Händen, damit ich nicht die Klinge an mich reißen kann. So macht man das mit einem Verbrecher.

Wie das klingt. Ich habe die Tat, für die ich verhaftet wurde, nicht begangen. Aber ich kann mich nicht verteidigen, auch wenn es mich innerlich zerreißt. Und habe ich nicht andere Dinge getan, für die man mich bestrafen sollte? Über die ich nie gesprochen habe und wohl auch niemals sprechen werde?

Ich liege auf der harten Matratze und versuche, nicht daran zu denken, wie viele Körper schon vor mir darauf gelegen haben.

Bevor mich Ekel und Verzweiflung gänzlich überwältigen, setze ich mich wieder auf und greife nach der Kostbarkeit, die Du in den Karton gepackt hast. Nicht die Seife, auch wenn ich den Duft sehr mag, sondern die Schokolade. Eigentlich wollte ich sie mir aufheben, breche nun aber ein winziges Stück ab, lege es auf die Zunge und lasse es dort schmelzen. Der Geschmack und der Duft umfangen mich und versetzen mich in die Vergangenheit.

Im August 1914 kamen wir durch einen belgischen Ort, dessen Namen ich vergessen habe. Er tut auch nichts zur Sache.

Wir marschierten die Hauptstraße entlang in unseren zu warmen Uniformen, die Sonne heiß auf unseren Köpfen, die Menschen verängstigt hinter den Gardinen. Kaum jemand traute sich auf die Straße. Und plötzlich roch es nach Schokolade. Ich sah mich um und entdeckte ein Café, eine Confiserie besser gesagt, mit einem Schaufenster voller Pralinen. Ich wäre am liebsten stehen geblieben und hineingegangen, hätte mir eine Köstlichkeit ausgesucht, Marzipan und dunkle Schokolade, mit Mandeln oder Walnüssen verziert. Aber das war natürlich ein lächerlicher Wunsch. Wir waren nicht dort, um Pralinen zu essen.

Später am Abend kam mir eine Erinnerung, und ich verstand, warum mich dieses Café angelockt hatte. Es lag nicht nur an dem köstlichen Duft. Nein, es war noch etwas anderes. Ich musste daran denken, wie ich als Schüler manchmal mit der Straßenbahn nach Rheydt gefahren bin. Es war mein kleines Geheimnis.

In Rheydt auf der Hauptstraße gibt es eine Konditorei mit Café, Remges heißt sie. Sie hat schöne weiß gerahmte Fenster über die gesamte Breite der Fassade. Drinnen sitzt man schlicht, aber gemütlich, einfache Holzstühle und Tische mit Marmorplatten und schmiedeeisernem Fuß. Man bekommt herrlichen Kaffee, dessen Aroma das ganze Lokal erfüllt. Und köstliche Torten. Ich habe niemandem davon erzählt.

Warum, fragst Du?

Nun, es galt in der Schule als unmännlich, sich in ein Café zu setzen. Ich schämte mich für etwas, das nicht den Erwartungen entsprach. Wie ich auch in anderer Hinsicht nicht den Erwartungen entsprechen kann und es nie tun werde.

Ich hätte wohl eher an unseren Vormarsch denken sollen, an Heldenmut und Eroberung und dass wir bald, ganz bald wieder zu Hause sein würden. Stattdessen dachte Dein dummer Bruder an Torten und Schokolade.

Aber soll ich Dir was sagen? Das ist es, was das Leben köstlich macht. Und – ganz unter uns gesagt – drängte es mich nicht danach, an die Front zu kommen. Das mag feige klingen, ist aber ist die Wahrheit. Ich habe mich in jeder einzelnen Minute zurückgewünscht in Papas Firma, lieber noch an meinen Zeichentisch, statt in Uniform mit Tornister auf dem Rücken über das belgische Straßenpflaster zu marschieren.

Thora, das alles vertraue ich nur Dir an, weil ich weiß, dass Du mich nicht falsch verstehst. Es gibt noch so unendlich viel mehr, das ich Dir sagen will, aber die unsagbaren Dinge werden immer mehr, türmen sich auf zu einer Mauer.

Vielleicht wirst Du herausfinden, was ich in der Ackerstraße wollte. Wie wirst Du dann über mich denken? Einerseits wünsche ich mir, Du würdest alles entdecken, jedes Geheimnis der letzten fünf Jahre ergründen, damit ich nicht länger mit all den Lügen leben muss. Doch die Geheimnisse schützen mich. Und nicht nur mich.

Der Schokoladengeschmack hat sich verflüchtigt. Ich starre an die Wand und versuche, nicht an den Namen zu denken, der mit aller Macht in meinen Kopf und in mein Herz drängt.

Dein Hannes

Düsseldorf, Dienstag, 8. April 1919

Unschlüssig stand Thora auf der Straße. Der frische Aprilwind ließ sie frösteln, doch sie musste kurz nachdenken. Es gab nur zwei Orte in Düsseldorf, von denen sie ganz sicher wusste, dass Hannes sich dort aufgehalten hatte – das Café Cornelius und das Haus in der Ackerstraße, in dem Leuchtenberg gewohnt hatte. Im Café hatte sie wichtige Hinweise erhalten, also musste sie die Fotografie auch in der Bäckerei und dem Schreibwarengeschäft vorzeigen. Die Inhaberinnen könnten ihr womöglich sagen, ob Hannes schon früher einmal dort gewesen war – allein oder in Begleitung des Mannes, mit dem er das Café besucht hatte. Doch sie zögerte noch. Würden die Frauen es als aufdringlich empfinden, wenn sie schon wieder dort erschien, und sich gar an die Polizei wenden? Aber nein, sie hatten recht freundlich gewirkt und in diesen Zeiten gewiss auch Besseres zu tun.

Zudem fielen ihr Frau Buschs geringschätzige Worte über die Kriminalpolizei ein. *Sie nutzen kaum wissenschaftliche Methoden, sind personell unterbesetzt, ihre Aufklärungsrate ist bescheiden.* Falls das stimmte – und

Thora hatte keinen Grund, es anzuzweifeln –, blieb ihr wohl gar nichts anderes übrig, als selbst Fragen zu stellen. Die Polizei glaubte, sie habe den Täter in Gewahrsam. Warum weiter ermitteln, wenn alles darauf hinzudeuten schien, dass Johannes Bernrath den Hauptmann getötet hatte? Es hängt an mir, dachte sie, und die Erkenntnis schenkte ihr neuen Mut.

Auf ihrem Weg in die Ackerstraße dachte sie über den Mann nach, mit dem Hannes im Café gewesen war. Ein alter Schulfreund? Ein Kriegskamerad? Beides war denkbar und naheliegend, und doch kam ihr etwas daran sonderbar vor. Warum hätten sie die Mühe auf sich nehmen sollen, sich Passierscheine zu besorgen und nach Düsseldorf zu fahren, wenn sie sich ebenso gut in Gladbach hätten treffen können? Dann kam ihr ein anderer Gedanke. Wohnte der Mann vielleicht in Düsseldorf, war er jemand, den Hannes von früher kannte oder aus dem Krieg? Doch warum hatten weder sie noch die Eltern je von diesem Freund gehört? War Hannes allein bei Leuchtenberg gewesen oder zusammen mit dem anderen Mann? Und was hatte er von Leuchtenberg gewollt?

Unterwegs bemerkte Thora immer wieder Freikorpsleute, die auf den Straßen patrouillierten. Obgleich ihre grauen Uniformen vertraut wirkten, weil sie jahrelang allgegenwärtig gewesen waren und ihr eigener Bruder sie getragen hatte, dachte sie mit Schaudern an die Erzählungen ihres Freundes Rudi. Selbst wenn diese Männer im Auftrag der Regierung handelten, konnte niemand in

Berlin wollen, dass sie derart brutal gegen die aufständischen Arbeiter vorgingen, wie sie es bisher getan hatten. Unvorstellbar, dass sie den gewaltsamen Kampf, den sie vier Jahre lang gegen die Feinde Deutschlands geführt hatten, nun gegen ihre eigenen Landsleute austrugen.

Sie musste unbedingt vor Einbruch der Dunkelheit zu Hause sein. Wenn Gas und Elektrizität abgestellt blieben und keine Straßenlaternen brannten, wäre es in der Stadt gefährlich dunkel. Und dann wollte sie keinesfalls bewaffneten Männern begegnen, auf welcher Seite sie auch stehen mochten.

Sie fand die Bäckerei geschlossen vor und trat durch die gegenüberliegende Tür. Diesmal hatte Frau Ziegolf Kundschaft. Eine Frau jammerte, dass sie nicht wisse, wie sie die Kinder durchbringen solle, wo ihr Mann doch im Streik sei. Frau Ziegolf hörte sich die Klagen geduldig an. Als sie mit Thora allein war, lächelte sie nachsichtig. »Alle haben ihre Sorgen, nicht wahr?«

Die Frau erkannte sie offenbar nicht wieder. »Ich war vor Kurzem schon einmal hier. Ich habe eine Kladde gekauft«, sagte sie zögernd.

»Ach ja, stimmt. Was kann ich heute für Sie tun?«, fragte die Ladenbesitzerin freundlich.

Thora griff zum wiederholten Mal in die Tasche, zog das Bild heraus und zeigte es Frau Ziegolf. »Kennen Sie diesen Mann?«

Die Frau betrachtete es, kniff kurz die Augen zusammen und nickte dann heftig. »Das ist er – der Mörder.«

Sie klang ein wenig atemlos und sah Thora mit großen Augen an. »Was haben Sie mit ihm zu tun?«

Thora presste die Lippen aufeinander und schluckte mühsam. Ihr fielen keine Worte ein, mit denen sie ihr Herzweh verbergen konnte. »Er ... ist mein Bruder. Ich glaube nicht, dass er das getan hat. Ich will ihm helfen.«

Frau Ziegolf wich ein wenig zurück und warf einen besorgten Blick zur Tür.

»Bitte«, sagte Thora flehend, »sagen Sie mir, was Sie wissen. Er selbst will nicht reden ...« Ihr brach die Stimme.

»Ich glaube Ihnen, dass Sie ihm helfen wollen. Aber wie er da rausgestürzt kam ...« Sie nickte zur Haustür nebenan. »Er ist gerannt, als wäre der Teufel hinter ihm her.«

»Ich weiß, dass er sich verdächtig verhalten hat«, sagte Thora. »Aber es muss eine andere Erklärung geben. Er ist kein Mörder. Verstehen Sie?« Sie versuchte, ruhiger zu sprechen, sich auf ihr Anliegen zu besinnen. »War er allein, oder haben Sie noch einen anderen Mann gesehen? Blond, etwa Mitte zwanzig? Entweder zu diesem Zeitpunkt oder davor oder danach?«

Kopfschütteln. »Er war allein. Und ich habe sonst keinen Fremden gesehen. Aber ich schaue auch nicht den ganzen Tag auf die Tür.«

Thora bedankte sich, wenngleich die Frau nicht mehr so freundlich klang.

»Wenn Ihr Bruder unschuldig ist, wird die Polizei ihn schon freilassen.«

Als ob das so einfach wäre, dachte sie im Gehen. Sie konnte dieser fremden Frau unmöglich begreiflich machen, wie sehr sie sich davor fürchtete, dass die Polizei den Fall für abgeschlossen erklären und Hannes der Justiz ausliefern würde. Und wie sehr sie daran verzweifelte, dass ihr Bruder keinen Versuch unternahm, sich zu verteidigen.

Sie trat auf die Straße und bemerkte, dass sich Regenwolken am Himmel drängten und den Nachmittag nachtdunkel färbten. Die Straßenlaternen blieben hartnäckig aus.

Als sie aufs Rad stieg, fielen die ersten Tropfen. Die Anstrengung der letzten Tage traf sie mit plötzlicher Wucht. Hatte sie wirklich erst vorgestern erfahren, dass man Hannes verhaftet hatte? Sie hatte kaum Atem geholt seit Sonntag, war ständig in Bewegung gewesen, hatte sich vorangetrieben und wenig geschlafen. Als die Regentropfen ihre Jacke trafen, überkam sie eine ungeheure Erschöpfung. Sie war dankbar, dass sie bergab rollen konnte, und überrascht, wie unvermittelt die Müdigkeit sie überfallen hatte.

Es war gut möglich, dass Hannes tatsächlich nur dieses eine Mal in der Ackerstraße gewesen war, und zwar allein, doch das erklärte nichts. Sie konnte nur hoffen, dass Frau Busch mehr herausfand. Sie selbst konnte hier nichts mehr ausrichten, ohne sich verdächtig zu machen. Die Niedergeschlagenheit legte sich wie ein schwerer Mantel um sie, der jede Bewegung mühsam machte.

Thora ahnte, dass die plötzliche Mutlosigkeit auf ihre Erschöpfung zurückzuführen war. Der Verstand sagte ihr, dass sie erst seit zwei Tagen versuchte, Licht in Hannes'

Geschichte zu bringen, und dabei schon einiges erreicht hatte. Aber die schmerzenden Beine, die müden Augen und das wehe Herz wollten nichts davon wissen.

Und dann fiel ihr ein, zu wem sie fahren würde. Sie hatte es fest vorgehabt, nur war ihr der Gedanke an diesem ereignisreichen Tag entglitten. Sie machte kehrt und radelte in die Richtung, aus der sie gekommen war, die Ackerstraße bis zur Kreuzung Dorotheenstraße, dann rechts und immer weiter geradeaus. Sie musste ständig den Regen aus den Augen blinzeln.

Endlich war sie in der Kiefernstraße. Die grauen Siedlungshäuser wirkten im Regen noch trister als sonst und doch angenehm vertraut. Thora klingelte bei Mertens und hoffte inständig, dass Rudi zu Hause war. Er sollte nach dem Sommer wieder anfangen zu arbeiten, wenn er das erste Jahr seines Sprechunterrichts abgeschlossen hatte.

Die Tür ging auf, und Rudi stand vor ihr. Daheim trug er keinen Schal und hielt sich unwillkürlich die Hand vor den Mund.

»Tag, Rudi. Du brauchst das nicht zu tun.«

Er verstand, was sie meinte, und nahm die Hand weg. Die große Narbe, die sich vom Mund bis zum Hals zog, schreckte Thora nicht mehr. Sie hatte sich von Anfang an dazu gezwungen, sein Gesicht zu betrachten und sich niemals abzuwenden. Er war ihr Freund und verdiente, dass sie ihn ansah. Wenn sie auf die Straße gingen, trug er den Schal oder ein Tuch, wobei er weniger sich selbst als anderen etwas ersparen wollte. Das argwöhnte sie zumindest, und es brach ihr ein wenig das Herz. Ein guter Mensch wie Rudi sollte nicht andere vor seinem Anblick schützen müssen.

Das Haus war erst wenige Jahre alt, Musterwohnungen, wie Rudi erzählt hatte, mit innenliegenden Bädern und guter Ausstattung. Beengt war es dort, wo er zusammen mit seinem Vater wohnte, zwar schon, aber doch recht komfortabel für die Gegend.

Als sie in der Wohnküche standen, schaute Rudi sie richtig an. »Was ist denn mit dir passiert?«

»Es hat angefangen zu regnen.«

Sie bemerkte die Petroleumlampe auf dem Küchentisch. Gut, dass viele Leute ihre alten Lampen aufbewahrt hatten.

»Möchtest du ein Brot?«

Auf einmal spürte Thora, wie leer ihr Magen war. Sie hatte den ganzen Tag über völlig vergessen, etwas zu essen, und nickte eifrig.

Rudi trat an den Küchenschrank, holte ein Brot aus der Dose, schnitt eine Scheibe ab und bestrich sie mit Schmalz. Dann streute er Salz darüber und stellte ihr den Teller hin. Sie verschlang das Brot so schnell, dass ihre Mutter sich zutiefst für sie geschämt hätte, doch das war ihr egal. Als sie aufgegessen hatte, setzte Rudi sich zu ihr an den Tisch und verschränkte die Arme.

»Und?«

Sie war gewöhnt, dass er in knappen Sätzen sprach, weil es ihn nach wie vor anstrengte. Aber diese Frage war selbst für ihn sehr kurz. Andererseits wusste sie genau, was er von ihr wissen wollte. Sie atmete tief durch, setzte an, doch es kam nur ein Schluchzen heraus. Es war, als hätte die Mauer, die sie in den letzten Tagen zwischen sich und der Welt errichtet hatte, plötzlich Risse bekommen und wäre in sich zusammengestürzt. Sie hörte die Worte Häftling, Mörder, Gefängnis, Galgen, sah Hannes, wie er in seinem verknitterten Anzug und den wirren Locken hinter dem Tisch gesessen hatte, bewacht, gefangen, schweigend. Sie schlug die Hände vors Gesicht und weinte, ließ all die Angst heraus, die sie seit Tagen quälte. Ihr ganzer Körper bebte, sie konnte nicht einmal die Füße still halten. Alles an ihr schien zu zittern.

Dann legte sich eine Hand auf ihre Schulter und drückte fest zu, als wollte sie mit der Geste etwas sagen. Und das tat sie auch. *Du bist nicht allein. Ich weiß, was Verzweiflung ist. Wein dich aus. Und dann erzähl mir, was los ist.*

Als Thora zu Ende erzählt hatte, saß Rudi da, den Kopf in eine Hand gestützt, und schaute sie nachdenklich an. Sein Gesicht verriet nicht, was er davon hielt. Doch in diesem Moment zählte nur, dass sie sich endlich jemandem anvertraut hatte. Und obwohl er Hannes nicht kannte, wusste Rudi doch, wie nah sie und ihr Bruder sich standen und wie sehr sie während des Krieges um ihn gebangt hatte.

»Es tut mir so leid«, sagte er schließlich und fuhr mit dem Zeigefinger die Maserung des Küchentisches nach. »Was, glaubst du, ist passiert?«

Die Frage hatte ihr noch niemand gestellt. Thora wurde bewusst, dass sie sich gar keine eigene Theorie zurechtgelegt hatte, weil alles so unfassbar schien. Doch beim Sprechen fügten sich einige Gedanken zusammen. »Ich glaube, dass es mit seiner Zeit im Krieg zu tun hat. Der Mann, der getötet wurde, war Offizier. Frau Busch versucht herauszufinden, ob er im selben Regiment war wie Hannes. Vielleicht wollte er etwas mit ihm besprechen, und als er dort ankam ...« Schlagartig wurde ihr bewusst, wie unwahrscheinlich und ungereimt das klang. Natürlich gab es derartige Zufälle. Leuchtenberg konnte Feinde gehabt haben oder war mit jemandem in Streit geraten, und Hannes war einfach nur zur falschen Zeit in der Ackerstraße gewesen.

Andererseits war es kein Wunder, dass die Polizei ihn für den Täter hielt, und auch nicht nur, weil es die einfachste Lösung war. Wenn sie die bloßen Tatsachen betrachtete, wäre sie zum selben Schluss gelangt. Hannes war am Tatort gewesen und weggelaufen. Er hätte um Hilfe rufen oder die Polizei verständigen können, aber er war geflohen. Warum?

Ihre Brust wurde plötzlich eng, sie konnte kaum noch atmen, und Rudi griff nach ihrer Hand.

»Was ist los?«

Sie erklärte ihm, was ihr gerade durch den Kopf gegangen war.

»Das stimmt. Aber du sagst, er kann es nicht gewesen sein.«

Thora zog die Schultern hoch, als wollte sie sich verkriechen. »Ja, das sage ich. Aber nicht, weil ich irgendeinen Beweis dafür habe, sondern weil ich Hannes kenne. Ich kenne ihn mein Leben lang und weiß, dass er so etwas nicht tun würde. Selbst wenn er im Krieg Menschen getötet hat.« Es fiel ihr schwer, den Satz auszusprechen, doch Rudi nickte.

»Wir können mit dem Töten wieder aufhören.«

In seinen Worten verbarg sich eine ganze Welt. Sie hatte sich oft gefragt, wie die Männer, die sich jahrelang ganz aufs Töten ausgerichtet hatten, im Frieden zurechtkamen.

»Ich weiß. Aber er hat sich sehr verändert, und dieser Brief ...«

»Sag noch mal, was drinstand.«

Thora gab es aus dem Gedächtnis wieder, und Rudi runzelte die Stirn. »Glücklicher und zugleich verzweifelter – was könnte er damit gemeint haben?«

Ihr fiel der Ring ein, den sie in Hannes' Atelier gefunden hatte. »Mal angenommen, er hat ein Mädchen kennengelernt, fürchtet aber, unsere Eltern könnten nicht damit einverstanden sein, aus welchen Gründen auch immer. Sie hat ihm den Ring geschenkt, er hat ihn in der Mappe mit den Zeichnungen versteckt. Er wollte mir von ihr erzählen, ist aber nicht dazugekommen, weil er verhaftet wurde.«

Rudis Skepsis war nicht zu übersehen. »Und deine Eltern sollen nichts davon gemerkt haben? Unwahrscheinlich. So groß ist Gladbach nicht. Da spricht sich so was herum. Und was ist dann mit dem blonden Mann im Café?«

Natürlich, der Mann. Wäre Hannes mit einem Mädchen im Café gewesen, hätte sich alles einfacher zusammengefügt. So aber drehte sie sich im Kreis. Hier und jetzt käme sie nicht weiter und brauchte auch ein bisschen Ablenkung.

»Danke fürs Zuhören. Und jetzt lass uns über was anderes reden.«

Rudi lächelte. »Erzähl mir noch mal von deinem Vorsprechen. Ich höre so gern, wie du in die ganzen Rollen schlüpfst.«

Düsseldorf,
Mai 1918

Thora betrat zitternd den Zuschauerraum. Sie hatte nicht damit gerechnet, dass das Vorsprechen in dem gewaltigen Saal stattfinden würde, der fast tausend Zuschauer fasste und in dem sie sich reichlich verloren vorkam. Ihre Mutter, die sie begleitete, müsse draußen warten, hatte man ihr gesagt. Mama hatte Thoras Hand gedrückt und sie so besorgt angesehen, als müsste sie sich einer schwerwiegenden Operation unterziehen.

Hier hatte sie vor über einem Jahr *Don Karlos* gesehen und sich auf die weite Bühne geträumt. Nun sollte sie dort hinaufgehen und sich den strengen Blicken und dem Urteil der Prüfer stellen. Der Raum war ziemlich dunkel, die geschwungenen Balkone waren nur als Schatten sichtbar. Sie schaute über die leeren Reihen und erahnte vier Personen in der fünften Reihe. Genauer hinzusehen wagte sie nicht.

Der junge Mann, der sie hereingebeten hatte, deutete auf einen Tritthocker, den man an den Bühnenrand gestellt hatte. »Sie begeben sich in die Mitte der Bühne.

Dann stellen Sie sich kurz vor, sagen, was Sie vortragen werden, und fangen umgehend an.«

Das klang einfach, dachte Thora, während sie an den Stuhlreihen vorbei nach vorn ging. Sie wollte glücklich sein und zuversichtlich, doch in diesem Moment, von dem sie geträumt und auf den sie sich so gewissenhaft vorbereitet hatte, fühlte sie sich plötzlich weich wie Pudding, als hätten sich alle ihre Knochen aufgelöst. Sie bemühte sich um eine aufrechte Haltung, wollte sich ihre Angst nicht anmerken lassen, aber die drei Schritte hinauf auf die Bühne kosteten sie ungeheure Kraft.

Ein Scheinwerfer richtete sich auf sie und folgte ihr, bis sie die Bühnenmitte erreicht hatte. Er war so hell, dass sie die Menschen vor sich nicht erkennen konnte. Es mochte ein Segen sein, aber gesehen zu werden, ohne selbst zu sehen, verunsicherte sie dennoch.

»Ich heiße Viktoria Bernrath, komme aus München-Gladbach und bin einundzwanzig Jahre alt.« Sie holte tief Luft. »Ich habe den Monolog der Fürstin Eboli aus *Don Karlos* vorbereitet. Zweiter Akt, neunter Auftritt.« Sie zwang sich, die Hände locker herabhängen zu lassen, statt die Fäuste zu ballen, und wollte gerade ansetzen, als eine wohlklingende, kraftvolle Frauenstimme von unten fragte: »Hätten Sie auch etwas Moderneres für uns? Die Eboli hören wir so oft.«

Thoras Herz schlug heftig, sie konnte kaum atmen. Sie überlegte blitzschnell. *Antigone* konnte sie nicht nehmen, das Stück war noch viel älter. Also Ibsen. Es war ein bisschen gewagt, weil Frau Dumont, die sie dort unten vermutete, nicht nur eine sehr berühmte Schauspielerin und Theaterdirektorin, sondern auch eine äußerst erfahrene Ibsen-Darstellerin war. Doch es war das einzige moderne ernste Stück, das sie vorbereitet hatte. Sie nickte.

»Dann trage ich aus *Nora oder Ein Puppenheim* von Henrik Ibsen vor. Dritter Akt.«

»Ich bitte darum, Fräulein Bernrath.« Die Stimme klang nicht unfreundlich.

Sie schaute dorthin, wo sie die Prüfer vermutete, und begann.

»Und Du warst immer so lieb zu mir. Aber unser Heim ist nichts anderes als eine Spielstube gewesen. Hier bin ich Deine Puppenfrau gewesen, wie ich zu Hause Papas Puppenkind war. Und die Kinder, die waren wiederum meine Puppen. Wenn Du mich nahmst und mit mir spieltest, so machte mir das gerade solchen Spaß, wie es den Kindern Spaß machte, wenn ich sie nahm und mit ihnen spielte. Das ist unsere Ehe gewesen, Torvald.«

Sie glitt auf der Sprache dahin, begleitete die Worte mit Blicken und Gesten, die sie sich zurechtgelegt hatte, die nun aber, da sie hier stand, eine ganz neue Form annahmen. Sie legten sich selbstverständlich um sie wie ein Gewand oder ein Handschuh. Selbst wenn man sie ablehnte, wäre ihr hier etwas Gutes gelungen, auf das sie stolz sein konnte. Nur fehlte ihr noch eine Geste, mit der sie die Szene abschließen konnte.

Thora endete mit den Worten: »Ach, Torvald, dann müßte das Wunderbarste geschehen. Dann müßte mit uns beiden, mit Dir und mir, eine solche Wandlung vorgehen, daß –. Ach, Torvald, ich glaube an keine Wunder mehr. Dass ein Zusammenleben zwischen uns beiden eine Ehe würde. Leb wohl.«

Plötzlich dachte sie an Tom. Er war nie in ihren Gedanken gewesen, als sie die Szene einstudiert hatte, doch nun war die Erinnerung plötzlich da. Und dann wusste sie, wie sie schließen würde. Sie ging in die Knie und tat, als legte sie den Schlüssel des gemeinsamen Hauses auf die Bühne. Dann richtete sie sich auf, atmete tief durch und senkte den Kopf, um anzuzeigen, dass sie fertig war.

Die Stille war lang, unendlich viel länger, als man es mit einer Uhr bemessen konnte.

»Gut, Fräulein Bernrath. Hätten Sie jetzt noch einen leichteren Text für uns?«

Sie überlegte, ob sie Wildes *Bunbury* nehmen sollte, doch doch sie war eigentlich zu jung für Lady Bracknell. Und *Lysistrate* war wiederum antik. Also Goldoni.

»Ich trage aus *Mirandolina* von Carlo Goldoni vor, erster Akt, neunter Auftritt.« Sie atmete durch.

»Hach, was hat er dann gesagt! Der hochwohlgeborene Marquis von Habenichts würde mich heiraten?« Sie deutete mit extravaganter Geste auf ihre Brust. Dann fasste sie Mut und begann, mit schwungvollen Schritten auf und ab zu gehen. »Doch wenn er mich heiraten wollte, gäbe es immer noch eine kleine Schwierigkeit. Ich würde ihn nicht wollen. Mir gefällt der Braten, aber mit dem Rauch kann ich nichts anfangen.«

Der Text war wie ein Bach, der über Steine plätscherte, witzig und voller Bewegung, und sie wagte jetzt mehr, beschrieb größere Gesten, ließ ihre Stimme an- und abschwellen, bis sie zum Ende kam. Dann verschränkte sie die Hände vor sich und blieb mit gesenktem Kopf stehen. Sekunden vergingen, die ihr wie Minuten vorkamen.

Wieder meldete sich die Frauenstimme von vorhin. »Heben Sie bitte mal den Kopf, Fräulein Bernrath. Sie haben keinen Grund, auf Ihre Füße zu starren.«

Jemand anders klatschte leise Beifall. »Sehr richtig«, sagte eine Männerstimme. »Man spürt, dass Sie noch am Anfang stehen und unsicher sind, aber mir gefällt die Auswahl Ihrer Texte. Zwei Frauen, die sich behaupten, aus unterschiedlichen Ländern und Jahrhunderten, die eine auf komische Weise, die andere dramatisch.«

Dann meldete sich eine zweite Frau, die bisher noch nichts gesagt hatte, zu Wort. »Ich würde aber doch gern kurz Ihren Schiller hören. Nur den Anfang.«

Damit hatte Thora nicht gerechnet. Sie hatte geglaubt, ein Ja oder Nein zu erhalten und dann rasch die Bühne zu verlassen, im diskreten Dunkel aus dem Saal verschwinden zu können. Nun aber musste sie sich noch einmal konzentrieren. Die Eboli also. Sie verdrängte die Erinnerung an die Schauspielerin, die sie vergangenes Jahr im März in diesem Saal gesehen hatte, und versuchte, ihr eigenes Bild der Rolle heraufzubeschwören.

»Prinz, noch ein Wort.« Sie streckte bittend den Arm aus. »Prinz, hören Sie – Er geht! Auch das noch! Er verachtet mich – da stehe ich in fürchterlicher Einsamkeit, verstoßen, verworfen –« An dieser Stelle sollte sie laut Regieanweisung auf einen Sessel sinken, den es allerdings nicht gab. Also ließ sie sich seitlich auf die Bühne sinken, stützte sich mit der rechten Hand auf den Brettern ab und streckte die linke mit gespreizten Fingern vor sich aus. »Nein! Forderungen nur, Forderungen von einer Nebenbuhlerin. Er liebt. Kein Zweifel mehr. Er hatte es selbst bekannt. Doch wer ist diese Glückliche?«

Beifall aus dem Zuschauerraum unterbrach sie. Thora stand auf und strich ihren Rock glatt.

»Danke, Fräulein Bernrath. Sie hören von uns.«

Das war alles? Sie ging von der Bühne und wünschte sich, sie hätte eine eindeutige Antwort bekommen. Natürlich hatte sie noch ungeheuer viel zu lernen, aber das Vorsprechen war gut gewesen, das spürte Thora. Nun musste sie warten und auf einen Brief hoffen, der über ihre Zukunft entschied.

Sie hatte die Tür des Zuschauerraums erreicht, die von dem jungen Mann von vorhin aufgehalten wurde. Helles Licht strömte herein, und sie konnte ihre Mutter sehen, die sofort aufsprang, als sie sie entdeckte.

Da hörte Thora Schritte hinter sich. Eine schon bekannte Stimme sagte:

»Fräulein Bernrath?«

Sie drehte sich um und sah sich Louise Dumont gegenüber. Sie war klein, viel kleiner als auf den Fotografien, und in ein fließendes weinrotes Gewand gekleidet. Sie hob eine Hand, an der zahlreiche Ringe glitzerten, und deutete auf den Vorraum. »Wenn Sie einen Augenblick hätten?«

Es klang, als würde die Theaterdirektorin Thora um eine Gefälligkeit bitten, dabei war es doch an ihr, für jedes Wort dankbar zu sein.

»Ja, natürlich.« Sie warf ihrer Mutter aus dem Augenwinkel einen Blick zu und sah, dass diese sich wieder gesetzt hatte.

Louise Dumont nickte dem jungen Mann zu. »In fünf Minuten können Sie den Nächsten reinschicken.« Dann musterte sie Thora aufmerksam. Sie hatte sehr dunkle kräftige Augenbrauen, die einen erstaunlichen Kontrast zu den welligen grauen Haaren bildeten.

»Ihr Vorsprechen hat mir gefallen. Die drei Rollen waren sehr unterschiedlich, das zeugt von einer grundlegenden Vielseitigkeit. So etwas ist nützlich bei einem Haus wie unserem, das sehr unterschiedliche Stücke auf dem Spielplan hat.«

Thora nickte nur, eine Antwort wurde sicher nicht erwartet, und ihr wäre auch keine eingefallen.

»Gewöhnlich erhalten alle, die bei uns vorsprechen, einen schriftlichen Bescheid. In Ihrem Fall hat mich etwas berührt.« Frau Dumont legte die kleine glitzernde Hand an die Brust. »Ich kann nicht genau sagen, was es ist, aber in Ihnen steckt etwas, das ich gern herausmeißeln möchte. Sie sind wie ein Marmorblock, in dem sich eine Statue verbirgt.«

Thora suchte nach den passenden Worten. War Marmorblock ein Kompliment? Vermutlich schon, auch wenn es nicht wirklich danach klang. »Ich würde sehr, sehr gern von Ihnen unterrichtet werden, Frau Dumont.«

Die Theaterleiterin schüttelte bedächtig den Kopf. »Sie würden nicht nur von mir unterrichtet, Fräulein Bernrath. Wir verfügen über zahlreiche Lehrpersonen für die diversen Fächer, die wir anbieten. Die Ausbildung ist umfassend und anspruchsvoll. Sie werden wenig Zeit für andere Dinge haben, falls überhaupt.« Sie schaute Thora abwartend an. Woran dachte sie wohl – an einen Verlobten?

»Ich bin frei, mich der Ausbildung zu widmen«, sagte sie, was in ihren Ohren etwas steif klang, aber die reine Wahrheit war.

Louise Dumont musterte sie von unten, der Blick durchdringend, aber nicht unangenehm. »Bei uns gelten strenge Regeln, sowohl was die Arbeit als auch den Umgang miteinander betrifft. Wer sich daran hält, kann hier sehr viel lernen.«

»Das möchte ich unbedingt.«

Die kleine Hand schoss vor, und Thora ergriff sie. »Dann sind wir uns einig. Sie beginnen am 1. September mit Ihrer Ausbildung hier am Haus. Sie erhalten noch einen schriftlichen Bescheid. Wir freuen uns auf Sie.«

Thora wartete, bis sich die Tür hinter Frau Dumont geschlossen hatte, dann stürzte sie auf ihre Mutter zu, riss sie vom Stuhl hoch und umarmte sie stürmisch.

Sie hatte es geschafft! Alles hatte mit einem selbst gebastelten Theater angefangen, und nun stand sie am Beginn eines neuen Lebens. Doch als sie sich von ihrer Mutter löste, spürte sie, wie sich ein Tropfen Traurigkeit in ihre überschwängliche Freude mischte. Ja, sie war hier, aber Tom würde sie nie auf dieser Bühne sehen. Und auch Hannes, der ihr auf dem Weg hierher geholfen hatte, war unendlich weit entfernt.

Düsseldorf, Dienstag, 8. April 1919

»Das hat dein Leben ganz schön verändert, was?«, sagte Rudi mit seinem Lächeln, das Thora nicht mehr als verzerrt empfand. »Hast deine Ausbildung begonnen, bist in meinen Unterricht geplatzt. Hast dich ganz schön erschreckt.«

»Zuerst ja. Aber nicht für lange.« Thora merkte, wie sie die Erinnerung an ihren ersten Schritt zum Theater beruhigt hatte.

»Ich weiß.« Rudi stand auf und sah aus dem Fenster. »Ab September arbeite ich wieder. Bei *Schiess* da drüben.« Er zeigte in die Richtung, in der sich die Fabrik befand.

»Das freut mich für dich.« Sie wusste, wie viel es Rudi bedeutete, wieder eigenes Geld zu verdienen, sich als Arbeiter zu fühlen und nicht als jemand, der seinem Vater und dem Staat, zu dem er ohnehin ein gespaltenes Verhältnis hatte, auf der Tasche lag. Sie ahnte, dass er von einer eigenen Familie träumte, auch wenn es nicht leicht sein würde, eine Frau zu finden. Sie hoffte aus ganzem Herzen, dass sich Rudis Wunsch einmal erfüllen würde.

»Es hat aufgehört zu regnen.«

Sie sah erschrocken zum Fenster und bemerkte erst jetzt, wie dunkel es war. Rudi schien ihre Gedanken zu lesen. »Soll ich dich nach Hause bringen?«

Thora überlegte kurz, aber nein, er sollte nicht den weiten Weg zweimal machen. »Danke, es wird schon gehen.«

Rudi brachte sie zur Tür und schaute sie ernst an. »Pass auf dich auf. Und sag, wenn ich helfen kann.« Er drückte ihren Arm.

»Danke, für alles.« Sie drehte sich noch einmal um. »Weißt du, die meisten Leute verfluchen euren Streik. Aber ich bin ganz froh drüber. Er hat Hannes und mir Zeit verschafft.«

»Ich habe wenig Hoffnung, aber wir müssen es versuchen. Die Revolution soll nicht umsonst gewesen sein.« Dann hob er die geballte Faust, zwinkerte ihr zu und ging zurück in seine Wohnung.

Auf dem Rückweg versuchte Thora, nicht nach links und rechts in die Seitenstraßen zu schauen. Die Atmosphäre in der Stadt war noch angespannter als am Morgen, Menschen standen gestikulierend auf den Gehwegen, regten sich vermutlich auf, weil ihre Wohnungen kalt und dunkel blieben und sie bei Nachbarn kochen mussten, die keine Gasherde besaßen, sondern mit Holz oder Kohle feuerten.

Aus einer Nebenstraße drangen Schreie und Fußgetrappel, und Thora fuhr schneller, weil sie nicht in einen Aufruhr geraten wollte. Sie lenkte sich ab, indem sie den

Monolog der Antigone aufzusagen begann, einer Frau, die von der bedingungslosen Liebe zu ihrem Bruder getrieben wurde. Als ihr einfiel, dass dieser Bruder tot war, wechselte sie abrupt zu Gedichten von Eichendorff. Alles war ihr recht, solange sie nicht an die Gefahren denken musste, die überall in der Stadt lauerten.

Sie überquerte die Königsallee und radelte durch die Gassen der Altstadt, in denen nun, da der Abend heraufzog, auch Unruhe entstand. Sie konnte nicht erkennen, wer auf welche Seite gehörte, schaute die Leute aber auch gar nicht richtig an.

Als sie in der Poststraße angekommen war und die Tür aufschloss, wappnete sie sich innerlich gegen die Klagen der Witwe Hendricks.

Das Essen stand in der Küche bereit, wie immer, wenn Thora nicht zu den Mahlzeiten zu Hause war. Kartoffelsalat, eine Scheibe Brot und eine kleine Bockwurst. Sie war auf einmal sehr hungrig und schlang alles hinunter. Als sie aufgegessen hatte, kam die Vermieterin herein und hielt ihr einen Umschlag hin.

»Ein Brief für Sie.«

Thora griff danach und hoffte eine bange Sekunde, er möge von Hannes sein. Ein Brief, in dem er ihr alles erklärte und die Welt wieder ins Lot brachte. Aber er war natürlich nicht von ihm, auch nicht mit der Post abgestempelt, sondern offenbar persönlich eingeworfen worden.

Thora stand auf und verließ die Küche, wobei sie den enttäuschten Blick der Witwe bemerkte, die wohl auf interessante Nachrichten gehofft hatte.

In ihrem Zimmer ließ sie die Tasche auf den Boden fallen, streifte die Stiefel ab und setzte sich aufs Bett. Dann öffnete sie den Umschlag und zog ein einzelnes Blatt heraus, das mit violetter Tinte beschriftet war.

Wir laden Sie für
Samstag, den 12. April,
ins Haus Drängenburg ein.
Sie werden um 13:00 Uhr mit
einem Wagen zu Hause abgeholt.

Mit den herzlichsten Grüßen
Louise Dumont und Gustav Lindemann

Eine Einladung ins Haus des Intendantenpaars? Thoras Herz schlug schneller. Sie hätte sich unbändig freuen müssen. Eine solche Einladung war eine Ehre, doch sofort schoss ihr ein Gedanke durch den Kopf, der ihre Freude trübte.

Sie hatte viel zu tun, hier und in Gladbach. Sie musste in Ruhe mit ihren Eltern sprechen und sich in der Stadt umhören. Eigentlich hatte sie das am Wochenende erledigen wollen, so aber blieben ihr nur die kommenden drei Tage.

Denn die Einladung in die Villa Drängenburg konnte sie unmöglich ablehnen. Der Weg an die Hochschule für Bühnenkunst war nicht leicht gewesen. Sie hatte sich erst gegen die Bedenken ihrer Eltern durchsetzen, dann beim Vorsprechen bewähren und danach im Unterricht beweisen müssen. Vor allem aber hatte sie lange mit sich selbst gekämpft, bis sie sich für diesen Weg entschieden hatte. Was sie erreicht hatte, durfte sie nicht aufs Spiel setzen.

München-Gladbach, August 1917

Thora hatte den Werbezettel, den sie aus dem Theater mitgenommen hatte, lange in ihrer Schreibtischschublade aufbewahrt und immer wieder durchgelesen. Manche Sätze kannte sie inzwischen auswendig.

Alles kann man erlernen, nur die Kunst nicht. Eine Theaterakademie kann keine Schauspieler erzeugen, sie kann nur Schauspieler ihre Mittel erkennen, gebrauchen, verbessern lehren.

Weiter unten hieß es geschäftsmäßig: *Die Ausbildung umfasst 2 Jahre.* Und es war auch die Rede von den Gesamtkosten, die sich für jedes Schuljahr auf gewaltige siebenhundertfünfzig Mark beliefen.

Wann immer sie den Zettel studierte, nahm sie sich vor, ihn in den Papierkorb zu werfen und aus ihren Gedanken zu verbannen. Es herrschten Krieg, Hunger und Not, Geld musste für die lebensnotwendigen Dinge ausgegeben werden. Was wollte sie da mit dem dummen Ding, das ihr etwas ganz und gar Unmögliches verlockend vor die Nase hielt? Doch sie brachte es nicht über sich.

Zudem ging ihr ein kleiner Nachsatz nicht aus dem Sinn. *Für genauere Angaben zur Ausbildung wenden Sie sich bitte an das Schauspielhaus Düsseldorf.*

Und so hatte Thora letzte Woche einen kurzen Brief verfasst, in dem sie erklärte, sie wolle gern mehr über die Ausbildung erfahren. Heute Morgen war ein größerer Umschlag mit der Post eingetroffen, der in Düsseldorf abgestempelt war und die Adresse des Theaters trug. Zum Glück hatte sie ihn entdeckt, bevor ihre Mutter ihn sah, und war damit sofort in ihr Zimmer gegangen, wo sie ihn spontan unter die Matratze geschoben hatte.

Nun saß sie im Nachthemd mit verschränkten Beinen auf dem Bett, in der Hand das kostbare, in bräunliche Pappe gebundene Heft mit der stilisierten, eckigen Aufschrift *Hochschule für Bühnenkunst Düsseldorf*. Während sie in der Suppenküche Essen ausgegeben und Frauen und Kinder mit Kleidung und Decken und anderen Alltagsgegenständen versorgt hatte, war ihr der Gedanke an das Heft nicht aus dem Kopf gegangen. Er hatte sie durch den Tag getragen, wenngleich sie ihre Ungeduld kaum hatte verbergen können.

Endlich konnte sie das Heft in Ruhe anschauen.

Es begann mit einem Text, der mit *Programmatisches* überschrieben war. Darin ging es um die Geschichte der Schule und ihre Ziele, die allesamt verlockend klangen.

Doch schon im nächsten Absatz folgte die Ernüchterung: *Begabung ist Grundvoraussetzung; so sehr, dass wir auf jeder Stufe, in immer erneuter Sichtung, ohne jede Rücksicht auf die materiellen Interessen unseres Instituts,*

Schüler, deren Talent sich als unzulänglich erweist, zur Ausscheidung veranlassen werden.

Das war höflich ausgedrückt, hieß aber: »Wenn du nicht gut genug bist, musst du gehen. Es kümmert uns nicht, ob wir Geld dabei verlieren, die Ansprüche an uns selbst sind wichtiger.«

Doch Thora ließ sich nicht so leicht entmutigen. Sie überflog die Seiten, auf denen zahllose Namen genannt waren: die Förderer der Schule, Lehrerinnen und Lehrer wie die berühmte Louise Dumont und Gustav Lindemann, die das Theater leiteten. Namen, Namen, Namen. Dazwischen aber, verborgen wie Perlen, jene Dinge, die sie am meisten interessierten, auch wenn sie oft in sachliche, geradezu trockene Sätze gekleidet waren.

Über die Aufnahme in die Hochschule für Bühnenkunst entscheidet eine Prüfungskommission, die aus mindestens drei Mitgliedern des Lehrerkollegiums besteht.

Sie müsste drei Menschen etwas vorspielen, die sich mit nichts anderem als Schauspielkunst beschäftigten und darüber entschieden, ob jemand talentiert war. Ihre Aussicht war ohnehin gering, aber würde sie es überhaupt wagen, wenn sie die Chance bekäme?

Dann folgten die Ausbildungsfächer: Rhetorik, Mimik, Maskenkunde, Kostümzeichnen, szenische Übungen. Dazu Theatergeschichte, Soziologie und Sozialpolitik des Theaters – was immer das sein mochte –, Kostümkunde und spezielle Dramaturgie.

Sie würde viel Unterricht haben und müsste zudem Rollen lernen und als Statistin einspringen. All das nötigte ihr großen Respekt ab, und doch fühlte sie sich von den anspruchsvollen Forderungen magisch angezogen. Wenn sie nun eine Rolle lernte, hier in ihrem Zimmer, heimlich? Und dann?, meldete sich eine warnende Stimme in ihr. Dann beherrschst du einen Text, aber wird man dir erlauben, ihn dort vorzutragen?

Thora saß da, das Heft an die Brust gedrückt und schloss die Augen. Hannes, dachte sie inständig. Wäre er hier, könnte sie ihm von ihrem brennenden Wunsch erzählen, auf sein Urteil vertrauen, ihn an ihrer Seite wissen, wenn sie sich den Eltern offenbarte. Doch er war nicht hier, würde es vielleicht noch lange Zeit nicht sein. Er fehlte ihr mehr denn je.

Hannes hatte sich dem Vater widersetzt, sich für einen anderen Weg als den entschieden, den man für ihn vorgesehen hatte. Thora wusste, dass ihr Bruder von nichts anderem als einem Architekturstudium geträumt und es sich so brennend gewünscht hatte wie sie die Schauspielausbildung. Aber der Preis, den er bezahlt hatte, war hoch gewesen. Sein schlechtes Gewissen und der vielleicht irrationale Wunsch, sein Vater möge stolz auf ihn sein, hatten ihn letztlich dazu getrieben, sich freiwillig zu melden.

Thora atmete tief durch. Was geschehen war, ließ sich nicht ändern. Aber Hannes würde wollen, dass auch sie ihren Weg ging, es wenigstens versuchte. Sie musste mit den Eltern sprechen – oder das Heft und damit ihre Träume entsorgen.

Düsseldorf, Mittwoch, 9. April 1919

Am nächsten Morgen wurde Thora von lauten Stimmen vor ihrer Zimmertür geweckt. Es hörte sich an, als wäre eine Großfamilie zu Besuch, die sich als Nachbarin Lüpges mitsamt ihrer ältesten Tochter entpuppte. Sie waren mit mehreren Töpfen in der Wohnung erschienen, um bei der Witwe Hendricks auf dem Kohleherd das Mittagessen zu kochen. Alle schimpften laut und vernehmlich über den Generalstreik, das sei doch nichts für zivilisierte Menschen und ob sie demnächst wohl wieder auf den Bäumen leben sollten. Wofür habe man sich denn wohl einen modernen Gasherd angeschafft?

Thora konnte sich nicht erinnern, in der Schule je gelernt zu haben, dass Menschen irgendwann auf Bäumen gelebt hätten, mischte sich aber lieber nicht ins Gespräch, sondern huschte an der Küchentür vorbei und frühstückte allein im Esszimmer.

Sie hatte gut geschlafen und verspürte neue Energie. Es hatte geholfen, sich bei Rudi auszuweinen, und sie war entschlossen, die kommenden drei Tage so gut wie möglich zu nutzen. Dass das Schauspielhaus in dieser Woche wieder öffnete, schien ausgeschlossen, doch sie hatte sich vorgenommen, heute Morgen zwei Stunden lang die empfohlenen Theatertexte zu lesen. Sie durfte ihre Ausbildung nicht vernachlässigen, selbst wenn es ihr schwerfiel, sich auf Shakespeare und Büchner zu konzentrieren.

Sie kehrte in ihr Zimmer zurück, legte sich aufs Bett, stopfte sich zwei Kissen in den Rücken und griff nach dem Bücherstapel, der sich auf dem Boden türmte. Sie las konzentriert, strich sich interessante oder unklare Stellen oder Passagen an, die sie gern einmal spielen würde, las manches laut vor, um zu hören, wie es gesprochen klang. Es gelang ihr tatsächlich, das Gepolter in der Küche zu ignorieren und für zwei Stunden wieder in die Welt einzutauchen, aus der man sie vor wenigen Tagen so abrupt herausgerissen hatte.

Erst als sie bei *Dantons Tod* angekommen war und im vierten Akt die Verse las: *Ich werde nicht allein gehn: ich danke dir, Julie! doch hätte ich anders sterben mögen, so ganz mühelos, so wie ein Stern fällt, wie ein Ton sich selbst aushaucht,* überkam sie wieder die Angst, die sie so gut wie möglich zu verdrängen suchte und die sie doch wie ein unsichtbarer Schatten begleitete. Entschlossen klappte sie das Buch zu, von Todesurteilen und Hinrichtungen wollte sie jetzt nichts lesen.

Sie zog eine saubere Bluse und eine Strickweste an, bürstete die Fusseln von ihrem Rock und schlüpfte in die Schnürstiefel. Dann zog sie eine taillierte Tweedjacke über, setzte die Mütze auf und war bereit zum Aufbruch. Sie überlegte, ob sie gleich zu Trude Busch fahren sollte. Es war erst kurz vor elf, sie wollte nicht aufdringlich erscheinen, wusste aber nicht, wem sie die Fotografie sonst noch zeigen konnte. Vor allem aber wollte sie unbedingt berichten, dass Hannes mit einem blonden Mann im Café Cornelius gesehen worden war, das Haus in der Ackerstraße aber allein aufgesucht hatte. Vielleicht hätte die Journalistin noch eine hilfreiche Idee.

Sie wollte gerade die Wohnung verlassen, als es an die Tür klopfte. Noch mehr Nachbarinnen, die bei der Witwe Hendricks ihre Suppe kochen wollten? Thora öffnete und stand einem Telegrammboten gegenüber, der ihr einen Umschlag hinhielt.

»Für Fräulein Bernrath.«

Überrascht streckte sie die Hand aus. »Das bin ich.« Er ließ sie unterschreiben, tippte sich an die Mütze und eilte die Treppe hinunter.

Thora riss den Umschlag noch im Flur auf und zog das dünne Blatt heraus.

```
Mutter weiss nichts von Freundin stopp
Hannes sehr für sich stopp Carl war mal
da stopp bis bald stopp vater
```

Sie steckte das Telegramm in die Tasche und verließ die Wohnung. Während sie langsam in Richtung Wallstraße fuhr, dachte sie über die knappen Worte ihres Vaters nach. Dass ihre Mutter von keiner Freundin wusste, überraschte sie nicht. Es erschien ihr kaum denkbar, dass Hannes eine Freundin gehabt und vor der ganzen Familie versteckt haben sollte. Wo hätte er das Mädchen auch kennenlernen sollen? In den wenigen Monaten seit seiner Heimkehr hatte er eher zurückgezogen gelebt. Das sagten die Eltern, und es war auch ihr Eindruck gewesen. Andererseits, meldete sich die skeptische Stimme in ihr, hatte Hannes offenbar so einiges verschwiegen.

Die Glocken der Maxkirche schlugen elf, und Thora zählte im Kopf die Klänge mit.

Blieb noch die letzte Information, dass Carl einmal bei ihnen zu Hause gewesen sei. Im ersten Moment sagte ihr der Name nichts. Ein alter Schulfreund? Es war lange her, dass Hannes sich unbeschwert mit Freunden getroffen hatte, um Fußball zu spielen oder auf einem Schützenfest zu tanzen. Carl, wer mochte das sein?

Und dann erinnerte sie sich. Ein Mitschüler, groß gewachsen, der Vater war Direktor eines Gymnasiums, wenn sie sich nicht täuschte. Er war früher ab und an bei ihnen gewesen. Dann war der Krieg ausgebrochen und hatte all die jungen Männer aus ihrem gewohnten Alltag herausgerissen, ihnen die fest gefügt erscheinende Zukunft geraubt und allzu vielen auch das Leben.

Seit damals hatte sie Carls Namen nie mehr gehört. Auch hatte Hannes ihn nicht in seinen Briefen erwähnt. Das war nicht weiter verwunderlich. Jugendfreundschaften gingen oftmals auseinander, wenn die jungen Männer ein Studium begannen, ins Berufsleben eintraten oder heirateten. Gut denkbar, dass Carl den Krieg überstanden hatte und vorbeigekommen war, um an alte Zeiten anzuknüpfen.

Thora hörte aus der Ferne Geschrei und bewegte sich instinktiv schneller. Sie hatte Angst, dass wieder solch heftige Straßenkämpfe ausbrechen könnten wie im Januar. Angesichts des Streiks, der bei vielen große Empörung hervorrief, wäre das kein Wunder. Und nun, da das Freikorps Lichtschlag in der Stadt die Kontrolle übernehmen wollte, fürchtete sie sich umso mehr vor der Gewalt.

Als sie in die Wallstraße bog und vor dem Redaktionsgebäude vom Rad stieg, ließ ein Gedanke sie innehalten.

Gewiss, es musste nichts bedeuten, dass Carl, dessen Familiennamen sie nicht mehr wusste, Hannes besucht hatte. Doch ihr war gerade eingefallen, dass er blonde Haare hatte – wie der Mann, mit dem Hannes im Café Cornelius gewesen war.

Als sie an die Tür zur Redaktion klopfte und eintrat, blickte ihr ein fremder Mann entgegen. Er war groß und hager, mit einem hängenden Schnurrbart, der irgendwie traurig aussah. Er schaute sie neugierig an, bevor ihm eine Erkenntnis zu kommen schien. »Sind Sie Fräulein Bernrath?«

»Ja, die bin ich.«

»Dann habe ich eine Nachricht von Trude für Sie. Sie ist in der Bäckerei um die Ecke, da geht sie immer frühstücken. Rechts runter, an der Ecke wieder rechts in die Berger Straße, können Sie gar nicht verfehlen.«

Sie bedankte sich und stieg wieder die Treppe hinunter. Wenn Frau Busch ihr eine Nachricht hinterlassen hatte, hatte sie gewiss etwas zu berichten. Mit klopfendem Herzen schob sie das Rad zur Berger Straße, wo das Schild der Bäckerei in der blassen Aprilsonne schimmerte. Sie betrat den Laden und entdeckte Frau Busch an einem kleinen Tisch in der Ecke, vor sich einen großen Teller Rührei und drei Scheiben Graubrot. Sie blickte auf, als Thora hereinkam, und deutete neben sich auf die Sitzbank.

»Das hier ist kein Café, das machen die nur, weil ich Stammkundin bin«, erklärte sie kauend und bedeutete der Bedienung hinter der Theke, noch einen Kaffee zu bringen. »Die haben auch echten Kaffee hier, fragen Sie lieber nicht, woher der kommt. Aber ich kann die Zichorienbrühe einfach nicht mehr trinken. Haben Sie Hunger?«

Sie hatte eben erst gefrühstückt, doch das Rührei sah verlockend aus. Die Journalistin bemerkte ihr Zögern.

»Gut.« Sie hob die Hand in Richtung Theke. »Noch ein Rührei, bitte. Und Brot.«

Thora wurde rot. Sie wollte eigentlich sparen, da das Fahrrad jederzeit kaputtgehen konnte und repariert werden musste. Doch dafür war es zu spät. Und das goldgelbe Rührei duftete köstlich.

Als die Bedienung ihr Teller und Tasse hinstellte, konnte sie nicht an sich halten und aß drauflos.

»Ja, ja, die brotlose Kunst«, sagte Trude Busch belustigt.

Auf Thoras fragenden Blick fügte sie hinzu: »Sie erwähnten, dass Sie am Schauspielhaus lernen.«

»Ach so, ja. Ohne die Unterstützung meiner Eltern könnte ich mir das gar nicht leisten.«

»Sie geben Ihren Eltern auch etwas zurück«, sagte die Journalistin und stellte ihre leere Tasse ab. »Sie versuchen, Ihrem Bruder zu helfen. Und die Hilfe hat er offenbar nötig.«

Das Rührei schmeckte plötzlich nicht mehr so gut. »Haben Sie Neuigkeiten?«

Trude Busch nickte bedächtig. »Ich habe mit Herrn Leuchtenbergs Schwester gesprochen. Sie war zunächst argwöhnisch, doch als sie hörte, dass ich von der Zeitung komme und mich für die Hintergründe des Mordes interessiere, wurde sie gesprächig.«

Thoras Hände waren auf einmal feucht, sie spürte ihren Herzschlag in der Brust. »Was hat sie gesagt?«

Frau Busch hielt ihre Zigaretten in die Höhe und schaute Thora fragend an, die sofort nickte. »Bitte, rauchen Sie.«

Sie zündete sich in aller Ruhe die Zigarette an, stieß den Rauch in Richtung Decke und stützte die Hand auf die Tischplatte.

»Emilie Leuchtenberg ist achtunddreißig Jahre alt und ledig. Ihr Bruder war zwei Jahre älter. Er war Berufssoldat und kurze Zeit verheiratet, doch seine Frau starb. Keine Kinder. Er hat vier Jahre an der Westfront gedient und ist danach zu seiner Schwester nach Düsseldorf gezogen.« Sie bestellte sich noch einen Kaffee.

»Hat sie erwähnt, warum er zu ihr gezogen ist?«

Die Journalistin nickte. »Unter anderem aus finanziellen Gründen. Vor dem Krieg hat er in der Kaserne gewohnt. Wie Sie vielleicht wissen, wird die Reichswehr stark verkleinert, auf hunderttausend Mann, wie es heißt. Da ist für viele kein Platz mehr. Auch Leuchtenberg wurde entlassen, das war ein harter Schlag für ihn. Er war Soldat durch und durch. Hat sehr über die belgische Besatzung geschimpft. Die Belgier waren ihm verhasst. Er konnte den Gedanken nicht ertragen, dass er womöglich vor ihnen hätte salutieren müssen. Hier in Düsseldorf hatte er Ruhe vor ihnen.«

Thora schaute nachdenklich auf ihre Hände. Was war die Verbindung zwischen Hannes und diesem Mann? Eigentlich konnten sie sich nur während des Krieges kennengelernt haben, aber er klang nicht wie ein Mensch, mit dem ihr Bruder sich angefreundet hätte.

»Hat sie etwas über sein Wesen gesagt? Ich habe mit zwei Ladenbesitzerinnen aus dem Haus gesprochen. Beide bezeichneten ihn als streng.«

Frau Busch deutete mit der glühenden Spitze der Zigarette auf Thora. »Interessante Frage. Darauf wäre ich noch gekommen – das Verhältnis zwischen Emilie Leuchtenberg und ihrem Bruder. Sagen wir so, sie war tief betroffen, in Trauer, das will ich nicht abstreiten, aber als sie von ihm sprach, vermisste ich eine gewisse Herzenswärme.« Sie sah Thora nachdenklich an. »Wenn Sie von Hannes sprechen, spüre ich sofort, wie nahe er Ihnen steht. Wie sehr Ihnen sein Wohl am Herzen liegt, wie unbedingt Sie ihn retten möchten. Von Fräulein Leuchtenberg kamen wohlgesetzte Worte, aber ich glaube nicht, dass sie ihren Bruder sehr geliebt hat. Vielleicht war er kein sonderlich liebenswerter Mensch.«

»*Einen* Feind muss er zumindest gehabt haben«, entgegnete Thora.

»Da haben Sie recht. Und Sie gehen davon aus, dass es nicht Ihr Bruder war.«

»So ist es.«

»Da wäre noch etwas. Ich habe Fräulein Leuchtenberg gefragt, in welchem Regiment ihr Bruder gedient habe. Sie antwortete wie aus der Pistole geschossen, es sei das 10. Rheinische Infanterie-Regiment Nr. 161 gewesen.«

Thora spürte es wie einen Schlag, obwohl sie geahnt hatte, dass darin die Verbindung zu Hannes liegen musste. Nun war es unwiderruflich. Er hatte mit Leuchtenberg gedient. »Dann wissen wir also zwei Dinge mit Sicherheit: Leuchtenberg und mein Bruder kannten sich aus dem Krieg, und mein Bruder war in dem Haus, in dem Leuchtenberg gewohnt hat.«

Trude Busch klopfte die Zigarettenasche ab. »Ich habe mich natürlich erkundigt, ob er Ihren Bruder je erwähnt hat. Seine Schwester sagte, sie habe den Namen Johannes Bernrath nie gehört. Ob er ihr vom Sehen bekannt war, weiß ich nicht, da ich keine Fotografie dabeihatte. Ach, da war noch was.«

Sie blätterte in ihrem Notizbuch. »Am Tag des Mordes wollte Leuchtenberg ausgehen. Er sei verabredet gewesen, erwähnte aber nicht, mit wem. Er hat die Wohnung am späten Nachmittag verlassen. Danach hat Fräulein Leuchtenberg nichts mehr von ihm gehört, bis sie den Aufruhr im Haus mitbekam. Sie lief die Treppe hinunter und fand Leuchtenberg tot im Flur, den Kopf in einer

Blutlache. Die Haustür stand offen. Wie sich herausstellte, war die Nachbarin Peschke Ihrem Bruder nachgelaufen, als er fluchtartig das Haus verließ.«

Thora hob die Hand, um sie zu unterbrechen. »Hat Fräulein Leuchtenberg gesagt, wie viel Zeit vergangen war? Also zwischen dem Moment, in dem ihr Bruder die Wohnung verlassen und die Nachbarin ihn tot gefunden hat?«

Trude Busch deutete mit dem Zeigefinger auf sie. »Sie stellen die richtigen Fragen, Fräulein Bernrath. Fragen, an denen die Polizei offenbar kein Interesse hat. Denn es vergingen immerhin zwanzig Minuten, was die Theorie der Polizei gehörig ins Wanken bringt. Ist es glaubhaft, dass Ihr Bruder Leuchtenberg getötet und dann so lange neben der Leiche gewartet hat? Oder hat er sich in dieser Zeit mit Leuchtenberg im Hausflur unterhalten und ihn dann erst getötet?« Sie rieb sich nachdenklich das Kinn und schüttelte den Kopf. »Nein, das alles ist ein wackliges Gebäude, das beim kleinsten Windstoß in sich zusammenfällt. Ich kenne Ihren Bruder nicht und kann nicht beurteilen, ob er zu dieser Tat fähig wäre oder ein Motiv hat, aber eines weiß ich: So, wie die Polizei das Geschehen darstellt, kann es sich nicht ereignet haben.«

Thora verspürte eine ungeheure Erleichterung. Es war, als hätte sich eine Klammer gelöst, die ihr Herz seit Tagen umfasst hielt. Natürlich war die Polizei immer noch von Hannes' Schuld überzeugt, natürlich schwieg er weiter, doch nun gab es einen Menschen außer ihr, der an der Theorie der Polizei zweifelte, und zwar nicht aus Liebe, sondern weil die Geschichte der Logik nicht standhielt. Sie schluckte die Tränen hinunter und atmete tief durch. »Und da die Polizei gewiss nicht hören will, dass sie unsauber gearbeitet hat, müssen wir die Unschuld meines Bruders beweisen.«

»Da haben Sie recht. Ich versuche weiter, an die Regimentsliste zu kommen. Was haben Sie denn in der Zwischenzeit herausgefunden?«

Thora hatte überlegt, ob sie Frau Busch wirklich von dem blonden Mann erzählen sollte, mit dem Hannes im Café Cornelius gesehen worden war und bei dem es sich möglicherweise – auch wenn das bis jetzt reine Spekulation war –, um seinen Schulfreund Carl handelte. Nun entschied sie, der Journalistin ganz und gar zu vertrauen, und berichtete, was sie im Café erfahren hatte. »Ich weiß, die Verbindung ist hauchdünn, es kann auch jemand völlig anderes gewesen sein, aber Carl war laut meinen Eltern der einzige Freund von früher, der Hannes besucht hat. Ich werde heute noch nach Hause fahren und mich dort umhören. Ich glaube, dass die Wahrheit in Gladbach *und* in Düsseldorf zu finden ist. Solange wir nur einen der Orte betrachten, fehlt uns die andere Hälfte.« Wenn sie erfahren wollte, was mit Hannes geschehen war, musste sie an dem Ort suchen, an dem er die letzten Monate verbracht hatte.

»Das sollten Sie unbedingt machen. Vielleicht kann uns dieser Carl mehr verraten.«

»Ich weiß gar nicht, wie ich Ihnen danken soll. Ohne Ihre Hilfe würde ich das nicht schaffen«, sagte sie und meinte es von ganzem Herzen.

Frau Busch rückte verlegen den Haarknoten zurecht und tat den Dank mit einer unwirschen Handbewegung ab. »Sie wissen doch, ich hoffe auf eine gute Geschichte.«

»Wenn ich zurück bin, komme ich in die Redaktion. Und habe hoffentlich etwas zu erzählen.«

Sie stand auf, Trude Busch reichte ihr die Hand. »Ich wünsche Ihnen Erfolg. Und mir auch. Geben Sie auf sich acht.«

Auf der Landstraße zwischen Korschenbroich und Gladbach platzte der hintere Reifen. Bisher war alles glattgegangen, die Sonne hatte geschienen, während die Morgenkühle allmählich verflog. Auf der Rheinbrücke war Thora kontrolliert, aber anständig behandelt worden. Der eine Soldat hatte sie sogar wiedererkannt und sich ein Lächeln gestattet. Das Fahrrad hatte zunehmend lauter gequietscht, und Thora hatte so manchen neugierigen Blick geerntet, aber es war gefahren. Bis jetzt.

Fluchend stieg sie ab und besah sich den Schaden. Sie konnte unmöglich weiterfahren, ihr blieb nichts anderes übrig als zu schieben. Der Rucksack, in den sie Wäsche, einige Kleidungsstücke und ihre Notizen gepackt hatte, schien plötzlich schwerer zu wiegen, aber es half nichts, sie konnte weder ihn noch das Rad einfach liegen lassen.

Als sie ein Stück gegangen war und gerade das holpernde Rad verwünschte und mit dem Rucksack haderte, der schmerzhaft an ihren Schultern zog, hörte sie hinter sich Hufgetrappel. Ein Bauer mit einem Pferdefuhrwerk hielt neben ihr und tippte sich an die Mütze.

»Sie haben einen Platten?«

»Ja.«

»Soll ich Sie ein Stück mitnehmen?«

Thora nickte dankbar. Der Bauer stieg ab und hob das Rad hinten auf den Wagen. Sie kletterte neben ihn, und ab ging es in Richtung Gladbach. »Ich kann Sie bis zum Bahnhof bringen.«

»Das wäre wunderbar.«

Er musterte sie aus dem Augenwinkel. »Kommen Sie von weit?«

Thora erzählte, von wo sie aufgebrochen war und wohin sie wollte, und er seufzte. »Ist heutzutage eine Himmelfahrt, was?« Dann zuckte er müde mit den Schultern. »Eigentlich sollte mein Sohn das hier machen, ich wollte mich zur Ruhe setzen. Aber der Krieg.« Mehr sagte er nicht, die wenigen Worte sprachen für sich.

Hannes lebt, dachte Thora. Egal, wo er gerade war und wie verzweifelt die Lage scheinen mochte, er lebte. Und solange es Leben gab, gab es auch Hoffnung.

Sie saßen schweigend nebeneinander, als die ersten Häuser von Lürrip auftauchten, einem Vorort ganz im Osten Gladbachs. Sie spürte, dass ihr die Heimatstadt fremd zu werden begann. Sie kannte hier jede Straße und doch war ihr der schiefe, in sich gedrehte Turm der Lambertuskirche inzwischen vertrauter als das Gladbacher Münster. In den vergangenen Tagen hatte sie mehr von Düsseldorf gesehen als in den ganzen Monaten davor; auch fühlte sie sich Hannes dort näher als hier.

Der Bauer hielt an der Rückseite des Bahnhofs und hob ihr Rad vom Wagen. Er nickte ihr noch einmal zu, schnalzte, und das Pferd setzte sich in Bewegung.

Thora ging durch den gekachelten Tunnel, von dem Treppen zu den Gleisen hinaufführten, und plötzlich füllten sich ihre Sinne mit Bildern und Klängen aus einer Zeit, die sie am liebsten vergessen hätte.

München-Gladbach, Februar 1917

Der Winter war mit einer Unerbittlichkeit über das Land hereingebrochen, die sich Thora nie hätte vorstellen können. Der vergangene Herbst war viel zu nass gewesen, sodass die Hälfte der Kartoffelernte im Boden verfault war. Die Menschen waren aber auf Kartoffeln angewiesen, weil es kaum noch Fleisch oder Wurst zu kaufen gab. Also griff man auf Steckrüben zurück, die als rettendes Allheilmittel angepriesen wurden. Man kochte Suppen daraus, bereitete Aufläufe und Puddings zu, sogar Marmelade wurde aus Steckrüben hergestellt. Das alles schmeckte eher scheußlich, und der Spitzname Hindenburgknolle war keineswegs schmeichelhaft gemeint.

Thora fiel es zunehmend schwer, in die Suppenküche am Bahnhof zu gehen und in die ausgezehrten Gesichter der Frauen und Kinder zu schauen, die sich jeden Tag in langen Schlangen dort versammelten. Alle waren dick verhüllt, trugen mehrere Schichten Kleidung übereinander. Nebenan wurden Kranke und Wöchnerinnen versorgt, die besonders dringend auf Nahrung angewiesen waren.

Aus den Erzählungen der Frauen wusste sie, dass kaum noch jemand seine Wohnung heizte, weil es nicht genügend Kohle gab. Immer mehr Menschen starben am Hunger und seinem allgegenwärtigen Begleiter Krankheit. Wenn sie in ihrem warmen Mantel dastand und mit der Kelle Suppe ausgab, konnte sie ihre Scham kaum verbergen. Daheim im Elternhaus war es auch nicht mehr so behaglich wie im letzten Winter, aber niemand brauchte zu frieren. Und schon gar nicht zu hungern.

Der dritte Kriegswinter schon. Was hatten sie sich 1914 alles erhofft – einen schnellen Sieg, dass die Männer an Weihnachten wieder zu Hause wären, die Kämpfe nur ein vorübergehender Schatten auf einem lichten, sonnenhellen Leben. Nichts davon hatte sich erfüllt. Die Verlustlisten wurden länger, der Hunger größer, die Unruhe in der Bevölkerung nahm zu. In manchen Großstädten hatte es schon Demonstrationszüge gegeben, bei denen man Frauen verhaftet hatte, und auch in Gladbach und der Nachbarstadt Rheydt nahm die wütende Verzweiflung zu.

Thora tauchte gedankenversunken die Kelle in den großen Topf und schöpfte sie in den Blechbehälter, ohne die Frau anzuschauen, die vor ihr stand. »Danke, Fräulein Bernrath.«

Als sie ihren Namen hörte, blickte Thora auf. »Frau Schmitz, ja, natürlich. Ihr Mann arbeitet doch für meinen Vater.«

»Mein Erwin ist gefallen, schon letztes Jahr.« Das Leid ließ sie älter aussehen. Die beiden kleinen Kinder, die sich an sie drückten, hätten auch ihre Enkel sei können.

»Das habe ich gehört, mein Beileid.« Sie hätte gern mehr gesagt, aber ihr kamen nur Phrasen in den Sinn, und die hatte eine Kriegerwitwe mit Kindern nicht verdient.

Frau Schmitz umklammerte den gefüllten Behälter und schaute sie aus großen Augen an. »Wie geht es denn Ihrem Bruder? So ein freundlicher junger Mann. Mein Erwin hatte gehofft, dass er in die Firma eintritt und Ihrem Vater zur Seite steht.«

Thora umklammerte die Kelle, dass das Metall in ihre Handfläche schnitt. Sie hatte seit Wochen nichts von Hannes gehört, und der letzte Feldpostbrief war nichtssagend wie immer gewesen. Dass Frau Schmitz so selbstverständlich von Hannes und den alten Zeiten sprach, brachte sie ein wenig aus der Fassung.

Plötzlich verschwanden die Stimmen um sie herum, das Klappern von Geschirr, die weinenden Kinder. Ihre Gedanken führten sie zurück zu jenem schicksalsträchtigen Tag, als Hannes verkündet hatte, dass er sich endgültig für die Architektur und gegen die Firma Bernrath entschieden hatte.

Sie drückte sich daheim im Flur an die Wand und horchte, was im Arbeitszimmer vor sich ging. Ihr Vater war nur dieses eine Mal laut geworden, wohl eher aus Wut über sich selbst, weil er sich gestattet hatte, auf einen Sinneswandel zu hoffen, und weniger aus Zorn auf seinen Sohn. Doch die harschen Worte hatten sich eingeprägt.

»Dein Großvater hat diese Firma aufgebaut! Und du wirfst sie einfach weg!«

Hannes' Antwort war zu leise gewesen, doch Thora konnte sich aus Papas Worten zusammenreimen, wie sie gelautet hatte.

»Keine Lust? Niemand fragt, worauf du Lust hast, wenn es um die wirklich großen Dinge im Leben geht. Das könnte das Ende unserer Firma sein!«

Wieder eine unverständliche Antwort.

»Soll dein Sohn einmal sagen, du hättest ihn um sein Erbe betrogen?«

Den Satz hatte sie sehr laut und deutlich gehört, weil Hannes in diesem Moment aus dem Raum gestürmt und durch die Haustür verschwunden war.

»... hoffentlich bald wieder.«

Frau Schmitz sah sie fragend an, schon halb zum Gehen gewandt. Dann beugte sie sich vor und gab Thora die Hand. »Bitte grüßen Sie Ihre Eltern von mir, vor allem Ihren Vater.« Sie nickte noch einmal, drückte den Behälter mit einer Hand an sich und schob mit der anderen ihre dick vermummten Kinder in Richtung Ausgang.

Thora brauchte einige Minuten, um wieder in die Gegenwart zu finden, so erschütternd war die Erinnerung gewesen. Welchen Weg würde Hannes einschlagen, wenn er heimkehrte? Würde er nach all den Brüchen, die sein Leben erfahren hatte, letztlich doch die Sicherheit wählen und das weiterführen, was sein Großvater und Vater aufgebaut hatten? Oder wäre sein Wunsch, endlich seine Träume zu verwirklichen, in der Ferne noch gewachsen?

München-Gladbach, Mittwoch, 9. April 1919

Thora hatte noch immer keine Antworten auf die Fragen, die sie sich damals gestellt hatte. Aber Hannes war heimgekommen, nur das zählte. Er hatte ihr einst den Rücken gestärkt, damit sie sich ihren größten Wunsch erfüllen konnte, und nun brauchte er ihre Hilfe. Der Gedanke trieb sie noch einmal vorwärts in Richtung ihres Elternhauses, auch wenn der Rucksack beim Schieben des Fahrrads unangenehm an ihren Schultern zog. Dann bog sie um die letzte Ecke und war an ihrem Ziel angelangt. Sie klingelte. Auguste öffnete, doch ihre Mutter stürmte schon hinter ihr die Treppe herunter und umarmte sie. »Kind, endlich bist du da!« Es schien, als wollte sie Thora gar nicht mehr loslassen, und sie sog den vertrauten Duft von Puder und Lavendel ein.

Nachdem Thora sich sanft aus ihrem Griff befreit hatte, trug sie das Rad in den Flur. »Es muss dringend repariert werden. Gibt es jemanden in der Firma, der das machen kann? Ich brauche es schnell zurück.« Die Worte klangen nüchtern, und der Blick ihrer Mutter verriet, dass sie überrascht war, doch dann nickte sie.

»Natürlich. Wir lassen es abholen.«

Thora saß im Wohnzimmer, Mama brachte Tee und Butterbrote. War es erst drei Tage her, dass sie zuletzt hier gewesen war? Es kam ihr vor, als wäre sie älter geworden, vielleicht auch ein wenig härter und erwachsener. Sie berichtete in allen Einzelheiten, wie sie Hannes angetroffen und was er gesagt hatte.

Ihre Mutter schob sich eine lose Haarsträhne aus dem Gesicht und verschränkte die Hände kraftlos im Schoß. »Dein Vater hat mir von den Fragen erzählt, die du ihm gestellt hast. Leider konnte ich nicht mehr dazu sagen.«

Thora biss ins Butterbrot, kaute und schluckte, bevor sie ihre Mutter eindringlich ansah. »In eurem Telegramm habt ihr einen Carl erwähnt, der mal hier war. Ist das Hannes' Schulfreund? Wie hieß die Familie doch gleich?«

»Schilling. Und ja, den meine ich. Er kam eines Nachmittags vorbei, war sehr höflich, hatte sogar Blumen für mich dabei. Hannes war allerdings überrascht, ihn zu sehen.« Sie zögerte. »Wenn ich ehrlich bin, schien er sich nicht sehr zu freuen.«

Thora runzelte die Stirn. »Wie meinst du das?«

»Na ja, Hannes kam die Treppe herunter und schaute ganz merkwürdig, als er Herrn Schilling im Flur stehen sah. Dabei ist das so ein netter junger Mann, aus guter Familie.«

»Er ist blond, oder?«

Ihre Mutter zog die Augenbrauen hoch. »Ich weiß nicht, was das damit zu tun hat, aber ja, das ist er.«

Thora überlegte, ob sie erwähnen sollte, was der Kellner im Café Cornelius erzählt hatte, zögerte aber. Etwas daran beunruhigte sie, auch wenn sie es nicht genau benennen konnte. »Was haben sie dann gemacht?«

»Kaffee getrunken. Also das, was man heute Kaffee nennt. Dann waren sie kurz oben in Hannes' Atelier, und danach ist Carl wieder gegangen. Ich habe ihn seither nicht gesehen.«

»Wann war das?«

»Mal überlegen. Es ist schon eine Weile her. Im Januar, würde ich sagen.«

Thora sah nachdenklich in ihre Tasse. Warum hätte Hannes mit Carl nach Düsseldorf fahren sollen, wenn er sich schon nicht gefreut hatte, ihn hier zu sehen? Immer vorausgesetzt, der blonde Mann aus dem Café Cornelius war Carl, doch hatte sie bislang keine andere Erklärung gefunden. Je gründlicher sie nachforschte, desto rätselhafter wurde die Geschichte. Sie musste dringend mit Carl Schilling sprechen und ihn fragen, ob er mit Hannes nach Düsseldorf gefahren war, und falls ja, was sie dort gemacht hatten. Wahrscheinlich wusste er noch gar nicht, was geschehen war. Gleich morgen würde sie zu Schillings gehen.

Sie zuckte zusammen, als sie den Namen Sandford hörte. Ihre Mutter hatte weitergesprochen. »Verzeih, ich war in Gedanken. Was hast du gesagt?«

»Charlotte Sandford hat mir geschrieben.« Mama schaute sie aufmerksam an, und Thora war, als rührte sie an eine Narbe, fast verheilt, aber noch empfindlich.

Die Erinnerung an Tom verblasste zusehends, er gehörte in ein anderes Leben. Doch von seiner Familie zu hören, die auch ihre hätte werden können, versetzte ihr einen Stich. »Julia hat kürzlich geheiratet, einen Major, dem man das Victoria Cross verliehen hat. Für mich klang es, als wäre es nicht die große Liebe, sondern eine Vernunftehe, aber eine junge Frau muss heutzutage froh sein, wenn sie einen anständigen Mann findet.« Sie sagte es völlig arglos.

Toms Name stand unausgesprochen zwischen ihnen, doch Thora wusste nicht, was sie hätte sagen sollen. Es gab nichts zu sagen. »Oder einen anständigen Beruf«, entgegnete sie dann. »Viele Frauen in meinem Alter werden niemals einen Mann finden. Also müssen sie für sich selbst sorgen.«

Ihre Mutter wirkte schockiert, aber nicht gänzlich überrascht. »Es ist eine neue Zeit, nicht wahr?«

O ja, dachte Thora, eine völlig neue Zeit.

München-Gladbach, Donnerstag, 10. April 1919

Am nächsten Morgen um elf stand Thora vor dem Haus in der Goethestraße, in dem Familie Schilling wohnte. Ihr Herz klopfte so wild, dass sie kaum atmen konnte. Einen Schulfreund ihres Bruders aufzusuchen und ihm einige Fragen zu stellen, war nicht weiter ungewöhnlich, doch die Umstände rückten alles in ein anderes Licht. Sie kannte Carl Schilling nur vom Sehen und war ihm seit Jahren nicht begegnet. Sie wusste nicht einmal, was er jetzt machte, ob er studierte oder arbeitete, ob er gesund oder kriegsversehrt war.

Plötzlich überkam sie eine irrationale Wut auf Hannes. Er hatte sie nicht um Hilfe gebeten, musste aber geahnt haben, dass sie ihn nicht im Stich lassen würde. Doch anstatt ihr irgendetwas anzuvertrauen, und sei es nur, mit wem er in Düsseldorf im Café gewesen war, hatte er kein Wort darüber verloren, was ihn in den letzten Monaten beschäftigt hatte. Darum musste sie jetzt ohne jede Ahnung bei fremden Menschen an der Tür klingeln und darauf hoffen, dass Carl Schilling nicht nur zu Hause, sondern auch gewillt war, mit ihr zu sprechen.

Als sie sich bereit machte zu klingeln, wurde die Haustür geöffnet. Der Mann, der vor ihr stand, war blond, in Hannes' Alter und in Begleitung einer jungen Frau, die etwas älter als Thora sein mochte.

»Oh«, sagte der Mann überrascht, sah sie prüfend an und fragte, bevor Thora sich vorstellen konnte: »Sind Sie die Schwester von Hannes Bernrath?«

Thora nickte verwundert. Wie konnte es sein, dass er sie auf Anhieb erkannte? Bei ihrer letzten Begegnung war sie ein Schulmädchen gewesen, fast noch ein Kind. Er wandte sich ein wenig verlegen an die junge Frau, die neben ihm stand. »Eva, wir sehen uns dann bei der Soirée.«

Sie schien auf einen vertrauteren Abschied zu warten, seufzte dann leise und ging davon. Carl Schilling – bei seinem Anblick war die Erinnerung ganz deutlich zurückgekehrt – schaute sie verwundert an und zog eine Augenbraue hoch.

Er war etwa so groß wie Hannes, die glatten blonden Haare fielen ihm ins Gesicht. Seine Augen waren grün, neben einem war eine halbmondförmige Narbe zu erkennen. Thora war früher nie aufgefallen, wie gut er aussah, aber da war sie auch ein Mädchen gewesen und hatte von Tom Sandford geträumt, der in England auf sie wartete.

»Darf ich fragen, was Sie hier machen? Wollten Sie zu mir?« Es klang nicht unfreundlich, war aber weniger als eine herzliche Einladung.

Thora schaute sich um. »Können wir irgendwo in Ruhe sprechen?«

Sie wollte nicht, dass alle Welt von Hannes' Verhaftung erfuhr; es reichte, wenn sie Carl mit der Nachricht überfiel. Er wirkte überrascht, trat zurück in den Hausflur und gab Thora ein Zeichen, ihm zu folgen. Er ging vor ihr her durch den Flur und öffnete eine Glastür, die in einen Wintergarten führte. Ein grünes wucherndes Paradies, wie man es am kühlen Niederrhein kaum erwartet hätte.

»Meine Mutter liebt exotische Pflanzen«, sagte Carl und bot ihr einen Korbstuhl an. Im Raum war es sommerlich warm, als bündelten die Glaswände die ganze noch schwache Aprilsonne.

Er schloss die Tür und setzte sich ihr gegenüber, vorgebeugt, die Hände zwischen den Knien, als wollte er jeden Moment aufspringen. Thora bemerkte etwas in seinem Blick, das besorgt, beinahe ängstlich war. Plötzlich war sie sich ganz sicher, dass er nichts von Hannes' Verhaftung wusste. Warum aber schaute er sie dann so seltsam an?

»Das vorhin war meine Verlobte«, sagte er und blickte unwillkürlich in Richtung Haustür.

Sonderbar, dachte Thora, Hannes hatte selbst im Besucherraum des Gefängnisses gelassener gewirkt als Carl in seinem eigenen Elternhaus. Seine Unsicherheit verlieh ihr Mut. »Herr Schilling, ich muss Ihnen dringend etwas sagen. Hannes ist im Gefängnis.«

Einen Moment lang fürchtete sie, er könne ohnmächtig werden. Blass, die Hände um die Stuhllehnen geklammert, saß er vor ihr. Seine Lippen bewegten sich, doch er brachte kein Wort heraus. Seltsam war, dass er zwar schockiert, aber nicht gänzlich überrascht wirkte. Dann endlich stieß er ein raues »Warum?« hervor.

Es gab keinen Weg, es ihm sanfter und schonender beizubringen, und das wollte sie auch gar nicht. »Wegen Mordes. Er soll einen Offizier aus seinem Regiment getötet haben.«

»Wissen Sie, wie er hieß?«

»Heinrich Leuchtenberg.«

Carl sprang auf, trat an die geschlossene Tür, stemmte die Hand dagegen und ließ den Kopf sinken. So verharrte er einen Moment. Dann drehte er sich um. Er sah auf einmal älter aus. »Hauptmann Leuchtenberg?«

»Ja. Kennen Sie ihn?«, fragte Thora überrascht.

»O ja.« In seiner Stimme schwang Verachtung mit.

»Und woher?«

»Er war unser vorgesetzter Offizier. Hannes und ich waren Kriegskameraden, im selben Regiment. Wussten Sie das nicht?«

»Nein«, sagte sie staunend, als ihr wieder einmal bewusst wurde, wie wenig ihr Bruder ihr anvertraut hatte. Und sie spürte wieder diese unbestimmte Wut auf Hannes, der so vieles für sich behalten hatte.

Carl schloss die Augen und sagte nichts.

Thora fragte sich, ob es nur das Entsetzen über die Verhaftung eines Freundes war, das ihn so reagieren ließ, oder ob mehr dahintersteckte. »Sagen Sie schon, was war mit ihm und Leuchtenberg?«, drängte sie fast schroff.

»Das weiß ich nicht.«

Doch Thora beließ es nicht dabei. »Gab es Streit zwischen Hannes und diesem Mann? Hatte mein Bruder irgendeinen Grund, ihm etwas anzutun?«

Carl lehnte sich gegen die Tür, immer noch fahl im Gesicht. »Wir haben Leuchtenberg seit Kriegsende nicht gesehen.« Er wich ihr aus, kein Zweifel.

»Wir? Woher wissen Sie, dass Hannes ihn nicht gesehen hat? Sie waren nur einmal bei uns zu Besuch, sagen meine Eltern.«

Carl ließ sich schwer auf den Stuhl fallen, stützte die Ellbogen auf die Knie und drückte die Handballen vor die Augen. So blieb er lange sitzen.

Thora fragte sich, ob sie zu harsch mit ihm war. Aber sie war es leid, dass man ihr keine Antworten gab und wenn doch, nur bruchstückhaft und zögerlich. Es ging um alles, und die beiden einzigen Menschen, die ihr wirklich helfen konnten, schwiegen oder verzweifelten vor ihren Augen.

Dann hob er langsam den Kopf. »Was sagt Hannes zu alldem?«

Die Frage kam unerwartet, obgleich sie damit hätte rechnen müssen. Denn natürlich wollte Carl wissen, was Hannes dazu sagte, dass man ihm einen Mord vorwarf, der Gedanke war naheliegend. »Nichts.«

»Nichts?«

»Er schweigt. Ich habe ihn besucht, aber er äußert sich nicht zu seiner Verhaftung und verteidigt sich auch nicht.«

Thora sah, wie Carl die Lippen aufeinanderpresste, dass sich die Kiefermuskeln unter der Haut abzeichneten. Er schluckte und schwieg. Die Stille im Wintergarten war vollkommen, sie hörte, wie sich ein Blatt von einer Pflanze löste und auf dem Boden landete. Sie versuchte, in seinem Gesicht zu lesen, war sich aber nicht sicher, was sie dort entdeckte: Sorge, Scham, Angst oder eine Mischung aus allem?

Er schob sich die Haare aus dem Gesicht. »Wann genau wurde der Mann getötet?«

»Letzten Freitag. Das war der 4. April.«

Er drückte die Hand vor den Mund, als wollte er Worte oder einen Laut einsperren.

Thora beugte sich vor und sah ihn drängend an. »Wenn Sie etwas wissen, müssen Sie es mir sagen. Die Polizei ist von Hannes' Schuld überzeugt. Wenn ich nicht herausfinde, was wirklich geschehen ist, kommt er vor Gericht. Wegen Mordes. Und wenn er sich nicht verteidigt …« Ihre Augen brannten. »Ich muss wissen, ob Sie mit Hannes in Düsseldorf waren. Am 4. April oder auch schon früher.«

Carl holte tief Luft. »Es gibt Dinge, die ich Ihnen nicht sagen kann.«

»Dinge, die ihm helfen würden?«

Er zuckte mit den Schultern.

Thora konnte nicht länger an sich halten und sprang auf, dass der Korbstuhl fast nach hinten kippte. »Verraten Sie es mir! Er ist Ihr Freund!«

Sein Lachen erklang so abrupt und bitter, dass sie zusammenschrak.

»O ja, das ist er.« Es schien, als sagten seine Augen etwas, das er nicht aussprechen konnte.

»Dann reden Sie offen mit mir.«

»Das kann ich nicht. Hannes vertraut mir.«

Die Worte trafen sie wie ein Stich. Carl Schilling wusste tatsächlich etwas, das Hannes ihr nicht anvertraut hatte, sie aber erfahren musste, um ihm zu helfen. Sie spürte, wie die Verzweiflung sie zu verschlingen drohte. Dann erinnerte sie sich an etwas, das Trude Busch gesagt hatte. *Meines Erachtens kann es nur zwei Gründe geben, aus denen Ihr Bruder schweigt. Entweder er ist schuldig und will sich schützen. Oder er ist unschuldig und will jemand anderen schützen.* Sie beobachtete Carl aufmerksam und sah, wie sich etwas in seinem Gesicht bewegte.

Sie setzte sich wieder. »Bitte. Mir müssen Sie nicht helfen, aber helfen Sie ihm. Wir dürfen das nicht zulassen.«

Carl hob mit einem Ruck den Kopf. »Ich muss darüber nachdenken.«

Thoras Herz zog sich zusammen. »Tun Sie das. Aber schnell. Ihm bleibt nicht viel Zeit.«

Thora wünschte sich einen Fluss. Wenn sie jetzt am Rhein sitzen und aufs Wasser schauen könnte, würde sie das beruhigen, doch sie stand mitten in Gladbach auf der Straße. Das Gespräch mit Carl hatte sie aufgewühlt, beinahe empört. Antworten waren zum Greifen nah gewesen, das spürte sie, doch er war zurückgewichen, hatte sich hinter einer Mauer verschanzt. Er schien aus Loyalität zu schweigen, aber sie hätte die Wahrheit am liebsten aus ihm herausgeschüttelt. Sie konnte einfach nicht richtig denken. Hier in Gladbach erinnerte sie jeder Ort an Hannes. Oder ging sie es von der falschen Seite an? Musste sie vielleicht gerade an einem Ort sein, der sie an ihren Bruder erinnerte?

Kurz darauf war sie im Kaiserpark, und als sie zwischen den Bäumen stand und ins Frühlingsgrün der Wipfel schaute, war ihr plötzlich leichter ums Herz. Sie setzte sich auf eine Bank, lehnte sich zurück und schloss die Augen. Sah sich und Hannes als Kinder Versteck spielen, einen Ball werfen, bei einem Wettrennen mit Holzroller und Puppenwagen, das sie natürlich verloren hatte.

Damals waren sie einander nah gewesen, und dieses Band konnte nie zerreißen. Das war kein Wunsch, sondern eine tiefe Gewissheit. Es hatte den Krieg überstanden, der ihre Verbundenheit nicht hatte zerstören können. Er hatte ihnen vieles genommen, aber nicht das.

Hannes hatte er vier Jahre geraubt, in denen er hätte studieren, sich verlieben, auf Reisen gehen können, er hatte ihm Kameraden genommen und Freunde. Und auch sie hatte jemanden verloren. Meist konnte sie den Schmerz ertragen, die Wunde war mit der Zeit taub geworden, wie Narbengewebe. Ab und an flammte er jedoch auf, wenn sie am wenigsten damit rechnete.

München-Gladbach, 8. Juli 1916

Der Sommer schien unter einem bleiernen Tuch zu liegen. Die Menschen sehnten sich nach Sonne und klaren Tagen, bekamen aber nur Regenwolken, Dunst und Nebel. Ab und an brach die Sonne hervor, was das ansonsten trübe Wetter nur noch stärker betonte.

Thora war auf dem Heimweg aus der Suppenküche, in der sie neuerdings mithalf. Sie warf einen Blick zum Himmel – es war, als hätte sich das Wetter dem Grauen angepasst, das in Belgien und Frankreich und den vielen anderen Orten tobte, deren Namen sie sich nicht merken konnte.

Als sie das Haus betrat, fiel ihr sofort die Stille auf. Sie war beinahe greifbar wie ein schwarzes Tuch, das alle Geräusche erstickte.

Hannes!

Ein entsetzlicher Schrei stieg in ihr auf, und sie presste die Lippen zusammen, um ihn in sich einzuschließen. Sie stürzte auf das Hausmädchen Auguste zu, die den Kopf schüttelte. »Es gab Post, aber nicht von unseren.«

Thora wurde ungeduldig. »Wie meinst du das?«

Auguste schaute unsicher über die Schulter ins Innere des Hauses. »Ihre Mutter hat einen Brief entgegengenommen, mit einem schwarzen Rand. Aber er kam nicht von unserer Reichswehr.«

Thoras Erleichterung war so groß, dass sie die Hand vor den Mund schlug. Erst dann begriff sie, dass jemand anders gestorben sein musste.

»Ihre Mutter ist im Gartenzimmer.«

Sie drückte Auguste ihren Mantel in die Hand und eilte in das helle Zimmer mit den großen Fenstern, die auf den sommerlichen Garten blickten. Ihre Mutter stand davor, einen Brief so lose in der Hand, als wäre ihr gar nicht daran gelegen, ihn festzuhalten.

Thora trat neben sie und griff behutsam nach dem Blatt.

Es war kein handschriftlicher Brief, sondern eine gedruckte Todesanzeige.

Mit Stolz und tiefer Trauer
geben wir bekannt,
dass unser geliebter Sohn

Lieutenant
Thomas Arnold Sandford,
geboren am 18. August 1894,

am 1. Juli 1916 in Frankreich
nahe der Somme für sein Land gefallen ist.

Wir werden ihn nicht vergessen und
sein Andenken in Ehren halten.

Familie Sandford

Thora merkte, wie ihr das Papier entglitt und zu Boden fiel. Ihr erster Gedanke war ebenso absurd wie zwingend logisch. Ein Leben für ein anderes, eine Todesnachricht, die sie verschont hatte, für eine andere, die sie ebenfalls ins Herz traf.

Wie im Traum bückte sie sich nach dem Papier und legte es auf den Tisch. Sie spürte den Blick ihrer Mutter, wusste aber nicht, was sie sagen sollte. Stattdessen tauchten Bilder vor ihr auf, ein Fotoalbum, das nur in ihrem Kopf existierte.

Tom, der sie auf dem Rasen mit Wasser bespritzte, reife Kirschen vom Baum holte, ihr das Krocketspiel beibrachte. Tom, wie er bei ihrer letzten Begegnung ihre Hand genommen hatte, seine warmen Finger, seine Lippen, die ihr etwas versprochen hatten.

Thora brach nicht das Herz. Es war kein plötzlicher Schmerz, sondern fühlte sich eher an, als würde man ein Stück Stoff unerträglich langsam zerreißen, als lösten sich Faser um Faser voneinander und würden sich nie wieder zusammenfügen. Der Krieg hatte ihre Länder zu erbitterten Gegnern gemacht, und doch hatte sie nie die Hoffnung aufgegeben, Tom in besseren Zeiten wiederzusehen. Aber nun hatte sie ihn für immer verloren. Er würde sie niemals in ihrer Heimatstadt besuchen, wie sie es geplant hatten, und es würde keine unbeschwerten Sommer in England mehr geben, kein gemeinsames Leben.

Ein bodenloses Loch tat sich vor ihr auf. Sie spürte ein so überwältigendes Gefühl des Verlustes, dass sie glaubte, daran zu ersticken. Auf einmal konnte sie sich nicht mehr vorstellen, wie ihre Zukunft aussehen sollte. Die Welt hatte alle Farben verloren.

München-Gladbach, Donnerstag, 10. April 1919

Irgendwann hatte es Thora nicht länger auf der Parkbank gehalten, die Erinnerungen hatten sie nach Hause getrieben. Jetzt saß sie in ihrem Zimmer, vor sich ein vergilbtes Heft, auf dessen erste Seite sie in ihrer ungelenken Kinderschrift *Der rote Ritter von Bowdon* geschrieben hatte. Sie dachte an Tom und wünschte sich, sie könnte ihm von ihren Sorgen und Träumen erzählen.

Wenn sie die Sandfords besucht hatten, hatte sie Tom immer gezeigt, was sie im vergangenen Jahr geschrieben hatte. Manchmal waren es richtige kleine Szenen gewesen, dann wieder nur Ideen für ein Theaterstück oder einen Roman, aus denen nie etwas Größeres wurde. Das hier aber hatte Thora tatsächlich zu Ende gebracht, und Tom hatte sie sehr dafür gelobt. Er hatte ihr überhaupt immer Mut gemacht, während Hannes, der ihre Begeisterung tagtäglich ertragen musste, gelegentlich etwas unduldsam wurde.

Sie schluckte, als sie die kindlich-erhabenen Worte las, Toms lang verklungene Stimme hörte und seinen roten Umhang vor sich sah, für den ein Tischtuch hergehalten hatte. Seine rötlich-blonden Haare hatten unter dem Helm, der aus einem alten Kochtopf fabriziert war, hervorgeschaut.

Es war das letzte Stück, das sie bei den Sandfords aufgeführt hatten, und Tom war der rote Ritter gewesen. Er hatte mit Hannes gestritten, der sich weigerte, den finsteren Mönch zu spielen, weil er schon beim letzten Mal der Bösewicht gewesen war. Thora hatte ihn mit dem Versprechen geködert, er dürfe beim nächsten Stück Prinz Hamlet sein. Aber Hannes war nie Hamlet geworden, und Tom ...

Es kam ihr vor, als müsste sie das Versprechen einlösen und Hannes, der lebte, für den sie noch etwas tun konnte, die Rolle geben, die ihm eigentlich zugestanden hatte. Im Stück war er der Schurke gewesen, der Bösewicht, der er nie hatte sein wollen. Für sie hatte er den finsteren Mönch gespielt, doch für die Rolle des schwermütigen Prinzen war es zu spät gewesen, nachdem der Wahnsinn ausgebrochen war.

Sie würde das Heft als Talisman mit nach Düsseldorf nehmen, weil es sie mit Hannes und Tom und ihrer Liebe zum Theater verband. Erst jetzt erkannte sie, wie sehr ihr das Theater geholfen hatte, die Vergangenheit zu akzeptieren und an die Zukunft zu glauben. *Der rote Ritter von Bowdon* war ein Spiel gewesen, aber auch ein Anfang. Es war der Grundstein für alles gewesen, was danach gekommen war.

Thora legte das Heft behutsam in den Rucksack. Dann setzte sich aufs Bett, stand ruhelos auf und trat ans Fenster. Sie wusste nichts mit sich anzufangen. Ihr Elan war verflogen. Wo sollte sie weitermachen, wem könnte sie noch Fragen stellen? In den vergangenen Tagen war sie ständig in Bewegung gewesen, hatte einiges erreicht, wie sie glaubte, doch letztlich waren alle Spuren zu nichts zerronnen. Solange Hannes schwieg und Carl ihr nicht half, stand sie mit leeren Händen da.

Als die Verzweiflung sie zu überwältigen drohte, hörte sie die Klingel. Sie blieb auf der Schwelle ihres Zimmers stehen, während Auguste unten öffnete. Eine Männerstimme.

»Ja, Herr Schilling, sie ist da. Ich hole sie.«

Ohne zu überlegen, trat Thora an die Treppe. »Schick ihn rauf, Auguste.«

Natürlich würde ihre Mutter es nicht gutheißen, wenn sie allein mit einem jungen Mann in ihrem Zimmer sprach, aber das waren Regeln aus einer anderen Zeit und einer kleineren Welt.

Carl kam zögernd die Stufen herauf, einen weißen Briefumschlag in der Hand, und blieb vor ihr stehen. Er war immer noch blass und schaute nervös an ihr vorbei ins Zimmer. Sie gingen hinein. Thora schloss die Tür hinter ihnen und zeigte auf den Schaukelstuhl am Fenster, bevor sie sich aufs Bett setzte. Sie verschränkte die Hände, weil sie fürchtete, sie könnten zittern.

Carl hielt den Umschlag auf dem Schoß und schien nach den richtigen Worten zu suchen. Er atmete tief durch und blickte auf. Seine Augen waren rot, als hätte er geweint.

»Ich weiß nicht, wo ich anfangen soll.« Er hielt inne und fuhr sich durch die Haare. »Sie sehen ihm sehr ähnlich.«

Da war etwas in seinem Ton, das Thora aufhorchen ließ. »Das hat man uns schon öfter gesagt.«

Er strich über den Umschlag. »Hannes hat mir einen Brief gegeben. Für Sie.«

»Wann hat er das getan?«

Carl zog eine Schulter hoch. »Es ist lange her. Für den Fall, dass er – nicht aus dem Krieg zurückgekommen wäre. Er ist nicht für Ihre Eltern bestimmt, sondern ausdrücklich für Sie.«

Thoras Herz schlug jetzt sehr heftig. »Das verstehe ich nicht. Hannes hat doch überlebt. Warum hat er den Brief nicht zurückverlangt?«

»Das weiß ich nicht. Wir haben nicht darüber gesprochen. Als wir wieder in der Heimat waren, war alles ... so anders.«

Thora ahnte, was er meinte. Die Männer waren aus dem Krieg gekommen und hatten ein Land vorgefunden, das sie kaum wiedererkannten, das von Armut, Hunger und Revolution geprägt war.

Carl vergrub das Gesicht in den Händen. Als er sie wieder ansah, waren seine Augen feucht. »Ich weiß nicht, was in dem Brief steht, aber ich ahne es. Indem ich ihn aus der Hand gebe, setze ich viel aufs Spiel. Ich ... ich gefährde Hannes und mich, meine Zukunft, meine Verlobung mit Eva, aber ...«

Thora wagte kaum zu atmen. Seine Stimme war so ernst und leidenschaftlich, dass sie beinahe Angst davor bekam, den Brief zu lesen. Wie konnte etwas, das darin stand, Carl in Gefahr bringen? Und wenn es ihn in Gefahr brachte, was war dann mit Hannes?

Carl legte die Hand vor die Augen und schaute unvermittelt hoch, als hätte er eine Entscheidung getroffen. »Sie waren sicher enttäuscht, als ich vorhin Ihre Fragen nicht beantworten wollte. Aus gutem Grund. Sie müssen sich wundern, warum ich nicht sofort alles Erdenkliche getan habe, um Ihnen zu helfen. Dieser Brief erklärt es vielleicht. Wenn darin das steht, was ich vermute, wird es Sie davon überzeugen, dass ich alles für Hannes tun würde. Aber Sie werden auch verstehen, warum ich gezögert habe.«

Die Worte schienen zitternd in der Luft zu verweilen. Thora schaute auf seine Hand, die immer noch den Umschlag hielt. Sie begriff, dass der Impuls von ihr kommen musste, dass er von sich aus nicht wagen würde, den Brief herzugeben. Also streckte sie die Hand aus, und er reichte ihr zögernd den Umschlag.

Carl stand auf und sagte, ohne sie anzusehen: »Bitte lesen Sie ihn erst, wenn ich gegangen bin.« Er wandte sich zur Tür. »Sie werden danach Fragen haben, die ich nicht beantworten kann. Ich hoffe aber, dass es Hannes irgendwie hilft.«

Sie hörte noch seine Schritte auf der Treppe, dann schlug unten die Haustür zu.

Thora saß reglos da, den Umschlag auf dem Schoß. Ihr war klar, dass sie gleich eine Grenze überschreiten würde. Wenn sie den Brief las, konnte sie es nicht ungeschehen machen, etwas würde sich unwiderruflich verändern. Carl war erschüttert gewesen, seine rätselhaften Worte machten ihr Angst, und doch gab es kein Zurück. Sie zog die Blätter heraus und begann zu lesen.

April 1917, Arras-Roeux, Frankreich

Liebe Thora,

in wenigen Tagen ist Ostern. Es wäre mir nicht aufgefallen, hätte der Feldgeistliche es nicht erwähnt. An diesem Ort – so wie an allen, an denen ich in den letzten zweieinhalb Jahren gewesen bin –, glänzt Gott durch seine Abwesenheit. Es ist immer noch Krieg, keine Schlacht ist mehr von der anderen zu unterscheiden, alles fließt ineinander, die Tage, die Toten, die Orte, das Leben selbst ist zu einer ununterscheidbaren Masse geronnen.

Dieser Brief ist nicht wie die anderen, Thora. Ich hoffe, dass Du ihn nie lesen musst, denn dann bin ich tot. Aber schreiben muss ich ihn, weil mein Herz so voll ist.

Letztes Jahr im September, an der Somme, ist etwas geschehen. Etwas Gutes, mit dem ich nicht gerechnet habe, das alles verändert, in mir und für mich.

Unsere Kompanie war schlimm dezimiert, worauf sie uns Leute aus der Heimat geschickt haben. Und unter ihnen war Carl. Erinnerst Du Dich an ihn? Wir waren zusammen in der Schule. Er stand auf einmal vor mir, nahm die Mütze ab und sagte gänzlich unbekümmert: »So sieht man sich wieder, Hannes.«

Die blonden Haare fielen ihm ins Gesicht, und er sah genauso aus wie damals, wenn wir Fußball gespielt haben. Nur ist das hier kein Spielfeld, und er trug keinen Ball unter dem Arm, sondern ein Gewehr über der Schulter.

Thora, es gibt etwas, das ich Dir nie erzählt habe und auch sonst niemandem. Es ist also kein Zeichen von Misstrauen, denn wenn ich mich überhaupt einem Menschen anvertraut hätte, dann Dir. Aber ich konnte es nicht. Oder vielleicht wollte ich es auch nicht, weil es zwischen uns so bleiben sollte, wie es immer war. Aber es gibt tief in jedem Menschen etwas, das ihn ausmacht und bewegt und das er für sich bewahren muss.

Als Schüler bin ich oft mit der Straßenbahn nach Rheydt gefahren. Wenn ich durch die Hauptstraße auf das Café Remges mit den großen Fenstern zuging, wartete Carl dort auf mich. Er fuhr immer mit dem Rad, weil er Sportler war und im Training bleiben wollte, und ich habe den Verdacht, dass er extra zeitig aufbrach, um schon mit verschränkten Armen dort zu stehen, die Schulter ans Fenster gelehnt, und mir entgegenzulächeln.

Wir hatten immer denselben Tisch hinten links in der Ecke. Die Kellnerin lachte schon, wenn wir hereinkamen, und sagte: »Da sind ja wieder die Herren Leckermäuler.«

Womit sie recht hatte, denn wir genossen die Herrentorte und die Buttercreme, das Himbeerbaiser und die Eclairs. Aber wir hatten nicht umsonst den Tisch hinten links in der Ecke für uns auserkoren. Denn wenn wir uns geschickt hinsetzten und die Stühle aneinanderrückten, konnten sich unsere Hände unter dem Tisch berühren. Wir schauten uns dabei nicht an, weil wir ungeheuer vorsichtig sein mussten. Sobald sich andere Gäste oder die Kellnerin näherten, lösten sich unsere Finger voneinander, wanderten die Hände auf den Tisch. Ich habe mich in jeder Sekunde gefürchtet und hätte doch nie darauf verzichtet.

Endlich habe ich es ausgesprochen. Es ist befreiend und angsterregend zugleich, es in Worte zu fassen. Mein Herz schlägt heftig, als kletterte ich aus dem Schützengraben und marschierte geradewegs ins gegnerische Feuer.

Thora, ich versuche nicht daran zu denken, was Du tun würdest, wenn wir uns jetzt gegenüberstünden. Ob Du entsetzt zurückweichen, einfach davonlaufen oder mich erst zögernd und dann heftiger umarmen würdest, weil ich Hannes bin, Dein Hannes, der ich immer war.

Vielleicht werde ich es nie erfahren.

Aber eigentlich will ich nicht von früher erzählen, sondern von jetzt. Carl stand also da und sagte: »So sieht man sich wieder, Hannes.«

Und ich konnte gar nichts sagen, sondern habe ihn umarmt und ihm unbeholfen auf den Rücken geklopft und mich dann umgedreht und zu den Kameraden gesagt: »Stellt euch vor, das ist mein alter Schulfreund Carl Schilling.«

Und auch das war nicht falsch, aber da war eben noch so viel mehr, auch wenn wir natürlich nur wie Kameraden miteinander umgehen konnten.

Wir sind zusammen, und ich bin unendlich froh, Carl bei mir zu wissen, und zugleich unendlich verzweifelt, weil mich die Angst nicht mehr loslässt. Nicht die Angst vor meinem eigenen Tod – die habe ich fast verloren –, aber die Angst, dass Carl der Nächste sein könnte, der neben mir in Stücke gerissen wird oder über den sie im Lazarett ein Tuch breiten oder der, von dem es heißt, er sei vom Angriff nicht zurückgekommen, man habe ihn zuletzt in irgendeinem Granattrichter liegen sehen, das Gesicht im trüben Wasser. Und doch sollst Du wissen, dass ich sehr viel Glück inmitten dieser Hölle spüre.

Letzte Nacht hatten Carl und ich gemeinsam Wache. Es war ausnahmsweise ruhig. Wir gingen im Graben auf und ab, rauchten, duckten uns synchron, sobald ein vereinzelter Schuss fiel, fast als wären wir ein und derselbe Körper.

Irgendwann blieb Carl stehen und lehnte sich mit dem Rücken gegen die Grabenwand. Er ließ die Hand mit der unangezündeten Zigarette hängen und sah mich an. Dann nickte er mit dem Kopf in Richtung Feind. »Es kann jederzeit vorbei sein.«

Der Gedanke ist tief in uns allen verwurzelt. Dann hob er die Zigarette, entzündete das Feuerzeug und enthüllte im flackernden Schein der Flamme flüchtig seine Augen.

Sein Blick brannte auf meinem Gesicht, auch nachdem die Flamme erloschen und alles wieder dunkel war. Wir beide schauten instinktiv nach links und rechts, ob uns niemand beobachtete. Und dann beugte ich mich vor und küsste ihn auf den Mund. Nicht leidenschaftlich, unsere Lippen blieben geschlossen, aber ich legte in diese Berührung all das, was ich gern gesagt hätte.

Carl ließ achtlos die Zigarette fallen, die zischend in einer Pfütze erlosch, und umfasste meine Schultern. »Darauf habe ich lange gewartet.«

Ich neigte mich vor und küsste ihn noch einmal, und diesmal öffnete er die Lippen, und seine Hände wanderten von meinen Schultern zu meinem Kopf, er zog mich zu sich heran.

Ein Geräusch von irgendwoher schreckte uns auf, wir lösten uns voneinander. Doch ich spürte, wie er kurz meine Hand drückte, als wollte er bekräftigen, was wir getan hatten, und mir ein Versprechen geben.

Thora, ich weiß, es ist verboten, verantwortungslos, strafbar, aber eines ist es nicht: falsch. Was ich für Carl empfinde, kann nicht falsch sein. Dann würde es sich anders anfühlen, oder? Man weiß doch, ob das, was man tut, gut oder schlecht ist, tief im Inneren, ob man diese Stimme nun Gewissen oder Erziehung oder Gesetz nennen will. Und diese Stimme sagt mir, dass es gut ist.

Natürlich müssen wir ungeheuer vorsichtig sein. Niemand darf es erfahren, das würde uns ins Unglück stürzen. Aber Du, Du sollst es wissen. Falls ich sterben sollte, tue ich es in dem Wissen, dass ich nichts vor Dir verborgen habe. Denk an mich.

Dein Hannes

München-Gladbach, Donnerstag, 10. April 1919

Thora saß wie betäubt da. Sie las den Brief noch einmal, ließ jedes Wort wirken, und es gab keinen Zweifel: Hannes war in Carl verliebt gewesen und war es wohl noch immer.

Sie hatte gelegentlich von solchen Männern gehört, getuschelt hinter vorgehaltener Hand oder begleitet von einem anzüglichen Grinsen, das sofort verschwand, wenn sie dazukam. Sie galten als krank und widernatürlich, und sie hatte nie weiter darüber nachgedacht, weil sie niemanden kannte, der so war. Sie waren nicht Teil ihres Lebens gewesen, und nun sollte sie glauben, dass ihr eigener Bruder einer dieser Männer war?

Darauf folgte gleich die nächste Frage: Hätte sie es merken müssen? Hannes war ihr Bruder, ihr bester Freund, sie liebte ihn über alles. Und doch hatte sie sich nie gewundert, dass er Mädchen, die sich offensichtlich für ihn interessierten, stets höflich, aber distanziert behandelt hatte. Vor dem Krieg war er nie erkennbar verliebt gewesen, hatte nie mit einem Mädchen Briefe getauscht. Bei Tanzvergnügen hatte er zwar seine Pflicht erfüllt, aber nie viel Freude daran gefunden. Und Thora hatte es genossen, weil er mehr Zeit für sie hatte, als es bei anderen Geschwistern üblich war.

Sie legte den Brief beiseite und ging im Zimmer auf und ab, weil sie so aufgewühlt war. Sie stellte sich das Café vor, die beiden Jungen, die einander unter dem Tisch an den Händen hielten, die jungen Männer, die sich im Krieg wiedergefunden hatten. Hannes, der glücklich gewesen war und zugleich gefürchtet hatte, Carl zu verlieren.

Dann fiel ihr ein, was er vor nicht einmal zwei Wochen geschrieben und was sie damals nicht verstanden hatte: *Ich muss Dir etwas anvertrauen, das mich glücklicher und zugleich verzweifelter macht, als ich es mir je hätte ausmalen können, das mich in höchste Höhen hebt und dann wieder in den tiefsten Abgrund stürzt. Das mag rätselhaft klingen, Thora, aber ich muss zu jemandem ehrlich sein, und niemand hat meine Ehrlichkeit mehr verdient als Du. Ich habe Dir unendlich viel zu erzählen, Dinge, die ich seit Jahren tief und still in mir getragen habe und die ich Dir nicht auf Papier mitteilen kann.*

Kein Zweifel, Hannes hatte ihr von Carl erzählen wollen, was er ihm bedeutete und was schon vor dem Krieg zwischen ihnen gewesen war.

Thora blieb am Fenster stehen, stützte sich mit den Fingerspitzen auf den kühlen Marmor, sah aber nicht, was draußen vorging. Hannes war bereit gewesen, alles aufs Spiel zu setzen, ihre Ablehnung zu riskieren, und doch hatte er sich ihr anvertrauen wollen. Ihre Augen brannten, und sie spürte, wie eine Träne über ihre Wange lief. Sie warf einen Blick auf den letzten Satz: *Denk an mich*. Der Brief war zwei Jahre alt und dennoch wie eine Botschaft aus der Gegenwart: die Bitte ihres Bruders, ihn im Gefängnis nicht zu vergessen.

Das werde ich nicht, dachte sie, niemals.

Im Zimmer auf und ab zu laufen, reichte nicht. Thora sprang auf, zog einen Pullover über und verließ das Haus. Sie ging einfach drauflos, ohne feste Richtung, musste sich bewegen, um den Aufruhr in ihrem Inneren zu besänftigen.

Der Brief überwältigte sie. Die Schilderungen des Krieges waren roh und unverfälscht und gaben all das preis, was Hannes in der Feldpost nie hatte schreiben können. *Nicht die Angst vor meinem eigenen Tod – die habe ich fast verloren –, aber die Angst, dass Carl der Nächste sein könnte.* Wie sehr musste die Furcht Teil seiner selbst geworden sein, wenn er sie nicht mehr gespürt hatte? Hatte er vielleicht auch deshalb so wenig Furcht gezeigt, als er ihr im Gefängnis gegenübergesessen hatte? Wer dieses Grauen überstanden hatte, mochte sich auch im zivilen Leben gegen alle Gefahren immun glauben.

Aber das durfte nicht sein, wehrte sich eine Stimme in ihr. Nur wer Angst hatte, würde versuchen, sich zu schützen, und genau das tat Hannes nicht. Also mussten andere das für ihn übernehmen, sie und Trude Busch und vielleicht auch Carl Schilling.

Carl. Auch das war überwältigend. Thora hätte schockiert sein müssen von den Worten, die sie gelesen hatte, doch das war sie nicht. Es lag so viel aufrichtige Zuneigung in ihnen, dass sie weder Verachtung noch Widerwillen aufbringen konnte.

Kein Zweifel, ihr Bruder schrieb von Liebe. Er war einem Menschen begegnet, der ihm viel bedeutete, um den er sich sorgte und mit dem er zusammen sein wollte. Was konnte falsch daran sein? Dass dieser Mensch ein Mann und keine Frau war?

Plötzlich bemerkte Thora, wie still es um sie herum geworden war. Sie stand im wuchernden Gras, das ihr bis zu den Knöcheln reichte, über ihr wiegten sich hohe Baumwipfel im Wind, Grabmäler ragten aus dem verwilderten Buschwerk. Sie war auf dem alten Friedhof, dessen Mauer man vor Jahren abgerissen hatte. Sie drehte sich einmal im Kreis, um sich zu orientieren, und ging dann Richtung Norden, wo sich offenes Feld erstreckte. Irgendwo dahinter lag der neue Friedhof, dazwischen standen nur vereinzelte Häuser, meist stattlich und in gewünschter Entfernung der Fabriken in Eicken, deren Schornsteine ihren dunklen Rauch ausspuckten.

Dort befand sich auch die Spinnerei Bernrath. Thora malte sich aus, wie Hannes in den vergangenen Monaten für Papa gearbeitet und sich dabei unablässig gefragt hatte, wie sein Leben weitergehen sollte. Der Brief, den Carl ihr gebracht hatte, und auch jener, den Hannes ihr Ende März geschrieben hatte, bewiesen zur Genüge, dass nicht nur der Krieg sein Leben völlig auf den Kopf gestellt hatte.

Aber hing das auch mit dem Mord an Leuchtenberg zusammen, und falls ja, wie sah die Verbindung aus?

Thora konnte sich einfach nicht vorstellen, was Hannes bei dem Hauptmann gewollt hatte. Carl hatte ehrlich überrascht gewirkt, als er von Hannes' Verhaftung erfuhr, aber war er wirklich so unwissend, wie er sich gab?

Sie erinnerte sich an die junge Frau, die ihr heute Morgen bei Schillings an der Tür begegnet war. Eva hieß sie und war mit Carl verlobt. Liebte er Hannes nicht mehr? Aber nein, das war die falsche Frage. Hatte er sich für Eva entschieden, weil er keine Zukunft für sich und Hannes sah? Weil er fürchtete, seine Familie könnte ihn verstoßen, wenn sie davon erfuhr?

Denn Carl liebte ihren Bruder, daran zweifelte sie nicht. Ein größerer Liebesbeweis als die Übergabe des Briefes, der ihm so gefährlich werden konnte, ließ sich kaum denken. Er kannte Thora nur flüchtig und war das Wagnis dennoch eingegangen, weil er hoffte, Hannes damit zu helfen.

Sie machte kehrt und ging langsam zurück. Ihr Rock streifte Gras und Gebüsch, es kümmerte sie nicht.

Es gibt Dinge, die ich Ihnen nicht sagen kann. Das hatte Carl geantwortet, als sie gefragt hatte, ob er mit Hannes am vergangenen Freitag in Düsseldorf gewesen sei.

Doch das war, bevor sie den Brief gelesen und erfahren hatte, was Carl und ihren Bruder verband. Sie musste unbedingt noch einmal mit ihm sprechen. Wenn er sich nicht mehr zu verstellen brauchte, würde er ihr vielleicht sagen, ob und wann er mit Hannes nach Düsseldorf gefahren war. Und auch, was ihr Bruder in der Ackerstraße gewollt hatte.

Thoras Schritte wurden schneller, der Drang, mehr zu erfahren, trieb sie voran. Sie wusste noch nicht, wie sie es anstellen sollte. Wenn sie zum zweiten Mal an diesem Tag bei Carl zu Hause erschien, könnte das Verdacht erregen, und sie wollte ihn um keinen Preis in Schwierigkeiten bringen. Seine Lage war heikel genug.

Letztlich ging Thora am frühen Abend dann doch zu Schillings in die Goethestraße. Sie hatte einige Bücher aus Hannes' Regal mitgenommen, die sie als Vorwand benutzen wollte. Diesmal öffnete ein Hausmädchen und meldete sie an.

Carl kam die Treppe herunter. Er trug einen Abendanzug, hatte die Haare feucht an den Kopf gekämmt und wich einen Schritt zurück, als er sie sah.

»Ich bin eingeladen, bei meiner Verlobten in der Mozartstraße. Ihre Eltern geben eine Soirée«, sagte er und strich über seinen dunklen Anzug. Dabei schaute er ihr nicht in die Augen.

Die Zeit schien stillzustehen. Seine Worte hingen in der Luft, als wäre damit irgendetwas geklärt.

Thora räusperte sich. »Ich ... habe noch einige Fragen.«

Carl sah sie erschrocken an. »Zu dem Brief?«

»Das auch.« Dann kam ihr ein Gedanke. »Könnte ich Sie bis zur Mozartstraße begleiten und unterwegs ungestört mit Ihnen reden? Bitte.«

Er schloss resigniert die Augen und nickte. »Einverstanden.« Carl verschwand durch eine Tür und sprach mit jemandem. Eine Frauenstimme, vermutlich seine Mutter, wünschte ihm einen schönen Abend.

Dann standen sie draußen auf der Straße. Thora, die gern zügig ging, bewegte sich diesmal langsam, um die Zeit, die ihnen blieb, so weit wie möglich auszudehnen.

»Eins muss ich Ihnen gleich zu Anfang sagen. Ich weiß, was zwischen Ihnen und meinem Bruder ist. Ich verurteile es nicht und werde es für mich behalten. Und ich kann Ihnen versichern, dass Hannes nur gut von Ihnen schreibt und aus seinen Worten sehr viel Liebe spricht.«

Thora spürte förmlich, wie er sich ein wenig entspannte. Die Straße lag verlassen da, ihre Schritte hallten von den Mauern wider. »Aber ich muss mehr wissen. Nicht über Ihre – Beziehung, das meine ich nicht, sondern über Leuchtenberg. Hannes und Sie kannten ihn beide. Was für eine Verbindung bestand zwischen Ihnen dreien?«

Carl schob die Hände in die Taschen und ging noch langsamer. Es waren nur wenige Menschen auf der Straße, sie konnten vertraut miteinander sprechen. Thora fragte sich, ob er erleichtert war, dass diese Fragen endlich gestellt wurden und er nicht länger schweigen musste.

»Es war im März 1918, glaube ich. Bei Monchy-le-Preux. Man vergisst die Namen der Orte nicht, an denen etwas Entscheidendes geschehen ist.« Er blieb kurz stehen, bot ihr eine Zigarette an, die sie ablehnte, und zündete sich eine an.

»Man erzählte uns, die militärische Lage sei gut, wir hätten die Schlacht gewonnen, tapfer kämpfend gegen die vereinten Kräfte der Engländer, Amerikaner und Franzosen. Was man Soldaten eben erzählt, um sie bei Laune zu halten. Für mich war das, worum es ging, nur eine schlammige, kahle, zerfetzte Masse Land, durchsetzt mit Eisen und Blut und den Überresten menschlicher Körper. Als hätte eine Riesenmaschine Männer und Waffen und Häuser untergepflügt, um ein unendliches Feld zu bestellen. Verzeihung, aber es lässt mich nicht los. Und Sie müssen wissen, in welcher Lage Hannes und ich uns befanden.

Ich gebe zu, wir wurden auf kriminelle Weise unvorsichtig, aber der Rausch des Überlebthabens war verführerisch. Wir hatten standgehalten, während die Kameraden um uns herum in Stücke gerissen worden waren. Es kam mir – uns – vor, als wäre dies ein Geschenk, als wollte uns das Schicksal sagen: Für heute habe ich euch verschont, nutzt diesen Tag.«

Thora hörte die Anspannung in seiner Stimme, aber es lag keine Furcht mehr in ihr, eher Ungeduld, die Worte endlich freizulassen.

»Und das taten wir, in einem Unterstand, der verlassen war, weil alle um uns herum tot oder verwundet waren. Auch dies war wie ein Zeichen, so abergläubisch das auch klingen mag, denn dieser Raum, diese primitive Höhle in der Erde, gehörte auf einmal uns allein.« Er zog verlegen die Schultern hoch, zwang sich aber, weiterzusprechen. »Ich erwähne keine Details. Aber wir waren hungrig und vergaßen in diesen Minuten – oder waren es Sekunden? – alles, was außerhalb unserer Körper war.«

Thora wandte sich ab, weil sie trotz der verschleierten Worte rot wurde.

Carl drängte schon weiter. »Es hätte nicht geschehen dürfen – nicht, weil ich es für falsch halte, niemals, sondern weil wir – ja, was – waren? Achtlos, leichtsinnig, fahrlässig, unverantwortlich, gedankenlos, unbedacht, all das.« Er begleitete die Worte mit einer vagen Handbewegung. »Doch es war auch unvermeidlich und erhebend und berauschend.«

Sie wagte kaum zu atmen, weil sie fürchtete, ihn mit einem unbedachten Laut zu unterbrechen.

»Wir hatten diesen Tag überlebt und wussten nicht, ob wir den darauffolgenden überleben würden, und mit unserem Zusammensein konnten wir uns diese Minuten zu eigen machen. Niemand würde sie uns rauben.«

Thora sah Carl von der Seite an. Er blieb stehen, da sie schon nahe der Mozartstraße waren, und lehnte sich an einen Laternenpfahl. Ein älteres Paar ging an ihnen vorbei, ohne sie zu beachten, und als sie außer Hörweite waren, sagte er unvermittelt: »›Auseinander!‹ Seine Stimme war wie eine Explosion in dem engen Unterstand, sie schien von den Lehmwänden widerzuhallen. Hannes und ich lösten uns voneinander. Ich sah zum Eingang. Da stand der Hauptmann, die Hände in die Hüften gestemmt. Ich spürte, wie Hannes neben mir zitterte, und berührte seinen Arm.« Carl schluckte hörbar, als wäre die Stimme von damals wieder gegenwärtig.

Thoras Kehle war eng geworden, als ihr klar wurde, was in jenem Erdloch geschehen war.

»›Ihr dreckigen Schweine‹, sagte Leuchtenberg und kam herein. Ich weiß nicht mehr, was ich gedacht habe, nur an eines erinnere ich mich: Ich hatte mehr Angst um Hannes als um mich selbst. Mein erster Gedanke war, ich hätte ihn in all das hineingezogen, doch das war Unsinn. Wir beide hatten es gewollt, es gab keine Überredung, keinen Widerstand, den es zu brechen galt. Ich trat vor Hannes, als könnte ich ihn damit schützen, und schaute dem Hauptmann ins Gesicht. Er war rot angelaufen, mir war, als könnte ich jede Pore seiner Haut sehen, obwohl der Unterstand viel zu dämmrig war, um Einzelheiten zu erkennen. Ich wollte seinen Augen standhalten, mich nicht wegducken. Es war wie bei einem Duell, bevor der Sekundant das Zeichen gibt.«

Er zündete sich noch eine Zigarette an und sog tief den Rauch ein, als müsste er Mut sammeln. Dabei war er schon so mutig, dachte Thora.

»Was hätte ich zur Entschuldigung vorbringen können? An der Front rückte man eng zusammen, bei Theatervorstellungen trugen viele unter dem Jubel ihrer Kameraden Frauenkleider. Es kam zu Zärtlichkeiten, über die hinweggesehen wurde, die man als vertretbar erachtete. Männer haben Bedürfnisse. Die immerwährende Nähe des Todes machte vieles möglich.« Carl schaute zum Himmel, als könnte er dort Antworten finden. »Aber mir war klar, dass das, was Hannes und ich getan hatten, darüber hinausging, und der Hauptmann das auch wusste. Ich spürte Hannes hinter mir atmen und tastete nach seiner Hand, drückte sie beruhigend. Aber ich hatte

Hannes unterschätzt. Denn er trat hinter mir hervor, sah Leuchtenberg ins Gesicht. Und dann sagte er …«

Thora legte die Hand auf die Brust, als könnte sie ihren Herzschlag damit beruhigen. Leuchtenberg hatte Hannes und Carl bei etwas erwischt, das so verboten und ungeheuerlich war, dass es sie eigentlich hätte vernichten müssen. Sie spürte das Entsetzen, das die beiden überkommen haben musste, als die Stimme des Hauptmanns sie aus ihrem Rausch gerissen hatte. Aber sie waren heimgekommen. Man hatte sie nicht vor Gericht gestellt, nicht unehrenhaft entlassen oder wie auch immer Soldaten dafür bestraft wurden. Dabei hatte es in Leuchtenbergs Hand gelegen, sie zu melden.

»*Denken Sie an den Wald, Herr Hauptmann.* Ja, das war es, das hat er gesagt.«

»Sonst nichts?«

»Nein.« Carl schaute sie über die glühende Spitze der Zigarette an. »Aber der Hauptmann machte daraufhin kehrt und rannte fast aus dem Unterstand. Hannes sank auf die Knie. Ich hockte mich besorgt neben ihn und fragte immer wieder, was das zu bedeuten habe, was geschehen sei. Er antwortete nicht. Doch der Hauptmann hat uns nie wieder behelligt oder darauf angesprochen.«

Auch Thora hatte keine Ahnung, was sich hinter den Worten verbarg, doch sie würde es herausfinden. Sie war so weit gekommen, da würde sie diesen Schritt auch noch schaffen.

Carl zögerte, als wäre er nicht sicher, ob er weitersprechen sollte. »Ich gebe Ihnen mein Wort. Leuchtenberg mag uns in der Hand gehabt haben, aber … ich habe ihm nichts angetan.« Dann stieß er sich von der Laterne ab und ging langsam weiter.

Als sie sich den funkelnden Lichtern der herrschaftlichen Häuser an der Mozartstraße näherten, blieb er stehen und drehte sich zu ihr um. »Das letzte Stück gehe ich allein.«

Er deutete eine Verbeugung an, dann war seine dunkle Gestalt im Schatten verschwunden.

Düsseldorf, Freitag, 11. April 1919

Ihre Mutter hatte sie noch länger zu Hause behalten wollen, und ihr Vater hatte wieder von einem Anwalt angefangen. Thora musste ihm noch einmal sehr deutlich sagen, wie entschieden Hannes dies ablehnte, und dass sie alles tat, um ihm auf anderem Wege zu helfen. Das Fahrrad war zum Glück repariert, und so war sie gleich nach dem Frühstück losgefahren.

Sie hatte eine unruhige Nacht verbracht, lange wach gelegen und sich gefragt, was sie mit ihrem neu gewonnenen Wissen anfangen sollte. Sie fühlte sich unbehaglich, weil sie ihren Eltern so viel vorenthielt, doch konnte sie ihnen unmöglich von Hannes und Carl erzählen. Das wäre ein Vertrauensbruch, den ihr Bruder kaum verzeihen würde.

Es waren jedoch nicht nur diese Gedanken, die Thora Kopfzerbrechen bereiteten. Sie sehnte sich danach, mit Trude Busch zu sprechen, war sich aber nicht sicher, wie viel sie ihr anvertrauen konnte. Gewiss, die Frau war ihr spontan sympathisch gewesen, und sie hatte sich mitfühlend und hilfsbereit gezeigt, doch Thora kannte sie erst wenige Tage. Außerdem war sie Journalistin. Wie sollte sich Thora darauf verlassen, dass sie ihren Beruf in diesem Fall zurückstellte? Sie durfte Hannes und Carl nicht verraten, niemals.

Denken Sie an den Wald, Herr Hauptmann. Wie konnte sie Frau Busch von dem rätselhaften Satz erzählen, ohne die Vorgeschichte zu erklären? Die Worte gewannen ihre Bedeutung allein aus der Tatsache, dass Hannes sich und Carl mit ihnen offenbar vor Kriegsgericht, unehrenhafter Entlassung und Schande bewahrt hatte.

Auch musste Thora sich erst an den Gedanken gewöhnen, dass ihr Bruder ein – zunächst fielen ihr nur abwertende Begriffe ein, die sie im Flüsterton hier und da gehört hatte – ein Homosexueller war. War das der korrekte Begriff? Würde Hannes sich selbst so nennen? Irgendwann würde sie mit ihm darüber sprechen und sich alles erklären lassen, an einem Ort ohne Gitter und Schlösser, vielleicht auf einer Bank mit Blick auf den Rhein. Aber bis dahin musste sie allein entscheiden, wem sie was anvertraute.

Dann kam ihr jedoch ein anderer Gedanke – der Mordverdacht war eine größere Gefahr für Hannes als alles, was ihm drohte, weil er einen Mann liebte. Wäre sie bereit, ihn zu verraten, um ihn zu retten? Und könnte sie Hannes verraten, ohne Carl mit hineinzuziehen? Denn es mochte legitim sein, dass sie alles für ihren Bruder tat, aber niemand gab ihr das Recht, Carls Leben und seine Zukunft zu zerstören.

Es waren verzweifelte Gedanken, und Thora war dankbar, dass sie die körperliche Anstrengung als Ventil nutzen konnte. Der Schweiß lag kühl auf Stirn und Nacken, während sie energisch drauflosfuhr.

Sie dachte an den Ring und fragte sich, ob er von Carls Mutter stammte und von seiner Hand in die ihres Bruders gewandert war. Doch letztlich war die genaue Herkunft nicht von Bedeutung. Was zählte war, dass Hannes ihn aufbewahrt hatte.

Eine wichtige Frage hatte sie in Gladbach beantwortet: warum Hannes so beharrlich schwieg. Er wollte sich und Carl nicht verraten und Carls Zukunft nicht gefährden. Und es erklärte auch, warum er wirkte, als wäre er nie wirklich aus dem Krieg heimgekehrt. Der Krieg hatte ihm und Carl, so widersinnig das auch klingen mochte, eine Möglichkeit der Nähe geboten, die ihnen im Frieden verwehrt blieb. Natürlich konnten sie sich treffen, wie Freunde es eben taten, gemeinsam Fußball spielen oder Rad fahren oder in die Kneipe gehen, aber sie mussten sich verstellen. Und weil das für einen oder beide unerträglich war, hatten sie sich kaum noch gesehen.

Bis auf die Fahrten nach Düsseldorf. So mühsam es auch sein mochte, in dieser Zeit dorthin zu gelangen, war die Verlockung einer anonymen Großstadt ungleich stärker gewesen.

Thora hatte viele Antworten gefunden, aber es waren auch neue Fragen aufgetaucht. Hannes mochte schweigen, um sich und Carl zu schützen, doch warum war er bei Leuchtenberg gewesen? Hing es mit der Begegnung im Unterstand zusammen und dem geheimnisvollen Hinweis auf den Wald?

Und dann fiel ihr noch etwas ein – das Eichendorff-Bändchen mit dem eingekreisten *Adler* und dem handschriftlichen Wort *Vulkan*. War es möglich, dass Carl ihrem Bruder das Buch gegeben hatte? Und dass es versteckte Botschaften waren?

Er war ein großes Risiko eingegangen, als er sich von dem Brief getrennt und ihr von der Begegnung mit dem Hauptmann im Unterstand erzählt hatte. Thora konnte unmöglich weiter in ihn dringen, das würde Hannes ihr vermutlich nie verzeihen. Die wesentlichen Fragen – warum Hannes bei Leuchtenberg gewesen war, was der Satz über den Wald bedeutete und ob der Gedichtband ein Geheimnis barg – musste sie ohne Carls Hilfe beantworten.

Als sie die Wohnung in der Poststraße betrat, kam Frau Hendricks ihr nicht eifrig entgegengelaufen, wie Thora es gewöhnt war. Sie blieb stehen und horchte. Aus dem Esszimmer drang eine unbekannte Männerstimme. Sie wollte rasch vorbeigehen, doch da erschien die Witwe auf der Schwelle und winkte sie herein. Ihr Gesicht war gerötet, sie hatte eine Hand auf die Brust gelegt.

»Fräulein Thora, wie gut, dass Sie nicht hier waren. Es ist fürchterlich zugegangen, Straßenkämpfe in der Altstadt, stellen Sie sich das vor! Den ganzen Abend waren Schüsse zu hören, ich hatte solche Angst, das war wie im Krieg. Und gestern haben sie den Hauptbahnhof beschossen.« Sie winkte Thora ins Zimmer.

Ein Mann sprang vom Stuhl auf und grüßte beinahe militärisch. Er mochte Anfang dreißig sein, hatte einen

Schmiss auf der linken Wange und einen Schnurrbart, der eine Verbeugung vor dem abgedankten Kaiser war.

»Oberleutnant Keller, sehr erfreut.«

Er trug die graue Uniform der Reichswehr, die in der neutralen Zone eigentlich verboten war. Dann erinnerte sich Thora, was Rudi über die Freikorps erzählt hatte. Sicher gehörte der Oberleutnant zu jenen ehemaligen Reichswehrsoldaten, die man aus Berlin geschickt hatte, um den Aufstand niederzuschlagen. Das war natürlich völlig widersinnig, da gerade diese Männer die neue Republik und ihre Vertreter aus tiefster Seele ablehnten.

»Viktoria Bernrath«, sagte sie knapp, da ihr die Begegnung deutlich weniger Vergnügen bereitete als ihrer Vermieterin.

Diese deutete strahlend auf den Gast. »Ich habe den Herrn Oberleutnant bei mir aufgenommen, wie es sich für eine anständige Bürgerin gehört. Er kam erst sehr spät vom Bahnhof, wo er gegen diese unerhörten Aufwiegler gekämpft hat. In der Nacht davor hat er auch kaum geschlafen, weil er in der Altstadt für Ordnung sorgen musste. Seit ich ihn hier habe, fühle ich mich sicherer.«

Thora wäre gern auf ihr Zimmer gegangen, doch der Oberleutnant sagte in bescheidenem Ton: »Nicht ich allein habe für Ordnung gesorgt, meine Kameraden sind alle aufrechte Männer, die diesen roten Aufruhr nicht dulden. Wie ich von Frau Hendricks hörte, hat Ihr Bruder auch ehrenvoll gedient und wurde an der Westfront verwundet.«

Die Worte trafen Thora wie ein Stich. Der Mann stieß sie ab, und es widerstrebte ihr, dass Frau Hendricks ihm von Hannes erzählt hatte. Er hatte nicht das Recht, auch nur die geringste Kleinigkeit über ihren Bruder zu erfahren. Es war, als würde es Hannes beschmutzen. »Ja, aber er ist froh, wieder Zivilist zu sein. Im Übrigen habe ich beunruhigende Dinge über manche Freikorps gehört und wäre sehr erleichtert, wenn Sie keinem davon angehörten. Es soll zu schlimmen Grausamkeiten gekommen sein. Wenn Sie mich bitte entschuldigen.«

Sie verließ das Zimmer und hörte noch, wie die Witwe Hendricks in verlegenem Ton von »Künstlervolk« sprach, für das »andere Maßstäbe« gälten. Vermutlich würde Thora in den nächsten Tagen zu spüren bekommen, dass ihr Verhalten der Witwe missfallen hatte.

Thora versuchte, sich wenigstens ein, zwei Stunden in die Vorbereitungen für den Schauspielunterricht zu vertiefen, konnte sich aber einfach nicht auf die Theatertexte konzentrieren. Immer wieder hörte sie die Stimme des Oberleutnants, der von Hannes' Verwundung sprach, und schon wanderten ihre Gedanken in die Vergangenheit. Denn letztlich verdankte sie es der Verwundung, dass sie heute in diesem Zimmer saß, Theaterstücke las und hoffentlich sehr bald wieder zum Schauspielunterricht gehen würde.

München-Gladbach, Oktober 1917

Thora hatte seit dem Morgen in der Suppenküche gearbeitet und sich nun endlich auf den Nachhauseweg gemacht. Sie war den ganzen Tag über unruhig gewesen, weil sie wusste, dass Hannes jeden Moment nach Hause kommen konnte. Er war zehn Tage in Frankreich im Lazarett gewesen und sollte sich in der Heimat erholen, bevor man ihn wieder an die Front schickte. Jeder Mann wurde gebraucht, eine ausgeheilte Beinverletzung machte niemanden kampfuntauglich.

Ihr Vater würde Hannes mit dem Wagen abholen. Sie wusste nicht, was sie erwartete. In seinem Brief aus dem Lazarett war der alte, vertraute Tonfall mitgeschwungen. Er neckte sie, ganz der große Bruder, auf liebevolle Weise, wie er es immer getan hatte. Er schrieb wenig über den Krieg, selbst wenn die Auflagen nicht so streng waren wie bei der Feldpost. Womöglich wollte er nicht über das berichten, was er durchgemacht hatte, dachte Thora – oder konnte es nicht.

Sie hatte aus Erzählungen und Berichten, die oft hinter vorgehaltener Hand geäußert wurden, ein Bild des

Krieges zusammengefügt, das sie nachts oft wach hielt. Manchmal waren es gerade jene Dinge, die nicht ausgesprochen, sondern nur angedeutet wurden. Dass jemand nicht mehr unter Menschen gehen könne, was gemeinhin bedeutete, dass der Mann von seinen Verletzungen derart entstellt war, dass er zum Fürchten aussah. Oder dass es wohl keine Familie für jemanden geben würde, woraus sie schloss, dass der Mann am Unterleib verletzt worden war. Vieles von dem, was sie aufschnappte, lag hinter einem Schleier, gedämpft und nebelhaft, doch der Krieg dauerte bereits lange genug, und sie hatte gelernt, aus Bruchstücken zu lesen.

Was sie hier in der Heimat sah und hörte, waren die unmittelbaren Folgen dessen, was an der Front geschah. Wie grausam musste dieser Krieg sein, wenn er Menschen derart an Körper und Seele zerstörte?

Sie hoffte, dass sie Hannes wiedererkennen würde, und dachte dabei nicht an sein Äußeres. Eine Beinverletzung war nicht entstellend, aber sie hatte bei den Heimaturlauben gemerkt, wie sehr sich sein Wesen verändert hatte. Wie still er geworden war, dass seine offene, zugewandte Art, mit der er die Menschen früher angezogen hatte, verblasst schien.

Sie bog um die letzte Ecke vor ihrem Haus und sah, wie ihr Vater aus dem Automobil stieg und Hannes heraushalf. Sie blieb kurz stehen, erforschte seinen Körper ängstlich mit den Augen, sah die Krücke, auf die er sich stützte, und dass er sonst unversehrt schien. Als sie sich vergewissert hatte, dass er immer noch wie ihr Bruder aussah, rannte sie los, rief seinen Namen, und als er sich umdrehte, war sie schon bei ihm und schlang die Arme um seinen Hals.

»Vorsicht, ich bin nicht so standfest wie sonst«, sagte Hannes und drückte sie mit der freien Hand an sich.

Thora spürte sein Herz schlagen, ein weiterer Beweis, dass er lebte, als wenn es den noch gebraucht hätte.

»Nun geh mal rein«, sagte ihr Vater gutmütig. »Drinnen wartet noch jemand auf dich.«

In diesem Moment ging die Haustür auf, und ihre Mutter stürzte heraus, umfing Hannes' Gesicht mit den Händen und drückte seine Stirn an ihre. »Mein Junge«, stieß sie hervor und immer wieder »mein Junge.«

Thora wandte sich ab und ließ die beiden allein. Später bliebe genügend Zeit, um mit Hannes zu reden. Sie wollte ihm von ihren Hoffnungen und Plänen berichten, von dem Erlebnis im Theater, das alles für sie verändert hatte. Und dass die Eltern nichts davon hören wollten.

Sie hatte allen Mut zusammengenommen, nachdem sie den Prospekt der Hochschule für Bühnenkunst erhalten hatte. Es hatte sie große Überwindung gekostet, und die Reaktion war ernüchternd gewesen. Ihre Eltern schienen keine Sekunde daran gedacht zu haben, dass sie diesen Weg einschlagen könnte. Sie verhielten sich, als wäre es eine völlig abseitige Idee, ein Beruf, der schlecht angesehen und schlecht bezahlt war und so gar nicht in die Familie passte. Und wie sie auf solche Gedanken käme, wo es doch darum ging, das vertraute Leben aufrechtzuerhalten, damit Hannes wenigstens daheim Sicherheit und Ruhe fände.

Das letzte Argument hatte Thora am meisten getroffen – dass ihre Eltern Hannes benutzten, um ihre Pläne rundweg abzulehnen, und sie nicht ernst nahmen. Sie sehnte sich danach, mit jemandem zu sprechen, der in sie hineinzuschauen schien, wie ihr Bruder es stets getan hatte.

Es war eine vertraute Szene, sie und ihr Bruder in gewohnter Zweisamkeit, nur dass Hannes nicht wie sonst so oft auf der Fensterbank hockte, sondern auf einem Stuhl saß, das verletzte Bein vor sich ausgestreckt, die rechte Hand locker aus dem Fenster, damit die Asche von seiner Zigarette in die Nachtluft schweben konnte. Die lockigen Haare fielen ihm ins Gesicht, noch feucht und ungebändigt von Frisiercreme. Er trug einen Pyjama mit Bademantel darüber, nachdem er ein ausgiebiges Bad genommen hatte. Das erste seit einer Ewigkeit, wie er spöttisch und dankbar zugleich bemerkt hatte.

»Du weichst mir aus«, sagte Thora, die mit verschränkten Beinen auf dem Bett saß. »Ich will dich nicht bedrängen. Aber ich komme mir so unwissend vor, als wäre die Front nicht nur ein- oder zweihundert Kilometer entfernt, sondern auf der anderen Seite der Erde. Ich habe einiges mitbekommen …«

Hannes drückte die Zigarette aus und schloss das Fenster, mied aber ihren Blick. »Dann weißt du ja genau, was dort passiert.«

»So war das nicht gemeint«, beschwichtigte sie ihn rasch. »Natürlich war ich nicht dort, so wie du. Aber ich habe manches erfahren oder aufgeschnappt. Mitunter wünsche ich, ich wüsste noch mehr, weil ich mir sonst ausmale, was dort geschieht, und es nur noch schlimmer mache.«

Sein Lachen war bitter, wie sie es noch nie bei ihm gehört hatte. »Keine Sorge. Schlimmer machen kannst du es nicht.«

Thoras Kehle war eng, es wollten keine Worte heraus. Sie wusste nicht, ob es Hannes helfen würde, von seinen Erlebnissen zu erzählen, oder ob er sich schützte, indem er sie in sich verschloss und selbst zu ihr eine ironische Distanz wahrte.

Er drehte sich um. Nun las sie aufrichtiges Interesse in seinen Augen, eine Wachheit, die vorher nicht da gewesen war. »Erzähl mir lieber, wie es dir geht. Ich weiß über dein Leben hier genauso wenig wie du über meins dort ... drüben.« Er begleitete die Worte mit einer vagen Handbewegung.

Und das tat sie dann auch, hemmungslos und voller Dankbarkeit.

Zwei Tage später sagte Hannes beim Abendessen ohne jede Vorwarnung: »Ihr solltet Thora nach Düsseldorf gehen lassen. Auf diese Schauspielschule.«

Ihr Herz geriet ins Stolpern. Sie fühlte sich überrumpelt, weil er sich nicht mit ihr abgesprochen hatte, wo es doch um ihre Zukunft ging. Folglich konnte sie nur gespannt und ängstlich warten, was ihre Eltern sagen würden.

Ihr Vater räusperte sich. »Mein Junge, das sollten wir nicht beim Essen besprechen.«

Hannes legte das Besteck weg und verschränkte die Arme, wie er es schon als Kind getan hatte, wenn er zu einem Widerspruch anhob.

»Warum nicht, wo wir doch so nett beieinandersitzen?« Seine Worte waren freundlich, und doch schwang eine leise Schärfe in ihnen mit. Der Krieg hatte ihn stiller, aber auch unduldsamer werden lassen, als bliebe keine Zeit mehr für Halbheiten und Zaudern. »Sie strahlt, wenn sie darüber spricht. Ich sehe heute kaum noch Menschen strahlen.«

Ihre Mutter spielte mit der Gabel. Thora spürte, dass sie nach den richtigen Worten suchte. »Ich habe gesehen, wie glücklich du warst, als wir im März *Don Karlos* gesehen haben. Du hast Wochen danach von kaum etwas anderem geredet. Aber –« Sie holte Luft, als müsste sie Kraft für den Einwand sammeln. »Aber es ist etwas anderes, dort zu arbeiten. Schauspielerinnen haben keinen guten Ruf.« Sie wurde rot. »Es heißt, dass viele – nun ja – nicht anständig sind.«

Thora schaute Hannes hilfesuchend an.

»Das gilt sicher nicht für alle. Und Thora hat mir den Prospekt der Schule gezeigt. Der macht doch einen seriösen Eindruck.«

Ihr Vater wiegte den Kopf. »Gewiss, ich habe ihn auch gelesen. Aber das ist Werbung. Wie die Wirklichkeit aussieht, kann niemand sagen. Davon kann ich als Unternehmer ein Lied singen. Außerdem ist es nicht die Zukunft, die wir uns für unsere Tochter vorstellen.«

»Welche Zukunft stellt ihr euch denn vor? Tom Sandford ist tot«, sagte Hannes unverblümt. »Sollte Thora nicht entscheiden dürfen, wie sie leben möchte, nachdem ihr der Krieg diese Aussicht genommen hat?« Er klang kühl, fast geschäftsmäßig.

Und dann erkannte Thora plötzlich und klar, was Hannes bewogen hatte, für sie zu sprechen. Ihre Augen brannten, und sie musste blinzeln, um die Tränen zu vertreiben.

Ihr Bruder wollte sicher sein, dass sie ihr Glück fand – oder zumindest das, was sie dafürhielt –, selbst wenn er es nicht mehr erlebte. Ihre Eltern schienen den tieferen Sinn seiner Worte nicht zu begreifen, was vielleicht auch besser war. Und er war noch nicht fertig, es war wie eine Explosion. Nun brach alles auf einmal aus ihm heraus.

»Wenn dieser Krieg vorbei ist – wann immer das sein mag, mir erscheint er wie eine Vorstellung der Hölle, in der das Schlimmstmögliche niemals endet –, also falls er vorbei sein sollte, wird es Hunderttausende Frauen geben, wenn nicht gar Millionen, die ihre Männer verloren haben oder nie welche finden werden, weil die einfach nicht mehr da sind.« Hannes stand trotz seiner Schmerzen im Bein auf. »Ich sehe, wie sie um mich herum sterben, Tag für Tag. Und wenn ich heimkomme, wird von Heldentum und Opfermut geredet. Das sind Menschen, die ... zerstört werden.« Er hob die Hand, als ihr Vater einschreiten wollte. »Schon gut, ich erspare euch die Einzelheiten, die will in der Heimat ohnehin niemand hören. Gefallen klingt so sanft, als würde man auf die weiche Erde sinken wie in ein Federbett. So ist es nicht.« Er holte tief Luft. »Wenn Thora sich ein Leben wünscht, das nicht von einer Ehe abhängt, ist das nicht nur ein Herzenswunsch, sondern geradezu vernünftig.«

Er ließ sich auf den Stuhl fallen und streckte das Bein aus.

Thora blickte verstohlen zu ihrer Mutter, die Hannes stumm und mit großen Augen ansah. Ihr Vater wirkte erregt, zwang sich aber, mit ruhiger Stimme zu sprechen.

»Junge, wie kannst du so reden? Das gehört sich nicht.«

Hannes verzog einen Mundwinkel, ein Lächeln war es nicht. »Was sich gehört, ist unwichtig geworden. Ich tue jeden Tag Dinge, die sich nicht gehören. Ich hatte gehofft, ihr würdet begreifen, warum ich Thora beistehe, aber es war wohl nicht deutlich genug. Dann eben so: Falls ich sterbe, möchte ich es in dem Wissen tun, dass meine Schwester ihren Weg gehen kann.«

Mit diesen Worten stand er auf und hinkte aus dem Zimmer.

Düsseldorf, Freitag, 11. April 1919

Hannes hatte Thora mit seiner Rede damals sehr geholfen, ihren großen Traum zu verwirklichen. Nun war es an ihr, alles in ihrer Macht Stehende zu tun, um ihm in seiner Notlage zu helfen. Doch tief im Inneren hörte sie auch seine mahnende Stimme, keinesfalls ihre Aufgaben am Theater zu vernachlässigen. Das war sie Hannes schuldig. Morgen war sie bei Dumont und Lindemann eingeladen. Dort würde man nicht über das Wetter plaudern – die Gäste mussten gut vorbereitet kommen, das wurde erwartet. Kurzum, sie musste sich konzentrieren.

Eine Aufgabe lautete, eine Shakespeare-Rolle auszuwählen, die sie gern spielen würde, dies zu begründen und ihre Sicht der Figur darzulegen. Die Tragödien hatte Thora schnell verworfen. Die jüngeren Frauenfiguren wie Desdemona und Ophelia verlockten sie nicht; sie erschienen ihr zu folgsam und leidend. Sie wollte kein trauriges Ende nehmen, wenn es in ihrer Hand lag, die Rolle auszusuchen. Die Gestalt der Rosalind in *Wie es euch gefällt,* die sich über weite Teile des Stücks als Mann ausgibt, reizte sie schon lange, und sie hatte die Stelle, an der sie ihren Plan erstmals in Worte fasste, auswendig gelernt. Ihr gefiel der Mut dieser Frau, die eine drohende Gefahr bezwingt, indem sie in eine Männerrolle schlüpft. Doch klug wie sie war, wusste Rosalind zugleich auch, dass der Mut bei vielen Männern nur äußerlicher Schein war und sie naturgemäß als tapfer galten, nur weil sie männlich aussahen.

Sie begann aufzuschreiben, was ihr die Rolle bedeutete, wie spannend sie es fand, dass diese Frau ein anderes Geschlecht annahm, um sich vor der Gefahr durch ihren machtgierigen Onkel zu retten. Wie sie in eine heikle Lage geriet, als sie sich in Orlando verliebte, der sie natürlich für einen Mann hielt. Sie stützte den Kopf in die Hand und drehte den Stift nachdenklich zwischen den Fingern.

Sie hatte das Stück nie auf der Bühne gesehen und hätte gern gewusst, wie es wirkte, wenn sich Rosalind als Mann in einen Mann verliebte. Wie deutlich konnte man das darstellen? Sie dachte an Hannes und Carl und dass die Vorstellung, die beiden könnten vertraut miteinander umgehen, sie nicht schreckte oder abstieß.

Zu Shakespeares Zeit hatte es nur männliche Schauspieler gegeben, die selbstverständlich auch die Frauenrollen übernommen hatten. Vielleicht war den Menschen damals vieles normal erschienen, weil sie es nicht anders kannten. Und welch interessanter Gedanke, dass Rosalind zu jener Zeit stets ein Mann gewesen war, der eine Frau spielte, die einen Mann spielte. Das fügte der Rolle noch eine besondere Ebene hinzu, die sie heute nicht mehr besaß.

Thora notierte auch das. Sie war sich nicht sicher, ob es die Erwartungen erfüllen würde und wie genau diese Erwartungen überhaupt aussahen, aber das kümmerte sie nicht. Sie sollte in der Ausbildung auch selbstständiges Denken lernen, das hoffte sie jedenfalls, und nicht nur tun, was die Lehrer von ihr erwarteten.

In diesem Moment wurde ihr noch etwas klar. Selbstständig zu denken, hieß, eigene Entscheidungen zu treffen, und das musste sie auch tun, wenn es um Hannes ging.

Thora brauchte die Unterstützung von Trude Busch, sie musste ihr erzählen, was zwischen Hannes und Hauptmann Leuchtenberg vorgefallen war – ohne dabei Hannes und Carl zu verraten.

Etwas löste sich in ihr, nachdem sie dies entschieden hatte, und sie konnte sich wieder ihren Gedanken über Shakespeare widmen.

Als Thora auf die Uhr sah, stellte sie fest, dass eineinhalb Stunden vergangen waren und sie zehn Seiten geschrieben hatte. Zufrieden legte sie den Stift beiseite, stapelte die Seiten sorgfältig und schob sie in ihre Unterrichtsmappe.

Dann packte sie die Kladde ein, in der sie alles notiert hatte, was sie von Carl erfahren hatte, und legte Hannes' Brief dazu. Sie benötigte ihn nicht nur als Gedächtnisstütze, es widerstrebte ihr auch, ihn in der Wohnung zu lassen, wo er vor fremden Blicken nicht geschützt war. Bisher hatte sie ihr Zimmer stets unberührt vorgefunden, doch die Witwe spürte offenbar, dass in Thoras Leben gerade einiges passierte, und hatte schon mehrfach neugierige Fragen gestellt.

Zudem war da der neue Mitbewohner. Thora verspürte noch immer Abscheu, wenn sie daran dachte, wie anbiedernd Oberleutnant Keller über Hannes gesprochen hatte. Es widerstrebte ihr zutiefst, so irrational das auch sein mochte, ihre Aufzeichnungen und den Brief in ihrem Zimmer zu lassen, solange dieser Mann hier wohnte. Und so verließ sie still und unbemerkt mit ihrer Ledertasche die Wohnung.

Thora stand in der Wallstraße und überlegte fieberhaft, was sie nun machen sollte.

»Die Trude ist am Hauptbahnhof«, hatte ein Mann in der Redaktion unwirsch gesagt. Wann sie denn zurück sei, hatte Thora zaghaft gefragt. Das wisse er nicht, bei den augenblicklichen Verhältnissen könne man das nicht vorhersagen. Wenn sie ein persönliches Anliegen habe, müsse sie entweder später wiederkommen oder die Trude eben am Bahnhof suchen gehen.

In der Altstadt waren die Spuren der Kämpfe zwischen Spartakisten und Freikorps zu erkennen, zerbrochene Fenster, eingetretene Türen, verstreute Schuhe und Kleidungsstücke, einige Metallteile, die Geschosse oder Teile davon sein mochten. Thora hatte einen weiten Bogen um alles gemacht, was nach Munition aussah. Sie fragte sich, ob Kugeln darunter waren, die ihr neuer Mitbewohner abgefeuert hatte, und spürte, wie sie ein kalter Schauer überlief.

Angeblich fuhren Züge, doch ob der Bahnhof sicher war, wagte sie zu bezweifeln. Dort wurde auch gekämpft, hatte sie gehört, und so wie sie Trude Busch einschätzte, würde die nicht davor zurückschrecken, die momentan gefährlichste Gegend Düsseldorfs aufzusuchen und sich geradewegs in den Tumult stürzen.

Dann aber dachte Thora an den Brief, der wie Feuer in ihrer Tasche brannte. An all das, was sie in den letzten Tagen erfahren hatte und unbedingt teilen musste.

Sie gab sich einen Ruck. Sie würde zumindest versuchen, sich dem Bahnhof so weit wie möglich zu nähern.

Es blieb jedoch friedlich, und als sie den Hauptbahnhof erreichte, erkannte sie auch, woran das lag. Überall wimmelte es von grauen Uniformen, man hatte Geschütze aufgefahren, die den Vorplatz in eine Kriegsstätte verwandelten. Dazwischen bewegten sich Menschen in Alltagskleidung, betraten das Gebäude oder gingen zur Straßenbahn, als wäre dies ein ganz normaler Tag und die Anwesenheit der Soldaten nicht weiter ungewöhnlich.

Thora stellte das Rad ab und ging vorbei an dem hübschen vieleckigen Kiosk, in dem sich eine Schokoladenhandlung befand, durch deren Fenster sie eine Warteschlange sehen konnte. Die Menschen kauften Schokolade, statt Schüssen ertönten lediglich vereinzelte Rufe von Soldaten und die Schritte der Passanten, die ihren Alltagsgeschäften nachgingen.

Sie drehte sich einmal um sich selbst und sah sich prüfend um. Auf dem Vorplatz war Trude Busch nicht zu entdecken. Thora betrat die Bahnhofshalle, bewegte sich langsam und aufmerksam und schaute in alle Geschäfte und Restaurants. Vergeblich.

Sie war kurz davor, den Rückzug anzutreten, als ihr einfiel, was sie vorhin in der Redaktion aufgeschnappt hatte. Die Spartakisten hätten in der Nacht versucht, den Bahnhof von hinten zu stürmen. Das war auch naheliegend, da sie aus Richtung der Arbeiterviertel kommen würden, in denen sie starken Rückhalt genossen und von denen aus sie ihren Kampf führten.

Also machte sich Thora auf den Weg zum Hinterausgang.

Das Erste, was sie sah, war Blut, Schmierspuren, sogar ganze Lachen auf dem Boden, Spritzer an den Wänden, ein Stück weiter ragten Füße unter einer alten Decke hervor, die man achtlos über den Toten geworfen hatte. Auch hier wimmelte es von Soldaten. Sie wollte sich gar nicht ausmalen, was gestern und letzte Nacht hier geschehen war, und hoffte, dass Rudi sicher daheim war.

Thora schluckte und atmete tief durch. Der Anblick der Kampfspuren und der Tote unter der Decke machten ihr Angst, ihr ganzer Körper drängte zur Flucht. Da sprach sie ein Soldat mit Zigarette im Mundwinkel an. »Machen Sie lieber, dass Sie nach Hause kommen, Fräulein. Die roten Schweine können jederzeit zurückkommen, auch wenn wir denen gehörig eine verpasst haben.«

Thora ging langsam weiter, ihr Unbehagen wuchs. Sie hatte hier nichts verloren. Warum war sie nicht zurück in die Poststraße gefahren? In ihrem Zimmer hätte sie arbeiten und in Ruhe darauf warten können, dass Trude Busch in die Redaktion zurückkam. War sie zu ungeduldig? Sie wusste, dass Warten nicht ihre Stärke war, aber in diesem Fall war die Zeit einfach zu kostbar. Wenn Hannes sich weiter nicht verteidigte, würde die Polizei die Ermittlungen abschließen und der Prozess nicht lange auf sich warten lassen. Auch wusste sie nicht, wie man ihn im Gefängnis behandelte. Sie wollte am Sonntag noch einmal versuchen, ihn zu sehen, ahnte aber, dass es aussichtslos war.

Nein, sie musste mit Frau Busch sprechen, und zwar sofort.

Und dann, wie als Antwort auf ihre verzweifelten Gedanken, entdeckte sie die Journalistin, die sich mit einem Offizier unterhielt, Stift und Notizblock in der Hand. Hinter ihr zeichneten sich die roten Backsteinmauern und Schornsteine der Fabriken von Flingern und Oberbilk ab, eine eigene Welt, die wenig mit dem Düsseldorf gemein hatte, in dem Thora sich gewöhnlich aufhielt. Gleich da drüben lag die Kiefernstraße. War sie wirklich erst vor drei Tagen bei Rudi gewesen?

Thora glitt hinter eine Säule, wo sie sich weniger beobachtet fühlte und die Spuren der Gewalt nicht mehr ansehen musste. Frau Busch konnte sie jedoch im Blick behalten. Der Offizier wirkte eher unwillig, als gefielen ihm die Fragen nicht. Thora vermutete, dass Trude Busch den Freikorps kritisch gegenüberstand und keinen Hehl aus ihrer Abneigung machte. Gewiss würde sie das auch in ihrem Artikel erwähnen, selbst wenn andere Zeitungen das nicht taten. Sie stand ganz ruhig da, kerzengerade aufgerichtet, ließ sich nicht den Schneid abkaufen.

Schließlich steckte die Journalistin das Notizbuch weg und schien sich zu bedanken, worauf sich der Offizier abrupt abwandte und Thora hinter der Säule hervortrat.

Frau Busch führte sie in eine ruhige Straße hinter dem Bahnhof und schaute sie prüfend an. »Sie sehen gar nicht gut aus, Fräulein Bernrath. Bleiben Sie mal stehen.«

Thora lehnte sich an eine Hauswand. Ihr Herz hämmerte, ihre Beine zitterten, im Magen war ihr ganz flau. Das Blut und die Füße des Toten hatten sich in ihren Kopf eingebrannt. Wenn sie die Augen schloss, ließen sich die Bilder nicht vertreiben, und sie musste tief atmen, um ihre Schwäche niederzukämpfen.

»Ich würde mit Ihnen in die Redaktion gehen, aber der Weg ist weit. Sie sehen aus, als könnten Sie einen Stuhl und eine Stärkung gebrauchen.« Sie nickte zu einer Arbeiterkneipe ein paar Häuser weiter. »Falls ich Sie in ein solches Etablissement entführen darf.«

Thora nickte dankbar. Kurz darauf saßen sie an einem Tisch, von dem man durch ein verschmiertes Fenster auf die Fabriken draußen blickte. Vor einem Tor stand eine Gruppe Arbeiter, die ein Schild mit der Aufschrift *Gegen die Streikbrecher, für eine gerechte Welt* trugen. Sie waren allein in dem dämmrigen, dunkel getäfelten Gastraum bis auf den Wirt, der hinter dem Tresen stand und sie misstrauisch beäugte. Er war es offensichtlich nicht gewohnt, dass Frauen um diese Uhrzeit – oder überhaupt – in seiner Kneipe verkehrten.

Thora war jedenfalls erleichtert, hier zu sitzen, und kümmerte sich nicht weiter um die Blicke des Wirts. Sie trank einen kleinen Schluck Bier, mildere Getränke gab es nicht. Eigentlich war es die falsche Tageszeit für Alkohol, zumindest für sie, doch Trude Busch schien das nicht zu kümmern. Sie nahm einen tiefen Zug, stellte das Glas ab, wischte sich mit dem Handrücken über den Mund und legte los.

»Das ist eine verdammte Schande.« Sie nickte mit dem Kopf in Richtung Bahnhof. »Ich weiß, ich bin in der SPD, und eigentlich sollte ich meiner Partei die Treue halten, aber was unser Reichswehrminister Noske treibt, ist unerträglich. Er nennt sich selbst den Bluthund, und da gebe ich ihm recht. Die werden jedes Haus, in dem sich Spartakisten verschanzen, in Schutt und Asche legen. Die geben nicht auf, bis es keinen einzigen aufständischen Arbeiter in Düsseldorf mehr gibt.«

Thora hörte aufmerksam zu und war auch froh über die Ablenkung, zumal sie wenig über die Hintergründe des Generalstreiks und der Kämpfe wusste und gern mehr darüber erfahren wollte. Ihre Eltern wählten als gute Katholiken die Zentrumspartei, und sie selbst hatte im Januar der SPD ihre Stimme gegeben. Was das anging, waren sie und Frau Busch gar nicht weit voneinander entfernt. Doch dann dachte sie an die Blutspur, die die von der Regierung geschickten Freikorps hinterlassen hatten, und dass einer dieser Männer mit ihr unter einem Dach wohnte. Sie dachte an Hannes und warum sie den gefährlichen Weg in den Bahnhof überhaupt gewagt hatte, und wurde ungeduldig.

Doch Trude Busch war noch nicht fertig. Sie schlug mit der Faust auf den Tisch. »Ich hätte gute Lust, nach Berlin zu fahren und die Kerle zur Rede zu stellen, auch Ebert persönlich. Eigentlich halte ich große Stücke auf ihn, aber dass er so was zulässt, dass man die Arbeiter betrügt, ihnen Zusagen macht, die dann nicht eingehalten werden ... Und wenn sie sich dann gegen die Unternehmer zur Wehr setzen, wird das Militär gerufen. Besser gesagt, diese marodierenden Banden. Die sollten sich schämen, Feldgrau zu tragen.«

Sie trank noch einen tiefen Schluck und schien dann zur Besinnung zu kommen. »Verzeihung, Fräulein Bernrath, aber ich musste das einfach loswerden. Vielleicht hilft es, wenn ich darüber schreibe, vorausgesetzt, man lässt mich schreiben, was ich schreiben möchte. Da bin ich mir nicht so sicher. Wir müssen die Parteilinie unterstützen. Jetzt aber zu Ihnen. Sie haben den beschwerlichen Weg hierher sicher nicht aus Spaß gemacht. Was haben Sie herausgefunden?«

Thora atmete durch. Ihr Herz schlug ruhiger, das Bier war erfrischend. Sie nickte, trank noch einen Schluck und begann zu erzählen. Als sie den heiklen Punkt erreichte, an dem Hannes und Carl im Unterstand erwischt worden waren, hielt sie inne und fuhr sich mit der Hand über die Stirn. Frau Busch schaute sie aufmerksam an, sagte aber nichts. »Sie ... waren mit anderen Dingen beschäftigt«, sagte sie schließlich. »Er war wohl der Meinung, sie hätten ihre Soldatenpflicht verletzt.« Dann sprach sie rasch weiter, zitierte Hannes' Worte von dem Wald und dass sie sich einen Reim darauf machen konnte. Als sie fertig war, legte sie die Hände in den Schoß und senkte den Blick. Das Blut rauschte in ihren Ohren. Sie wartete gespannt, ob die Journalistin sich mit der gekürzten Version zufriedengeben oder nachhaken würde. Thora wagte nicht, sie anzusehen.

»Ich verstehe«, sagte sie schließlich.

Thora hörte, wie ein Streichholz entzündet wurde. Sie schluckte und sah hoch. Trude Busch saß ruhig da, eine Hand auf dem Tisch, in der anderen eine Zigarette, die Augen auf Thora gerichtet.

»Sie verstehen es?«, fragte sie verunsichert, da sie nicht wusste, was genau damit gemeint war.

Die Journalistin schob sich eine Haarsträhne hinters Ohr, die aus dem Knoten gerutscht war, und verzog einen Mundwinkel zu einem schwachen Lächeln. »Ich verstehe, dass Sie mir etwas sagen wollen, ohne es zu sagen, weil Sie Ihren Bruder nicht in noch größere Gefahr bringen wollen.«

Etwas in ihrem Ton ließ Thora aufhorchen. Die Worte klangen verständnisvoll, ein warmes Wissen schwang in ihnen mit.

»Sie haben mir die Wahrheit gesagt, nur haben Sie gewisse Dinge weggelassen, die ich mir dazudenke. Und die ich niemals in der Zeitung erwähnen werde, darauf gebe ich Ihnen mein Wort.«

Thora sank erleichtert in sich zusammen. Sie wusste jetzt, dass Trude Busch ihren Bruder nicht verurteilen würde, das war deutlich zu spüren. Dennoch tat es gut, die Worte nicht selbst aussprechen zu müssen.

»Wir beide wissen, was der Paragraph 175 bedeutet. Und Sie wissen sicher auch, dass er Ihrem Bruder ein zusätzliches Motiv liefert. Nein, unterbrechen Sie mich bitte nicht. Ich spiele nur den Advocatus Diaboli. Wir müssen dem Schlimmsten ins Auge sehen, damit wir ihm helfen können. Leuchtenberg wusste um Hannes' Neigungen. Es wäre denkbar, dass er nach dem Krieg versucht hat, ihn zu erpressen. Das beweist nicht, dass Ihr Bruder den Mord begangen hat, aber es wäre ein triftiger Grund.«

Thora spürte, wie ihr die Tränen kamen. »Aber was sollen wir tun?«, fragte sie verzweifelt. »Wenn niemand von Hannes und Carl erfahren darf, wie sollen wir dann seine Unschuld beweisen?«

Trude Busch machte eine wegwerfende Handbewegung und sagte leise: »Ich hasse es, wenn Menschen für etwas bestraft oder verachtet werden, für das sie nichts können. Dazu zählt auch Homosexualität. Nun, da ich davon weiß, ist mir noch mehr daran gelegen, Ihrem Bruder zu helfen. Wir müssen herausfinden, was es mit dem Wald auf sich hat, die Regimentsliste durchgehen und schauen, ob uns etwas auffällt. Mit etwas Glück erhalte ich sie noch vor dem Wochenende. Vielleicht stehen Namen darauf, die Ihnen bekannt vorkommen. Falls diese Männer überlebt haben, können wir sie vielleicht befragen.«

Das war ein guter Plan, dachte Thora.

»Wenn ich Sie richtig verstehe, hat der Freund Ihres Bruders nicht bestätigt, ob er am 4. April mit ihm in Düsseldorf war?«

»Nein. Ich hatte ihn danach gefragt, aber das war, bevor er mir den Brief gegeben hatte.« Thora schaute die Journalistin eindringlich an. »Er hat viel aufs Spiel gesetzt, als er mir das alles anvertraut hat. Wir waren unterwegs zum Haus seiner Verlobten. Ich hatte schon so viele Fragen gestellt und konnte unmöglich noch weiter in ihn dringen.«

»Dann müssen wir es eben auf anderem Wege herausfinden.«

Plötzlich fiel Thora das Eichendorff-Büchlein ein, das sie im Gefühlswirrwarr der letzten Stunden ganz vergessen hatte. Sie holte es aus der Tasche und legte es auf den Tisch. Als sie Trude Buschs fragenden Blick bemerkte, zeigte sie ihr das umrandete Wort *Adler* und das handgeschriebene *Vulkan*. »Ich habe keine Ahnung, was das zu bedeuten hat. Das Buch lag in Hannes' Regal, ich habe es früher nie dort gesehen. Ob es von seinem Freund stammt und wer das Wort markiert und hineingeschrieben hat, kann ich nicht sagen. Aber es war der einzige Hinweis, den ich gefunden habe.«

Ein Ausdruck huschte über das Gesicht der Journalistin, der Thoras Herz schneller schlagen ließ. »Was ist? Wissen Sie etwas darüber?«

»Trinken Sie aus. Oder auch nicht.« Trude Busch stand auf, legte einige Münzen auf den Tisch und nickte in Richtung Tür. »Kommen Sie mit, ich muss Ihnen was zeigen.«

Sie gingen durch den Hintereingang wieder in den Bahnhof, vorbei an den Soldaten, doch Thora fühlte sich weit sicherer als zuvor. Draußen auf dem Vorplatz bogen die beiden Frauen nach rechts ab. Die Journalistin schritt energisch aus, und Thora geriet ein bisschen außer Atem, weshalb sie auch keine Fragen stellte, sondern schweigend neben ihr herlief. An der nächsten Straßenecke blieb Frau Busch abrupt stehen und deutete auf das Straßenschild.

Es war die *Vulkanstraße*.

Auf den ersten Blick erkannte sie nichts Besonderes, die linke Seite war mit mehrstöckigen Häusern bebaut, rechts befanden sich Schuppen und Nebengeleise des Bahngeländes. Thora war ein bisschen enttäuscht. Gewiss, der Straßenname war ungewöhnlich und passte zum Gedichtband, doch das konnte purer Zufall sein. Dann bemerkte sie Trude Buschs erwartungsvollen Blick, schaute noch einmal prüfend auf und ab. Und sah nun auch das Schild, das an einem grau verputzten Haus angebracht war. Hotel Adler.

»Wie kann das sein? Und was bedeutet es?«

Trude Busch zuckte mit den Achseln. »Das Hotel genießt einen gewissen Ruf als Treffpunkt für ... bestimmte Männer. So wie das Lokal Arcari in der Altstadt.«

Thora erfasste blitzschnell, was sie gerade gehört hatte, und eilte los. Kurz vor dem Hotel blieb sie unvermittelt stehen und wühlte fieberhaft in ihrer Tasche.

Hatte sie die Fotografie herausgenommen, oder war sie noch drin? Dann ertastete sie die eckige, in ein Tuch gehüllte Form und zog sie heraus.

»Was ist das?«, fragte Trude Busch, die etwas außer Atem neben ihr angekommen war.

Thora wickelte das Bild ganz aus und hielt es ihr hin. »Hannes.«

»Verstehe. Gehen wir.«

Das vierstöckige Hotel war schmucklos, aber sauber. Die Stufen vor dem Eingang waren gefegt, das Glas in der Tür blank poliert. Thora drückte gegen die Tür, die nach innen aufschwang, und stand im Flur, der mit alten Stichen von Düsseldorf geschmückt war. In einer Ecke war eine kleine Theke eingebaut, hinter der Schlüssel an nummerierten Haken hingen. Eine ältere Empfangsdame schaute ihnen hoffnungsvoll entgegen. Sie war stark geschminkt, und ihre Haare wirkten zu schwarz, um echt zu sein. In Gladbach wäre sie aufgefallen, doch hier in der Großstadt betrachtete man so etwas wohl gleichmütiger.

»Wir haben noch Zimmer frei, meine Damen, mit fließend Wasser und Frühstück.«

Doch an einem Zimmer war Thora nicht interessiert, für welche Zwecke auch immer. Sie trat entschlossen an die Theke und legte die Fotografie darauf.

»Haben Sie diesen Mann schon einmal gesehen?«

Die Schwarzhaarige zog die Augenbrauen hoch. »Nicht, dass ich wüsste«, sagte sie prompt, doch Thora hatte das kurze Zögern bemerkt.

Bevor sie weitersprechen konnte, sagte Trude Busch hinter ihr in beschwichtigendem Ton: »Sie brauchen sich keine Sorgen zu machen, es ist eine rein private Angelegenheit.«

Die Empfangsdame schien sich zu entspannen. Thora spürte, dass etwas zwischen den beiden Frauen vorging, das sich ihrem Verständnis entzog. Dann spürte sie einen auffordernden Stups im Rücken.

»Bitte sehen Sie es sich noch einmal an. Es ist sehr wichtig«, sagte Thora eindringlich.

Die Empfangsdame wollte nach der Fotografie greifen, hielt aber kurz davor inne.

Thora nahm allen Mut zusammen. Sie musste es aussprechen, sonst würde die Frau ihr nicht trauen, und wenn sie Hannes damit verriet, konnte sie es nicht ändern. Die Zeit der Angst war vorbei. Es ging um mehr als eine verbotene Liebe. »Es kümmert mich nicht, an wen Sie Zimmer vermieten, und ich werde es auch niemandem sagen. Aber der Mann hier ist mein Bruder. Er befindet sich in einer Notlage. Es würde sehr helfen, wenn Sie mir sagen könnten, ob er schon einmal hier war und wann.«

Etwas in ihrem Tonfall musste die Frau überzeugt haben, denn nun griff sie nach dem Bild, betrachtete es eingehend und nickte. »Ja, der war hier.« Und nach einer Pause. »Zwei- oder dreimal, würde ich sagen.«

In ihrer Stimme schwang eine Andeutung mit, und plötzlich hörte Thora die Stimme ihres Vaters: *Er ist allerdings nie über Nacht weggeblieben.* Wenn Hannes in diesem Hotel gewesen war, aber nicht hier übernachtet hatte, und die Botschaft in dem Büchlein von Carl gekommen war ...

Ihr Gesicht wurde heiß, doch sie kämpfte die Verlegenheit nieder. »War er allein?«

Die Empfangsdame lächelte kühl. »Er kam allein. Ich vermiete keine Zimmer an zwei Herren gemeinsam«, fügte sie mit einer seltsamen Betonung hinzu.

Trude Busch im Rücken zu haben, verlieh Thora Selbstsicherheit, und sie hakte nach. »Aber er blieb nicht allein?«

Die Empfangsdame tippte auf die Fotografie. »Der Dunkle kam und nahm ein Zimmer. Zehn, fünfzehn Minuten später folgte der andere und fragte, ob sein Bekannter schon dort sei. Ich nannte ihm die Zimmernummer, er ging hinauf, das war alles. Wie Sie sehen, geht es in meinem Haus ganz gesittet zu.«

Hätte weniger auf dem Spiel gestanden, wäre Thora durchaus amüsiert gewesen. So aber wollte sie nur die Fragen hinter sich bringen.

»Und dann?«

Die Frau zuckte mit den Schultern. »Nach ein paar Stunden gingen sie dann nacheinander.«

Thora schluckte. Es war also tatsächlich ein Stundenhotel, wie es in den Romanen vorkam, die ihre Mutter nicht im Haus duldete.

»War der andere Mann blond?«

»Ja. Und durchaus ansehnlich.«

Sie atmete tief durch und ballte die Fäuste. Die Begegnung strengte sie ungemein an, doch sie musste noch eine letzte Frage stellen.

»Waren die beiden Herren auch am vergangenen Freitag hier, dem 4. April?«

Die Empfangsdame schaute nachdenklich auf den Kalender, der hinter ihr an der Wand hing, und nickte dann. »Ja, waren sie. Sie kamen gegen Mittag.«

»Bis wann sind sie geblieben?«

Die Frau wurde allmählich ungeduldig. »Also, ich muss schon bitten. Ich bin diskret, das hört zum Geschäft. Ich schreibe mir nicht auf, wann jemand kommt und geht.«

»Das Leben meines Bruders ...« Thora brach die Stimme. »Sein Leben könnte davon abhängen.«

Sie wurde sanft beiseitegeschoben. »Überlegen Sie bitte, wann die Herren gegangen sind. Die ungefähre Zeit reicht auch«, ließ sich Trude Busch vernehmen.

»Am späten Nachmittag, würde ich sagen. Und sie gingen getrennt, mit einigem Abstand. Erst der Blonde, dann der Dunkle.«

»Wir danken Ihnen sehr«, sagte Trude Busch und schob einen Geldschein über die Theke. »Ich bin Journalistin und berichte über einen aufsehenerregenden Mordfall. Natürlich bin ich diskret, was Sie und Ihr Hotel angeht, aber immer dankbar für Informationen.« Sie legte ihre Visitenkarte neben den Geldschein, und die Frau steckte beides in die Tasche.

»Auf Wiedersehen.«

Thora stammelte einen Dank, dann wurde sie sanft am Arm aus dem Hotel geführt.

Strafanstalt Düsseldorf-Derendorf, Freitag, 11. April 1919

Liebe Thora,

ich weiß nicht, ob Du das hier jemals lesen wirst. Ich verstecke den Brief im Kopfkissenbezug, damit ihn niemand findet. Aber es tut unendlich gut, alles, was geschieht, in Worte zu fassen.

Gestern haben mich zwei Herren von der Kriminalpolizei noch einmal verhört. Sie haben mir dieselben Fragen gestellt wie zuvor, und wieder habe ich nicht geantwortet. Wie gern würde ich Dir erzählen, warum ich schweige. Ich weiß nicht, ob Du inzwischen Dinge über mich herausgefunden hast, die es mir leichter machen würden. Also versuche ich, es Dir zu erklären.

Ich glaube, Du wirst es verstehen, weil Du Tom hattest. Er war Dir nicht nur ein guter Freund, Ihr habt wohl auch von einer gemeinsamen Zukunft geträumt. Diese Zukunft hat man Dir grausam genommen. Ich weiß nicht, ob ich Dir je gesagt habe, wie leid es mir tut, dass Du Tom verloren hast. Eben darum kannst Du vielleicht ermessen, was ich empfinde – und auch, weil wir einander immer nah waren und kaum jemand mich so ganz und gar kennt wie Du.

Um Dir begreiflich zu machen, wie ich empfinde, spreche ich nicht von mir, sondern tue, als wärst Du in meiner Lage.

Stell Dir vor, Thora, Du liebst einen Menschen und würdest alles darum geben, ihn glücklich zu sehen. Und dann denke Dir, dieser Mensch hätte womöglich etwas Furchtbares getan, um Dich zu schützen, aus reiner Liebe zu Dir, nicht aus Bosheit, selbst wenn es eine böse Tat ist. Und Du könntest ihn vor einer Strafe bewahren, indem Du die Schuld auf Dich nimmst oder, besser gesagt, nicht eingestehst, dass Du unschuldig bist.

Würdest Du es tun?

Es mag wie eine philosophische Frage klingen, aber für mich ist sie dringlich und real. Übrigens habe ich um dieses Menschen willen schon einmal etwas getan, das Dir unverzeihlich scheinen mag. Immerhin das sollst Du nun erfahren.

Es war letztes Jahr im November. Stell Dir vor, Dir bleibt nur eine begrenzte Zeit mit dem geliebten Menschen. Und dann plötzlich eröffnet sich die Möglichkeit, noch ein wenig länger mit ihm zusammen zu sein. Ihr beide seid offiziell aus der Armee entlassen worden, habt Geld und Papiere erhalten und Euch versichern lassen, dass Ihr weiter Eure Uniform tragen dürft – etwas anderes habt Ihr ja auch nicht. Ihr steht Euch auf einem Marktplatz in irgendeiner Kleinstadt gegenüber. Wenn Ihr jetzt in den Zug steigt und geradewegs in die Heimat fahrt, müsst Ihr Euch umgehend trennen. Ihr werdet von Euren Familien sehnlichst erwartet. Jahre sind vergangen, in denen sie um Euch gebangt, auf

Briefe gehofft haben und darauf, Eure Namen nicht auf einer Verlustliste zu entdecken.

Das alles wisst Ihr ganz genau und seht Euch dennoch in die Augen, nickt und spürt ein Einverständnis, das keine Worte braucht. Ihr steigt nicht in den Zug, der Euch schnellstens in die Heimat bringen würde, sondern wendet Euch vom Bahnhof ab und marschiert aus der kleinen Stadt auf die Landstraße hinaus.

Eure Taschen sind voller Proviant, Menschen haben ihn Euch unterwegs geschenkt, weil sie sich über Eure Heimkehr freuen. Manche halten Blumen in den Händen, andere strecken Euch Brot und Wurst entgegen. Ihr seid völlig überrascht, denn Ihr habt damit gerechnet, als Verlierer empfangen zu werden, und dann jubeln sie Euch zu, weil sie froh sind, dass Ihr überlebt habt.

Unterwegs übernachtet Ihr in Scheunen, obwohl der November kalt ist, doch die Wärme Eurer Körper ist stärker. Ein Bauer bietet Euch das Zimmer seines gefallenen Sohnes an, es sei nur ein Bett, aber breit, und Ihr wärt sicher Schlimmeres gewöhnt. Ihr müsst Euch nicht anschauen, weil Ihr das Lächeln im Gesicht des anderen spürt. Der ahnungslose Bauer zeigt Euch das Bild seines Sohnes, das mit einer schwarzen Schleife geschmückt ist, und Ihr sprecht ihm Euer Beileid aus und bekräftigt, er sei einen ehrenvollen Tod gestorben, weil es das ist, was der Vater hören will.

Ihr genießt die Nacht ohne schlechtes Gewissen, liebt Euch im Bett eines Toten und feiert mit Euren Körpern, dass Ihr am Leben seid.

Am nächsten Tag zieht Ihr weiter, entdeckt eine kleine Jagdhütte am Rande eines Wäldchens, umgeben von kahlen, weiten Feldern, und bleibt drei Tage dort. So zieht Ihr zwei Wochen über Land, und wenn die Leute Eure Uniformen sehen, begegnen sie Euch herzlich. Es ist, als hättet Ihr den Krieg nicht verloren. Ihr fragt Euch manchmal, wie es wäre, wenn die Leute in Euren Kopf blicken und sehen könnten, was Ihr gesehen habt, die Dinge, die Ihr mit niemandem teilen könnt. Dann würden sie vielleicht verstehen, warum für Euch der Krieg schon vor Jahren verloren war.

Denn Ihr habt nicht nur den Krieg verloren, Ihr habt euch selbst verloren, den Menschen, der Ihr wart, bevor man Euch in eine Hölle aus Schlamm und Eisen schickte. Und in diesen kalten Novembertagen, in denen Ihr durch ein Land zieht, das den Frieden noch nicht begreifen will, findet Ihr Euch im anderen wieder.

Ich kann es nicht besser beschreiben, Thora, aber ich brauchte die Tage mit Carl, bevor ich heimkehren konnte. Ich wusste in jeder Sekunde, dass Ihr auf mich wartet, aber auch, dass ich wohl nie wieder auf diese ganz besondere Weise mit ihm zusammen sein würde. Es gab ein Mädchen, dem er ab und an geschrieben hat und das auf eine Verlobung hoffte. Ich versuchte damals, nicht daran zu denken, die Zeit mit ihm so festzuhalten, dass sie mich in die Zukunft trägt.

Kurz vor Gladbach haben wir uns verabschiedet. Wir hatten nicht darüber gesprochen, schienen aber beide zu spüren, dass wir es hier tun mussten, wo wir unbeobachtet waren. Es war mehr als der Abschied von einem Kameraden, einem Freund, einem Geliebten. Es war, als ließe ich einen Teil meiner selbst zurück, mit allem Guten und Schlechten, das sich in den letzten Jahren wie eine Schicht um mein früheres Ich gelegt hat. Ich streifte dieses Leben ab und wusste doch zu gut, dass es unmöglich war.

Wir standen auf einem Feldweg. Carl streckte mir seltsam förmlich die Hand entgegen. »Auf Wiedersehen, Hannes. Das meine ich so, wie ich es sage.«

»Auf Wiedersehen«, sagte auch ich.

Wie würde es sein, wenn wir uns wiedersähen? Eine Begegnung unter Kriegskameraden, mit jovialem Schulterklopfen und Anekdoten von der Front? Hätte er sich bis dahin verlobt, würde mich gar zur Hochzeit einladen?

Ich ließ seine Hand los, wollte ihn lieber gar nicht berühren als auf diese fremde Weise. Zuerst las ich Kränkung in seinem Gesicht, dann begriff er. Wir umarmten uns wortlos, er nahm meinen Kopf in seine Hände und küsste mich. Auf den Mund, so wie beim ersten Mal, mit geschlossenen Lippen, doch innig.

Dann drehte er sich um und ging davon.

Ich folgte ihm mit einigen Minuten Abstand.

Es war nicht unsere letzte Begegnung, aber für heute ist es genug. Das Schreiben, das Erinnern erschöpft mich. Mir ist kalt, und ich bin sehr müde, weil ich schlecht schlafe.

Ich bitte Dich um Verzeihung, dass ich Euch so lange habe warten lassen. Aber ich bitte nicht um Verzeihung für das, was ich in jenen schwebenden Tagen tat, die außerhalb der Zeit zu liegen schienen.

Dein Hannes

Düsseldorf, Freitag, 11. April 1919

Flussabwärts spannten sich die Bögen der Rheinbrücke. War sie erst heute Morgen mit dem Rad darübergefahren? Thora lehnte an der Brüstung, hinter sich die Bäume der Rheinpromenade, vor ihr die gepflasterte Rampe, über die man zum Wasser gelangte. Auf den Schienen, die parallel zum Fluss verliefen, standen einige Waggons, dahinter ragten die Schornsteine und Masten kleiner Schiffe empor.

Thora nahm das geschäftige Treiben am Wasser wahr, doch drang es nicht wirklich in ihre Gedanken. Sie musste erst einmal verdauen, was sie in den letzten Tagen erfahren hatte. Das Wissen überwältigte sie, und darum hatte sie nach dem Treffen mit Trude Busch nicht den Weg in die Poststraße eingeschlagen, sondern war an den Rhein gefahren. Eine ruhige grüne Stelle wäre ihr lieber gewesen, wie die weiten Wiesen drüben in Oberkassel, aber es war zu mühsam, schon wieder die Brücke zu überqueren.

Die Gegend war ihr vertraut – die Pegeluhr, der Schlossturm und dahinter der schiefe, in sich gedrehte Kirchturm von Sankt Lambertus. Aber heute wirkte die

Stadt, die sie inzwischen so gut kannte, seltsam fremd. So einsam hatte sie sich nicht gefühlt, seit Hannes im Krieg gewesen war.

Sie hatten einander in den letzten Monaten kaum gesehen, aber zu wissen, dass er sicher daheim in Gladbach war, hatte sie beruhigt. Nun war er ihr näher und doch unendlich fern. Die Sehnsucht nach ihrem Bruder drohte sie zu ersticken. Es gab so vieles, über das sie mit ihm sprechen musste. Würde man sie noch einmal zu ihm lassen? Könnte sie bei der Polizei vorsprechen und erklären, dass der Mordfall nicht so offensichtlich war, wie die Kriminalbeamten vermuteten?

Hätte sie Hannes jetzt gegenübergestanden, hätte sie ihn wohl gepackt und geschüttelt und womöglich sogar angeschrien, bis er endlich die Wahrheit sagte. *Ich weiß, dass du Carl liebst, dass ihr letzten Freitag hier in Düsseldorf wart, in einem Hotel, all das weiß ich, und es stört mich nicht, und ich verurteile dich nicht. Ihn auch nicht, falls dich das beruhigt. Aber du musst mir sagen, warum du bei Leuchtenberg warst. Ich weiß, dass ihr beide ihn kennt, dass er im Krieg euer Hauptmann war, dass er euch bei verbotenen Dingen erwischt hat. All das weiß ich. Doch mit jeder Frage, die ich beantworte, taucht eine neue auf.*

Thora schlug ungehalten und verzweifelt mit der Hand auf die Brüstung. Hannes war von so vielen Gefahren umgeben. Was, wenn sie ihn nur vom Mordverdacht befreien könnte, indem sie der Polizei von ihm und Carl erzählte? Dann drohte ihm dennoch eine Gefängnisstrafe, wenn auch wegen eines anderen Vergehens.

Und sie wollte lieber nicht darüber nachdenken, was es sonst noch bedeutete, wenn sie die Beziehung der beiden preisgab. Eva würde ganz sicher die Verlobung lösen. Die Eltern würden leiden. Womöglich käme auch Carl vor Gericht, was Hannes Thora kaum verzeihen würde.

Andererseits – wäre Hannes' Leben nicht noch unwiderruflicher zerstört, wenn er wegen Mordes verurteilt würde? Sie wusste nur zu genau, was die Höchststrafe für dieses Verbrechen war.

Thora stützte die Arme auf die Brüstung und ließ den Wind an ihren Haaren zupfen. Sie versuchte, ruhig zu atmen, und zwang sich, so lange aufs Wasser zu schauen, das in der schon tief stehenden Sonne glitzerte, bis sie wieder klar denken konnte.

Mittlerweile war sie sicher, dass Hannes schwieg, um Carl zu schützen. Sie hörte wieder die Stimme der Frau im Hotel: *Erst der Blonde, dann der Dunkle*. Carl hatte das Hotel zuerst verlassen. Fürchtete Hannes etwa, sein Freund sei gleich darauf in die Ackerstraße geeilt und habe den Hauptmann getötet? Und fürchtete Carl, Hannes habe die Tat, deren man ihn beschuldigte, tatsächlich begangen, während er selbst schon auf dem Heimweg war? Aber warum sollten zwei Menschen, die einander liebten, dem anderen so etwas zutrauen?

Plötzlich kam ihr ein Gedanke, und die Luft um sie herum schien kälter zu werden. War es wirklich denkbar, dass Leuchtenberg versucht hatte, sie zu erpressen? Er war wohl der einzige Mensch, der zum damaligen Zeitpunkt von der besonderen Beziehung zwischen den beiden gewusst hatte. Männer wie Hannes und Carl waren angreifbar, weil sie ihren guten Ruf, ihre Familie, ihre gesamte Existenz zu verlieren hatten. Thora schlang die Arme um den Körper und begann zu zittern. Falls ihre Vermutung stimmte, hätten Hannes und Carl ein durchaus überzeugendes Motiv gehabt.

Noch einmal in Ruhe, sagte sie sich und ordnete ihre Gedanken: Leuchtenberg versucht, beide oder einen von ihnen zu erpressen. Sie fahren nach Düsseldorf, gehen getrennt in das Hotel und verlassen es nacheinander. Nicht lange danach wird Hannes verhaftet, als er das Haus verlässt, in dem der tote Leuchtenberg aufgefunden wird. Er schweigt, weil er fürchtet, Carl sei vor ihm dort gewesen und habe den Mord begangen, da auch ihm durch eine Erpressung Gefahr drohen würde. Carl schweigt, weil er fürchtet, Hannes könne aus demselben Grund zum Täter geworden sein.

Thora öffnete die Tasche, holte ihre Kladde heraus und kritzelte wild hinein, was ihr gerade durch den Kopf gegangen war. Dass sie ein Motiv gehabt hatten, erklärte ihr Schweigen, bedeutete aber nicht, dass einer von ihnen der Mörder war.

Sie sah zur Pegeluhr. Für heute sollte sie lieber nach Hause gehen und sich an dem unerfreulichen Oberleutnant vorbei in ihr Zimmer schleichen. Der Tag morgen würde anstrengend werden, und sie wollte gut vorbereitet und ausgeruht sein, wenn sie nach Urdenbach zu Dumont und Lindemann fuhr. Also noch ein bisschen lesen und dann ein langer und möglichst erholsamer Schlaf.

Düsseldorf, Samstag, 12. April 1919

Thora las noch einmal ihre wirren Aufzeichnungen von gestern und versuchte, die Geschehnisse und Gedanken auf dem Papier zu ordnen. Dann fiel ihr Blick auf den Kalender. Vor acht Tagen war Hannes verhaftet worden. Acht Tage hinter düsteren Backsteinmauern, acht Tage Schweigen und Alleinsein mit Ängsten und Erinnerungen. Er hatte Angst, dessen war sie sicher, auch wenn ihn der Krieg gegen viele Schrecken abgehärtet hatte.

Plötzlich überkam sie wieder die hilflose Wut, die sie in den vergangenen Tagen so oft verspürt hatte. Wut auf Hannes, der nicht versuchte, sich zu retten, aber auch Wut auf eine Welt, in der ihn der Krieg aus seinem Leben gerissen hatte, und die ihm jetzt, da er wieder zu sich selbst finden wollte, erneut die Kontrolle über sein Leben raubte. In der es für ihn eine Gefahr bedeutete, so zu leben, wie er es sich wünschte.

Gewiss, sie könnte noch mal zu Kommissar Heinen gehen und versuchen, ihm begreiflich zu machen, dass sich hinter dem Offensichtlichen eine ganz andere Wahrheit verbarg. Doch sie ahnte, dass es vergeblich wäre. Schon beim ersten Besuch hatte er sie nicht ernst genommen. Er würde höchstens entgegnen, sie solle ihm die Ermittlungen überlassen und wie sie es wagen könne, die Kompetenz der Kriminalpolizei anzuzweifeln. Nein, ohne handfesten Beweis konnte sie ihm nicht gegenübertreten.

Ich muss unbedingt mit Hannes sprechen, dachte Thora, ihm sagen, was ich inzwischen weiß und dass es mich nicht abschreckt. Ihn drängen, sich endlich zu verteidigen. Aber der Weg war ihr verschlossen. Sie erinnerte sich nur zu gut an die Worte des Aufsehers, als sie das letzte Mal am Gefängnistor gewesen war. *Besuch einmal im Monat.* Sein Tonfall hatte keinen Widerspruch geduldet.

Ihre Augen brannten, doch sie wollte nicht weinen. Sie trat ans Fenster und schaute in den grauen Tag. Gestern noch war sie sicher gewesen, dass alles, was sie in den letzten Tagen herausgefunden hatte, Hannes retten würde. Sie hatte überlegt, noch einmal in die Ackerstraße zu fahren und Leuchtenbergs Nachbarn zu fragen, ob ihnen am vergangenen Freitag jemand aufgefallen war, der nicht wie ihr Bruder oder Carl ausgesehen hatte und vielleicht der wahre Täter war. Nun aber begriff sie, dass ihre ganzen Erkenntnisse keinen Wert besaßen, solange sie nicht mit Hannes sprechen konnte. Er war der Schlüssel zu allem.

Thora wandte sich vom Fenster ab, wobei ihr Blick auf den Schreibtisch fiel, auf dem ihre Notizen zu Shakespeares Rosalind lagen. In der vergangenen Woche waren das Theater und seine Menschen in weite Ferne gerückt. Es hatte nichts gegeben als ihre Suche, den verzweifelten Wunsch, ihren Bruder aus dem Gefängnis zu befreien. Doch sie durfte diesen Teil ihres Lebens nicht vergessen, der ihre Zukunft bedeutete.

Sie griff nach der Reclam-Ausgabe von *Wie es euch gefällt,* strich über das glatte Papier des Einbands. Und plötzlich war die Idee da – riskant, verrückt und gänzlich unverfroren. Und doch erforderte eine außergewöhnliche Situation wie diese außergewöhnliche Mittel.

Thora wusch und kämmte sich in rasender Eile, zog sich an und lief aus der Wohnung. Sie legte den Weg zum Schauspielhaus in Rekordgeschwindigkeit zurück. Unterwegs betete sie, dass Herr Lohkamp im Dienst wäre. Das Haus war geschlossen, aber irgendjemand musste nach dem Rechten sehen.

Sie hatte Glück. Der Pförtner begrüßte sie freundlich.

»Was sehen Sie denn so abgehetzt aus, Fräulein Bernrath? Sie haben doch frei.«

»Sie glauben gar nicht, wie viel ich zu tun habe, selbst wenn das Theater geschlossen ist.«

»Und jetzt haben Sie Sehnsucht nach dem Haus?«

Thora lächelte ein wenig ungeduldig. »Ja, sehr. Herr Lohkamp, ich müsste Sie noch einmal um einen Gefallen bitten.«

Er zog die Augenbrauen hoch. »Das Telefon?«

»Bitte, es ist wirklich dringend.«

Der Pförtner seufzte. »Sie haben Glück, dass die Frau Direktor daheim ist. Sonst würde ich das niemals ein zweites Mal wagen.« Er nickte zur Tür. »Sie kennen ja den Weg.«

Sie verschwand in dem Raum, in dem sie vor Kurzem schon einmal telefoniert hatte, und ließ sich mit der Firma Bernrath in Gladbach verbinden.

Vom Schauspielhaus kehrte Thora eilig in ihr Zimmer zurück. Aus der Küche drang die Stimme der Witwe, die einer Nachbarin von dem schneidigen Offizier vorschwärmte, der die Stadt praktisch im Alleingang vor den Spartakisten geschützt hatte. Thora wusch sich noch einmal gründlich, weil ihr beim Laufen der Schweiß ausgebrochen war.

Nach Monaten, in denen sie mit den Freunden aus der Schauspielschule nur zwanglose Atelierfeste besucht hatte, musste sie sich nun so zurechtmachen, dass sie bei einer Gesellschaft im Hause Dumont-Lindemann bestehen konnte. Zum Glück besaß sie etwas, das sich perfekt für diesen Anlass eignete.

Das Kleid, das am Schrank hing, war blaugrün und reichte nach der neuesten Mode gerade bis zum Knöchel. Die zarte Tunika, die lose darüberfiel, war aus silberner Spitze und ließ das Kleid schimmern wie das Meer in der Sonne. Thora hatte es zum letzten Geburtstag bekommen und nur ein- oder zweimal getragen.

Sie nahm es behutsam vom Bügel und streifte es über, schloss die kugelförmigen Perlmuttknöpfe im Nacken, strich den Rock glatt und setzte sich vor die Frisierkommode. Sie hatte sich im letzten Jahr die langen dunklen

Haare abgeschnitten, was ihre Eltern entsetzt, sie selbst aber befreit hatte. Kürzere Haare waren so viel einfacher zu waschen und zu pflegen. Sie zog einen akkuraten Scheitel, drehte dann die Haare an einer Seite, nahm immer neue Strähnen dazu und steckte das Ganze im Nacken fest, dann folgte die andere Seite. Als die Frisur fertig war, befestigte sie ein blaues Samtband darüber, zupfte einige zarte Strähnen heraus und trug einen Hauch von Rouge auf. Zuletzt stieg Thora in ihre eleganten Stiefeletten und trat vor den Spiegel.

Sie erkannte sich kaum wieder. In den letzten Tagen hatte sie selten in den Spiegel geschaut und wenn, eine nachlässig gekleidete, gehetzt wirkende Frau gesehen. Was hatte die Veränderung bewirkt? Waren es nur Kleidung und Frisur? Oder las sie in ihrem Gesicht auch einen Hauch von Wagemut und Kühnheit?

»Kind, was hast du denn nur vor?«, hatte ihr Vater in besorgtem Ton am Telefon gesagt, war gegen ihre eindringlichen Worte jedoch machtlos gewesen. »Na schön, ich rufe an«, hatte er schließlich geseufzt.

Thora musste den Tag nutzen, um sich Unterstützung für ihren verrückten Plan zu sichern. Und natürlich, um sich bei Frau Dumont und Herrn Lindemann von ihrer besten Seite zu zeigen.

Sie sah auf die Uhr. Es war kurz vor eins. Sie griff nach ihrem Mantel, setzte statt der Mütze einen hübschen, verwegen schiefen Hut mit schräger Krempe auf, den sie schon seit Wochen nicht getragen hatte, und verließ eilig ihr Zimmer.

»Ach, wenn der Herr Oberleutnant Sie so sehen könnte«, ließ sich die Witwe Hendricks vernehmen. Ihr Gesicht war ein einziges Fragezeichen.

Lieber nicht, dachte Thora. »Sie können ihm gern beschreiben, wie ich ausgesehen habe«, sagte sie in ironischem Ton, der jedoch sein Ziel verfehlte.

»Sie sind mir ja eine«, erwiderte die Witwe und drohte schelmisch mit dem Finger. »Ich wünsche Ihnen einen angenehmen Tag.«

Sie vibrierte förmlich vor Neugier, doch Thora tat ihr nicht den Gefallen, ihre Pläne zu verraten.

Sowie sie auf die Straße trat, fuhr ein elegantes Automobil vor, in dem bereits Hilde und Renée zusammen mit Paul Kemp saßen, den Thora wegen seines verschmitzten Humors sehr mochte. Sie begrüßten einander mit großem Hallo, redeten durcheinander und tauschten sich über die Ereignisse der letzten Tage aus. Paul erzählte in seiner unnachahmlichen Art, wie er versucht hatte, in den theaterlosen Tagen einen Monolog aus *Hamlet* einzustudieren und gnadenlos am Ernst der Rolle gescheitert war, worauf er sich lieber auf die Totengräberszene verlegt hatte. Thora blieb gar keine Zeit, sich vor ihrer eigenen Courage zu fürchten.

Urdenbach war ein Dorf mit Fachwerkhäusern, in dem nichts an die Großstadt erinnerte, die nur wenige Kilometer nördlich lag. Hier klapperten Pferdefuhrwerke über das Kopfsteinpflaster, und das Automobil, in dem sie saßen, war das einzige weit und breit. Sie bogen in

eine Straße, die Am Alten Rhein hieß. Zur Linken blickte man auf eine weite Auenlandschaft, über der ein erster grüner Frühlingsschleier lag. Die noch kahlen Bäume zeichneten sich dunkel vor dem zartgrauen Himmel ab, und in einiger Entfernung war Wasser zu erkennen, wohl der Flussarm, dem die Straße ihren Namen verdankte.

Erstaunlich, dass sich die Dumont-Lindemanns ausgerechnet hier niedergelassen hatten. Nach allem, was Thora wusste und gehört hatte, war die Frau Direktor keine Freundin beschaulicher Ruhe, sondern liebte Trubel und anregende Gesellschaft. Möglich, dass ihr Ehemann es vorzog, seine freie Zeit an diesem idyllischen Fleckchen zu verbringen, und sie dem zugestimmt hatte. Immerhin bot das Haus genügend Platz für jene denkwürdigen Feste, von denen Thora gehört, die sie bisher jedoch nicht selbst erlebt hatte.

Haus Drängenburg war jedenfalls ein Schmuckstück, hell gestrichen und mit hölzernen Läden neben den hohen Fenstern. Es besaß ein italienisches Flair, wirkte beinahe zu luftig für eine Gegend, in der Backstein und Fachwerk vorherrschten. Damit passte es zu seinen Bewohnern, die sich in dieser bodenständigen Landschaft gewiss exotisch ausnahmen, dachte Thora beim Aussteigen.

Hilde stieß sie an. »Glaub ja nicht, dass du mir den ganzen Tag verschweigen kannst, was los ist. Ich sehe dir an, dass etwas passiert ist.«

Etwas?, dachte Thora. Wenn du wüsstest. Doch die erhoffte Leichtigkeit des Gedankens blieb aus. Wie gern hätte sie auf das Geheimnis verzichtet, das sie mit sich herumtrug. Bevor sie etwas erwidern konnte, ertönten laute Klingelgeräusche. Gründgens und zwei weitere Mitschüler rollten auf ihren Fahrrädern heran, mit geröteten Gesichtern und zerzausten Haaren. Sie stiegen ab und begrüßten alle überschwänglich, als hätten sie sich viele Monate nicht gesehen.

Gründgens stellte sein Rad ab und drehte sich grinsend zu Thora um. »Ich hoffe, du bist nicht mit der alten Klapperkiste hier. Leider brauchte ich meins heute selbst.«

Thora wurde rot und spürte förmlich, wie Hilde große Augen machte. Darum sagte sie rasch: »Nein, nein, wir wurden mit dem Automobil abgeholt.«

»Das wird ja immer schöner«, flüsterte Hilde und sah sie strafend an, während Renée neugierig zu horchen schien.

Paul grinste. »Der Herr Gründgens leiht Mädchen seinen kostbarsten Besitz?«

»Keineswegs.« Ein kühl blauer Blick. »Mein kostbarster Besitz ist meine Goethe-Gesamtausgabe.«

In diesem Moment schwang zum Glück die Haustür auf, und ihre Gastgeber traten auf die Schwelle.

Immerhin würde Thora nicht um Hildes Aufmerksamkeit kämpfen müssen, wenn sie ihre Bitte vortrug. Die Freundin würde sie nicht aus den Augen lassen, weil sie glaubte, dass Thora und Gustav ein Geheimnis teilten oder ineinander verliebt waren oder gar beides.

Gustav Lindemann war kaum größer als seine Frau und wirkte trotz des markanten Gesichts mit der Narbe über dem Mund eher unscheinbar. Louise Dumont, die in ein wallendes weinrotes Gewand gehüllt war, zog alle Blicke auf sich. An ihren Fingern glitzerten wie immer mehrere Ringe, und die Armreifen klirrten leise, als sie die Hände ausstreckte.

»Willkommen, immer herein in die Drängenburg. Jetzt haben wir alle beisammen, nicht wahr, Gustav?«

Der Gastgeber nickte. »Gehen Sie einfach geradeaus ins Wohnzimmer. Schauen Sie sich um, und wer möchte, bekommt eine Führung. Wer zu hungrig ist, darf sich auch erst mit einem Imbiss stärken.«

Natürlich traute sich niemand, sich gleich aufs Essen zu stürzen, obwohl es verlockend roch. Thora wusste, dass Frau Dumont vor einigen Jahren ein Kochbuch veröffentlicht hatte, das günstige Rezepte für zwei Personen enthielt und sich großer Beliebtheit erfreute.

Dank der großen Fenster war das Haus auch an diesem eher trüben Tag erfreulich hell. Überall hingen Gemälde, Kohlezeichnungen und Aquarelle, und Thora vermutete, dass viele davon persönliche Geschenke waren. Es war bekannt, dass Dumont und Lindemann zu vielen Künstlern enge Kontakte pflegten. Die Möbel wirkten liebevoll zusammengetragen, die unterschiedlichsten Materialien und Stilrichtungen waren vertreten.

Sie blieb bewundernd vor einem holzgeschnitzten Stuhl stehen, der von der Seite wie ein Pferd aussah.

»Das ist eins der Lieblingsstücke von Louise«, sagte Lindemann, der neben sie getreten war. »Sonderlich bequem ist er nicht, aber er wirkt sehr dekorativ im Raum.

Ein Geschenk der ermordeten Zarin Alexandra, das macht ihn geradezu tragisch.«

Schließlich fand sich eine Gruppe von etwa fünfzehn Leuten, die vom Hausherrn herumgeführt wurden.

Lindemann öffnete die große Doppeltür, hinter der einige Stufen in den Garten führten.

Wie sich herausstellte, war tatsächlich er es, der einen starken Hang zur Natur besaß. Der Garten war prächtig, nicht streng geordnet, sondern dem Stil des englischen Landschaftsgartens nachempfunden, in dem nichts künstlich angelegt wirkte. Es gab zahlreiche Rosenstöcke, die erahnen ließen, wie wunderbar farbenfroh es hier im Sommer aussehen würde. In einer Ecke standen Bienenstöcke.

»Sie halten Bienen?«, fragte Gründgens, worauf der Gastgeber zu einem Vortrag ansetzte.

Frau Dumont kam dazu und schaute warnend in die Runde. »Sie sollten wissen, worauf Sie sich einlassen, wenn Sie meinen Mann nach seinen Bienen fragen.«

In den folgenden Minuten lernte Thora, dass die Außentemperatur mindestens fünfzehn Grad betragen musste, damit die Pflanzen, die den Nektar spendeten, blühen konnten. Vorher erzeugten sie nur Pollen, der als Bienennahrung jedoch nicht ausreichte. Für die Blüte sei es leider noch zu kühl, was Lindemann sehr bedauerte. »Wir haben mit zwei Völkern angefangen, jetzt haben wir nahezu fünfzig«, verkündete er stolz. »Unser Ertrag liegt bei mehreren Zentnern Honig, den wir an der Theaterkasse verkaufen, wie Sie vielleicht schon bemerkt haben. Der geht weg wie warme Semmeln.«

»Manchmal glaube ich, du verzauberst die Bienen«, sagte Frau Dumont milde. »Er arbeitet mit bloßen Händen und wird praktisch nie gestochen, während ich mir einmal einen sehr unschönen Stich unter dem Auge eingefangen habe. Da musste sich die Maske tüchtig ins Zeug legen.«

Thora ließ die Worte dahinplätschern und genoss das Zwitschern der Vögel und das leise Rauschen des Windes in den Blättern. So friedlich hatte sie sich lange nicht gefühlt. Der innere Aufruhr, der sie seit Tagen unablässig vorangetrieben hatte, legte sich ein wenig.

»Es ist schön hier«, sagte Hilde an ihrer Seite. »Überall schaut man ins Grüne. Kein Wunder, dass die beiden hier neue künstlerische Kraft schöpfen können.«

Sie nickte. »Das dachte ich auch gerade. Übrigens muss ich nachher dringend mit dir sprechen. Ich brauche deine Hilfe.«

»Das möchte ich meinen, dass du mit mir sprechen musst. Du bist mir einige Erklärungen schuldig. Und ja, ich helfe dir, solange es nichts mit Fahrrädern zu tun hat.«

Hilde grinste verstohlen, und Thora korrigierte sie nicht. Wenn die Freundin glauben wollte, dass sie sich in den neuen Mitschüler verguckt hatte, sollte sie das ruhig tun. Sie würde noch früh genug und erschrocken erfahren, was hinter dem Kontakt zu Gründgens steckte.

Dann bat die Gastgeberin sie nach drinnen, wo ein Büfett aufgebaut war, an dem man sich zwanglos bedienen konnte. Thora hätte sich auch gewundert, wenn es hier eine steife Tischordnung mit gestärkten Servietten gegeben hätte.

Alle ließen sich nieder, wo gerade Platz war, auf Sofas, in Korbsesseln und auf dicken Sitzkissen, die überall im Raum verteilt lagen. Das Essen war köstlich: gefüllte Eier, ungarische Sauerkrautsuppe, Kartoffelsalat mit Walnüssen, Irish Stew und als Nachtisch Grießflammeri mit Pflaumenkompott.

Gewiss hatte Frau Dumont hier selbst Hand angelegt; sie war dafür bekannt, dass sie ihre Gäste gern und ausgiebig bekochte. Die Stimmung war so heiter und anregend, dass Thora für den Moment ihre drängenden Sorgen vergessen konnte. Gesprochen wurde jedoch wenig, weil alle das in diesen mageren Zeiten ungewohnte Festmahl genossen.

Irgendwann klatschte Frau Dumont in die Hände und sah in die Runde.

»Meine lieben jungen Freunde, ich weiß, dass Sie zurzeit einen unerwarteten Urlaub genießen, vertraue aber darauf, dass Sie sich dennoch mit den Aufgaben beschäftigt haben, die wir Ihnen mit in die unfreiwillige Theaterabstinenz gegeben haben.«

Thoras Herz schlug schneller. Wenn sie ihren Plan vorantreiben wollte, musste sie sich freiwillig melden, um etwas vorzutragen. Hilde schien ihre Unruhe zu spüren, stieß sie an und hielt ihr ein Stück Kuchen hin, »Für die Nerven«, wie sie flüsterte.

»Ich will Sie hier nicht abfragen wie in der Schule, dafür sind wir zu erwachsen. Falls sich also jemand aus freien Stücken meldet, um von seinen Fortschritten zu berichten, wäre mir das sehr recht.«

Frau Dumont ließ den Blick prüfend im Raum umherwandern, und Thora hob zögerlich die Hand, als die lebhaften Augen unter den auffallend dunklen Brauen sie streiften.

»Fräulein Bernrath, das ist schön. Sie können ruhig aufstehen, da spricht es sich besser.«

Thora wusste nur zu gut, dass dies kein gut gemeinter Rat, sondern eine freundliche Aufforderung war, erhob sich von ihrem Sitzkissen und strich ihr Kleid glatt. Sie war es inzwischen gewöhnt, ein Publikum zu haben, nur schüchterten sie die bekannten Gesichter mehr ein, als wenn sie im Theater von fremden Menschen umgeben war. Sei's drum, sie hatte sich gemeldet, also musste sie es wagen.

Sie holte tief Luft und sah in die Runde. »Ich habe eine Shakespeare-Heldin ausgewählt und überlegt, wie ich die Rolle gestalten würde. Meine Wahl ist Rosalind aus *Wie es euch gefällt*.« Sie schilderte, weshalb sie sich gegen Tragödienfiguren wie Cordelia, Ophelia oder Julia entschieden hatte, und fügte hinzu, was sie sich zurechtgelegt hatte: »Ich würde sie gern in moderner Kleidung spielen, als jungen Mann von heute.«

Lindemann schaute beinahe ängstlich zu seiner Frau, als rechnete er mit einem Zwischenruf, wenn nicht gar einem Donnerwetter der Kritik, doch Louise Dumont verschränkte die Hände im Schoß und sagte gelassen: »Das ist ungewöhnlich für unser Haus.«

Thoras Herz schlug heftig, doch sie sprach entschlossen weiter. »Ich weiß. Das Wort des Dichters ist das höchste Gut, und ich würde mich nicht erdreisten, etwas daran zu ändern. Mein Gedanke ist ein anderer: Wenn wir zeigen wollen, dass uns die Werke Shakespeares immer noch bewegen, weil sie uns nah sind und wir unsere Welt in seiner wiederfinden, sollte das Experiment erlaubt sein, sie aus der Vergangenheit herauszulösen und in die Gegenwart zu pflanzen.« Sie spürte die Spannung im Raum, las ganz unterschiedliche Reaktionen wie Unverständnis, Interesse, Zustimmung und Sorge in den Gesichtern, und ließ sich davon antreiben. »Shakespeares Worte, seine Figuren und Geschichten sind universell, sie begeistern die Menschen seit über dreihundert Jahren. Es hat ihnen nicht schaden können, dass die Theater jahrelang geschlossen blieben oder dass sämtliche Frauenrollen zunächst von Männern und Knaben gespielt wurden, bevor man in England Schauspielerinnen auf die Bühne ließ. Im Auf und Ab der Geschichte haben diese Werke immer dem Vergessen widerstanden, sie sind nicht altmodisch geworden. Und darum möchte ich prüfen, ob ihre Anziehung auch fortbesteht, wenn die Menschen auf der Bühne aussehen wie jene, denen wir tagtäglich begegnen. Oder wie wir selbst.«

Sie wollte sich setzen, als zögernder Applaus erklang. Es war Gründgens, der zu klatschen begonnen hatte, und bald taten es ihm die anderen nach, auch Frau Dumont, begleitet von einem nachsichtigen Lächeln.

»Mein liebes Fräulein Bernrath, ich begrüße es, wenn eine Schülerin eigene Wege geht und auch wagt, sich von der Linie unseres Hauses zu entfernen. Ich bin gespannt auf Ihre Gestaltung der Rolle und hoffe, Sie bald auf der Probebühne zu sehen.«

Thora atmete erleichtert aus und ergriff die Gelegenheit beim Schopf. »Ich hätte eine Bitte. Dürfte ich morgen einmal im Haus Maske und Kostüme ausprobieren, um mich in die Rolle hineinzufühlen? Im Fundus gibt es sicher Herrenkleidung, die mir passt.«

Frau Dumont nickte großzügig. »Falls Sie dort ohne Hilfe zurechtkommen, nur zu. Unsere Maskenbildner haben sich leider auf die Seite der Spartakisten geschlagen und solidarisieren sich mit den streikenden Arbeitern.«

Das war Thora sogar ganz recht. Sie wollte von vertrauten Menschen umgeben sein, wenn sie sich in einen Mann verwandelte. »Ich danke Ihnen sehr.«

Doch Frau Dumont war noch nicht fertig. »Wir würden sicher alle gern eine kleine Kostprobe hören, Fräulein Bernrath. Wir denken uns die moderne Männerkleidung einfach dazu.«

Natürlich war Thora bestens vorbereitet. »Ich trage die Stelle vor, an der Rosalind im Gespräch mit Celia beschließt, sich als Mann auszugeben, um ihr Leben zu retten.

Wär's nicht besser,
Weil ich von mehr doch als gemeinem Wuchs,
Dass ich mich trüge völlig wie ein Mann?

Den schmucken kurzen Säbel an der Hüfte
Den Jagdspieß in der Hand, und – läg im Herzen
Auch noch so viele Weiberfurcht versteckt –
Wir sähen kriegerisch und prahlend drein,
Wie manche andre Männermemmen auch,
Die mit dem Ansehen es zu zwingen wissen.«

Während sie die Worte sprach, spürte sie Rosalinds Angst und die Tapferkeit, mit der sie sich dagegen wehrte, empfand eine Nähe zu einer jahrhundertealten Kunstfigur wie nie zuvor in ihrer Ausbildung. Thora, die um ihren Bruder bangte und sich selbst überwinden musste, um ihm zu helfen, und Rosalind, die um ihr Leben kämpfte, flossen ineinander, wurden eins. Als sie endete und scheu in die Runde sah, erkannte Thora, dass die Wirkung auf ihr Publikum übergesprungen war. Der Applaus kam zögernd, aber nicht, weil ihr Vortrag nicht gefallen hatte, sondern weil alle gefangen schienen von der Wahrhaftigkeit, mit der sie die Worte gesprochen hatte.

Frau Dumont bedeutete ihr, sich wieder zu setzen. »Wir sind sehr gespannt auf Ihre Arbeit. Ich könnte glatt auf die Idee kommen, das Stück in der kommenden Spielzeit auf den Plan zu setzen.«

Ein größeres Kompliment war kaum vorstellbar, und Thora ließ sich ins Kissen sinken und genoss den Moment, in dem sie ganz Schauspielerin sein und die verzweifelte Schwester vergessen konnte.

Als sie später mit Hilde, die gern mal eine Zigarette rauchte, auf der Terrasse stand und überlegte, wie sie der Freundin von ihrem Vorhaben und überhaupt den ganzen Dingen erzählen sollte, die sich in der letzten Woche ereignet hatten, kam Gründgens dazu und räusperte sich. »Darf ich kurz stören?«

»Selbstverständlich«, sagte Thora, bevor Hilde, die dem neuen Mitschüler noch immer skeptisch zu begegnen schien, widersprechen konnte.

Er zündete sich eine Zigarette an und stieß den Rauch zum Himmel. »Chapeau, Thora! Ich habe mitgezittert und mich gefragt, was die Frau Direktor dazu sagen wird, aber du hast deine Entscheidung großartig verteidigt.« Dann sagte er in einem Ton, der bescheiden klingen sollte, es aber nicht war, dafür kannte sie ihn mittlerweile gut genug: »Darf ich dir meine Unterstützung anbieten?«

Thora war verblüfft. »Beim Rollenstudium?«

»Die hat sie kaum nötig«, warf Hilde ein.

Er schnippte lachend die Asche in eine bereitstehende Marmorschale und hob abwehrend die Hand. »Nein, nein, das würde ich nie wagen.« Er legte die Hand auf die Brust und deutete eine Verbeugung an. »Ich erwähnte ja mal, dass ich bei einem Fronttheater mitgewirkt habe. Wenn Not am Mann war, habe ich auch in der Maske geholfen und könnte dir, wenn du möchtest, meine Dienste anbieten, solange die Maskenbildner nicht verfügbar sind. Ich habe damals gelernt, Männer in Frauen zu verwandeln. Dann sollte das auch umgekehrt möglich sein.« Er schaute zu Hilde. »Wenn Sie dann noch Ihr untrügliches Gespür für Kostümgestaltung einbringen, während wir den Fundus durchstöbern, müssten wir ein perfektes Ergebnis erzielen.«

Thora sah, wie es in Hilde arbeitete, dass sie Gründgens' geschmeidigen Worten nicht ganz traute und ihnen doch nicht widerstehen konnte. Er mochte kein schöner Mann sein, doch von sich zu überzeugen wusste er gewiss.

»Na gut«, sagte Hilde. »Mir fehlt das Theater so sehr.«

»Ich würde das sehr gern mit euch versuchen«, sagte Thora erleichtert. »Und bei der Gelegenheit würde ich vorschlagen, dass wir alle Du sagen, sonst wird es umständlich.«

Hilde und Gustav nickten und stießen mit den Gläsern aneinander.

Thora holte tief Luft und schaute sich um, ob niemand in der Nähe war. »Ich muss euch etwas sagen.«

Sie hielt inne. Warum war das nur so schwer? Sie hatte sich danach gesehnt, ihr Geheimnis endlich mit Freunden zu teilen, und zögerte dennoch. Kannte sie die beiden gut genug? Konnte sie sich darauf verlassen, dass sie den Mund hielten und sie nicht von ihrem Plan abzubringen versuchten? »Es muss wirklich morgen sein, das ist wichtig. Und ja, ich beschäftige mich mit der Rolle der Rosalind. Aber es geht um viel mehr. Denn mein Bruder ist im Gefängnis ...«

Düsseldorf, Sonntag, 13. April 1919

Herr Lohkamp nickte und deutete hinter sich, als Thora an der Pforte erschien. »Die anderen sind schon oben«, sagte er zur Begrüßung. Sie hatte sich gestern die Hilfe von Hilde und Gustav gesichert, hatte ihnen gerade genug erzählt, um sie zu überzeugen, ohne jedoch Hannes und Carl zu gefährden. *Wollt ihr mir helfen? Sonst mache ich es allein,* hatte sie gesagt. Etwas in ihrer Stimme und Miene musste so eindringlich gewesen sein, dass beide spontan genickt hatten.

»Sie sind ja mal pflichtbewusste junge Leute. Statt die freie Zeit zu nutzen, arbeiten Sie sogar, wenn das Theater geschlossen ist«, fügte der Pförtner hinzu.

»Wir sind eben mit Leib und Seele dabei«, sagte Thora lächelnd, aber ihr Herz schlug heftig. Sie war in vertrauter Umgebung, doch wurde ihr in diesem Moment das ganze Ausmaß ihres Plans bewusst.

Die Maske war das Reich von Ernst Kraft, dem Theaterfriseur, der über Schminke und Perücken gebot, und seiner Frau Aenne, die eng mit ihm zusammenarbeitete. Zurzeit streikten sie jedoch aus Solidarität mit den Spartakisten, wie Frau Dumont säuerlich angemerkt hatte. Als Thora die Tür öffnete, hörte sie ein Kichern und sah, wie Hilde sich probeweise einen Bart vorhielt, während Gustav mit einem Monokel herumspielte.

Perücken waren über Köpfe gestülpt, in Kästen lagen Bärte in allen Formen und Farben, in den Regalen standen Tiegel, Flaschen und Schachteln mit Schminke.

»Schau mal«, sagte Gustav und wandte sich mit einer Pirouette zu ihr um. »Das Monokel steht mir doch vorzüglich.«

Thora spürte, wie ihre Anspannung ein wenig nachließ. »Das solltest du öfter tragen.«

»Es verleiht mir etwas Kosmopolitisches, nicht?«

Hilde zwinkerte Thora zu. Sie hatte ihre Vorbehalte gegen Gustav offensichtlich aufgegeben und begegnete ihm mit gutmütigem Spott. »Sei du mal kosmopolitisch, aber wir sind hier, um Thora herzurichten. Ich gehe in den Fundus und sehe, was ich finde. Wie groß bist du?«

»Einen Meter siebzig.«

Hilde nahm ein Maßband und begann, Thoras Schulterbreite, Brustumfang, Taille und Beinlänge zu messen.

»Du nimmst das wirklich ernst«, sagte sie staunend. Ihr wurde warm ums Herz, sie war bei dieser Furcht einflößenden Unternehmung nicht allein.

»Es geht um viel, das hast du selbst gesagt«, erwiderte die Freundin fast empört, als hätte Thora an ihrem Ernst gezweifelt. Sie notierte sich die Maße und verschwand in Richtung Fundus.

Nun, da sie allein mit Gustav war, fühlte sich Thora doch ein wenig befangen. Er würde sie gleich berühren, ihr beim Schminken sehr nahekommen. Natürlich gehörte körperliche Nähe zum Schauspielerberuf, aber es war etwas anderes, wenn man sie im Unterricht oder auf der Bühne übte.

Gustav schien das zu spüren, schwenkte dramatisch das Monokel und verkündete: »Dann will ich mir mal die Auswahl anschauen.« Er trat vor die Regale und Kästen mit den Schminkutensilien und pfiff bewundernd durch die Zähne. Dann fing er an zu kramen, schaute Thora zwischendurch prüfend an und suchte weiter. Schließlich legte er eine Stange Schminke auf den Tisch. »Nr. 21/2. Die macht dich ein bisschen älter. Zusammen mit dem Bart sollte das überzeugen. Du sollst nicht aussehen, als würdest du auf der Bühne stehen.«

Das war Thoras Sorge gewesen – allzu theatralische Schminke, die Aufmerksamkeit erregte, statt sie männlich wirken zu lassen. Doch Gustav hatte sie beruhigt, er kenne durchaus den Unterschied. Er reichte ihr ein Tuch. »Gesicht abtrocknen, bitte.« Dann half er ihr, die Haare in dicke Strähnen zu drehen und flach am Kopf zusammenzustecken.

»Setz dich mal hierher.«

Sie nahm vor dem Spiegel Platz und presste das Gesicht ins Tuch. Sie kannte die Prozedur, doch heute war alles anders und sie entsprechend nervös.

Eine Hand berührte ihre Schulter. Gustav schaute sie im Spiegel an. »Nur Mut.« Dann trug er behutsam eine dünne Schicht Vaseline überall dort auf, wo kein Bart angeklebt würde, und verteilte darüber mit den Fingerspitzen die Teintfarbe Nr. 21/2, die er ausgesucht hatte. Dann stäubte er einen leicht gelblichen Puder darüber, damit die Schminke nicht glänzte, betonte ihre Augenbrauen mit braunem Stift und besah sich sein Werk.

Thora war erstaunt, wie verändert ihr Gesicht schon aussah, ohne dass es übertrieben wirkte.

»Soll ich dir noch einen Schmiss verpassen? Bei einem ehemaligen Jurastudenten würde sich das gut machen.«

»Bloß nicht«, rief sie entsetzt, begriff dann aber, dass er nur die Stimmung auflockern wollte. »Ich war in einer nicht schlagenden Verbindung, Herr Gründgens.«

»Sehr vernünftig.«

Er wischte mit einem Wattebausch den überschüssigen Puder ab und klatschte zufrieden in die Hände. »Und jetzt der Bart.«

Er holte einen Kasten, der mit einem Glasdeckel versehen war, und stellte ihn vor den Spiegel. »Schwarz ist zu unrealistisch.« Dann musterte er prüfend die Perücken und griff eine dunkelblonde Herrenfrisur mit Seitenscheitel heraus. »Das ist eine unauffällige Farbe. Und hier wäre ein Bart dazu.« Er legte Schnurr- und Kinnbart auf die flache Hand und zeigte sie ihr. »Von einem Vollbart würde ich abraten, die sind aus der Mode gekommen, vor allem für jüngere Männer.«

Thora hatte geglaubt, sie sei sicherer, je mehr von ihrem Gesicht bedeckt war, musste sich aber eingestehen, dass Gustav sich mit Bartmode besser auskannte als sie. »Na schön, dann machen wir es so.«

Sie lehnte sich im Stuhl zurück. Er begann, das Mastix aufzutragen, mit dem der Bart angeklebt wurde und das die Konsistenz von flüssigem Honig hatte. Sie spürte, wie er den Schnurrbart sorgfältig andrückte, und bewegte probeweise den Mund.

»Keine Sorge, der hält bombenfest.«

Dann trug er den Kleber auf ihr Kinn auf, presste den Bart darauf und zupfte daran herum, um ihn mit einer winzigen Bürste so zu frisieren, wie er ihn haben wollte.

»Ich schlage vor, du schaust erst in den Spiegel, wenn die Haare fertig sind.«

Thora schloss gehorsam die Augen, als er die Perücke holte und ihr vorsichtig aufsetzte. Er rückte ein wenig daran herum, steckte sie sorgfältig mit Haarnadeln fest, strich noch einmal über den Kinnbart, trat beiseite und sagte: »Voilà!«

Sie öffnete die Augen und erstarrte – ein ernst blickender junger Herr schaute ihr aus dem Spiegel entgegen. Die kurzen Haare und der Bart ließen sie fremd erscheinen. Vorsichtig tastete Thora nach ihrem Gesicht, dessen Haut dunkler und rauer erschien, als hätte Gustav mit seiner Schminke einen Zauber gewirkt. Er lächelte ihr im Spiegel selbstzufrieden entgegen.

»Und?«

Sie wusste, wie sehr er Lob liebte. »An dir ist ein Maskenbildner verloren gegangen, das sieht großartig aus.«

Er zog eine Schnute. »Na ja, ich habe andere Pläne, aber vielen Dank.«

»Hamlet?«

»Mindestens.«

In ihr Lachen hinein stolperte Hilde durch die Tür, halb begraben unter einem Kleiderberg. Sie warf alles auf einen Stuhl, drehte sich um und stieß einen überraschten Laut aus. »Herr Bernrath, ich muss schon sagen!«

Gustav legte widerwillig sein Monokel zurück ins Etui. »Ich ziehe mich diskret zurück, bis das Werk fertig ist.«

Als er gegangen war, begann Hilde die Anzüge und Hemden auszubreiten, die sie aus dem Fundus mitgebracht hatte. »Ein Anwalt kleidet sich diskret, daher habe ich mich für Grau entschieden.« Sie hielt einen hellgrauen Anzug mit Weste hoch. »Der müsste passen, ist wohl für kleinere, zierliche Herren gedacht. Dazu ein weißes Hemd mit Stehkragen und eine dezente Krawatte.« Dann griff sie in die Jackentasche und zog triumphierend eine Taschenuhr mit Kette heraus. »Die läuft nicht, aber sie lässt dich distinguiert aussehen.«

Hilde hatte genau die richtigen Dinge herausgesucht, und Thora umarmte die Freundin ganz fest. »Das hast du wunderbar gemacht.«

Sie blieben einen Moment so stehen, bevor sich Hilde sanft von ihr löste. »Ach ja, Schuhe habe ich auch dabei, schwarz, dezenter Glanz, nicht zu auffällig. Und eine Aktentasche.«

Thora wollte gerade anfangen, sich auszuziehen, als sie innehielt und an sich hinunterschaute. Die Zeit der engen, brustbetonenden Korsetts war zwar vorbei, aber ihre Figur würde sich dennoch unter der Männerkleidung abzeichnen.

Hilde schien ihre Gedanken zu lesen. »Augenblick.« Sie verschwand und kam ein paar Minuten später mit einem aufgerollten Verband und einer Hand voll Sicherheitsnadeln zurück.

Dann stand Thora im Unterhemd da, und Hilde umwickelte sorgsam Schicht für Schicht ihre Brust, so fest, dass sie noch atmen konnte, den Druck aber deutlich spürte. »Tut mir leid, aber wenn er zu locker ist, verrutscht er. Und du sollst schön flachbrüstig aussehen.«

Als der Verband richtig saß, half Hilde ihr beim Anziehen, steckte den Hosensaum ein wenig um, zupfte Weste und Krawatte zurecht, strich den Rücken der Anzugjacke glatt und drehte Thora an den Schultern zum Spiegel.

Bei ihrem eigenen Anblick kamen ihr die Tränen, obwohl es eine Verkleidung, ein Gaukelspiel war, wie sie es aus dem Theater nur allzu gut kannte. Aber diesmal war es mehr – ein größeres Wagnis, eine Eintrittskarte ins Gefängnis, der Weg zu Hannes.

Gustav kam herein und schaute strahlend zwischen ihnen hin und her. »O ja, wir haben gute Arbeit geleistet. Sehr gute Arbeit.« Dann zauberte er einen grauen Filzhut hinter dem Rücken hervor und reichte ihn Thora. »Ohne den geht es nicht. Und jetzt nur Mut, Herr Rechtsanwalt!«

Inzwischen waren die Straßenbahnen wieder in Betrieb. Dort konnte sie ihr Erscheinungsbild auf die Probe stellen. Falls die anderen Fahrgäste sie sofort als Frau erkannten, brauchte sie es im Gefängnis gar nicht erst zu versuchen.

Am Hauptbahnhof hatten sich zahlreiche Soldaten versammelt, sie sah Maschinengewehre auf Rädern. Thora blickte auf ihre Hände. Sie zitterten. Doch heute erschreckten sie nicht so sehr die Schüsse, die in der Ferne ertönten, der bürgerkriegsähnliche Zustand war beinahe zum Alltag geworden. Nein, eine andere Angst beherrschte sie. Was, wenn die Wachen sie enttarnten?

Sie ging zwischen Soldaten und Passanten hindurch zur Haltestelle, niemand schaute sie argwöhnisch an. Als die Bahn hielt, ließ sie geistesgegenwärtig den Frauen den Vortritt, was ihr freundliches Nicken und gemurmelten Dank einbrachte.

Die Straßenbahn war voll, also blieb sie stehen und hielt sich an einem Haltegriff fest. Bei jedem Ruck, der durch den Wagen ging, fürchtete sie, die Perücke könnte verrutschen, doch nichts dergleichen geschah. Vermutlich wurde sie durch den Hut auf dem Kopf gehalten.

Pass auf, wenn du den Hut abnimmst, ermahnte sie sich. Darauf musste sie unbedingt achten, falls sie tatsächlich ins Gefängnis gelangte.

Als ein Platz frei wurde, setzte sie sich, legte die Aktentasche flach auf ihre Knie und hielt die Beine ein wenig auseinander, damit es nicht zu damenhaft und zierlich wirkte. Ein gut gekleideter Herr deutete mit dem Daumen hinter sich. »Heute geht's in Oberbilk zur Sache.«

»Ach ja?«, sagte Thora nur und bemühte sich, ihre Stimme möglichst tief klingen zu lassen, wie Gustav es ihr vorgemacht hatte.

»Da haben sich die Spartakisten verschanzt, heißt es. Die letzte Bastion. Aber unsere Männer räumen gründlich auf.«

Thora nickte nur, aus Angst, sich zu verraten.

In der Rossstraße stieg sie aus der Bahn, es war der kürzeste Weg zum Gefängnis. Sie atmete erleichtert auf. Im Gehen ließ sie die Blicke schweifen und schaute sich ab, wie Männer sich bewegten, ließ die Arme locker hängen, drückte den Rücken durch und grüßte nickend, wenn jemand ihr Aufmerksamkeit zollte.

Erstaunlich, dass die Menschen offenbar das sahen, was sie zu sehen erwarteten. Und sie erwarteten keine junge Frau, die sich als Rechtsanwalt verkleidet hatte.

Dann stand sie vor dem Torgebäude. Mit jedem Schritt in Richtung Ulmer Höh' war ihre Angst gewachsen, und nun, da sie am Ziel war, schlug ihr Herz so heftig, dass sie womöglich kein Wort herausbringen würde.

Wie hatte sie so dumm sein können? Niemand würde ihr die Verkleidung abkaufen. Bisher war sie nicht aufgefallen, aber das waren Passanten und andere Fahrgäste gewesen, die nicht zweimal hinsahen, die niemanden zu bewachen hatten. Das hier aber war ein Gefängnis. Wenn sie den Aufseher am Tor nicht überzeugte, würde man ihr bestenfalls die Tür vor der Nase zuschlagen und sie schlimmstenfalls wegen Betrugs verhaften. All das hatte Thora sich durch den Kopf gehen lassen und war zu dem Schluss gelangt, dass sie das Risiko eingehen musste, auch wenn es ihr zum Verhängnis werden konnte. Wenn sie nicht mit Hannes sprechen konnte, wären alle Bemühungen vergeblich gewesen. Und dies war der einzige Weg, der ihr eingefallen war.

Nun mach schon, schalt sie sich selbst. Sie war so weit gekommen, hatte all das auf sich genommen und traute sich nun, da sie hier war, nicht, am Tor zu klingeln. Während sie noch mit sich kämpfte, hörte sie hinter sich ein Motorengeräusch.

Thora drehte sich um und bemerkte ein Militärfahrzeug, das die Ulmenstraße heraufkam und vor dem Gefängnis hielt. Soldaten sprangen heraus und zerrten drei Männer, bei denen es sich der Kleidung nach um Arbeiter handelte, aus dem Wagen. Die Soldaten stießen sie mit den Gewehrkolben in Richtung Eingang. Einem lief Blut übers Gesicht.

Das Tor wurde geöffnet.

»Das sind drei Aufrührer, sie wurden in Oberbilk verhaftet. Es besteht Fluchtgefahr.«

Der Pförtner ließ Soldaten und Gefangene ein. Jetzt oder nie, dachte Thora. Es war, als hätte ihr das Schicksal selbst den Weg bereitet, und sie musste die Chance nutzen.

Bevor sich das Tor schließen konnte, trat sie davor und zwang sich, ruhig und selbstsicher zu sprechen. »Rechtsanwalt Schiffer, für den Gefangenen Bernrath. Sein Vater hat mich beauftragt und telefonisch angekündigt.«

Der Aufseher musterte sie und schaute flüchtig über die Schulter, um zu sehen, wohin die Soldaten die Männer trieben. Dann sagte er: »Stimmt, wo Sie es sagen. Aber Sie sehen ja, was hier los ist. Kommen Sie mit.«

Das Tor fiel hinter ihr zu, und sie folgte dem Mann halb erleichtert, halb zittrig in den kleinen Vorraum, den sie bereits kannte.

Der Aufseher schlug das Register auf und blätterte.

Plötzlich brach draußen im Hof Lärm aus, offenbar versuchten die verhafteten Arbeiter, sich den Soldaten zu entwinden. Thora hörte einen Schmerzensschrei, dann prallte ein Körper aufs Pflaster. Übelkeit überkam sie, als sie wieder an den Toten unter der Decke dachte, doch sie riss sich im letzten Moment zusammen. Ein Rechtsanwalt würde Haltung bewahren.

Der Aufseher sah hoch und kniff prüfend die Augen zusammen. »Sie sind sehr jung für einen Anwalt.«

Thora schluckte, aber Improvisation hatte sie mittlerweile gelernt. »Ich leide unter chronischem Asthma, darum konnte ich nicht im Krieg dienen.«

Ihre Stimme kam ihr plötzlich sehr hell vor, doch der Mann schien sich mit der Antwort zufriedenzugeben. »Wenn ich dann bitte Ihren Ausweis –«

Es war wie ein Stromschlag. Sie hatte gehofft, dass der Anruf ihres Vaters und ihre Aufmachung ausreichen würden, um sich zu legitimieren. In ihren Ohren rauschte das Blut, sie überlegte verzweifelt, was sie jetzt tun sollte. Doch der Aufseher hielt mitten im Satz inne, weil sich draußen ein regelrechtes Handgemenge entwickelte. Es wurde geschrien, Füße scharrten über den Boden, ein Klatschen, als hätte man jemandem ins Gesicht geschlagen. »Verdammt, was ist denn das hier für ein Irrenhaus?«

Er eilte hinter der Theke hervor und deutete im Gehen auf das Gebäude, in dem Thora neulich schon gewesen war. »Da hinein, der Kollege bringt Sie zum Besuchszimmer.«

Sie sandte ein flüchtiges Dankgebet an die aufrührerischen Arbeiter.

Danach lief alles glatt. Man führte Thora in den Flur mit den Holzstühlen, doch sie musste nicht warten, sondern konnte sofort das Besuchszimmer betreten, wo man ihr einen Stuhl anbot. Man werde den Gefangenen umgehend holen.

Ob man Hannes mit seinem Rechtsbeistand allein lassen würde? Sie hoffte inständig, dass sie ungestört mit ihm sprechen konnte, es gab so vieles zu sagen, das niemand mitbekommen durfte.

Und dann stand er in der Tür. Er trug keinen Anzug mehr, sondern Häftlingskleidung aus grobem Stoff. Die dunklen Haare hingen ihm ins Gesicht, das auf einmal sehr schmal wirkte. Als Hannes ihr in die Augen schaute, wollte er schon den Mund öffnen, hielt dann abrupt inne und wandte sich zu dem Wärter, der ihn hereingeführt hatte. »Ich darf doch wohl allein mit meinem Anwalt sprechen?«

»Ja, aber ich bleibe vor der Tür, also keine Fisimatenten. Und keine Berührungen, ist das klar? Hinsetzen. Sie bleiben auf Ihrer Seite des Tisches.«

Als die Tür ins Schloss gefallen war, schien die Zeit stillzustehen.

Hannes saß da, die gefesselten Hände flach auf dem Tisch, den Kopf ein wenig schräg, und kniff die Augen halb zu, als traute er seinen eigenen Sinnen nicht. Dann fuhr er sich durchs Haar. Es tat weh zu sehen, dass er beide Hände gleichzeitig heben musste, weil die Kette der Handschellen zu kurz war.

Thora konnte ihm nicht die Zeit lassen, um zu begreifen, was hier geschah. Jetzt musste es sehr schnell gehen. Sie brauchte seine ganze Aufmerksamkeit.

»Ich weiß von dir und Carl. Er hat mir deinen Brief gegeben. Den aus dem Krieg.«

Hannes schlug die Hände vor den Mund.

»Wie hast du –« Weiter kam er nicht.

»Ich hatte Hilfe. Und den Mut der Verzweiflung, aber das erzähle ich dir ein anderes Mal.« Ihr Blick sagte, *wenn du frei bist*. Aussprechen wollte sie es nicht, vielleicht aus Aberglauben. »Uns bleibt wenig Zeit. Ich will und kann dir helfen, Hannes, aber dafür musst du meine Fragen beantworten. Nur du kannst …« Sie verstummte.

Er schaute sie an, schluckte und nickte dann.

Thora seufzte erleichtert. »Vor allem muss ich eines wissen: Willst du Carl schützen? Schweigst du deshalb?«

»Ich … ich dachte …«

»Dass Carl es getan hat? Er hat mir sein Wort gegeben, dass er es nicht war. Sicher kann ich mir nicht sein, aber ich glaube ihm.«

Hannes schloss die Augen.

Thora legte die Hand auf seine, obwohl es verboten war. »Wir müssen uns beeilen.« Sie sprach leise und dringlich, damit der Aufseher draußen nichts verstand und vor allem nicht merkte, wie hell ihre Stimme klang. »Ich weiß, dass Leuchtenberg euch an der Front zusammen erwischt, aber nichts unternommen hat. Carl hat mir von deinen Worten berichtet: ›Denken Sie an den Wald, Herr Hauptmann‹. Was hast du damit gemeint?«

Hannes öffnete die Augen. Als sie die Qual in seinem Blick sah, zog sich ihr Herz zusammen. Und dann begann er zu erzählen.

»Es war im August '14, wir waren auf dem Vormarsch in Belgien. Unsere Kompanie kam durch einen Wald. Ich weiß noch, es war ein heller Tag, das Sonnenlicht flackerte durch Äste und Laub und tanzte vor uns auf dem Weg. Vögel zwitscherten. Wenn ich die Augen schloss, war es einen Moment lang, als wanderte ich durch die Eifel. Nur die Schritte und das Gerede der Kameraden riefen mich immer wieder in die Gegenwart zurück. Es war Krieg, aber in diesen Momenten konnte ich mir vorstellen, daheim zu sein, keine Uniform zu tragen, sondern eine alte Hose und ein Hemd mit aufgerollten Ärmeln. Dass ein Rucksack mit Proviant auf meine Schultern drückte und nicht der Tornister.

Wir liefen geradeaus, redeten, rauchten, es war beinahe friedlich. Wir hatten den Waldsaum erreicht, standen am Rand der Felder, die golden in der Sonne lagen.

Plötzlich ertönte irgendwo rechts ein lautes Knacken. Unser Hauptmann blieb abrupt stehen und streckte die flache Hand in unsere Richtung. Das bedeutete Halt, stehenbleiben. Wir horchten und suchten die Bäume um uns herum mit den Augen ab.

Wir fürchteten die sogenannten *Franc-tireurs*, belgische Heckenschützen, die angeblich aus dem Hinterhalt heimtückisch auf deutsche Soldaten feuerten. Würde man auf uns schießen, noch bevor wir an der Front waren? Hatten Einheimische, die sich hier auskannten, uns umzingelt? Legten sie gerade die Gewehre an?

Wieder knackte es. Der Hauptmann riss das Gewehr hoch und feuerte ins Unterholz. Ich zuckte zusammen, die Geräusche hallten laut in diesem stillen Sommerwald.

Als sich nichts mehr regte, bedeutete er mir und einem Kameraden – August Plank, ein Schustergeselle aus Elberfeld –, ihm zu folgen.

Zu dritt bewegten wir uns vorsichtig zwischen den Bäumen hindurch, die Gewehre im Anschlag.

Und dann sahen wir ihn. Er muss etwa elf Jahre alt gewesen sein. Er trug ein hellblaues Sommerhemd, auf dem sich ein roter Fleck wie eine Mohnblume ausbreitete. Er lag sehr still auf dem Bauch, hatte ein mageres Bein in der kurzen Hose ausgestreckt, das andere angewinkelt. Er hatte den Kopf zur Seite gedreht, doch die Haare waren ihm ins Gesicht gefallen, ich konnte seine Züge nicht erkennen.

Der Hauptmann fluchte. Dann drehte er sich zu uns um. ›Ihr habt gesehen, er hat uns aufgelauert. Ihr habt es gesehen.‹

Ich hatte gar nichts gesehen.

›Jetzt schicken die schon Kinder, die uns belauern und an die *Franc-tireurs* verraten. Die wissen dann, welchen Weg wir nehmen.‹ Seine Stimme klang ein wenig schrill. Er wusste genau, was er getan hatte. Der Junge war unbewaffnet. Stattdessen bemerkte ich einen kleinen Korb, der ein Stück weggerollt war. Einen Korb, in dem man Beeren oder Pilze sammelt.

Wir wollten gerade kehrtmachen und zur Kompanie zurückgehen, als wir eine Stimme hörten. Sie klang ängstlich und verzweifelt und rief einen Namen, der wie Louis klang.

Dann trat eine Frau mit Kopftuch und Schürze aus dem Gebüsch. Sie blieb abrupt stehen und schlug die Hände vor den Mund, blickte uns entsetzt an. Sie machte unwillkürlich einen Schritt nach hinten, als wollte sie weglaufen, doch dann fiel ihr Blick auf den Jungen, der reglos auf der Erde lag. Sie nahm die Hände herunter und sank auf die Knie. Dann stieß sie einen gellenden Schrei aus, und kroch auf allen vieren zu dem Kind, es war entsetzlich.

Ich konnte mich nicht rühren, krallte meine feuchten Hände in den Stoff meiner Hose. Der Hauptmann hielt das Gewehr in der Hand und schaute auf die verzweifelte Frau hinunter. Sie hielt den Jungen im Arm, strich ihm übers Gesicht und murmelte immer wieder den Namen Louis.

August sah auf seine Füße. Er hatte Blut am Mund, so fest musste er sich auf die Lippe gebissen haben. Ich schwitzte. Mir war kalt. Das alles kam mir vor wie eine Ewigkeit.

Ein Schuss.

Er traf die Frau mitten in die Stirn, und sie sackte ohne einen Laut über dem Kind zusammen.

Dann deutete der Hauptmann mit einer ruckartigen Kopfbewegung in Richtung Weg.

›Es war ein Heckenschütze. Das haben wir alle gesehen, nicht wahr?‹

Dabei schaute er August und mich an, und seine Stimme klang so zwingend, so beschwörend, dass ich keine Antwort darauf hatte. Wir gingen zurück zu den anderen, die am Waldrand warteten.

›Ein Heckenschütze‹, sagte der Hauptmann. ›Dem haben wir's gezeigt. Der verrät keine deutschen Soldaten mehr.‹

Dann gab er den Befehl zum Weitermarsch. Ich sah zu August, doch der war ganz nach vorn gegangen, weg von mir, von meinen Fragen, unseren Fragen.

Die Sonne schien noch immer, doch die Stille der Landschaft lag jetzt wie eine bleierne Decke auf mir. Ich bekam kaum einen Fuß vor den anderen.

Ich schäme mich so, Thora. Bis heute. Aber was hätte ich tun sollen? Mein Wort stand gegen das eines Hauptmanns.«

Hannes saß da, das Gesicht in den Händen. Thora wagte kaum zu atmen. Ihr Bruder hatte nicht nur den langen Krieg überstanden, sondern auch dieses grausame Geheimnis mit sich herumgetragen. Er war so lange damit allein gewesen, und nun, da er ihr alles anvertraut hatte, blieb keine Zeit, um in Ruhe darüber zu sprechen.

»Hannes.«

Er sah auf.

»Dieser August Plank ist ein Zeuge. Der kann für dich aussagen.«

Hannes lachte bitter, und Thora ahnte, was kam.

»Er ist tot. Gestorben bei der Lorettohöhe bei einem Vorstoß der Franzosen. Wir waren nicht befreundet, standen einander nicht nah. Aber das furchtbare Wissen verband uns miteinander. Wir haben nie darüber gesprochen, was in jenem belgischen Wald geschehen ist. Es war wie eine stille Vereinbarung, es niemals zu erwähnen, und doch hielten wir beide uns wie auf eine geheime Absprache vom Hauptmann fern. Er führte uns mit sicherer Hand durch die Gefechte, die Männer schauten zu ihm auf. Er war einer jener Kompanieführer, die schon viele Jahre gedient hatten, kein blutjunger Offizier, der weniger Erfahrung hatte als seine Männer. Jedenfalls wurde August getroffen.« Er lachte freudlos. »Das klingt so harmlos. Man kann auch von einem Schneeball getroffen werden oder von einem Kissen, das ein anderes Kind im Übermut nach einem wirft. Von Kugeln oder Granatsplittern oder umherfliegenden Steinen getroffen zu werden, richtet jedoch Verheerungen an, denen ein menschlicher Körper niemals ausgesetzt sein sollte.«

Thora dachte sofort an Rudi. Diesmal verstand sie tatsächlich, wovon Hannes sprach.

»August hatte es die Beine weggerissen. Er stand unter Schock, der Schmerz hatte das Gehirn noch nicht erreicht. Ich kniete mich neben ihn. Er packte meinen Arm und schaute mich zum ersten Mal seit Monaten richtig an.

›Er muss bezahlen‹, sagte er.

›Was meinst du?‹, fragte ich.

›Der Hauptmann. Das Kind. Die Mutter.‹ Er stieß die Worte hervor wie Maschinengewehrfeuer.

Eigentlich hätte ich die Sanitäter rufen und weiter vorrücken müssen, aber das hier war wichtig. ›Was soll ich tun?‹

August sah an sich hinunter auf die zerfetzte Hose, die gesplitterten Knochen, die spitz und weiß aus dem blutigen Stoff ragten. ›Mit mir ist es aus.‹

Ich wollte widersprechen, wie man das eben tut, um einem Kameraden Mut zu machen, aber er wusste es natürlich besser. ›Hannes, mit mir ist es aus. Er darf nicht davonkommen.‹

›Aber was soll ich tun?‹, wiederholte ich. Der Hauptmann wurde respektiert, die Morde lagen lange zurück, niemand würde mir glauben. Augusts Mund zuckte, er brachte keine Worte mehr heraus. Er ließ meinen Arm los und krallte die Hände in die weiche Erde, dass sie zwischen seinen Fingern hervorquoll. Dann fiel sein Kopf zur Seite.«

Thora holte ihre Kladde heraus und hielt die wichtigsten Punkte stichwortartig fest: *Leuchtenberg tötet Frau und Jungen, Hannes einziger Zeuge, Kamerad gefallen.* Dann schaute sie besorgt zur Tür.

»Wir müssen uns beeilen, Hannes. Ich muss noch etwas wissen.« Sie sah ihn eindringlich an. »Hat Leuchtenberg dich erpresst? Oder euch beide, dich und Carl?«

Hannes nickte resigniert. »Mich. Das macht es noch schlimmer, oder?«

»Das wird sich zeigen. Sag mir, was passiert ist.«

Es klopfte, der Aufseher steckte den Kopf herein. Ihr Herz schlug sehr heftig. Der Mann tippte auf die Uhr. »Noch fünf Minuten.«

Thora nickte, und der Mann zog sich zurück.

»Er hat in der Firma angerufen.« Hannes lehnte sich auf dem Stuhl zurück und verschränkte die Arme vor der Brust. Er wirkte jetzt gefasster. »Er hat sich mit mir verbinden lassen. Es war ein Schuss ins Blaue, aber er brauchte wohl dringend Geld. Ich nehme an, er wurde aus der Armee entlassen und fand keine Arbeit. Was also hatte er zu verlieren?«

»Und dann?«

»Er meldete sich mit Rang und Namen. Und sagte, ich habe mir den genauen Wortlaut gemerkt: ›Wenn Sie im Frieden ein gutes Leben führen wollen, denken Sie auch an mich.‹ Ich ahnte, was er meinte, fragte aber dennoch nach. ›Sie und der Gefreite Schilling haben überlebt und sich ins gemachte Nest gesetzt. Da steht einem anständigen Mann wie mir doch eine kleine Unterstützung zu.‹ So wie er das Wort *anständig* betonte, bestand kein Zweifel an der Bedeutung.« Hannes presste kurz die Lippen aufeinander. »Er verlangte dreitausend Mark. Übergabe persönlich an einem von ihm zu bestimmenden Ort. Er werde sich wieder melden. Dann legte er auf.«

Thora schrieb fieberhaft mit. »Hat er Carl auch erpresst?«

Hannes schüttelte den Kopf.

Alles fügte sich zusammen. »Aber du hast Carl von der Erpressung erzählt?«

»Ja. Und dann auch von dem Vorfall im Wald, er hat mich danach gefragt. Und mir wurde klar, dass er das Recht hatte, es zu erfahren. Darum sind wir an jenem Freitag nach Düsseldorf gefahren. Ich wollte es Carl in Ruhe erzählen, ohne Gefahr, entdeckt zu werden. Und ihn warnen, denn es war denkbar, dass Leuchtenberg auch ihn erpressen würde, wenn er bei mir nicht weiterkam. Damals bin ich gar nicht auf die Idee gekommen, dass Carl selbst zu Leuchtenberg gehen könnte, aber als ich dann die Leiche da liegen sah …« Hannes lachte reumütig. »Der Dummkopf denkt also, *ich* hätte den Hauptmann zum Schweigen gebracht.«

»Und du dachtest, *er* habe es getan.« Thora schüttelte den Kopf. Eine Frage musste sie noch stellen. »Warum warst du am Tag seines Todes überhaupt bei Leuchtenberg? Wolltest du ihn bezahlen?«

Hannes sah sie ungläubig an. »Natürlich nicht! Er hätte ja immer mehr verlangen können.« Sein Blick wanderte zur Seite, er wirkte beschämt. »Was ich tun wollte, war schlimmer. Ein Geschäft wollte ich ihm anbieten, so wie damals im Unterstand. Sein Schweigen gegen mein Schweigen.« Er schluckte mühsam. »Ich wollte Leuchtenberg androhen, ihn in Düsseldorf bei der Polizei zu melden. Zu den Belgiern konnte ich nicht gehen, weil sie hier in der neutralen Zone keine Handhabe gegen ihn gehabt hätten.«

In diesem Moment schien etwas in Hannes zu zerbrechen. Thora sah Tränen in seinen Augen und hätte ihn gern in den Arm genommen, wagte es aber nicht. Der Aufseher konnte jederzeit die Tür öffnen.

Er fasste sich wieder. »Ich hatte die Scham seit Jahren in mich hineingefressen, konnte mich lange Zeit kaum im Spiegel ansehen. Und jetzt kam es mir vor, als verkaufte ich die Frau und ihren Sohn erneut, um mich – und damit auch Carl – zu retten.«

»Hannes, der Hauptmann war ein Verbrecher, nicht du«, stieß Thora heftig hervor, doch er unterbrach sie, musste wohl endlich alles herauslassen.

»Ich habe mir eingeredet, dass ich es für Carl tue, dass ich ihn schützen muss, wegen Eva und allem.« Er fuhr sich wütend über die Augen. »Doch ich habe seit damals immer wieder von jenem Tag im Wald geträumt und bin mit der Furcht aufgewacht, dass niemand jemals dafür büßen muss. Diese Angst brauche ich immerhin nicht mehr zu haben.«

»Aber du hast Leuchtenberg nicht getötet?« Sie schrak zusammen, weil sie so laut geworden war.

»Nein. Als ich in den Hausflur kam, war er schon tot. Er lag neben der Treppe, sein Kopf war voll Blut. Aber ich hätte die beiden Morde in Belgien verschwiegen, wenn ich uns damit hätten retten können, verstehst du? Denn es waren Morde, mit Krieg hatte das nichts zu tun. Ist Schweigen mitunter nicht auch ein Verbrechen?«

Thora schloss die Augen, das alles wurde ihr zu viel. Sie musste sich zusammenreißen und in ihrer Rolle bleiben. Daheim in ihrem Zimmer konnte sie weinen und toben und sich überlegen, wie es weitergehen sollte. Jetzt aber musste sie sich verabschieden und mit aller Würde und Schauspielkunst, deren sie fähig war, das Gefängnis verlassen.

Sie drückte spontan Hannes' Hand und versuchte, mit den Augen das zu sagen, für das keine Zeit blieb. Dann packte sie die Kladde ein und wollte aufstehen, hielt aber inne. Sie zog den eisernen Ring aus der Tasche und legte ihn auf den Tisch.

Thora konnte Hannes' Miene nicht deuten. War er wütend, weil sie sein Atelier durchsucht hatte? Doch dann schaute er ihr in die Augen, und ihre Sorge verflog.

»Von Carl?«, fragte sie leise.

»Von seiner Mutter, aber ja. Sie glaubt, er habe ihn in Frankreich verloren.« Seine Hand schloss sich um den Ring.

Draußen im Gang rührte sich wieder etwas. »Gut, Herr Bernrath«, sagte sie vernehmlich. »Ich werde mit Ihrem Vater sprechen und alles Weitere veranlassen. Bleiben Sie stark, wir werden Sie freibekommen.« Sie sah ihrem Bruder in die Augen und fügte leise hinzu: »Das verspreche ich dir. Ich hab dich lieb, Hannes.«

Als die Tür aufging, stand Thora kerzengerade da, die Aktentasche in der Hand. Dann verließ Rechtsanwalt Schiffer gemessenen Schrittes das Besuchszimmer.

Strafanstalt Düsseldorf-Derendorf, Sonntag, 13. April 1919

Liebe Thora,

wie mutig und verrückt und unerhört bist Du?? Mein Herz drohte zu zerspringen, als ich Dich erkannt habe. Sie sagten mir, mein Anwalt sei da, als sie mich aus der Zelle holten. Es ging sehr schnell, mir blieb keine Zeit, darüber nachzudenken. Und dass Vater mir trotz meiner Weigerung einen Anwalt schickt, erschien nicht so abwegig.

Aber ich habe Dich sofort erkannt! Wie kann es sein – und ich bin sehr, sehr erleichtert –, dass Dich niemand sonst durchschaut hat? Zugegeben, Deine Maskerade war gut, Deine Haltung und Bewegungen wirkten maskulin, aber Deine Augen kannst du nicht verbergen. Die kenne ich zu genau. Die Aufseher hingegen nicht, was unser Glück war, aber Du bist ein ungeheures Risiko eingegangen. Ich bin Dir dankbar, so dankbar, dass ich es mit Worten kaum beschreiben kann.

Ich hätte Dir gern so viel gesagt, für das keine Zeit blieb, das vielleicht noch mehr erklärt hätte, aber ich kann nur hoffen und darauf vertrauen, dass Du mich verstehst.

Danke auch für Deinen Mut, zu Carl zu gehen. Da Du den Brief gelesen hast, weißt Du, wie viel er mir bedeutet. Ich hatte ihm während des Krieges nie erzählt, was ich damals in Belgien angesehen habe, weil ich ihn nicht zum Mitwisser machen wollte. Wie Du jetzt weißt, habe ich es ihm erst gestanden, als Leuchtenberg mich zu erpressen versuchte.

Fast fünf Jahre sind vergangen, seit er die Frau und das Kind getötet hat, doch die Bilder verfolgen mich bis heute. Der Gedanke, auf ihn und sein Schweigen angewiesen zu sein, war kaum zu ertragen.

Es fällt mir schwer, all das in Worte zu fassen, aber Du hast so viel für mich gewagt und verdienst es, diese Gedanken zu lesen:

Es war nach dem Ende des Krieges nicht leicht, in meine alte Welt zurückzukehren. Ich konnte sie nach allem, was wir durchlebt und durchlitten hatten, nicht überstreifen wie ein lieb gewonnenes Kleidungsstück, das die Form meines Körpers angenommen hatte. Ich wusste nicht, ob ich noch in jene Welt passte.

Ohne Dich war es still im Haus. Ich gönnte Dir dein neues Leben, nichts mehr als das, ich hatte Dich ja darin unterstützt, aber Du fehltest mir. Es fiel mir schwer, wieder in den Alltag hineinzufinden. Wie Du weißt, unterstütze ich Papa in der Firma, zumindest vorerst, und überlege mir, was ich mit meinem Leben anfangen möchte. Wenn ich Zeit und Kraft dafür finde, zeichne ich, zweifle aber zu sehr an mir, um mich für das Architekturstudium zu bewerben. Und Papa hofft, dass ich es mir anders überlege und in der Firma bleibe.

Mir läuft die Zeit davon. Kostbare Jahre sind mir durch die Finger geronnen wie Sand, und ich stehe mit leeren Händen da. Ich bin fünfundzwanzig und habe nichts als mein Abitur und ständiges Zaudern, Zögern und Nachdenken über ein Architekturstudium vorzuweisen. Ich habe nichts gelernt – außer zu töten und in einer Welt aus Schlamm, Eisen und Blut zu überleben.

Sollte ich aus dem Gefängnis freikommen, muss ich eine Entscheidung treffen. Sonst bleibt mir nur, die Firma zu übernehmen und das Leben zu führen, das immer für mich vorgezeichnet war. Manch einer wäre froh, in eine Welt zurückzukehren, in der alles vertraut ist, in der die Menschen einen kennen und achten, nur weil man der Sohn seines Vaters ist. Mir aber ist jeder Tag eine Mühe. Ich reiße mich zusammen, verhandle mit den Besatzern, nehme Kontakt zum Militär in der britischen Zone auf. Papa sieht mich mit einem Lächeln in den Augen an, das ich kaum ertragen kann.

Dank Carl habe ich die letzten Monate überstanden. Als wir uns im Dezember verabschiedeten, dachte ich, es sei das Ende. Uns in Gladbach zu treffen und zu tun, als wären wir alte Schulfreunde, erschien uns beiden unmöglich. Er sollte sich, wenn es nach seiner Familie ging, nun endlich mit seiner Eva verloben. Er scheint sie zu mögen, nennt sie ein liebes Mädchen, was immer das heißen mag. Der Gedanke, gesittet mit ihnen dazusitzen und Kaffee zu trinken, war mir unerträglich. Also haben wir uns mehrmals in Düsseldorf getroffen, wann immer man Passierscheine bekam, das ist immer Glückssache, wie Du weißt. Dort fühlten wir uns unbeobachtet und mussten nicht fürchten, Bekannten zu begegnen.

Ich bin nicht stolz darauf, Thora, aber ich schäme mich auch nicht. Neben all der Grausamkeit, die wir erlebt haben, hat uns die Zeit des Krieges etwas geschenkt: Zeit miteinander, die wir sonst nie gehabt hätten. Und nun versuchen wir, ein bisschen von dieser Zeit in den Frieden hinüberzuretten. Was wird, wenn Carl verheiratet ist, weiß ich nicht. Ich habe verlernt, an die Zukunft zu denken. Ich lebe nur im Heute.

All das würde ich Dir so gern von Angesicht zu Angesicht sagen. Von nun an hoffe ich wieder. Du hast mich mit Deinem Besuch vor der Verzweiflung gerettet. Und ich danke Dir für den Ring. Ich habe ihn in den Kopfkissenbezug gelegt, zu den Briefen für Dich. Wenn ich wieder frei bin, werde ich ihn tragen.

Immer
Dein Hannes

Düsseldorf, Sonntag, 13. April 1919

Thora verfluchte, dass sie an diesem Tag die Straßenbahn und nicht das Rad genommen hatte. Nun stand sie aufgewühlt an der Haltestelle. Der Bart juckte mittlerweile unerträglich, doch sie musste sich zusammenreißen. Sie konnte an nichts anderes denken als an Hannes in Sträflingskleidung, und das Herz tat ihr weh. Sie musste erst einmal richtig begreifen, was sie soeben erfahren hatte, und wollte es unbedingt mit Trude Busch teilen.

Als sie endlich in der Bahn saß, hämmerte ihr Herz immer noch bis in die Kehle. Sie hatte es geschafft, hatte alles erreicht, was sie sich vorgenommen hatte, und noch mehr. Sie lockerte die Krawatte, um freier atmen zu können, und sah angestrengt aus dem Fenster, als könnte sie die Bahn so zwingen, die Strecke schneller zurückzulegen.

Am Hauptbahnhof war es überraschend ruhig, doch von fern ertönten Schüsse. Offenbar hatten sich die Kämpfe in andere Stadtteile verlagert. Als Thora aus der Bahn stieg, rollte ein mit Soldaten besetzter Lastwagen an ihr vorbei. Ein Krankenwagen lud einen blutverschmierten Mann ein. Thora hörte Detonationen, deutlich lauter als Gewehrschüsse, und fragte sich, ob es Granaten oder Bomben waren und ob sich das für Hannes im Krieg so angehört hatte.

»Keine Bahn in Richtung Altstadt«, rief jemand, und sie seufzte. Dann eben zu Fuß.

Thora war froh, die Kampfgeräusche hinter sich zu lassen, und kam gut voran, da sich angesichts der unsicheren Lage nur wenige Menschen auf die Straße wagten. Im Gehen spürte sie, wie der Schnurrbart herunterrutschte. Sie zog vorsichtig daran, schon hielt sie ihn in der Hand.

Eine Frau blieb stehen und sah verblüfft zu, wie Thora den Bart in die Jackentasche steckte. Dann ging sie kopfschüttelnd weiter.

In der Wallstraße angekommen, stürzte Thora ins Gebäude, rannte die Treppe hinauf und prallte an der Tür zur Redaktion beinahe mit einem Mann zusammen, der zurückwich und sie von Kopf bis Fuß musterte.

»Ich muss doch bitten ...«

Hinter ihm tauchte Trude Busch auf, stutzte und brach in Gelächter aus. »Fräulein Bernrath, sind Sie das? Ich dachte, Karneval ist vorbei. Aber es ist originell, das gebe ich zu. Fehlt nur der Schnurrbart.«

»Den habe ich in der Tasche.«

Frau Busch lachte wieder, schien dann aber Thoras Gesichtsausdruck zu bemerken und drückte sie auf einen Stuhl. Sie lehnte sich mit verschränkten Armen an den Schreibtisch und nickte zur Tür. »Der Kollege musste dringend los, in Oberbilk legen die Freikorps ganze Häuser in Schutt und Asche. Also raus mit der Sprache. Was hat es mit dieser Maskerade auf sich?«

Dann brach es wie ein Sturzbach aus ihr heraus, und Trude Buschs Augen wurden immer größer. Thora hätte nicht gedacht, dass sie die Journalistin sprachlos machen könnte, doch als sie fertig war, blieb es erst einmal still.

Schließlich räusperte sich Frau Busch, streckte ihr die Hand entgegen und sagte: »Respekt, Fräulein Bernrath. Ich heiße Trude. Sie haben sich das Du verdient.«

Thora ergriff die Hand und spürte zum ersten Mal an diesem Tag echte Freude. Bisher war alles Erregung, Angst und Übermut gewesen, doch die Geste rührte sie zu Tränen. »Danke. Es ist mir eine Ehre.«

»Ganz meinerseits.« Dann nickte Trude zur Tür. »Komm mal mit.« Sie führte Thora in eine Toilette mit Waschbecken, machte das Handtuch nass und hielt es ihr hin. »Geht das so ab? Der Kinnbart ohne Schnurrbart sieht ein bisschen lächerlich aus.«

Thora betupfte den Bart, bis er völlig nass war und sich behutsam ablösen ließ. Sie schob ihn in einen Briefumschlag, den sie in der Aktentasche hatte. Hoffentlich konnte man ihn noch gebrauchen, sie wollte dem Schauspielhaus keinen finanziellen Schaden zufügen. Das Geld war immer knapp, die Dumont-Lindemanns schlitterten oft haarscharf am Ruin vorbei. Sie setzte vorsichtig die Perücke ab und verstaute sie ebenfalls in der Tasche. Dann zog sie die enge Haube ab, unter der ihre eigenen Haare zum Vorschein kamen, und löste sie aus den Klammern, bis sie ihr Gesicht umrahmten.

Trude war hinter sie getreten und schaute in den Spiegel. »Schon besser. Die Schminke kannst du zu Hause entfernen.«

Sie gingen zurück nach nebenan. Thora war erleichtert, als sie sich wieder setzen konnte, und spürte, wie endlich die Spannung aus ihr wich. Trude schob ihr eine Tasse Kaffee hin, echten Bohnenkaffee, den konnte sie jetzt brauchen.

»Das war ein Husarenstück, meine Liebe. Ich würde gern irgendwann darüber schreiben. Natürlich ohne Namen zu nennen, aber es wäre mir ein Genuss, den Herrn Justizbeamten unter die Nase zu reiben, welchem Trick sie aufgesessen sind.«

Thora hätte gern gelacht, doch ihr Mund wollte sich nicht verziehen. »Sei mir nicht böse, aber ich ... bin überwältigt von alldem.« Sie kehrte hilflos die Hände nach außen.

Trude zog verlegen eine Schulter hoch. »Du hast recht, verzeih. Es geht jetzt um wichtigere Dinge als Artikel, die in der Zukunft vielleicht einmal erscheinen.« Sie wedelte mit einigen zusammengehefteten Blättern. »Während du deinen großen Plan geschmiedet hast, war ich nicht untätig. Hier ist die Regimentsliste! Frag nicht, wen ich bestechen musste, um daran zu kommen, aber ich habe sie. Die Gefallenen sind markiert, ob die Angaben vollständig sind, weiß ich nicht. Schau nach, ob dir Namen bekannt vorkommen. Vorzugsweise von Lebenden.«

Thora nahm die Blätter und begann zu lesen. So viele Namen, die mit dem Wort *gefallen*, oft auch mit Ort und Datum gekennzeichnet waren. Hannes stand ziemlich weit oben, die Liste war alphabetisch. Sie hoffte auf bekannte Namen aus Gladbach und Umgebung, doch vergeblich.

»Vier Namen kenne ich. Bernrath, Leuchtenberg, Plank und Schilling.«

»Plank?«, fragte Trude nach.

Thora zeigte ihr den Eintrag. *Gefallen am 12. Mai 1915 bei Carency, Lorettohöhe*. »Das ist neben Hannes der einzige weitere Zeuge der Verbrechen, die Leuchtenberg begangen hat«, sagte sie resigniert. »Ein Schustergeselle aus Elberfeld. Mein Bruder war dabei, als er starb.«

»Elberfeld, sagst du? Denkbar, dass er dort Angehörige hat.« Sie wiegte den Kopf.

»Du meinst, er könnte seiner Familie erzählt haben, was Leuchtenberg in Belgien getan hat?«

»Ganz ausgeschlossen ist es nicht.«

Aber wie würde das Hannes helfen?, fragte sich Thora. Selbst wenn Planks Familie von den Verbrechen gewusst hatte, lieferte es kein Motiv für den Mord an Leuchtenberg. Es gab keinen Grund, aus dem sich seine Hinterbliebenen für das Schicksal einer belgischen Frau und ihres Sohnes hätten interessieren sollen.

Und dann kam ihr ein Gedanke, der alles in einem völlig neuen Licht erscheinen ließ. »Was, wenn ein Belgier den Hauptmann getötet hat?«

München-Gladbach
3. Dezember 1918

Seit Tagen faltete Thoras Mutter Pullover, Socken und Wäsche, die sie im Bekanntenkreis gesammelt hatte, und packte sie in große Kisten. Sie waren für die heimkehrenden Soldaten gedacht, die oft noch einen weiten Weg vor sich hatten. Nur die wenigsten von ihnen lebten im Rheinland. Bei der Bahn herrschte seit Beginn des Waffenstillstands Chaos. Zuerst wegen der Revolution, die sich in Gladbach rasch aufgelöst hatte, nachdem der Arbeiter- und Soldatenrat den einrückenden Belgiern sämtliche Gewalten übertragen hatte, und dann wegen der Besatzung. Wer aus dem Rheinland nach Sachsen, Bayern oder gar Ostpreußen musste, hatte eine beschwerliche Reise vor sich, und der Winter war hereingebrochen.

Hinzu kamen die Heimkehrer, deren Eltern oder Ehefrauen während des Krieges gestorben waren und die sich mitunter vor Wohnungen und Häusern wiederfanden, in denen jetzt fremde Menschen lebten. Thora hatte mitbekommen, wie ihre Mutter einem dieser Männer ein ganzes Paket mit Kleidung und dem Nötigsten für die

Körperpflege in die Hand gedrückt hatte, worauf er sich unter Tränen bedankte.

Seit dem Tag des Waffenstillstands waren mehr als drei Wochen vergangen, und sie warteten immer noch auf Hannes. Ihre Mutter hatte versprochen, Thora Bescheid zu geben, sobald sie von ihm hörten, doch der November war ohne Nachricht verstrichen. Sie konnte sich kaum auf den Schauspielunterricht konzentrieren, weil sie von der Angst getrieben wurde, dass Hannes im allerletzten Moment doch noch etwas zugestoßen war. Schließlich hatte sie Louise Dumont um die Erlaubnis gebeten, nach Gladbach zu fahren und dort auf ihren Bruder zu warten. Doch ihr lief die Zeit davon. Wenn die belgischen Truppen den Rhein erreichten, könnte der Weg nach Düsseldorf versperrt sein.

Früh an diesem Morgen hörte Thora Unruhe und Fußgetrappel im Haus, laute Stimmen drangen durch die geschlossene Tür. Sie stand auf und wickelte sich in ein warmes Tuch, bevor sie die Zimmertür öffnete und an die Treppe trat. Kohle war knapp, sie heizten nur die Räume, in denen sich die Familie gewöhnlich aufhielt.

Die Eltern standen unten im Flur. Ihr Vater wirkte aufgebracht. Er litt unter dem verlorenen Krieg wie unter einer Krankheit und sorgte sich wegen der Ankunft der belgischen Besatzer, vor denen sich viele fürchteten.

Ihre Mutter legte ihm beschwichtigend die Hand auf den Arm. »Reg dich nicht auf, Fritz, das sind doch keine Wilden.«

»Das sind Besatzer!«, wetterte er. »Die haben den Krieg gewonnen, nachdem wir vier Jahre in ihrem Land gestanden haben. Was glaubst du, wie die sich hier benehmen werden?«

»Es nützt nichts, deswegen zu jammern.« Ihre Mutter klang ungewohnt energisch. »Wir müssen uns daran gewöhnen.«

»Ich soll mich daran gewöhnen, dass mein Land, meine Stadt unter fremder Herrschaft steht? Nachdem mein Sohn dafür geblutet hat?«

Thora verharrte reglos auf der Schwelle. Er ist auch ihr Sohn, dachte sie. Seltsam, wie Männer stets von *ihren* Söhnen sprachen, wenn es um den Krieg ging, und nie von *unseren* Söhnen.

Für ihren Vater hatten sich alle Gewissheiten vor seinen Augen in Luft aufgelöst. Der Krieg war verloren, der Kaiser im Exil, sein Land unter fremder Besatzung. Ihre Mutter hatte hingegen an Kraft gewonnen und nahm Dinge in die Hand, die sie sonst ihrem Mann überlassen hatte. Sie half dabei, durchziehende Soldaten mit Essen und Decken zu versorgen – immer in der Hoffnung, ihren Sohn unter den Heimkehrern zu finden – und las begierig Zeitung, als fühlte sie sich verpflichtet, die großen Ereignisse in ihre kleine Welt zu holen.

»Er hat dafür geblutet, und er hat überlebt. Nur das zählt für mich«, sagte sie ruhig, aber bestimmt. »Sollen die Belgier einrücken. Thora ist in Düsseldorf sicher, es heißt, das Gebiet rechts des Rheins wird neutrale Zone und bleibt unbesetzt. Und wenn die Niederlage bedeutet, dass unser Junge nach Hause kommt, bin ich froh.«

Er wollte auffahren, doch ihre Mutter hob warnend die Hand. »Wir mögen darin geteilter Meinung sein, Fritz, aber ich rücke nicht davon ab. Ich habe dieses Blutvergießen gehasst, den Hunger, das ganze Elend hier in der Stadt. Die vaterlosen Kinder, die vielen Witwen, und vor allem habe ich euer Gerede gehasst von einem edlen Heldentod und dem größten Opfer, das man der Heimat bringen kann.«

So hatte Thora ihre Mutter noch nie erlebt und war ein wenig schockiert, aber zugleich stolz, dass sie derart entschieden für ihre Meinung eintrat.

Ihr Vater ließ die Schultern hängen, als hätte man die Luft aus ihm herausgelassen. Er tat ihr leid, aber sie musste ihrer Mutter von ganzem Herzen zustimmen. Falls die Niederlage bedeutete, dass Hannes nie wieder in solche Gefahr geraten würde, konnte sie es hinnehmen. Nur quälte sie die Sorge, dass sie ihren Bruder nicht sehen würde, denn sie konnte nicht mehr lange bleiben. Die Frage war, wer zuerst in die Stadt käme – Hannes oder die belgischen Besatzer?

»Es heißt, in wenigen Tagen sind die Belgier hier. Ich werde mir vorkommen wie ein Fremder im eigenen Land«, nahm Papa beim Abendessen den Faden wieder auf.

»Wo bleibt nur unser Junge? Er müsste längst hier sein«, warf Mama ein, als hätte sie ihn gar nicht gehört. Die Eltern lagen nicht im Streit, doch seit sie ihm am

Morgen die Stirn geboten hatte, war die Stimmung zwischen ihnen merklich abgekühlt. »Der Waffenstillstandsvertrag sieht vor, dass bis zum 12. Dezember kein einziger deutscher Soldat mehr links des Rheins stehen darf. Wenn sie Hannes in Uniform erwischen, könnte er doch noch in Gefangenschaft geraten.«

»Interessiert es dich denn gar nicht, was hier passieren wird?«, fragte ihr Vater. »Die Belgier werden uns demütigen. Wie ich hörte, soll man sogar Offiziere bei sich zu Hause aufnehmen. Stell dir das vor – wir müssten ihnen nicht nur unsere Zimmer überlassen, sondern auch Besteck, Geschirr und alle Dinge des täglichen Lebens zur Verfügung stellen. Wir wären nicht mehr Herr im eigenen Haus.«

Der Schlag auf die Tischplatte kam so unerwartet, dass Thora zusammenfuhr.

»Ich will wissen, wo unser Sohn ist, Fritz! Ob es ihm gut geht. Alles andere ist mir egal.«

Ihr Vater setzte gerade zu einer heftigen Antwort an, sein Gesicht war rot angelaufen. Da läutete es an der Haustür.

Hannes wirkte fremd, mager und blass, was der feldgraue Mantel mit den großen Knöpfen noch betonte. Er trug eine Strickmütze statt der Uniformkappe und hatte den Tornister über eine Schulter gehängt.

Mama drückte ihn an sich, als wollte sie ihn gar nicht mehr loslassen, und Papa musste sie sanft beiseiteschieben, damit er seinen Sohn ebenfalls umarmen konnte.

Thora sah ihren Vater zum ersten Mal im Leben weinen. Es waren nur wenige Tränen und er wischte sie sofort weg.

Sie selbst hielt sich ein wenig abseits, um den Eltern den innigen Moment zu lassen. Dann trafen sich ihre Blicke über Papas Schulter. In Hannes' Augen lag eine Traurigkeit, die nicht zu dem frohen Augenblick passte. Er sah aus, als hätte er etwas verloren und wüsste nicht, ob er es jemals wiederfinden würde.

Düsseldorf, Sonntag,
13. April 1919

Trude nickte nachdenklich. »Nach allem, was wir bisher erfahren haben, gab es zwei triftige Gründe, Leuchtenberg zu töten: um einen Erpresser zum Schweigen zu bringen, was darauf hindeuten würde, dass dein Bruder oder Carl es getan hätten. Oder, wenn ich dich richtig verstehe, könnte es ein Belgier gewesen sein, vielleicht ein Soldat, der den Toten nahestand und sie rächen wollte. Oder der mit Leuchtenberg eine andere Rechnung aus dem Krieg offen hatte.« Sie sah sehr ernst aus. »Ist dir klar, was das heißt?«

Thoras Kehle wurde eng. Sie fing gerade erst an, das ganze Ausmaß ihres Gedankens zu begreifen. »Wäre das, was Leuchtenberg getan hat, nach dem Gesetz gesichert ein Verbrechen? Auch im Krieg?«

»O ja«, sagte Trude sofort. »Zivilisten zu töten, die keine Bedrohung darstellen, ist im Krieg verboten und strafbar. Es verstößt gegen die Haager Landkriegsordnung.«

»Könnte ihn die deutsche Polizei dafür zur Rechenschaft ziehen?«

Trude wiegte den Kopf. »Die juristischen Feinheiten kenne ich nicht. Ich glaube schon, dass man es zumindest geprüft hätte. Aber ob man Leuchtenberg dafür verurteilt hätte, kann ich nicht sagen.«

Immer wieder lief sie gegen Mauern, dachte Thora verzweifelt. Die Belgier waren die Besatzer, die Herren im Land. Sie würden niemals zulassen, dass Thora ihren Soldaten Fragen stellte. Und ob die Düsseldorfer Polizei, die personell unterbesetzt war und sich mit Spartakisten herumschlug, Interesse an zwei Morden hatte, die Jahre zurücklagen und im Ausland begangen worden waren, schien fraglich. Auf einmal brachen sich Angst und Aufregung der letzten Tage Bahn und schlugen wie eine Welle über ihr zusammen. Sie vergrub das Gesicht in den Händen und begann zu schluchzen.

Sie war so weit gekommen, hatte so viel gewagt und fand sich nun erneut vor einer Mauer wieder, die unüberwindlich schien. Ihr ganzer Körper bebte, sie hatte keine Kontrolle mehr über sich.

Zwei sanfte Hände zogen ihre vom Gesicht, und Thora sah durch einen Tränenschleier, dass sie braun verschmiert von Schminke waren.

Trude schaute sie tadelnd an. »Kind, du bist gerade als Mann verkleidet in ein Gefängnis rein und wieder raus marschiert, ohne aufzufallen. Du hast so viel für deinen Bruder getan, da kannst du jetzt nicht aufgeben. War nur alles ein bisschen viel, was?«

Thora nickte unter Tränen. Früher war ihre Mutter für solche Trostworte zuständig gewesen. Doch nun erkannte sie überrascht, dass Trudes robuste Art ihr Zuversicht einflößte, während Mama vermutlich mitgeweint hätte, statt sie aufzurichten.

»Danke«, sagte sie und wischte sich mit dem Handrücken über das Gesicht. »Wir müssen wohl ganz neu überlegen, wie wir jetzt vorgehen.«

Trude setzte sich und sah sie ernst an. »Du kommst aus dem besetzten Gebiet und weißt besser, wie das Leben dort abläuft.«

Das stimmte natürlich, aber wo sollte sie anfangen? Und dann war es auf einmal ganz leicht, als ihr der vertraute Satz aus *Alice im Wunderland* einfiel. »›Fange beim Anfang an‹, sagte der König ernsthaft, ›und lies bis du an's Ende kommst, dann halte an.‹«

»Die Belgier kamen am 5. Dezember in die Stadt. Hannes war zwei Tage zuvor heimgekehrt. Ich selbst war schon wieder in Düsseldorf, als sie einmarschierten, weil ich fürchtete, man werde mich nicht mehr über den Rhein lassen. Es herrschte großes Durcheinander. Aber meine Eltern haben mir erzählt, was geschehen ist.«

Trude hob auffordernd die Hand.

»Die belgischen Truppen haben Gladbach besetzt und ihre Fahne auf dem Rathaus gehisst. Sie richteten ihre sogenannte Ortskommandantur in einem eleganten Hotel an der Hindenburgstraße ein, es heißt Abteihof. Wir sind früher gern dort hingegangen.« Sie lächelte wehmütig. »Wir haben dort Hannes' Abitur mit einem festlichen Essen gefeiert. Und jetzt führt der belgische Stadtkommandant namens Nagel den Oberbefehl. Der ist furchtbar unbeliebt bei den Leuten. Eine Zeitung hat einen Spottvers auf ihn gedichtet: ›Drahtstift, Drahtstift‹ – also Nagel –, ›du musst enden, in des deutschen Mannes Händen.‹«

Trude zog eine Augenbraue hoch. »Das ist den Kollegen sicher nicht gut bekommen.«

»Der Redakteur wurde in ein Lager gesperrt und die Zeitung für vierzehn Tage verboten.«

Die Journalistin seufzte.

»Im Februar haben sie das Bismarckdenkmal vom Sockel gerissen, darüber waren viele Menschen empört. Man versucht, sich mit der Lage zu arrangieren, aber ...« Thora zögerte.

»Aber was?«

Der Gedanke war ihr schon früher gekommen, und nachdem Hannes ihr von den Morden im Wald erzählt hatte, drängte er noch vehementer in ihr Bewusstsein. »Deutsche Soldaten hatten vier Jahre lang ihr Land besetzt. Was, wenn nicht nur Leuchtenberg, sondern auch andere solch furchtbare Dinge getan haben? Ich weiß, es klingt wie Verrat am Vaterland und doch ...« Sie verstummte verunsichert, sah dann aber, dass Trude zustimmend nickte.

»Mit Vaterlandsliebe versucht man vieles zu rechtfertigen, das eigentlich bestraft gehört.«

Thora atmete durch. Es tat gut, ihre Gefühle bestätigt zu sehen. »Ich könnte mir vorstellen, dass es Belgier gibt, die sich für das rächen wollen, was sie unter deutscher Besatzung erleiden mussten. Darum machen sie es den Deutschen so schwer wie möglich. Es wurden Wohnungen beschlagnahmt, Offiziere in Häusern einquartiert, man braucht für alles und jedes eine Genehmigung. Meine Eltern zu besuchen, ist mühsamer als eine Reise ins Ausland.«

Trude unterbrach sie. »Ich kenne die Situation an der Rheinbrücke. Vielleicht solltest du dich dort umhören. Wenn ein Belgier der Mörder ist, muss er ja irgendwie über den Rhein gekommen sein.«

»Ich kann schlecht hingehen und die Soldaten fragen, ob sie einen Landsmann über die Brücke gelassen haben, der dann womöglich einen Mord begangen hat«, platzte Thora heraus.

»Natürlich nicht«, rief Trude entrüstet. »Aber du könntest Leute fragen, die in der Nähe der Brücke wohnen oder dort ihr Geschäft haben, ob ihnen etwas aufgefallen ist. Die Aussicht ist gering, aber versuchen solltest du es. Und noch einmal in die Ackerstraße gehen und nach einem Unbekannten fragen, der gebrochen Deutsch oder gar Französisch oder Flämisch gesprochen hat.«

Thora runzelte die Stirn. »Hätten die Leute das nicht der Polizei gesagt?«

Trudes Miene wurde skeptisch. »Ich erwähnte bereits, dass die hiesige Kriminalpolizei keinen allzu guten Ruf genießt. Man hat ihnen den vermeintlichen Täter auf einem Silbertablett serviert. Außerdem reden die meisten Leute nicht von sich aus mit der Polizei, sondern antworten nur, wenn sie gefragt werden.«

Das mochte stimmen, dachte Thora. Sie hatte sich damals bei Frau Ziegolf aus dem Schreibwarenladen erkundigt, ob sie außer Hannes einen weiteren Fremden gesehen hatte, und erinnerte sich auch an deren Antwort. *Er war allein. Und ich habe sonst keinen Fremden gesehen. Aber ich schaue auch nicht den ganzen Tag auf die Tür.* Nicht ausgeschlossen, dass ein belgischer Soldat unbemerkt im Haus gewesen war.

Thora holte ihre Kladde heraus und notierte *Brücke* und *Ackerstraße*. Dann klopfte sie sich nachdenklich mit dem Bleistift an die Lippen. »Im Rheinland stehen tausende belgische Soldaten. In Düsseldorf müsste er in Zivil gewesen sein, sonst wäre er hier sofort aufgefallen.«

»Das stimmt. Er konnte nicht in Uniform die neutrale Zone betreten. Aber es dürfte nicht weiter schwierig für ihn gewesen sein, sich Zivilkleidung zu besorgen.«

Thora nickte. »So wäre es womöglich leichter für ihn gewesen, über die Brücke zu gelangen. Oder er hat sich ein Boot besorgt und im Schutz der Dunkelheit den Rhein überquert.«

Trude tippte auf die Regimentsliste. »Und noch etwas. Hier steht die Adresse von Planks Eltern. Du könntest ihnen schreiben oder hinfahren. Sie werden sich freuen, wenn eine Frau sie besucht, deren Bruder ihren verstorbenen Sohn gekannt hat.«

Thora notierte sich die Adresse, war aber nicht recht überzeugt. Die Brücke, die Ackerstraße, Planks Eltern, das alles waren bloße Strohhalme, von denen sie sich wenig versprach. Es musste noch einen anderen Weg geben ... und dann kam ihr eine Idee. »Trude, es gibt noch eine Möglichkeit«, sagte sie aufgeregt. Sie erinnerte sich plötzlich an etwas, das ihr Vater an Weihnachten erzählt hatte.

Er war auf der belgischen Kommandantur gewesen und hatte es als demütigend empfunden. Man habe ihn wie einen Bittsteller behandelt. Ganz vergeblich sei der Besuch allerdings nicht gewesen. Ein belgischer Offizier habe ihn im Gehen angesprochen und seine Hilfe angeboten. Der Mann sei überraschend freundlich gewesen.

»Mein Vater kennt einen belgischen Offizier in der Kommandantur. Er hat ihm mehrfach geholfen, als es Probleme mit der Firma gab. Vielleicht kann er uns etwas sagen.«

Ein Leuchten ging über Trudes Gesicht. »Ja, das ist ein Ansatzpunkt –«

Die Tür flog auf. Ein Mann, den sie früher schon in der Redaktion gesehen hatte, stürmte herein und riss sich die Schirmmütze vom Kopf. »Es ist vorbei! Oberbilk ist gefallen.«

Trude sah ihn fragend an. »Das klingt fast, als täte es dir leid, Kuno. Bist wohl doch kein waschechter SPD-Mann, was?«

Kuno schraubte eine Flasche Korn auf, die er aus einer Schublade geholt hatte, und nahm einen kräftigen Zug. »Mir tut es in der Seele weh, wenn Freikorpsleute Arbeiter erschießen, das steht mal fest. Der Noske kann mir gestohlen bleiben, der Bluthund. Aber dass er so was im Namen von Fritz Ebert tut, das enttäuscht mich.«

»Heißt das, der Streik ist vorbei?«, fragte Thora beklommen.

»O ja. Die haben in Oberbilk ganze Häuser in Trümmer gelegt. Die Revolution ist vorbei, und zwar auf lange Zeit, das könnt ihr mir glauben. Zu viele Tote, zu viel Zerstörung. Der Streik ist auch gestorben.« Er wirkte niedergeschlagen.

Thora hingegen war aus einem anderen Grund besorgt: Wenn die Stadt zur Normalität zurückkehrte, würde auch das Theater wieder öffnen. Ihr lief die Zeit davon.

»Ich muss nach Gladbach«, sagte sie und stand auf.

Trude schaute sie mitfühlend an. »Du siehst erschöpft aus. Leg dich zeitig schlafen. Morgen fährst du dann mit frischem Mut dorthin.« Sie nahm Thora sanft bei den Schultern und drehte sie zur Tür. »Der belgische Offizier ist zumindest eine kleine Hoffnung. Aber du musst es geschickt anstellen.«

»Ja, das werde ich«, sagte Thora mutiger, als sie sich fühlte. »Danke für alles.«

Auf dem Heimweg stürmten die Sorgen wieder auf sie ein. Sie war heute ein gewaltiges Stück vorangekommen und hatte viel Hilfe und Freundschaft erfahren. Aber konnte sie wirklich einen belgischen Offizier befragen, wenn sie einen seiner Landsleute verdächtigte? Sie musste sehr behutsam vorgehen, da hatte Trude völlig recht.

Thora spürte, wie sie der Mut verließ, kämpfte aber tapfer dagegen an. Bei jedem Schritt stellte sie sich vor, sie stemmte sich gegen einen Widerstand, den sie vor sich herschieben musste. Trude hatte gesagt, sie sei schon so weit gekommen, und das stimmte auch. Es war erst eine Woche vergangen, seit sie von Hannes' Verhaftung erfahren hatte, doch sie kam ihr wie ein halbes Leben vor.

Als sie die Poststraße erreichte, hatte sie sich halbwegs gefasst.

»Morgen macht das Theater wieder auf«, verkündete die Witwe Hendricks, als Thora die Wohnung betrat, und schien sich ihrer Wichtigkeit sehr bewusst zu sein. »Ein junger Mann kam vorbei und hat mir aufgetragen, es Ihnen auszurichten. Er war ein bisschen seltsam angezogen, sehr bunt und mit reichlich langen Haaren, aber freundlich. Dank der tapferen Soldaten herrscht wieder Ordnung in der Stadt, und Sie können endlich wieder Theater spielen. Ist das nicht schön?«

Hinter ihr tauchte der unvermeidliche Oberleutnant Keller auf und bemerkte augenblicklich, was der Vermieterin entgangen war. »Wie sehen Sie denn aus, Fräulein Bernrath? Was ist das für ein Aufzug?« Er musterte sie von den wirren Haaren bis zu den Männerschuhen.

»Ich ... habe mit Freunden geprobt. Für ein Stück. Eine Hosenrolle«, stieß sie geistesgegenwärtig hervor. »Ich ziehe mich mal um.«

In ihrem Zimmer lehnte sie sich gegen die Tür und atmete mit geschlossenen Augen durch. Das war knapp, dachte sie. Die Ereignisse des Tages hatten sie so in ihren Bann geschlagen, dass sie ihren Männeraufzug völlig vergessen hatte. Nur gut, dass ihr so schnell eine Erklärung eingefallen war.

Thora zog die Schuhe aus und ließ sich aufs Bett fallen, doch in ihrem Kopf wirbelte und kreiste es unablässig. Sie griff nach dem Eichendorff-Büchlein und begann zu lesen. Nach und nach umhüllten sie die Worte mit ihrer tröstlichen Poesie und ließen sie zur Ruhe kommen.

Düsseldorf, Montag, 14. April 1919

Thora hatte wirr geträumt. Sie wurde von einem gesichtslosen Mann verhaftet und in eine Zelle gesperrt, weil sie die Polizei getäuscht hatte. Im Traum hatte sie nach ihrem Gesicht getastet und keinen Bart gefunden. Dann hatte sie an sich hinuntergesehen und festgestellt, dass sie eine feldgraue Uniform trug. Als Nächstes war Frau Dumont mit einem Suppentopf hereingekommen und hatte gesagt, sie brauche Stärkung, weil sie demnächst vor Gericht gestellt würde.

Am Morgen fühlte sie sich nicht richtig ausgeschlafen, klatschte sich kaltes Wasser ins Gesicht, wusch sich und zog sich an. Immerhin hatte sie einen Entschluss gefasst, vor dem ihr ein wenig bang war, der sich aber nicht umgehen ließ.

Thora schnappte sich ein Stück Brot und aß es trocken auf dem Weg nach draußen. Sie wusste, dass Frau Dumont immer sehr früh ins Theater kam, und nun, da das Haus eine Woche lang still und leer gewesen war, zog es sie hoffentlich umso dringender dorthin. Die Nervosität trieb sie voran, und dann stand sie vor dem Schauspielhaus, in dessen Hof geschäftiges Treiben herrschte, als hätten alle atemlos darauf gewartet, dass es wieder losging.

Thora begab sich direkt zum sogenannten Direktorenhaus. Der kleine Backsteinbau mit den großen Fenstern war mit dichtem Efeu bewachsen und passte weder zum burgähnlichen Stil des Bühnenhauses noch zum klassizistischen Zuschauergebäude. Er sah aus, als hätte man nachträglich den Gedanken gehabt, die Theaterleitung müsse ihr eigenes kleines Domizil haben.

Bevor sie eintreten konnte, grüßte jemand von hinten.

Hilde eilte auf sie zu und umarmte Thora stürmisch. Dann trat sie einen Schritt zurück und stemmte die Hände in die Hüften. »Hast du's geschafft? Ich hab mir solche Sorgen gemacht, ich konnte gestern an nichts anderes denken.«

Als Thora nickte, klatschte sie aufgeregt in die Hände. »Sie haben dich tatsächlich für einen Anwalt gehalten und ins Gefängnis gelassen?«

Sie gab sich ruhiger, als sie es in der Ulmer Höh' tatsächlich gewesen war. »Ja. Ich habe selbst nicht richtig dran geglaubt.« Sie las Respekt und Zuneigung in Hildes Augen, und das tat unglaublich gut. Ihre Euphorie war gestern schnell verflogen, weil neue Sorgen über sie hereingebrochen waren, doch nun, da sie den bewundernden Blick ihrer Freundin sah, kehrte der Stolz zurück. »Ich danke dir noch mal für deine Hilfe. Ohne dich und Gustav hätte ich das nicht geschafft.«

»Es war mir ein Vergnügen«, sagte Hilde und verbeugte sich mit theatralischem Schwung. »Das ist der

Stoff für Legenden, ist dir das klar?« Dann wurde sie ernst. »Aber konntest du auch etwas erreichen?«

Thora nickte. »Ja, ich bin vorangekommen, aber es bleibt noch viel zu tun. Ich erzähle es dir irgendwann in Ruhe.«

»Und was machst du jetzt, wo hier alles wieder in Gang kommt? Wie willst du dich da um deinen Bruder kümmern?« Hilde hatte offenbar in ihre Seele geblickt.

Thora nickte zum Direktorenhaus. »Mir bleibt nichts anderes übrig, als mir von Frau Dumont mehr Zeit zu erbitten. Ich kann jetzt nicht aufhören, verstehst du? Noch ein paar Tage, dann kann ich meinen Bruder retten oder ...«

Sie ließ die Alternative unausgesprochen. Hilde musterte sie und nickte. »Wir schreiben für dich im Unterricht mit. Und falls wir etwas einstudieren müssen, proben wir mit dir. Versprochen.«

Thora umarmte sie fest, löste sich von ihr und betrat das Direktorenhaus.

Sie ging in den ersten Stock, wo sich die Büros von Louise Dumont und Gustav Lindemann befanden. Sie war schrecklich nervös, denn trotz ihrer geringen Körpergröße konnte die Direktorin äußerst Furcht einflößend sein. Vor der Tür atmete sie noch einmal durch und klopfte.

»Herein.«

Thora betrat das Büro, in dem sie bisher nur einmal gewesen war. Die Wände waren mit Theaterplakaten und signierten Fotografien berühmter Regisseure und

Schriftsteller geschmückt. Es gab einen eher zierlichen Schreibtisch und ein mit dunkelrotem Samt bezogenes Sofa. Louise Dumont thronte hinter dem Schreibtisch und schaute sie überrascht an.

»Fräulein Bernrath, was machen Sie denn hier? Ich hätte gedacht, Sie könnten es gar nicht erwarten, wieder in den Unterricht zu gehen.«

Thora schloss die Tür hinter sich, machte aber keinen weiteren Schritt in den Raum. »Eigentlich schon.«

»Zum Glück ist die unerfreuliche Situation vorbei. Sie können sich also ganz dem Unterricht und Ihrer neuartigen Gestaltung der Rosalind widmen. Ich hoffe, der Besuch in der Maske gestern war inspirierend.«

»Sehr inspirierend.« Das war nicht mal gelogen. »Allerdings ...« Ihr versagte die Stimme, sie musste sich räuspern. »Allerdings muss ich um einige Tage Urlaub bitten.«

Frau Dumont zog missbilligend die Augenbrauen hoch. »Urlaub?«, fragte sie ungläubig. »Sie hatten gerade eine Woche Urlaub. Ihre Hingabe hat mich bisher immer beeindruckt, aber dieses Ersuchen verwundert mich nun doch.« Ihr Tonfall verriet, dass Verwunderung noch höflich ausgedrückt war.

Thora verspürte den Drang, einfach die Tür zu öffnen und wegzulaufen, wusste aber, dass davon nichts besser würde. Also stemmte sie die Füße in den Boden, als könnte sie sich so an der Flucht hindern, holte tief Luft und berichtete von Hannes. Die Mission in Männerkleidung erwähnte sie nicht, ließ auch manches andere aus, legte aber alle Leidenschaft und Sorge in ihre Schilderung.

»Ich liebe meinen Bruder sehr, er ist ein guter Mensch. Und ich bin mir absolut sicher, dass er nichts mit dem Mord zu tun hat.«

Frau Dumont deutete auf den gepolsterten Stuhl, der vor ihrem Schreibtisch stand. »Setzen Sie sich, Sie kippen ja gleich um.«

Als Thora nach der Lehne tastete, spürte sie, dass ihre Knie tatsächlich weich geworden waren. Erleichtert nahm sie Platz und stützte die Hände auf die Oberschenkel. »Niemand wird uns helfen, wenn wir es nicht selbst tun. Die Polizei gibt sich keine Mühe, weil sie Hannes für den Täter hält. Und ich weiß nicht, ob ich überhaupt eine Chance habe, beim belgischen Militär etwas zu erreichen, aber ich muss es versuchen. Hannes läuft die Zeit davon.«

Sie merkte erst jetzt, dass etwas Warmes über ihre Wangen rann, und zog ein Taschentuch hervor. Sie hatte alles versucht. Was, wenn Frau Dumont unerbittlich blieb und ihr die Wahl ließ, nach Gladbach zu fahren und ihren Platz an der Hochschule für Bühnenkunst zu verlieren, oder sich für die Ausbildung zu entscheiden und ihren Bruder im Stich zu lassen? Sie hoffte inständig, dass es nicht dazu käme.

»Schauen Sie mich an.«

Thora blickte auf und las etwas in den Augen der Direktorin, das sie nicht recht zu deuten wusste. Es schien, als empfände Louise Dumont eine persönliche Rührung, gar Ergriffenheit. »Ich danke Ihnen, dass Sie sich mir anvertraut haben. Ich lege Wert darauf, nicht nur Ihre Lehrerin zu sein, sondern auch ein Mensch, bei dem man Rat sucht. Auch in heiklen Angelegenheiten.« Sie legte eine kleine Pause ein und schaute auf ihre Hände mit den glitzernden Ringen. »Eigentlich kann ich den Urlaub nicht gestatten. Sie haben bereits eine ganze Woche verpasst, und wir brauchen Sie als Statistin. Aber ich sehe, dass es Ihnen eine Herzensangelegenheit ist, Ihrem Bruder zu helfen. Darum gebe ich Ihnen drei Tage. Am Donnerstag erwarte ich Sie zurück, länger können wir nicht auf Sie verzichten.« Sie lächelte verhalten. »Außerdem ist mir bewusst, dass Sie unter diesen Bedingungen ohnehin nicht zu gebrauchen wären. Also, Fräulein Bernrath, erledigen Sie, was Sie zu erledigen haben, und dann kommen Sie wieder, mit freiem Kopf und Herzen. Einverstanden?«

Thora nickte, sie brachte kein Wort heraus. Louise Dumont bedeutete ihr mit einer Handbewegung, dass sie entlassen war.

Draußen im Flur musste sie sich an der Fensterbank festhalten, weil ihre Beine zitterten. Dann schaute sie zurück zur Tür. Etwas war dort drinnen geschehen. Sie wusste nicht, was es war, doch es schien die Direktorin von ihrem Anliegen überzeugt zu haben.

München-Gladbach, Montag, 14. April 1919

Endlich sah Thora die roten Backsteinmauern der Spinnerei Bernrath an der Eickener Straße vor sich auftauchen. Sie trug die Männerhose aus dem Fundus, die sich als äußerst bequem erwiesen hatte. Unterwegs hatten manche Leute sie argwöhnisch angesehen, doch das kümmerte sie nicht. Im Rucksack hatte sie auch einen Rock, doch es war unglaublich befreiend, in einer Hose Rad zu fahren. Natürlich musste sie das gute Stück zurückgeben, nahm sich aber vor, eine zu kaufen oder nähen zu lassen.

Im Innenhof blieb sie stehen. Durch die geschlossenen Tore hörte sie das Dröhnen der Spinnmaschinen und war dankbar, dass die Fabrik endlich wieder wie vor dem Krieg arbeiten konnte. Als kleines Mädchen war sie stolz gewesen, wenn Papa sie ab und zu mit hergenommen hatte. Dann hatte sie an seiner Hand die Fabrik betreten, den eigentümlichen Geruch eingeatmet, der vom Maschinenöl kam, wie Papa erklärt hatte. Sie hatte auf dem Boden nach heruntergefallenen Fäden und Schrauben gesucht und das interessanter gefunden als die großen

Maschinen. Sie hatte auf einem Stuhl sitzen dürfen, der sich drehen konnte, und war damit Karussell gefahren.

Es schien, als wäre es in einer anderen Welt passiert. Wenn es nach ihrem Vater ginge, würde Hannes das alles einmal übernehmen, doch ihr Bruder hatte nie Direktor einer Spinnerei werden wollen. Er hatte die Fabrik weniger interessant gefunden als Thora und war lieber mit Skizzenblock und Stift draußen herumgestreunt.

Der Pförtner stutzte, als er die Hose sah, und tippte sich dann leise lächelnd an die Mütze. »Das Fräulein Bernrath«, sagte er und musterte sie neugierig. »Ich habe Sie ja ewig nicht gesehen.«

»Ich wohne jetzt in Düsseldorf.«

»Davon habe ich gehört. Sie sind am Theater, oder?« Sein Blick schien zu sagen, dann sei es ja kein Wunder, dass sie in diesem seltsamen Aufzug hier erschien.

»So ist es. Ich muss dringend meinen Vater sprechen.«

Er deutete mit dem Zeigefinger nach oben. »Der Herr Direktor müsste in seinem Büro sein.«

Thora stieg die vertraute Treppe hinauf, deren Lack in der Mitte, wo die meisten Füße gingen, bis aufs blanke Holz abgewetzt war. An den Wänden hingen alte Ansichten der Firma und ein Bild ihres verstorbenen Großvaters, der die Spinnerei gegründet hatte. Doch nichts davon interessierte sie heute.

Ihr Vater schaute überrascht auf, als sie klopfte und sofort eintrat. Sie hatte nicht den Umweg über das Vorzimmer genommen, sondern die Seitentür, durch die man direkt in sein Büro gelangte. Er kam rasch hinter dem Schreibtisch hervor, umarmte sie und hielt sie dann an den Schultern von sich.

»Kind, was ist das für eine Aufmachung? Ich dachte, das Theaterspiel beschränkt sich auf die Bühne.«

Thora setzte sich vor den Schreibtisch, als wäre dies eine geschäftliche Unterredung. Sie nahm es ihrem Vater nicht übel, dass er als Erstes die Hose angesprochen hatte. Natürlich war er schockiert, seine Tochter in einem solchen Kleidungsstück zu sehen. Aber es lohnte nicht, darüber zu diskutieren.

Dann stellte er auch schon die Frage, die ihm auf den Nägeln brennen musste. »Was war das für eine Geschichte mit dem Anruf im Gefängnis?« Er klang streng. »Du hast mich völlig überrumpelt. Ich war kurz davor, Nein zu sagen, weil es einfach zu verrückt klang. Aber dann habe ich beschlossen, dir zu vertrauen. Niemand setzt sich mehr für Hannes ein als du.«

Bei diesen Worten zog sich ihr Herz zusammen. Ja, ich habe mich für ihn eingesetzt und viel gewagt, aber nicht genug, dachte sie. Noch nicht. Also berichtete sie, wie sie zu Hannes ins Gefängnis gelangt war. Ihr Vater saß mit offenem Mund da und schüttelte wieder und wieder den Kopf. »Das ist die unerhörteste Geschichte, die mir je untergekommen ist.« Er schien abzuwägen, ob er sich nachträglich Sorgen machen oder Thoras Dreistigkeit bewundern sollte. »Du hast dich in große Gefahr begeben. Und für Hannes war es auch riskant. Wer weiß, was sie mit ihm gemacht hätten, wenn die Täuschung aufgeflogen wäre!«

»Ich weiß. Darum habe ich dir auch nicht erzählt, was ich vorhatte«, entgegnete sie freimütig.

Er seufzte, zögerte, dann verzog sich ein Mundwinkel zu einem angedeuteten Lächeln. »Das war eine sehr mutige, wenn auch leichtsinnige Tat.«

Thora war erleichtert. Papas Stolz hatte die Oberhand gewonnen. Doch die schwierigste Aufgabe stand ihr noch bevor.

Sie hatte unterwegs genügend Zeit zum Nachdenken gehabt und entschieden, dass Hannes sich den Eltern selbst offenbaren musste. Es stand ihr nicht zu, etwas so Persönliches ohne sein Wissen preiszugeben. Also lieferte sie ihrem Vater eine zensierte Fassung, verschwieg Hannes' Liebe zu Carl und den Erpressungsversuch von Hauptmann Leuchtenberg und erzählte nur, was in jenem Wald in Belgien geschehen war.

Als sie zu Ende gesprochen hatte, saß ihr Vater reglos da, die Hände auf den Armlehnen, die Augen halb geschlossen. Nur seine Brust hob und senkte sich heftig. »Es ist nicht möglich, dass deutsche Soldaten – dass ein deutscher Offizier so etwas getan hat.«

»Ich habe keinen Grund, Hannes nicht zu glauben. Es klang absolut überzeugend.« Ihr Herz tat weh, wenn sie daran dachte, welche Schuldgefühle ihr Bruder mit sich herumtrug.

»Ein Kind und eine Frau.« Ihr Vater schüttelte den Kopf, rieb sich das Gesicht. »Und Hannes hat es mitangesehen. Er hätte allen Grund gehabt, diesen Mann zur Rechenschaft zu ziehen.«

»Nein«, warf Thora in heftigem Ton ein. »Hannes ist froh, dass das Töten ein Ende hat. Er würde niemals das Recht in die eigenen Hände nehmen.«

»Aber warum ist er dann zu diesem Leuchtenberg gegangen?«

Thora schluckte. Mit dieser Frage hatte sie gerechnet. Sie erinnerte sich genau an Hannes' Worte und wie er sich für sie geschämt hatte: *Ein Geschäft wollte ich ihm anbieten, so wie damals im Unterstand. Sein Schweigen gegen mein Schweigen.* Sie stand zwischen ihrem Vater und ihrem Bruder, doch wenn es hart auf hart kam, gehörte ihre Loyalität Hannes. Also würde sie lügen. »Ich vermute, er wollte ihn dazu überreden, sich zu stellen. Wegen der beiden Morde. Die hatten nichts mit dem Krieg zu tun, Leuchtenberg hat nicht als Soldat gehandelt. Und Hannes wollte endlich sein Gewissen erleichtern.« Sie verkrampfte die Hände im Hosenstoff und flehte innerlich, Papa möge ihr glauben.

Er schien zu überlegen und nickte langsam. »Angenommen, es wäre so. Was soll jetzt passieren?«

Thora lockerte erleichtert ihren Griff. »Möglicherweise war es ein Belgier.«

Er runzelte die Stirn. »Du meinst jemand, der von den Morden wusste?«

»Mehr noch. Der diese Menschen gekannt hat.« Etwas in ihrer Stimme ließ ihn aufmerken.

»Du denkst an Rache?«

»Wenn du es so nennen willst. Angenommen, die Toten waren Mutter und Sohn. Dann gibt es auch einen

Mann, Vater, Bruder. Dann hat dieser Mensch fast fünf Jahre lang mit dem Wissen gelebt, dass zwei seiner Liebsten ermordet wurden und niemand dafür zur Rechenschaft gezogen wurde. Unsere Armee hatte Belgien besetzt. Es war Krieg. Ich nehme an, dass niemand sich um solche Taten gekümmert hat. Und jetzt ist der Krieg vorbei, und die Belgier haben im Rheinland das Sagen. Es wäre denkbar, dass dieser Mensch seine Zeit gekommen sieht.«

Ihr Vater saß ganz still da und strich sich nachdenklich über den Mund. Thora sagte nichts, um ihn nicht aus seinen Gedanken zu reißen. Dann nickte er. »Es gab Gerüchte.«

Sie schaute ihn verwundert an. »Was für Gerüchte?«

Er zuckte mit den Schultern. »Ich unterhielt noch den einen oder anderen Kontakt nach England, bevor wir nicht mehr übersehen konnten, dass die Zeit der Freundschaft vorbei war.« Die nächsten Worte fielen ihm sichtlich schwer. »Man hat Dinge gehört. In England nannten sie es die Schändung Belgiens. Ich habe es als Kriegspropaganda betrachtet, was es in Teilen sicher auch war. Es hieß, unsere deutschen Soldaten hätten grauenvolle Dinge getan. Häuser wurden niedergebrannt, man erschoss Zivilisten, die alte Bibliothek von Löwen wurde zerstört. Ich habe das damals nicht geglaubt. So etwas würde unsere Armee, die Armee des Kaisers, doch nicht tun. Aber wenn mein eigener Sohn so etwas mitangesehen hat, ist vielleicht auch an jenen Geschichten etwas Wahres.«

Thora wagte kaum zu atmen. Noch nie hatte sie mit ihrem Vater so ernsthaft gesprochen und fühlte sich ihm auf einmal sehr nah. Sie spürte, dass er keine Zweifel mehr an Hannes' Bericht hegte.

»Papa, wir müssen herausfinden, wer es gewesen ist.«

Er zuckte zusammen. »Was redest du da? Wir können schlecht herumlaufen und belgische Soldaten fragen, ob sie in Düsseldorf einen ehemaligen deutschen Hauptmann getötet haben. Die Lage in der Stadt ist ohnehin schwierig. Ich habe dir doch von den Schüssen am Bahnhof erzählt. Die Belgier sind immer noch nicht gut auf die Bevölkerung zu sprechen.«

Thora hob beschwichtigend die Hand. »Natürlich müssen wir es geschickter anstellen. Aber wenn wir es nicht selbst in die Hand nehmen, wird niemand sonst es tun. Die Polizei in Düsseldorf ist sicher, dass Hannes den Mord begangen hat. Sie machen keine Anstalten, weiter zu ermitteln. Es wurde tagelang geschossen, Häuser liegen in Trümmern, so viele wurden verhaftet – da ist die Polizei froh, wenn sie wenigstens diesen Fall erledigt hat. Wenn wir nicht herausfinden, wer Leuchtenberg getötet hat, kommt der wahre Täter ungeschoren davon, und Hannes ...« Sie konnte nicht weitersprechen, doch als sie ihrem Vater in die Augen sah, begriff sie, dass er sie verstand.

»Gut. Versuchen wir es bei Capitaine Lambert.«

Ihr Vater war verwundert und auch ein wenig ungehalten, als Thora nicht sofort mit ihm auf die Kommandantur gehen wollte, doch der Drang, mit Carl zu sprechen, war überwältigend. Es gab so viele neue Fragen, nachdem sie bei Hannes gewesen war.

Als sie, nun wieder im Rock, vor dem Haus ankam, hoffte sie inständig, Carls Verlobte nicht anzutreffen. Es wäre ihr unangenehm gewesen, der jungen Frau zu begegnen, auch wenn sie einander nicht kannten. Sie fragte sich, was es für Carl bedeutete, zwischen Eva und Hannes zu stehen, die ganz unterschiedliche Welten für ihn verkörperten. Und sie dachte an Hannes und daran, was in ihm vorgehen mochte. Wenn Carl und Eva erst verheiratet wären, bliebe für ihn kein Platz. Undenkbar, dass man ihn zum Kaffee einladen und die beiden sich wie alte Kriegskameraden unterhalten würden.

Thora klingelte. Kurz darauf öffnete eine rundliche Frau von etwa fünfzig Jahren die Tür. Sie wirkte gepflegt und lächelte freundlich. Thora stellte sich vor.

»Ach, Fräulein Bernrath, kommen Sie doch herein. Mein Sohn und Ihr Bruder waren im Feld so gute Kameraden.«

Sie führte Thora in den Wintergarten, in dem sie beim letzten Mal gesessen hatten, und bot ihr einen Korbstuhl an. »Ich sage Carl sofort Bescheid.«

Die Pflanzen kamen ihr dichter vor, sie schienen näher zu rücken und sie einzukreisen. Thora schüttelte sich, um die unsinnigen Gedanken loszuwerden. Ihre innere Ruhe würde sie wohl erst wiederfinden, wenn Hannes frei und in Sicherheit wäre.

Dann kam Carl herein, zögerte kurz und streckte ihr die Hand entgegen. »Wie schön, Sie zu sehen, Fräulein

Bernrath.« Seine Stimme klang aufrichtig, aber unsicher, als wüsste er nicht recht, wie es zwischen ihnen stand, nachdem er sich ihr anvertraut hatte. Er setzte sich ihr gegenüber. »Gibt es etwas Neues von Hannes?«

Thora schaute unwillkürlich zur Tür, um sich zu vergewissern, dass niemand sie hören konnte.

»Keine Sorge, wir sind hier ganz für uns«, sagte Carl rasch. »Sagen Sie mir bitte, was Sie erfahren haben.«

Sie bemerkte seinen Blick. Arme Eva, nach außen hin mochte Carl tun, was die Gesellschaft von einem jungen Mann erwartete, doch seine Augen verrieten ihr, dass er nur an einen Menschen denken konnte.

Also berichtete sie rasch, was sie im Gefängnis erlebt hatte. Er ergriff ihre Hand und drückte sie.

»Sie sind ein großes Wagnis eingegangen! Geradezu tollkühn. Wie kam er Ihnen vor, wie sieht er aus? Geht es ihm gut?«

Sie entzog ihm die Hand und zuckte mit den Schultern. »Es geht ihm so gut, wie es jemandem gehen kann, der unschuldig im Gefängnis sitzt. Er ist dünn geworden, scheint ansonsten aber gesund zu sein.«

Dann schaute sie ihn durchdringend an. »Hannes hat mir erzählt, was es mit der Bemerkung über den Wald auf sich hatte.« Sie legte eine Pause ein. »Er hat es Ihnen gesagt, nicht wahr? Sie wussten, dass Leuchtenberg ein Kind und eine Frau getötet hatte, und haben es mir verschwiegen.«

Carl senkte den Blick und nickte zögernd. »Es tut mir entsetzlich leid. Ich ... ich hatte solche Angst um Hannes, dass er etwas Dummes getan hat. Er hat diesen Mann gehasst.« Er holte tief Luft. »Als er mir von dem Erpresseranruf erzählte, erinnerte ich mich an die Bemerkung über den Wald, die Hannes damals im Unterstand gemacht hatte, und fragte ihn danach. Da hat er mir die ganze Geschichte erzählt. Er macht sich bis heute Vorwürfe deswegen, obwohl er es nicht hätte verhindern können.«

»So ist es. Der Vorfall läuft ihm bis heute nach.« Thora erinnerte sich, wie gequält Hannes ausgesehen hatte. *Und jetzt kam es mir vor, als verkaufte ich die Frau und ihren Sohn, um mich – und damit auch Carl – zu retten.*

»Wissen Sie, warum Leuchtenberg sich letztlich doch getraut hat, Hannes zu erpressen?«, fragte Carl.

»Er war wohl in finanziellen Schwierigkeiten und setzte alles auf eine Karte. Glaubte, er habe nichts zu verlieren und dass ihm nichts passieren würde.«

»Was geschieht jetzt? Wir können immer noch nicht beweisen, dass Hannes unschuldig ist, nicht wahr?«, fragte Carl unsicher.

Thora horchte auf, als er *wir* sagte. Er klang, als stünde er nun ganz auf ihrer, auf Hannes' Seite. Sie las Angst in seinem Gesicht, aber auch den unbedingten Drang zu helfen. »Noch nicht. Aber mir sind einige Ideen gekommen.« Sie erklärte ihre Theorie, nach der ein Belgier, vermutlich ein Soldat, der Täter gewesen sein könnte. Carl griff sie eifrig auf.

»Das klingt einleuchtend. Wenn ich Ihnen irgendwie helfen kann, dann sagen Sie es mir.«

Thora überlegte. »Mir geht noch etwas durch den Kopf. Hat Hannes jemals einen Kameraden namens Plank erwähnt, August Plank?«

Carl runzelte nachdenklich die Stirn, dann hellte sich seine Miene auf. »Ja, da war etwas.« Er kniff die Augen zusammen und überlegte. »Wir hatten viel getrunken an dem Abend. Hannes ist kein großer Trinker, aber wir hatten ordentlich zugelangt. Man trank sich all das Grauen weg, das man gesehen hatte. Und wurde dabei gelegentlich sentimental. Ein Kamerad erzählte, fast alle seine Jugendfreunde seien gefallen. ›Stellt euch vor‹, meinte er, ›die ganzen kleinen Geheimnisse der Kindheit, die kenne jetzt nur noch ich.‹ Und da schaute Hannes auf einmal ganz seltsam und murmelte etwas wie ›Plank, mit dem war das auch so.‹ Und ich habe gefragt, wer das gewesen sei. Worauf er entgegnete: ›Ich musste es ihm versprechen. Aber wie soll das gehen?‹ Es ergab keinen Sinn.«

Sie nickte nachdenklich. »Ich glaube, ich weiß, was er damit gemeint hat. Hannes war dabei, als August Plank starb. Er war der Einzige außer ihm, der von Hauptmann Leuchtenbergs Verbrechen wusste. Plank ist 1915 gefallen. Und hat sterbend zu Hannes gesagt, Leuchtenberg müsse für seine Taten bezahlen.«

»Ah.« Carl fuhr sich durch die Haare. »›Er hat so darunter gelitten‹, hat er noch gesagt. Und irgendwas von seiner Mutter.«

Thora beugte sich abrupt vor. »Sind Sie sicher, dass Hannes Planks Mutter erwähnt hat?«

»Ja. Ich konnte mir keinen Reim auf all das machen und habe am nächsten Tag auch nicht nachgefragt. Wir hatten nämlich einen fürchterlichen Kater. Und es kam mir auch vor, als hätte Hannes betrunken Unsinn geredet. Aber es war kein Unsinn, nicht wahr?«

Sie erhob sich. »Nein. Das war es nicht.«

»Werden Sie mit der Mutter sprechen?«

»Möglicherweise. Aber erst muss ich hier in der Stadt etwas Wichtiges erledigen. Im Hotel Abteihof.«

Carl begriff und schaute sie besorgt an. »Bitte bringen Sie sich nicht in Gefahr. Sie haben schon so viel gewagt.«

»Nicht genug.«

Sie reichte ihm entschlossen die Hand, und er nahm sie, ließ sie aber nicht sofort los. »Ich danke Ihnen. Sie sind eine mutige Frau. Wenn ich mit Ihnen spreche, ist mir Hannes sehr nah.« Er lächelte traurig. »Wollen wir nicht Du sagen?«

Thora nickte. »Sehr gern, Carl. Aber jetzt muss ich gehen. Auf bald.«

Thora war hin- und hergerissen. Es gab wichtige Fragen, die sie Hannes nicht gestellt hatte, weil so wenig Zeit gewesen war und sie ständig gefürchtet hatte, man könnte ihre Verkleidung doch durchschauen und sie hinauswerfen. Darum hatte sie sich auf das Wesentliche konzentriert. Aber sie hätte fragen müssen, wo die Morde damals geschehen waren, ob Hannes sich an den nächstgelegenen Ort erinnerte. Vielleicht könnte man den Opfern einen Namen geben und die Hinterbliebenen finden. Aber es war in diesen Zeiten unmöglich, nach Belgien reisen.

War es wirklich denkbar, dass Planks Mutter etwas über die Morde wusste? Thora konnte sich nicht vorstellen, dass er in der Feldpost darüber geschrieben hatte, die wurde streng zensiert. Aber das Wissen hatte ihm auf der Seele gelegen, genau wie Hannes.

»... nur mit deinen Gedanken?«, fragte ihr Vater, und Thora sah ihn entschuldigend an.

»Tut mir leid, aber mir geht so vieles durch den Kopf.«

»Wir sind da.«

Tatsächlich standen sie vor dem ehrwürdigen Hotel Abteihof, in dem Thora früher zu Kaffee und Kuchen oder festlichen Abendessen gewesen war. Nun hielten belgische Soldaten davor Wache, und ihr Vater und sie mussten ihre Ausweise vorzeigen, um eingelassen zu werden.

Als sie die Eingangshalle betrat, fühlte sie sich beklommen. Kein Duft von Kaffee oder Braten, kein Klirren von Besteck auf Porzellan, kein heimeliges Gefühl, sondern Uniformen und französisches Stimmengewirr. Wo früher weiß gedeckte Tische mit Blumenvasen gestanden und würdevolle Kellner bedient hatten, saßen jetzt Uniformierte mit Papieren und Stempeln.

Sie schaute ihren Vater unsicher an. »Wohin müssen wir?«

Er deutete in den Flur, an dem die Hotelbüros lagen, die ebenfalls vom Militär genutzt wurden. »Capitaine Lambert sitzt dort vorn.«

Er trat zu einem Posten hinter einem kleinen Tisch und sprach kurz mit ihm. Der Mann nickte knapp und deutete hinter sich.

»Komm mit«, sagte ihr Vater und führte Thora eilig in den Flur zur dritten Tür auf der linken Seite, wo er energisch klopfte.

»*Entrez*«, sagte eine Stimme von drinnen. Hinter dem Schreibtisch saß ein Mann von etwa vierzig Jahren mit dichtem schwarzem Schnurrbart und durchdringenden Augen, der sich höflich erhob, als sie eintraten.

»*Monsieur Bernrath et …?*«

Er schaute fragend zu Thora, worauf ihr Vater sie vorstellte.

»*Enchanté*, Mademoiselle. Bitte nehmen Sie Platz. Was kann ich für Sie tun? Gibt es Schwierigkeiten in Ihrer Fabrik?«, fragte er auf Deutsch.

Thoras Vater räusperte sich. »Nein, es geht um unseren Sohn, Monsieur le Capitaine.«

Der Belgier zog die Augenbrauen hoch und verschränkte die Hände auf dem Tisch. »Erklären Sie mir das bitte.«

Und dann tat Papa etwas, womit Thora nie gerechnet hätte – er wandte sich zu ihr. »Meine Tochter kann das besser als ich.«

Sie nahm allen Mut zusammen. »Kann ich es auf Deutsch erzählen? Mein Schulfranzösisch reicht vielleicht nicht aus.«

»*Allons-y*«, erwiderte Lambert mit einer auffordernden Geste.

Thora ordnete rasch ihre Gedanken, berichtete von den wichtigsten Fakten und verschwieg jene, die sie oder Hannes in ein schlechtes Licht gerückt hätten. Sie beschränkte sich auf die Morde im Wald, die Tat in der Ackerstraße und was danach mit ihrem Bruder geschehen war. Sie konnte nur hoffen, dass der Capitaine über die Löcher in ihrer Geschichte hinwegsah, die ihr beim Erzählen wie klaffende Abgründe erschienen.

Als sie fertig war, hämmerte ihr Herz so heftig, dass ihr beinahe schlecht wurde. Sie saß einem belgischen Offizier gegenüber, einem Besatzer, und bezichtigte einen seiner Landsleute des Mordes. Sie hatte immer nur Hannes retten wollen und begriff erst jetzt, in welch heikle Lage sie sich und ihren Vater gebracht hatte. Doch sie konnte nicht zurück.

Capitaine Lambert blieb ruhig. Nur seine rechte Hand, deren Finger auf die Armlehne des Stuhls trommelten, verriet, dass ihn der Bericht nicht kaltgelassen hatte.

»Haben Sie irgendeinen Beweis für Ihren Verdacht, Mademoiselle Bernrath?«, fragte er kühl.

»Nein«, sagte sie geradeheraus. »Mein Bruder versicherte mir glaubhaft, dass Leuchtenberg bereits tot war, als er bei ihm eintraf.«

»Nicht alles auf dieser Welt ist logisch. Wenn es nun doch Ihr Bruder war?«

Sie spürte, wie Papa neben ihr zusammenzuckte, zwang sich aber, still zu bleiben. »Niemals.« Mehr brachte sie nicht heraus. Die Geschichte zu erzählen, hatte sie alle Kraft gekostet.

Lambert legte die Fingerspitzen aneinander und schaute sie prüfend an. »Würden Sie nicht auch sagen, dass ein Mann, der etwas so Abscheuliches getan hat, den Tod verdient?«

Wollte der Capitaine tatsächlich jemanden in Schutz nehmen, der Selbstjustiz verübt hatte? Das Gesetz in die eigene Hand zu nehmen, jemanden mit Vorsatz zu töten, anstatt ihn bei der Polizei anzuzeigen, war doch sicher auch in Belgien ein Verbrechen, dachte sie entsetzt. Oder war dies ein Szenario für Friedenszeiten, in denen alles seine Ordnung hatte und feste Regeln und Gesetze galten? Wie hätte sich der Mann, der die Frau und den Jungen verloren hatte, an die Deutschen wenden sollen, die sein Land besetzt hielten? Es wäre nicht nur aussichtslos, sondern auch sehr gefährlich für ihn gewesen. Sein Wort hätte gegen das der deutschen Soldaten gestanden.

Und dann begriff Thora noch etwas: Das Dilemma, in dem sich jener Unbekannte damals befunden hatte, war ein Spiegel der Lage, in der sie und ihre Familie sich befanden. Der Mensch, dem man womöglich Kind und Frau geraubt hatte, hatte niemanden anklagen können, weil es zu gefährlich gewesen wäre und die Deutschen sich ohnehin kaum bemüht hätten, den oder die Täter ausfindig zu machen. Und jetzt waren sie es, die in einem besetzten Land lebten und verzweifelt Hilfe suchten. Sie wollte Hannes retten und würde das nur schaffen, wenn sie sich den Besatzern entgegenstellte. Gelang es ihr nicht, drohte ihrem Bruder eine Gefängnisstrafe, schlimmstenfalls der Tod. Sie kam sich plötzlich furchtbar machtlos vor.

Dann aber regte sich ihr Kampfgeist, der sie durch so viele Widrigkeiten getragen hatte. Sie würde es nicht hinnehmen. Der Krieg war vorbei, die Belgier mochten strenge Besatzer sein, aber keine Unmenschen, das konnte und wollte sie nicht glauben. Sie schaute Capitaine Lambert entschlossen an.

»Der Hauptmann mag den Tod verdient haben, aber nicht durch einen feigen Mord in seinem eigenen Hausflur, sondern durch ein Gerichtsurteil. Vor allem aber sollte kein Unschuldiger dafür büßen.«

Als die Worte heraus waren, begann sie zu zittern. Ihr Vater legte ihr die Hand auf den Arm und sagte beschwichtigend: »Meine Tochter macht sich sehr große Sorgen um ihren Bruder, Monsieur le Capitaine. Wir sind verzweifelt.«

Lambert nickte bedächtig. »Es ist eine heikle Angelegenheit, das werden Sie verstehen. Ich höre mich um. Mehr kann ich nicht tun.« Sein Ton verriet, dass das Gespräch damit für ihn beendet war.

Thora stand mit wackligen Beinen auf und bedankte sich. Sie war froh, dass Papa ihren Arm hielt, als sie das Büro verließen.

Sie wollte nur noch nach Hause, sich von ihrer Mutter umarmen lassen, sich aufs Sofa legen oder gleich ins Bett gehen, obwohl es dafür viel zu früh war. Die letzten Tage hingen wie Bleigewichte an ihr. In ihrem alten Zimmer würde sie hoffentlich gut schlafen und morgen – ja was? Weitermachen, unermüdlich, und niemals aufgeben.

Strafanstalt Düsseldorf-Derendorf, Montag, 14. April 1919

Liebe Thora,

die Zelle ist feucht und kalt, seit gestern Abend habe ich einen trockenen Husten, schmerzhaft und hartnäckig. Man war der Meinung, dass ich keinen Arzt brauche, der würde ohnedies woanders dringender benötigt, nämlich um die Verletzten der Kämpfe in der Stadt zu versorgen. Ich weiß nicht, wie viele Menschen getötet oder verwundet wurden. Ich lebe hier drinnen wie auf einer Insel. Der eine oder andere Fetzen dringt herein, aber ich bin allein in meiner Zelle und bekomme wenig mit.

Ich weiß nicht, wie viel Zeit vergangen ist. Ohne Uhr verliere ich jedes Gefühl dafür. Vorhin kam ein Aufseher und übergab mir ein offiziell aussehendes Schreiben der Kriminalpolizei, in dem man mir mitteilte, die Ermittlungen im Fall Leuchtenberg seien abgeschlossen. Es hätten sich keine Verdachtsmomente gegen eine andere Person als mich ergeben, darum werde man den Fall an die Staatsanwaltschaft übergeben. Ich hätte in nächster Zeit mit einer Anklage zu rechnen.

Thora, ich war wirklich zuversichtlich, nachdem wir uns gesehen hatten, aber diese Nachricht hat mich erschüttert. Sollten Du und alle, die Dir helfen, nicht herausfinden können, wer Leuchtenberg wirklich getötet hat, gibt es für mich nur einen Weg, und der führt in den Gerichtssaal.

Niemand kann bezeugen, dass ich nicht der Täter bin. Carl kann es nicht, und selbst wenn er es könnte, wäre es mir unmöglich, seinen Namen vor Gericht preiszugeben. Und wenn ich die Erpressung erwähne – wozu ich durchaus bereit wäre, mein Leben ist mir letztlich wichtiger als mein guter Ruf –, würde es erneut darauf hinauslaufen, dass ich Carl mit hineinziehe. Die Polizei, der Staatsanwalt, unsere Eltern, sie alle würden keine Ruhe geben, um zu erfahren, wer der zweite Mann in dieser Beziehung ist.

Eigentlich müssten wir der Polizei den wahren Mörder präsentieren, um jeden Verdacht von mir zu nehmen, aber wie soll das gehen? Ich hoffe, Du begibst dich nicht in Gefahr. Seit Du am Sonntag von hier weggegangen bist, denke ich unablässig daran, dass Du den Besatzern in die Hände fallen könntest. Wer weiß, wie sie mit Dir umgehen? Natürlich wird Papa versuchen, Dich zu schützen, aber es lässt mir keine Ruhe. Sie sind die Sieger und damit mächtiger als wir.

Ich komme mir furchtbar nutzlos vor. Ich sitze in dieser Zelle und kann nichts, aber auch gar nichts dazu beitragen, mich zu verteidigen. Ich habe angefangen, auf die Wände zu zeichnen. Das wird den Aufsehern nicht gefallen, aber sei's drum. Das wenige Papier, das ich habe, brauche ich für die Briefe an Dich. Sie geben mir Hoffnung.

Carl zeichne ich auch, aber nur in meinem Kopf. Ich wage es nicht, sein Gesicht auf der Wand abzubilden.

Mit jeder Faser meines Körpers wünsche ich mir, dass Du Erfolg hast. Dir in einem Gerichtssaal gegenüberzusitzen, erscheint mir entsetzlich. Ganz zu schweigen vom Gedanken, mein Leben im Gefängnis zu verbringen. Oder es gar zu verlieren, nachdem der Krieg es mir nicht nehmen konnte. Und Carl vielleicht nie wiederzusehen oder zu berühren, wäre unerträglich.

Verzeih die trüben Zeilen. Ich bemühe mich, ebenso mutig zu sein, wie Du es warst und bist.

Dein Hannes

München-Gladbach, Dienstag, 15. April 1919

Gestern Abend war Thora eine kühne Idee gekommen, die nicht ungefährlich war. Auch wusste sie nicht, ob es überhaupt sinnvoll war, nach Poeth hinauszufahren, wo sich ein belgisches Lager befand. Dort waren einfache Soldaten untergebracht, während man die Offiziere vorzugsweise in Privathäusern in der Stadt einquartiert hatte.

Während Thora sich anzog, versuchte sie, die Zweifel zu verdrängen. Sicher, es war ein Schuss ins Blaue. Sie stützte sich auf Annahmen, von denen keine bewiesen war und die viele Fragen offenließen. Aber irgendwo musste sie anfangen.

Thora schlich aus ihrem Zimmer, kurz bevor ihre Eltern aufstanden. Auguste kam ihr mit einem Stapel Wäsche entgegen, und sie legte den Finger die Lippen. Dann holte sie das Fahrrad aus dem Keller, verließ leise das Haus und sah sich um. Es war kurz vor der Morgendämmerung, der Tag versprach, trüb und grau zu werden. Von fern klingelte eine Straßenbahn, doch hier in der Hohenzollernstraße war kein Mensch zu sehen.

Sie hatte vor, durch die nahe gelegene Grünanlage zu fahren, die man auf einer ehemaligen Bahnstrecke angelegt hatte, das wäre der kürzeste Weg nach Poeth. Sie stieg aufs Rad und bemerkte aus dem Augenwinkel einen Mann, der aus einem benachbarten Hauseingang trat.

Thora war erst wenige Meter gefahren, als sie Schritte hinter sich hörte. Sie hatte die Bäume mit ihrem zartgrünen Frühlingsschleier fast erreicht und überlegte schon, wie sie im belgischen Lager vorgehen und welche Fragen sie stellen wollte, falls man sie hineinließ.

Die Schritte wurden eiliger. Sie bekam Angst. Es schien, als hätte sich ein eiserner Ring um ihr Herz gelegt, der ihr das Atmen schwer machte. Thora bereute, dass sie allein aufgebrochen war. Etwas stimmte nicht, das spürte sie. Kein Mensch war zu sehen, die hohen Böschungen beiderseits des Weges wirkten plötzlich beklemmend. Sie wünschte sich, das alte Rad möge schneller fahren. Hatte es Sinn, um Hilfe zu rufen? Und sich lächerlich zu machen, denn es war ja nicht –

Plötzlich waren die Schritte ganz nah, es lag eine drängende Hast in ihnen.

Ein Ruck ging durchs Rad, es kippte zur Seite. Sie konnte sich gerade noch abstützen, sonst wäre sie schmerzhaft auf dem Pflaster gelandet.

Jemand packte sie. Eine Stimme zischte ihr etwas auf Französisch ins Ohr, das sie nur bruchstückhaft verstand. *Boche* und *meurtre, mon petit, ma femme*.

Kräftige Arme umklammerten sie. Thora wollte schreien, doch eine raue Hand presste sich auf ihren

Mund. Sie schlug nach dem Gesicht des Mannes, wollte ihm blind die Finger in die Augen bohren oder die Haut zerkratzen, strampelte mit den Beinen in der Hoffnung, sein Schienbein zu erwischen.

Klar denken konnte sie nicht mehr, war erfüllt von Panik, dass sie hier, in Sichtweite ihres Elternhauses, sterben könnte. Warum war alles um sie herum nur so still und verlassen?

Der Mann drückte sie zu Boden, den Unterarm quer über ihren Schultern, die andere Hand auf ihrem Mund und flüsterte nun in gebrochenem Deutsch: »Ich habe Recht genommen. Hör auf zu fragen.«

Thora nahm alle Kraft zusammen, bäumte sich auf und trat dem Mann mit der Schuhspitze vors Schienbein. Er schrie auf, sein Griff lockerte sich. Sie nutzte seine Überraschung, drückte seinen Arm weg und hieb ihm die Faust ins Gesicht, wieder und wieder. Als er zur Seite rutschte, sprang sie auf und rannte panisch nach Hause.

»Jetzt aber mal langsam, Herr Bernrath – und Fräulein Bernrath«, sagte der behäbige Polizeikommissar. Er hatte sich die Geschichte mit wachsender Verblüffung angehört. Seine Augen waren größer, sein Gesicht war röter geworden. Jetzt schob er zwei Finger in den Kragen, als wäre er urplötzlich zu eng geworden. »Sie behaupten also, ein Belgier habe Sie auf offener Straße überfallen. Wollte er Sie ausrauben?«

Thora war so wütend, dass ihr Zittern verflog. Als sie das Büro betreten hatte, war sie noch aufgelöst und den

Tränen nah gewesen, doch nun, da man sie absichtlich misszuverstehen schien, gewann ihre Entrüstung die Oberhand. Bevor ihr Vater etwas sagen konnte, erwiderte sie: »Es war kein Raubüberfall, wie ich bereits sagte. Der Mann kannte mich. Er wusste, dass ich die Unschuld meines Bruders zu beweisen versuche, der in Düsseldorf im Gefängnis sitzt.«

Sie hatten das alles bereits zu Protokoll gegeben, doch der Polizeikommissar schien heillos überfordert zu sein.

»Wir machen uns keine großen Hoffnungen, dass die Belgier den Fall verfolgen«, warf ihr Vater mit wohltuender Ruhe ein. Er hatte sich erstaunlich schnell gefasst. Zu Hause hatte er sie heftig in die Arme gerissen, nachdem sie weinend und zitternd vor der Haustür aufgetaucht war. »Aber wir benötigen eine schriftliche Anzeige, die wir der Kriminalpolizei in Düsseldorf vorlegen können.«

Der Kommissar kratzte sich am Kopf. »Herr Bernrath, Sie sind ein angesehener Bürger dieser Stadt, aber was Sie mir hier auftischen, ist unglaublich.«

»Bitte«, warf Thora flehend ein. »Nehmen Sie doch bitte einfach auf, was ich sage. Es kann helfen zu beweisen, dass mein Bruder Hauptmann Leuchtenberg nicht getötet hat. Der Mann, der mich vorhin überfallen hat, war Belgier. Er hat auf Französisch etwas von ›Mord‹ gesagt, von ›seinem Kleinen‹ und ›seiner Frau‹. Und dass ich keine Fragen mehr stellen soll. Das alles deutet doch darauf hin, dass er der Vater und Ehemann der Getöteten ist.«

»Augenblick«, er hob die Hand. »Woher weiß dieser Mann überhaupt, dass Sie Fragen stellen?« Der Einwand war nicht unberechtigt.

Papa räusperte sich. »Wir haben unsere Vermutungen. Wir waren gestern auf der Kommandantur. Ich kenne dort einen Offizier, der mich gelegentlich beim Betrieb meiner Firma unterstützt hat. Ihn haben wir um Hilfe gebeten. Falls er den wahren Schuldigen kennt, könnte er ihn gewarnt haben. Oder der Täter hat auf anderem Wege mitbekommen, dass meine Tochter Nachforschungen anstellt. Sie ist beim Versuch, ihrem Bruder zu helfen, sehr umtriebig hier und in Düsseldorf.«

Zu diesen Schlussfolgerungen waren sie gekommen, nachdem Mama sie in eine Decke gewickelt und Papa ihr ein Glas Schnaps eingeflößt und Auguste losgeschickt hatte, um das Fahrrad zu holen. Falls Capitaine Lambert ahnte, wer der Mann sein könnte oder welche Einheit infrage kam, hatte er womöglich eine Warnung weitergegeben, damit sich der Täter versetzen ließ, Heimaturlaub beantragte, jedenfalls aus der Gegend verschwand. Worauf dieser prompt das Gegenteil getan und Thora aufgelauert hatte.

»Sie wollen sich mit der Kommandantur anlegen? Mit Nagel?«, fragte der Polizeikommissar mit besorgter Miene.

»Eben nicht«, erklärte Thora geduldig. »Mein Vater und ich fürchten, dass eine solche Unternehmung ohnehin fruchtlos wäre. Aber eine schriftliche Anzeige könnte uns bei der Düsseldorfer Polizei helfen.«

Der Kommissar strich sich über den Schnurrbart und nickte schließlich.

»Ihnen ist Unrecht geschehen, Sie wurden überfallen und bedroht, also werden wir Ihre Aussage zu Protokoll nehmen, auch wenn ich die Geschichte nach wie vor für äußerst kurios halte. Ich werde die Anzeige vorerst nicht an die belgischen Militärbehörden weiterleiten, da Sie es offenbar für unklug halten. Sie bekommen eine Ausfertigung, mit der Sie nach Gutdünken verfahren können.«

Es schien, als flüchtete sich der Kommissar in die förmliche Behördensprache, um zu verbergen, dass er die Situation nach wie vor nicht ganz durchschaute.

»Ich danke Ihnen sehr«, sagte Thora. »Wir würden gern auf das Dokument warten, damit wir es gleich mitnehmen können.«

Er seufzte leise, sagte aber: »Wenn Sie bitte im Flur Platz nehmen wollen. Man wird Ihnen das Protokoll aushändigen, sobald meine Sekretärin es mit der Maschine geschrieben hat.«

Mit diesen Worten waren sie entlassen.

Ihr Vater bestand darauf, Thora mit dem Horch 8 persönlich an die Grenze nach Oberkassel zu bringen. Ihre Mutter hatte sie verzweifelt an sich gedrückt, immer noch fassungslos, dass man ihre Tochter nur wenige Schritte von der eigenen Haustür überfallen und bedroht hatte. Sie hatte Thora nicht gehen lassen wollen.

»Ich weiß nicht, ob die Belgier etwas unternehmen, um den Mann zu finden«, hatte sie mit einer Festigkeit erwidert, die sie selbst überraschte. »Sollte Lambert ihn wirklich kennen, ist es noch unwahrscheinlicher. Im Zweifelsfall werden sie ihre eigenen Leute decken, da bin ich mir sicher. Außerdem wurde der Mord in der neutralen Zone verübt. Wer kann schon sagen, wie es da mit der Zuständigkeit aussieht?«

Papas Miene hatte ihr verraten, dass er auf ihrer Seite stand, so schwer es ihm auch fiel, sie nach dem erschreckenden Vorfall gehen zu lassen. »Maria, sie ist sicherer in Düsseldorf. Und es besteht jetzt die echte Hoffnung, Hannes aus dem Gefängnis zu holen.«

»Warum muss sie das alles allein tun?«, hatte ihre Mutter gefragt, und Thora hatte einen Moment lang die Last der letzten Tage gespürt, doch die Antwort lag natürlich auf der Hand.

»Weil sie die besten Möglichkeiten dazu hat.« Ihr Vater hatte ein wenig beschämt gewirkt. »Ich habe einen Passierschein erbeten, man hat ihn mir verweigert. Wir sind Gefangene, Maria, auch wenn wir innerhalb der Stadt frei unserer Wege gehen können.«

Und so hatte ihre Mutter schließlich unter Tränen nachgegeben. Thora hatte zärtlich die Hände um ihr Gesicht gelegt. »Ich sorge dafür, dass Hannes freikommt. Versprochen.«

Als sie nun neben ihrem Vater im Wagen saß – sie fuhren mit offenem Verdeck und hatten das Rad irgendwie auf dem Rücksitz verstaut –, lag ihr das Versprechen wie ein Stein im Magen. Gewiss, sie hatte ihre unterzeichnete und gestempelte Aussage in der Tasche, doch ob die

Düsseldorfer Kriminalpolizei sich wirklich überzeugen ließ, war ungewiss.

Auch machte sich nun die Angst bemerkbar, die sie vorhin nicht gespürt hatte, weil Aufregung und Empörung zu groß gewesen waren. Was wäre geschehen, wenn sie weniger geistesgegenwärtig reagiert hätte? Wäre der Mann zu einem zweiten Mord fähig gewesen? Oder hatte er ihr nur drohen wollen und wäre danach ohnehin geflohen?

»Vielleicht hättest du noch einen Tag bei uns bleiben sollen«, sagte ihr Vater, der zu ahnen schien, was in ihr vorging. Er legte ihr die Hand auf den Arm, die Augen unbeirrt auf die Straße gerichtet.

Sie drückte seine Hand und versuchte, ihre ganze Liebe hineinzulegen. »Ich muss es endlich zu Ende bringen.«

Es bestand auch noch die Chance, etwas von August Planks Mutter zu erfahren, doch Thora hoffte eher auf die Kriminalpolizei. Der Gedanke, aufs Neue in eine andere Stadt zu fahren, fremde Menschen aufzusuchen und deren Vertrauen zu gewinnen, erschöpfte sie. Sie fürchtete, dass ihre Kraft erlöschen könnte, bevor sie ihren Bruder freibekommen hatte, und das durfte nicht passieren. Außerdem blieben ihr nur zwei Tage, bis sie wieder ins Theater musste.

»Ich verstehe.« Er hielt inne. »Bei den Worten deiner Mutter vorhin habe ich mich geschämt. Du tust so viel, und wir sitzen hilflos hier und können kaum etwas bewirken. Ich habe meinen Jungen nicht mal im Gefängnis besucht.«

Thoras Herz zog sich zusammen. Ihr Vater schaute unverwandt geradeaus, als erlaubte ihm die Pflicht, auf den Verkehr zu achten, frei mit ihr zu sprechen.

»Weil du es nicht konntest.«

»Ich hätte ein Boot stehlen oder schwimmen können.«

Sie stieß ihm gegen den Arm. »Red keinen Unsinn, Papa. Dann hätten wir zwei Männer im Gefängnis.« Die kurze Belustigung tat gut. »Außerdem ist es sehr gefährlich, im Rhein zu schwimmen. Da ertrinken immer wieder Leute.« Thora achtete kaum auf die Umgebung, bemerkte in Neuss nur flüchtig einige belgische Soldaten, weil sie zu einem vertrauten Anblick geworden waren. Am Oberkasseler Bahnhof bogen sie in die Luegallee, und sie bat ihren Vater, kurz vor der Brücke anzuhalten. Er hob das Rad aus dem Wagen und drückte sie innig an sich.

»Ich habe eine mutige Tochter.«

Dann stieg er wieder ein, wendete und fuhr davon.

Thora wandte sich zur Brücke, ihr Herz schlug schneller. Die Aufregung war zurück.

Düsseldorf, Dienstag, 15. April 1919

Thora hatte Glück und traf Kriminalkommissar Heinen im Büro an. Er zog die Augenbrauen hoch, als er ihre verrutschte Frisur und die unordentliche Kleidung bemerkte, was sie jedoch nicht kümmerte. Sie stellte die Tasche neben den Stuhl und setzte sich, ohne eine Aufforderung abzuwarten. Dann kramte sie die Durchschrift der Anzeige hervor, die sie bei der Gladbacher Polizei erstattet hatte. Bevor sie Heinen das Blatt geben konnte, beugte er sich vor und schaute sie ernst an.

»Fräulein Bernrath, es ist gut, dass Sie kommen. So kann ich Ihnen, wenn auch mit großem Bedauern, mitteilen, dass man die Ermittlungen im Mordfall Leuchtenberg abgeschlossen hat.«

Die Worte trafen sie wie ein Schlag. »Was ... heißt das?«, stieß sie beklommen hervor.

Er strich sich über den mächtigen Schnurrbart. »Die Polizei nimmt als gesichert an, dass Ihr Bruder den Mord begangen hat. Es wird zu einer Anklage kommen.«

Thora sprang auf, das Blatt in der Hand. »Das dürfen Sie nicht tun!« In diesem Moment war es ihr egal, dass sie der Polizei keine Befehle zu erteilen hatte. »Bitte hören Sie mich an«, fügte sie ein wenig demütiger hinzu und setzte sich wieder.

»Zeigen Sie mal her.« Heinen überflog die Aussage und blickte fragend auf. »Sie wurden in Gladbach von einem Belgier überfallen? Das ist empörend, aber was hat das mit dem Fall Ihres Bruders zu tun?«

Sie holte tief Luft und zwang sich zur Ruhe. »Ich bin fest davon überzeugt, dass nicht mein Bruder Hauptmann Leuchtenberg getötet hat, sondern ein Belgier, vermutlich ein Angehöriger der Besatzungsarmee. Bitte hören Sie mich an.«

Der Kommissar warf einen Blick auf seine Taschenuhr und nickte gottergeben. »Dann erzählen Sie mal, aber sachlich und auf den Punkt.« Er schien zu bezweifeln, dass sie dazu fähig war. Sie würde ihm das Gegenteil beweisen.

Thora hatte sich die Aussage so zurechtgelegt, dass die Beziehung zwischen Hannes und Carl ausgespart blieb. Was die beiden getan hatten, war gegen das Gesetz. Es würde den Kommissar nur noch mehr gegen ihren Bruder einnehmen und auch Carl in Gefahr bringen. Also sprach sie mit Bedacht, um einerseits nicht nervenschwach zu wirken, aber auch, um jedes Wort gut abzuwägen.

Heinens Miene wechselte nach und nach von ungläubiger Skepsis zu echtem Interesse. Er beugte sich vor, als könnte er sie so besser hören, und Thora spürte, wie eine kleine Flamme der Hoffnung in ihr emporzüngelte. Als sie fertig war, nickte sie zur Bekräftigung ihrer Worte und lehnte sich erwartungsvoll zurück.

Er sah sehr ernst aus. »Mein liebes Fräulein, was Sie da sagen, klingt schlüssig.« Das *Aber* schwang jedoch schon mit. »Allerdings dürfte es schwierig zu beweisen sein, wenn wir diese Person nicht ausfindig machen können. Auf Hilfe aus dem besetzten Gebiet können wir kaum zählen.«

Thora weigerte sich, den Mut zu verlieren. »Das stimmt. Aber wenn berechtigte Zweifel daran bestehen, dass mein Bruder den Mord begangen hat, müssen Sie ihn freilassen, oder? Es kann doch nicht sein, dass er im Gefängnis bleiben muss, nur weil man den anderen Verdächtigen nicht finden kann.« Genau das war ihre Sorge, aber sie musste es aussprechen, sonst würde sie an dem Gedanken ersticken.

Heinen seufzte. »*Ich* kann ihn ohnehin nicht freilassen. Meine Aufgabe ist beendet, sobald die Staatsanwaltschaft der Ansicht ist, dass ausreichend ermittelt wurde. Dies war hier der Fall.« Er hob die Hand, als sie widersprechen wollte. »Wir müssen uns an die Gesetze halten, Fräulein Bernrath.« Er sah auf die Uhr. »Und Ihren Bruder dazu befragen. Jetzt erreiche ich im Gefängnis und bei der Staatsanwaltschaft niemanden mehr. Aber ich verspreche Ihnen, gleich morgen früh dort vorstellig zu werden. Dazu muss ich Ihre Anzeige mitnehmen.«

Thora hätte das Blatt am liebsten an sich gerissen, weil es der einzige Beweis für das war, was sie an diesem Morgen erlebt hatte, begriff aber, wie kindisch das wäre.

Ihr blieb nichts anderes übrig, als daran zu glauben, dass der Kommissar alles tun würde, damit kein Unschuldiger angeklagt wurde. Also nickte sie zögernd.

»Wann darf ich wiederkommen?«

»Morgen Nachmittag, aber nicht vor drei. Dann kann ich Ihnen hoffentlich mehr sagen.« Er hielt kurz inne und sagte dann in vertraulichem Ton: »Mir persönlich wär's ja lieb, wenn's ein Bajuff gewesen wäre.«

Thora fühlte sich plötzlich sehr unbehaglich, ihre Brust wurde eng. Sie stand auf und ging mit unsicheren Schritten zur Tür. »Bis morgen, Herr Kriminalkommissar.«

Thora wusste später nicht mehr, wie sie vom Polizeipräsidium in die Wallstraße gelangt war, wo sie zitternd und aufgelöst ankam. Die Sorge und Anspannung der letzten Tage schienen gewaltsam hervorzubrechen und sie zu überwältigen. War es erst Stunden her, dass ein Mann sie überfallen, zu Boden geworfen und bedroht hatte? Der Wunsch, sich jemandem anzuvertrauen, ein wenig Trost zu erfahren, war so stark, dass er ihr den Atem nahm. Sie musste mit jemandem sprechen, der mit schwierigen Situationen umzugehen wusste.

Trude Busch.

Die Frau, die ganz anders war als ihre Mutter, ihr in dieser Lage aber vielleicht genau das geben konnte, was sie dringend brauchte.

Sie fand den Weg, ohne genau hinzuschauen, als zöge sie ein unsichtbares Band zum Gebäude der *Düsseldor-*

fer Freien Presse. Doch als sie, den Rucksack fest umklammert, in den Redaktionsraum stolperte, erfuhr sie, dass Trude bereits nach Hause gegangen war. Kuno, der Redakteur, den sie schon kannte, schien ihre Verzweiflung zu bemerken, nahm einen Zettel und notierte eine Adresse. »Das ist kurz vor dem Carlsplatz auf der rechten Seite.«

Thora konnte zum Dank nur nicken und wankte die Treppe hinunter. Die Berger Straße war zum Glück nicht weit. Sie verschwendete keinen Gedanken an die Frage, ob es aufdringlich wäre, unangemeldet bei Trude zu klingeln. So viel war passiert, das sie erzählen musste, und ihre Beine drohten endgültig unter ihr nachzugeben. Außerdem wollte sie die Journalistin fragen, was im schlimmsten Fall zu tun wäre, mit anderen Worten, wenn die Staatsanwaltschaft sich weigerte, ihren Bruder freizulassen. Und ob sie ihr einen Anwalt empfehlen könnte. Für die abschließenden Schritte wünschte sie sich nämlich dringend einen juristischen Beistand, damit nicht in letzter Sekunde noch etwas schiefging. Thora hatte das Gefühl, dass sie als Schwester nichts mehr ausrichten konnte.

»Wie siehst du denn aus?«, lautete die etwas barsche, aber verständliche Frage. Trude trug Männerhose und Männerhemd und machte spontan einen Schritt nach vorn, um Thora aufzufangen. Sie wurde in ein Wohnzimmer geführt, von dem sie nichts wahrnahm bis auf den weich gepolsterten Sessel, in den Trude sie drückte, und das Gläschen, das in ihrer Hand landete.

»Trink das.«

Es roch scharf, aber Thora kippte den Schnaps hinunter. Den zweiten an diesem Tag. Fast hätte sie gelacht.

Trude kniete sich vor sie hin und stützte die Hände auf die Armlehnen. »Was ist passiert?«

Nachdem Thora einmal angefangen hatte, konnte sie nicht mehr aufhören. Die Wörter kamen zuerst zögernd, dann purzelten sie förmlich übereinander, ergossen sich wie eine Flut über Trude, die auf Knien vor ihr verharrte, als wollte sie unbedingt in ihrer Nähe bleiben. Zwischendurch kamen Thora die Tränen, die sie wegzuwischen versuchte, bis ein kariertes Männertaschentuch vor ihrer Nase auftauchte, das wunderbar frisch und tröstlich roch.

Ihre Brust fühlte sich nun leichter an. Jetzt bemerkte sie auch die alten Möbel, die vielen Fotografien an den Wänden, den Gummibaum mit den glänzenden Blättern. Sie musterte Trude und wunderte sich über deren Aufmachung.

Die schien es zu bemerken, stand auf und strich über ihre Kleidung. »Die ist von meinem Mann. Ich konnte mich nicht davon trennen.«

»Ist er tot?«, platzte Thora heraus.

»Ja, schon vor dem Krieg. Er war herzkrank. Wir haben uns bei der Arbeit kennengelernt. Er war ein wunderbarer Journalist.«

Sie schämte sich ein bisschen, weil sie nie nach Trudes Familie gefragt hatte. »Das tut mir leid.«

»Er fehlt mir. Aber wenn ich arbeite, fehlt er mir am wenigsten, dann ist er hier drinnen«, sie tippte sich an den Kopf und dann an die Brust, »immer noch bei mir. Und zu Hause ziehe ich manchmal seine Sachen an. Das hilft.«

Sie wandte sich zur Tür. »Ich mache dir was zu essen. Und dann reden wir.«

Kurz darauf kam Trude mit belegten Broten und einem hart gekochten Ei und einer Flasche Bier für sich zurück.

Plötzlich spürte Thora, wie hungrig sie war, und machte sich über die Brote her.

Trude ließ den Bügelverschluss der Flasche mit einem Plopp aufschnappen und trank einen großen Schluck. »Was du geleistet hast, ist großartig. Ich hätte nie geglaubt, dass du so weit kommst.«

»Das wäre ich auch nicht ohne deine Hilfe«, sagte Thora. »Die Regimentsliste, das Hotel, wie du mir immer wieder Mut gemacht hast.«

Trude ging nicht darauf ein, sie hatte noch Wichtigeres zu sagen. »Es muss viel Mut gekostet haben, sich in die Höhle des Löwen zu wagen, selbst wenn dein Vater dabei war. Aber du hast dich auch in schreckliche Gefahr begeben.« Sie wirkte sehr ernst. »Der Überfall hätte noch schlimmer ausgehen können. Mir wird ganz schlecht, wenn ich dran denke.«

Thora las echte Sorge in Trudes Augen.

»Sofern unsere Staatsanwaltschaft nicht vollkommen ignorant oder unfähig oder zu sehr von gefährlichen Revolutionären abgelenkt ist«, die Verachtung in ihrer Stimme war nicht zu überhören, »muss sie etwas unternehmen. Ich bin ehrlich gesagt wenig zuversichtlich, was das belgische Militär betrifft, und könnte mir vorstellen, dass sie ihre eigenen Leute um jeden Preis schützen. Womöglich gehen sie selbst gegen den Mann vor, das will ich nicht ausschließen, aber ich bezweifle, dass sie es öffentlich zugeben. Ein belgischer Soldat, der in der neutralen Zone einen Mord begeht?« Sie schüttelte den Kopf. »Das werden sie niemals eingestehen.«

»Aber was bedeutet das für Hannes?«, fragte Thora in flehendem Ton.

»Im Zweifel für den Angeklagten. Und er ist noch nicht mal angeklagt. Die Staatsanwaltschaft hat die Möglichkeit, die Ermittlungen gegen ihn einzustellen und ihn gehen zu lassen. Dann müssen sie Leuchtenbergs Schwester allerdings erklären, dass der Mörder ihres Bruders vermutlich nie gefasst und zur Rechenschaft gezogen wird.«

»Er war selbst ein Mörder«, sagte Thora und staunte, wie kalt ihre Stimme klang. So kalt, dass Trude überrascht die Augenbrauen hob.

»Rechtsprechung sollte nicht auf diese Weise funktionieren. Doch kann die Alternative nicht darin bestehen, einen Unschuldigen zu bestrafen.«

Thora schob sich das letzte Stück Butterbrot in den Mund. Als sie es heruntergeschluckt hatte, sagte sie: »Ich traue mir nicht zu, allein mit der Polizei oder der Staatsanwaltschaft zu verhandeln. Kannst du mir einen Anwalt empfehlen, für die letzten Schritte? Wenn ich jetzt etwas falsch mache, verzeihe ich mir das nie.«

»Ja, das kann ich«, sagte Trude. »Es ist eine vernünftige Idee. Was du herausgefunden hast, hätte kein Anwalt besser machen können, aber es ist an der Zeit, einen Fachmann hinzuzuziehen. Meine Zeitung hat einen Hausanwalt, den werde ich fragen. Entweder übernimmt er es selbst oder wird uns einen geeigneten Kollegen empfehlen. Und dann möchte ich dich an unsere Abmachung erinnern.« Trude schaute sie geradezu feierlich an. »Ich bitte dich, mir zu erlauben, in der Zeitung über Hannes' Fall zu berichten.«

Thoras Herz schlug schneller, doch sie nickte. Trude hatte ihr immer zur Seite gestanden, da würde sie ihren Teil der Abmachung auch einhalten. »Einverstanden.«

Sie hatten alles besprochen, die Brote waren gegessen, eigentlich blieb ihr nur der Weg in die Poststraße. Doch das Zimmer war warm und gemütlich, Trudes Nähe wohltuend, und sie zögerte aufzubrechen.

Trude schien es zu merken. »Ich habe ein kleines Arbeitszimmer, da steht eine Liege drin. Sie ist nicht sehr breit, aber für dich sollte sie reichen. Magst du?«

Sie nickte dankbar und konnte endlich lächeln.

Düsseldorf, Mittwoch, 16. April 1919

Als Thora am nächsten Morgen aufstand, fand sie sich allein in der Wohnung wieder. In der Küche stand ein Emailleteller mit Broten, daneben lag ein Zettel.

Musste früh los, jetzt, wo der Streik vorbei ist.
Muckefuck steht auf dem Herd. Rede gleich mit dem Anwalt.
Komm nachher in die Redaktion, dann gehen wir zusammen zur Polizei. Gruß Trude

Sie musste geschlafen haben wie eine Tote, denn sie hatte gar nicht mitbekommen, wie Trude aufgestanden war und gefrühstückt hatte. Unter gewöhnlichen Umständen hätte sie sich für ihre Unhöflichkeit geschämt, wusste aber, dass die Journalistin es ihr nicht übel nehmen würde. Sie war einfach völlig erschöpft gewesen.

Nachdem Thora gegessen hatte, schaute sie nachdenklich aus dem Fenster. Es war ein seltsames Gefühl, keine drängende Aufgabe mehr zu haben, nach nichts und niemand suchen zu müssen. Gewiss, sie musste mit dem Anwalt sprechen, aber das konnte sie erst tun, wenn sie wusste, wie man in Hannes' Fall entschieden hatte. Sie war schrecklich nervös, wenn sie an den Nachmittag dachte und was sie bei der Kriminalpolizei erwarten mochte.

Morgen um diese Zeit wäre sie wieder im Theater, aber mit welchem Gefühl? Wäre sie beglückt und euphorisch, weil sie Hannes durch ihren Einsatz in Sicherheit wusste? Oder würde sie mit unendlich schwerem Herzen im Unterricht sitzen, weil all ihre Bemühungen vergeblich gewesen waren?

Die Ungewissheit war quälend. Vielleicht half Bewegung. Sie spülte das wenige Geschirr ab, hängte das Handtuch ordentlich auf die Stange neben dem Herd, packte ihre Sachen zusammen und zog die Wohnungstür sorgsam hinter sich zu. Trude hatte das Rad unten ins Treppenhaus gestellt, damit es nicht gestohlen wurde. Thora schob es auf die Straße, hinein in den kühlen Aprilmorgen, der schon einen Hauch von Frühling versprach. Eine Verheißung, die Thora gern in ihr Herz gelassen hätte, doch dafür war es noch zu früh.

Nach wenigen Minuten hatte sie die Poststraße erreicht. Sie war erst vorgestern hier gewesen und fühlte sich doch wie ein anderer Mensch. Die Erfahrungen der letzten Tage hatten sie härter und argwöhnischer gemacht, aber auch selbstsicherer. Sie hatte ein ganzes Gefängnis überlistet und einen mutmaßlichen Mörder aufgeschreckt. Sie wäre gern still in ihr Zimmer gegangen, doch als sie die Tür aufschloss, wartete bereits die Witwe Hendricks auf sie.

»Fräulein Thora, der Oberleutnant hat uns verlassen. Nach seinem heldenhaften Einsatz und dem triumphalen Sieg seiner Männer musste er weiterziehen. Überall im Reich gibt es Unruhen, die bekämpft werden müssen.« Sie legte wehmütig die Hand an die Brust. »Ich bin dankbar, dass in der Stadt wieder Recht und Ordnung herrschen, aber es war doch angenehm, einen so schneidigen Herrn im Haus zu haben.«

Thora wusste nicht, was sie erwidern sollte, also sagte sie gar nichts.

»Na ja, nun sind wir also wieder unter uns, das ist auch nett. Trotzdem will ich versuchen, das Zimmer bald neu zu vermieten. In diesen Zeiten kann ich das Geld gut gebrauchen. Ich stelle auch noch einen Sessel hinein, den ich oben auf dem Dachboden habe, das macht es gemütlicher. Falls Sie also einen netten jungen Herrn oder eine Dame bei Ihnen am Theater kennen, die Sie mir empfehlen können ...«

Noch im Plaudern schaute sie Thora prüfend an und sagte besorgt: »Sie sehen aber blass aus. Ich hoffe, es gibt keine Sorgen daheim?«

Thora musste ein gequältes Grinsen unterdrücken. »Ach, die Besatzung macht allen zu schaffen, das Leben wird dadurch nicht gerade leichter.«

Die Witwe zog sie in die Küche und stellte ihr eine Tasse Muckefuck hin. »Trinken Sie. Hier ist auch noch eine Scheibe Graubrot. Was man heutzutage Graubrot nennt.« Thora zwang das trockene Ding nur aus Höflichkeit hinunter.

»Ich sage immer, unsere Soldaten haben sich ehrenhaft und tadellos verhalten. Dann sollten die Besatzer gefälligst das Gleiche tun.«

Thora spürte, wie ihre Kehle eng wurde. Sie konnte die leichtfertigen Worte nicht ertragen. Also trank sie den Kaffee so schnell, dass sie sich fast den Mund verbrannte, und stand auf. »Vielen Dank. Morgen gehe ich wieder zur gewohnten Zeit ins Schauspielhaus.«

Da klingelte es an der Tür, das musste die Frühpost sein. Die Witwe öffnete und kam mit einem Brief in die Küche, den sie Thora hinhielt.

Sie warf einen Blick auf den Absender – Rudi Mertens! Dann schaute sie auf den Kalender. Es war tatsächlich über eine Woche her, dass sie bei ihm in der Kiefernstraße gewesen war.

Sie ging in ihr Zimmer und riss den Umschlag auf.

Liebe Thora,

ich wollte hören, wie es Dir geht. Du warst so aufgelöst und voller Sorge um Deinen Bruder. Konntest Du ihm helfen? Wenn ich durch die Ackerstraße komme, muss ich immer an Euch denken.

Die letzten Tage waren schlimm. Mich hat's am Arm erwischt, nur ein Streifschuss zum Glück. Ich konnte mich in Sicherheit bringen. Die Kameraden haben sich tapfer gegen das Freikorps Totschlag gewehrt, aber vergebens. Manche müssen ins Gefängnis. Es wird lange dauern, bevor wir uns wieder erheben.

Darum bin ich froh, dass der Sprechunterricht weitergeht. Wir sehen uns doch im Theater? Sag, wenn ich helfen kann.

Herzlich
Dein Rudi

Thora lächelte. Der liebe Rudi. Wie gut, dass sie nichts von seiner Beteiligung an den Kämpfen geahnt hatte, dann hätte sie sich um noch jemand sorgen müssen. Sie beschloss Rudi zu antworten, so konnte sie sich auch von der nervösen Anspannung ablenken, die sie überkam, wann immer sie an den bevorstehenden Besuch bei der Polizei dachte.

Der Brief wurde länger als erwartet, und es war wohltuend, sich noch einmal in Ruhe alle Geschehnisse vor Augen zu führen. Wenn sie Rudi das nächste Mal im Theater sah, würde sie ihm sagen können, ob es gut ausgegangen war – oder nicht.

Sie endete mit den Worten:

Ich danke Dir noch einmal und von ganzem Herzen, dass Du mir Mut zugesprochen hast und für mich da warst. Sobald ich es schaffe, komme ich Dich besuchen. Vielleicht finde ich sogar irgendwo ein Päckchen echten Bohnenkaffee. Erhol Dich gut und bis ganz bald

Deine Thora

Ihr war jetzt etwas leichter ums Herz, doch sie musste die Stunden bis zum Nachmittag irgendwie ausfüllen. Sie zog sich um und wählte ein graues Kleid mit dunkelrotem Besatz. Es war dezent und ein wenig förmlich und sicher geeignet, um bei der Polizei einen guten Eindruck zu hinterlassen. Sie befestigte ein passendes dunkelrotes Seidenband über ihren Haaren und setzte sich an den Schreibtisch.

Dort lagen noch ihre Notizen, der Lektüretext von *Wie es euch gefällt*, der mit Bleistift markierte Monolog war aufgeschlagen. Thora lächelte, als sie an ihre Verkleidung dachte. Falls Hannes freikam, schwor sie sich, würde sie die Szene für ihn spielen.

Sie vertiefte sich in den Text, und Shakespeare gelang es tatsächlich, ihre Nervosität eine Zeit lang zu vertreiben. Sie gab sich ganz der Sprache hin, probierte Textzeilen vor dem Spiegel und machte sich Notizen, wie sie die Rolle gestalten wollte.

Ja, sie dachte auch an Hannes, aber nicht an den blassen, mitgenommenen Mann, der ihr im Gefängnis gegenübergesessen hatte, sondern an den Bruder, den sie liebte, der, den Kopf in die Hand gestützt, auf dem Sofa lag und ihre Vorstellung liebevoll-respektlos kommentierte. Beim Gedanken, ihm die Rolle tatsächlich vorzuspielen, in Freiheit, lachend und streitend, brannten ihre Augen. Sie spürte, wie Tränen der Anspannung und Angst, aber auch der zarten, unbesiegbaren Hoffnung sich den Weg über ihre Wangen bahnten.

Als sie im Innenhof des Polizeipräsidiums standen, war Thora unendlich froh, Trude an ihrer Seite zu wissen. Sie war so unruhig, dass sie keine Sekunde stillstehen konnte. Ihre Stimmung schwankte zwischen Zuversicht und Angst. Trude hatte ihr versichert, ein Anwalt stünde bereit, der sich, egal wie der heutige Tag ausgehen mochte, um die juristischen Feinheiten kümmern werde. Immerhin eine kleine Erleichterung. Um Punkt drei betraten sie das Gebäude. Mit klopfendem Herzen ging Thora zu Heinens Büro, dessen Tür offen stand, als wollte er sie hereinbitten.

Trude stellte sich selbst vor, worauf der Kriminalkommissar die Stirn runzelte. »Was hat die Presse hier zu suchen?«

»Frau Busch ist meine Freundin«, sagte Thora rasch, um gar nicht erst eine Missstimmung aufkommen zu lassen. »Ich habe sie gebeten, mich zu begleiten. Da meine Eltern nicht mit hier sein können.«

Er bot ihnen Plätze an und ließ sich schwerfällig hinter dem Schreibtisch nieder.

»Da haben Sie mir ja eine schöne Geschichte serviert, Fräulein Bernrath.« Sein Tonfall verriet nicht, ob er gute oder schlechte Neuigkeiten hatte. »Ich bin gleich heute Morgen um acht bei der Staatsanwaltschaft vorstellig geworden und habe den Sachverhalt geschildert. Der Staatsanwalt hat sich daraufhin ins Gefängnis begeben und mit Ihrem Bruder gesprochen. Er hat sich von ihm ausführlich schildern lassen, was sich damals in Belgien zugetragen hat.«

Thoras Magen schien emporzusteigen wie ein Ballon, ihre Hände begannen zu kribbeln.

»Die anderen Zeugen der Morde sind offensichtlich tot. Man könnte behaupten, Ihr Bruder habe die Geschichte erfunden, um seine Schuld zu verschleiern. Doch die Tatsache, dass man Sie auf offener Straße überfallen hat, unmittelbar nachdem Sie und Ihr Vater mit dem belgischen Offizier über die Vorfälle von 1914 gesprochen hatten, stützt die Aussage Ihres Bruders. Ebenso wie die Tatsache, dass die Morde an der Frau und dem Jungen die einzigen offenkundigen Gründe sind, aus denen Ihr Bruder Leuchtenberg hätte aufsuchen sollen. Es scheint keine weitere Verbindung zwischen ihnen zu bestehen.«

Der letzte Satz beruhigte sie. Hannes hatte die Erpressung nicht erwähnt. Gut, dass Heinen nicht wusste, wie skrupellos Leuchtenberg auch nach dem Krieg gewesen war und auf welch niedere Weise er versucht hatte, sein Wissen über ihren Bruder auszunutzen.

»Des Weiteren haben wir telefonisch die Polizei in Wuppertal verständigt, die daraufhin die Mutter des Gefreiten Plank befragt hat. Frau Plank erklärte, ihr Sohn sei bei seinem letzten Heimaturlaub seltsam gewesen. Sie habe sich Sorgen um ihn gemacht. Auf Nachfrage habe er geantwortet, er habe etwas Furchtbares gesehen, über das er nicht reden dürfe. Sie sei davon ausgegangen, dass es mit dem Krieg zu tun hatte. Allerdings erinnert sie sich an eine eigenartige Bemerkung, die er unmittelbar danach gemacht habe. Es seien nicht immer die Feinde, die die schrecklichsten Dinge täten.«

Thora spürte, wie sich wieder Hoffnung in ihr ausbreitete. »Das passt doch zu dem, was mein Bruder erzählt hat. Sicher hat Plank den Hauptmann gemeint.«

Heinen nickte. »Es ist zumindest anzunehmen.«

Seine verschwommene, verklausulierte Ausdrucksweise machte sie wahnsinnig. Wann würde sie endlich erfahren, was aus Hannes werden sollte, welche Entscheidung man getroffen hatte? Sie spürte, dass Trude neben ihr ebenfalls unruhig wurde, sich aber mühsam beherrschte, indem sie die Hände im Schoß verschränkte.

»Angesichts all dieser neuen Erkenntnisse ist die Staatsanwaltschaft zu dem Schluss gelangt, dass es keine ausreichenden Gründe gibt, um Ihren Bruder länger in Haft zu behalten.«

Trude konnte gerade noch nach Thoras Schultern greifen und sie abstützen, sonst wäre sie vom Stuhl gerutscht. Die plötzliche Erleichterung war zu viel, ihr kamen die Tränen, die sie so lange unterdrückt hatte. Sie brachte die Worte kaum heraus.

»Hannes ist frei?«

Heinen sah auf die Uhr. »Es sind noch einige Dinge zu erledigen, bis das Verfahren gegen ihn endgültig eingestellt wird, aber ja, er ist frei.«

Die Schritte draußen im Flur fielen mit seinen letzten Worten zusammen, und dann stand Hannes in seinem verknitterten Anzug, mit offenem Mantel und zerzausten Locken in der Tür. Unter dem Arm hatte er den Karton, in dem sie ihm Waschzeug und Schreibsachen gebracht hatte. Als er sie sah, ließ er den Karton fallen.

Thora sprang auf und stürzte auf ihn zu, spürte seine Arme, die sich fest und tröstlich um sie legten, sie lachte und weinte zugleich. Hannes strich ihr über die Haare und murmelte ihr leise etwas ins Ohr. Es war nur ein einziges Wort, das er wiederholte. »Danke, danke, danke.«

Sie hätte ewig so dastehen können, doch dann wurde ihr bewusst, dass sie nicht allein waren. Sie löste sich von Hannes und stellte ihm Trude vor.

»Sie haben eine wirklich sehr mutige Schwester, Herr Bernrath.«

»Ohne dich hätte ich das nicht geschafft«, warf Thora ein. Hannes drückte ihr die Hand, worauf Trude ein bisschen verlegen wurde.

Dann erklang ein vernehmliches Räuspern. »Ich muss doch bitten, das hier ist immer noch ein Polizeipräsidium und kein Familienkränzchen. Herr Bernrath, wenn Sie das hier bitte unterschreiben wollen.«

Heinen schob ihm ein Dokument hin.

Hannes überflog es und unterzeichnete.

»Kann ich zu meinen Eltern nach Gladbach fahren?«

»Ja, aber Sie müssen sich weiterhin zu unserer Verfügung halten«, sagte Heinen mit aller gebotenen Autorität. »Möglicherweise wird man Sie noch einmal befragen. Daher muss ich Sie ersuchen, in der Nähe zu bleiben und uns jeden Wohnortwechsel mitzuteilen.«

»Mein Bruder hat einen Anwalt, der sich um alles kümmern wird«, sagte Thora, worauf Trude in ihrer Tasche wühlte und dem Kommissar die Visitenkarte des Anwalts reichte.

Hannes schaute zwischen ihnen hin und her. »Ich würde jetzt gern dieses Gebäude verlassen. Dass ich nicht Auf Wiedersehen sage, werden Sie hoffentlich verstehen, Herr Kommissar.«

Zu dritt ließen sie die Mauern des Präsidiums hinter sich. Als sie in die frische Aprilluft traten, wurde Hannes von einem schweren Hustenanfall geschüttelt.

»Bist du krank?«, fragte Thora besorgt, und er seufzte theatralisch.

»Ich bin frei, und das mit dem Husten wird schon wieder. Der ist nichts gegen die Torturen, die ich hinter mir habe.« Dann schaute er sie und Trude grinsend an. »Ich hoffe, diesmal ist der Anwalt echt.«

Das Lachen, das darauf folgte, war wie eine Befreiung.

In der Poststraße machte Frau Hendricks große Augen und musterte Hannes von Kopf bis Fuß. »Es tut mir leid, dass Sie krank waren, Herr Bernrath, kommen Sie doch herein. Ich hatte schon das Gefühl, dass Ihre Schwester sich um etwas sorgte. Warum haben Sie denn nichts erwähnt, Fräulein Thora?«

Sie sah, wie Hannes sich ein Grinsen verbeißen musste. »Ich wollte Sie nicht beunruhigen, Frau Hendricks. Es geht ihm auch schon viel besser, nur noch ein bisschen Husten. Die Düsseldorfer Krankenhäuser sind einfach fortschrittlicher als bei uns in der Provinz.«

Hannes hatte von der Redaktion aus ihren Vater in der Firma angerufen. Der war außer sich gewesen, Thora hatte ihn durchs Telefon »Mein Junge, ich bin so froh, so froh« stammeln gehört. Er hatte sich sofort auf den Weg nach Hause gemacht, um Mama die gute Neuigkeit zu überbringen. Dann hatten sie sich noch einmal bei Trude bedankt, die beide energisch nach draußen geschickt hatte – um ihre Rührung zu verbergen, wie Thora vermutete.

Hannes würde heute in der Poststraße übernachten, in Oberleutnant Kellers ehemaligem Zimmer. Morgen wollte er versuchen, mit seinen Papieren über die Brücke nach Oberkassel zu gelangen, wo Papa mit dem Wagen auf ihn warten würde.

Doch die Zeit bis dahin gehörte ihnen.

»Bitte, hier ist das Zimmer, Herr Bernrath. Fühlen Sie sich wie zu Hause.« Als sich die Tür hinter ihm geschlossen hatte, schaute die Witwe Thora strafend an.

»Also wirklich, er sollte nicht durch die Gegend hetzen, wenn er so krank ist. Ein gut aussehender Mensch, Ihr Bruder, das muss ich ja mal sagen.« Sie holte ein Stück Marmorkuchen, das sie Thora aufnötigte, damit der Herr Bruder etwas auf die Rippen bekäme.

Hannes klopfte leise an und öffnete die Tür. Auf der Schwelle zögerte er, als fühlte er sich nicht wohl in seiner Haut. Thora konnte ihn verstehen. Viel war geschehen, seit sie das letzte Mal zwanglos miteinander gesprochen hatten.

Sie ging auf ihn zu, nahm seine Hand, zog ihn in ihr Zimmer und schloss die Tür.

»Setz dich.«

Er nahm den Stuhl, der vor ihrem kleinen Schreibtisch stand, und ließ sich darauf nieder, ein wenig vorgebeugt, die Hände zwischen den Knien. Dann schaute er sie unsicher an. »Ich hab mich so gefreut, dass wir endlich ungestört reden können. Und jetzt bin ich ganz nervös.«

Thora setzte sich aufs Bett und zog die Beine unter sich. »Ich weiß. Mir geht's genauso.«

Er fuhr sich durch die Haare, wie er es immer tat, wenn er ratlos war und seine Gedanken zu ordnen versuchte. »Ich erwarte nicht, dass du verstehst, was zwischen Carl und mir ...« Er zuckte unwillig mit den Schultern, weil ihn die Worte im Stich ließen.

»Red keinen Unsinn, Hannes. Ich weiß nicht, ob *verstehen* das richtige Wort ist, aber ich habe erlebt, wie ihr übereinander gesprochen habt, und das reicht mir. Wenn ihr euch liebt, ist das so. Es steht mir nicht zu, darüber zu urteilen.«

Er sah sie beinahe ungläubig an. »Meinst du das ernst?«

»Hab ich dich je belogen? Wenn es darauf ankam, meine ich?«

»Und nicht nur darum ging, wer die Kirschen aus der Küche geklaut hatte«, sagte er, und ein altvertrautes Lächeln huschte über sein Gesicht. Doch seine Miene verdunkelte sich wieder. »Weiß es sonst noch jemand?«

Sie holte tief Luft. »Nur Trude Busch. Sie hat es erraten. Du kannst ihr vertrauen, sie hat ein großes Herz. Wenn sie dich verachtete, hätte sie mir nicht geholfen. Ich glaube, ihr ist nichts Menschliches fremd.«

»Ja, so kommt sie mir auch vor.« Hannes schloss flüchtig die Augen und fragte dann: »Mama und Papa wissen es nicht?«

»Natürlich nicht.« Thora sah ihn eindringlich an. »Falls sie es erfahren, dann nur von dir.«

Er lehnte sich zurück und stemmte die Hände auf die Oberschenkel, als hätte er einen Entschluss gefasst. »Es gibt einiges zu entscheiden.«

Sie fragte nicht nach, ließ ihn reden.

Hannes drehte sich um und deutete auf die Bücher und Papiere auf ihrem Schreibtisch. »Shakespeare. *Wie es euch gefällt.* Du machst, was dir gefällt, was du gut kannst und was dir am meisten bedeutet. Und ich ...«

Thora zuckte zusammen, als sie die Bitterkeit in seiner Stimme hörte. Und dann begriff sie, was er meinte.

»Du willst nicht zurück in die Firma.«

Er sprang auf, fuhr sich wieder durch die Haare. Er sah verzweifelt aus. »Ich kann das nicht. Die ganzen Jahre ...« Er rang um Fassung. »Die ganzen verlorenen Jahre. Und seit Dezember sitze ich als Sohn des Besitzers da und tue, was man von mir erwartet. Das sichert mir ein angenehmes Leben. Ich muss nur Papas Nachfolge antreten, eine nette Frau heiraten und eine Familie gründen. Ich werde ein angesehener Bürger, der im Krieg gedient hat und im Frieden das Familienunternehmen weiterführt. Im Gefängnis habe ich viel nachgedacht ...«

Thora kam sich vor wie damals, als Carl ihr den Brief gegeben hatte. Auch diesmal war es, als hätte Hannes seine Brust aufgerissen und sie in sein tiefstes Inneres schauen lassen. Sie wagte kaum, ihm ins Gesicht zu sehen.

»Ich verstehe dich. Gib ihnen ein bisschen Zeit. Sie haben sich sehr um dich gesorgt.«

»Aber du hast so viel für mich riskiert.«

Thora hob unwillkürlich die Hand und unterbrach ihn. »Sei nicht ungerecht, Hannes. In Gladbach gab es doch diesen angeblichen Mordanschlag auf belgische Soldaten. Es werden keine Passierscheine mehr ausgestellt. Sie hatten gar keine Möglichkeit, zu dir zu kommen. Und Papa hat sich sehr für dich eingesetzt und mir beigestanden.«

Hannes ließ sich auf den Stuhl fallen und vergrub den Kopf in den Händen. »Zwölf Tage im Gefängnis, und schon verändert sich mein Wesen. Natürlich bin ich ihnen dankbar und werde ihnen das auch sagen.« Er schaute sie reumütig an. »Verzeih, Thora, aber ich war so schrecklich allein. Bis auf den Anwalt, den man mir geschickt hat.« Er lächelte schief.

Thora ging zu ihm, kniete sich hin und legte den Kopf auf seine Beine.

»Ich bin fast gestorben vor Angst, das kannst du mir glauben.«

Er zog sie an den Schultern hoch. »Du hast wirklich Talent. Das war die Vorstellung deines Lebens.«

Sie musste unwillkürlich lachen. »Ich hoffe sehr, dass ich sie niemals wiederholen muss.«

Hannes schaute sie feierlich an. »Ich verspreche dir, ich werde alles tun, damit du das nicht musst. Und ich hoffe sehr, dich bald in einer Rolle auf der Bühne zu erleben.«

»Ich habe was einstudiert«, murmelte Thora verlegen.

»Zeig's mir.«

»Es ist aus *Wie es euch gefällt*, weißt du, als Rosalind sich als Mann verkleidet. Stell dir vor, dass ich genauso aussehe wie bei meinem Besuch im Gefängnis. Herrenanzug, Hut, Bart, alles, was dazugehört.«

Er lehnte sich zurück, schlug die Beine übereinander und schaute sie erwartungsvoll an. »Bitte.«

Thora baute sich vor Hannes auf und begann mit dem Monolog, den sie längst auswendig kannte. Mit jedem Wort, das sie sagte, wurden seine Augen größer, und sie las Staunen und Bewunderung darin. Endlich geschah nach all der Angst der letzten Zeit etwas so, wie sie es sich erhofft und in ihrer Fantasie ausgemalt hatte.

Die Zukunft mochte unsicher und auch angsteinflößend sein, vor allem für Hannes, doch dies war ein Moment, der nur ihnen gehörte.

Düsseldorf, Donnerstag,
17. April 1919

Am nächsten Morgen schlichen die Geschwister verstohlen wie Kinder, die einen Streich planen, aus dem Haus. Thora hatte Hannes eine Reisetasche gegeben, damit er nicht den Karton mit sich herumschleppen musste, mit dem er wie ein entlassener Häftling aussah. Gleich würde er sich auf zur Rheinbrücke machen, wo ihn die belgischen Soldaten hoffentlich hinüberlassen würden, doch vorher gab es noch etwas Wichtiges zu erledigen.

Unterwegs holten sie sich in einer nahe gelegenen Bäckerei Brötchen. Ein Frühstück zusammen mit der Witwe Hendricks hatten weder Thora noch Hannes gewollt. Sie waren dankbar, dass er in dem freien Zimmer hatte übernachten dürfen, doch der Gedanke an die bohrenden Fragen schreckte beide ab.

Als sie satt waren, nahm sie Hannes am Arm und zog ihn mit sich zur nächsten Straßenecke. Thora legte die Hände an seine Schultern und schob ihn in die Kasernenstraße.

»Schau, da ist es.«

Thora zeigte auf die Gebäude des Schauspielhauses, die immer noch zusammengewürfelt aussahen und doch einen ewigen Zauber auf sie ausübten. Dann schaute sie Hannes unsicher an und hoffte, dass er von der Architektur nicht allzu enttäuscht wäre.

Sein Blick verriet ihr, dass er sie verstand. »Wer will schon Einheitlichkeit und Harmonie, wenn man Klassizismus, Backstein und eine mittelalterliche Burg auf einem Haufen haben kann?«

Sie lachte. »Mit einer solchen Bemerkung hatte ich gerechnet. Du solltest wirklich Architekt werden. Es liegt dir im Blut.«

Sie überquerten die Straße und gingen durchs Tor. Auf dem Hof blieb Thora stehen. »Versprich mir was.«

Hannes schaute sie fragend an.

»Denk daran, was du vom Leben willst. Nicht an das, was andere von dir wollen.«

Sie sagte es in beschwörendem Ton, und er nahm ihre Hände und zog sie zu sich heran. »Ja, ich verspreche es. Es geht nicht von heute auf morgen, damit hattest du gestern völlig recht. Ich muss es ihnen behutsam beibringen.« Hannes verriet nicht, ob er seine beruflichen Pläne meinte oder noch etwas anderes, und Thora fragte auch nicht nach.

»Jedenfalls fange ich neu an. Es ist höchste Zeit, ich hätte es längst tun sollen.« Er lachte leise. »Die einen wollen um jeden Preis ihr altes Leben fortsetzen, wenn sie den Krieg überlebt haben und gesund genug sind. Und andere erkennen, dass sie genau das nicht können.«

Sie löste ihre Hände und drückte ihn an sich. Endlich konnte sie ihren Bruder wieder umarmen.

Wenn sie in den vergangenen Jahren an ihn gedacht hatte, war da ein Schmerz gewesen, das Wissen um die tiefe Lücke, die sein Fehlen gerissen hatte. Als sich dann Thoras Wunsch erfüllte, an die Hochschule für Bühnenkunst zu gehen, war Hannes' Abwesenheit ein bitterer Tropfen gewesen, der sich ins Meer der Freude mischte. Ihr Glück wäre erst vollkommen, wenn ihr Bruder heil und sicher aus dem Krieg zurück käme, hatte sie gedacht. Und dann war die nächste Trennung gekommen, die nächste Angst. Nun könnte sie ihr Leben ganz und gar genießen, weil Hannes frei war. Oder frei sein würde, wenn er endlich die Entscheidungen traf, die ihn zu bewegen schienen.

Sie trat einen Schritt zurück. »Ich muss rein. Es gibt einiges nachzuholen.«

»Viel Erfolg mit deiner Rosalind. Bis bald. Und danke. Für alles.« Er wandte sich zum Gehen und hob die Hand. Dabei fiel ihr auf – wie hatte sie es so lange übersehen können? –, dass er Carls Ring am kleinen Finger trug.

Epilog

In den folgenden Tagen wurde Thora förmlich verschlungen vom Theater. Es war, als müssten alle fiebrig nachholen, was sie während des Generalstreiks versäumt hatten, und sie konnte sich endlich unbeschwert und frei in die Theaterarbeit stürzen. Die Zukunft war unsicher, aber auf eine verlockende Weise, die alles möglich erscheinen ließ.

Rudi kam wieder zum Sprechunterricht. Danach gingen sie in ein Café, wo Thora ihm von Hannes' Freilassung erzählte. Seine Augen schauten sie ungläubig über den Schal hinweg an, doch als sie fertig war, nickte er. »Was anderes hätte ich mir auch nicht vorstellen können. Hast du prima hinbekommen.« Er zögerte. »Die Genossen haben gefragt, ob ich bei einer Versammlung sprechen möchte. Über Hilfen für Kriegsversehrte. Ich habe zugesagt.«

Thora drückte seine Hand, um zu sagen: Ich weiß, welche Überwindung es dich gekostet hat, und bin stolz auf dich.

Einmal traf sie sich mit Trude Busch. Sie hatte über den Fall Leuchtenberg berichtet, ohne Hannes' Namen zu nennen, und angedeutet, dass der wahre Täter vielleicht nie gefunden würde, worauf die Zeitung einige wütende Leserbriefe erhalten hatte.

Der von Trude empfohlene Anwalt hatte sich von Kriminalkommissar Heinen schriftlich versichern lassen, dass jegliche Ermittlungen gegen Johannes Bernrath eingestellt seien und dieser seinen Aufenthaltsort frei wählen könne.

Trude hatte versprochen, im Mai zu *Hamlet* zu kommen, sie wolle nun auch mal Thoras künstlerische Seite sehen. »Deinen großen Auftritt in der Ulmer Höh' habe ich ja leider verpasst«, sagte sie augenzwinkernd.

Thoras Mutter hatte geschrieben und ihr von Herzen gedankt, weil sie sich so für Hannes eingesetzt hatte. Er wirke still und in sich gekehrt, aber das sei wohl nicht ungewöhnlich nach der schlimmen Zeit im Gefängnis. Der Husten werde allmählich besser. Wenn er sich erholt habe, werde er sicher bald wieder mit Papa in der Firma arbeiten. Er habe viel durchgemacht und werde ein geordnetes Leben in vertrauter Umgebung zu schätzen wissen. Dass sie von Hannes selbst nichts hörte, beunruhigte sie ein wenig, doch die viele Arbeit verdrängte ihre Sorgen.

Als Thora am letzten Apriltag aus dem Theater nach Hause ging, schienen ihre Füße kaum den Boden zu berühren. Der Mai kündigte sich mit mildem Wetter an, die Bäume im Spee'schen Park leuchteten ihr kräftig grün entgegen. Vorhin hatte Louise Dumont ihre Rosalind begutachtet und trotz ihrer anfänglichen Skepsis Thoras Ideen gelobt. Sie habe die Szene mit »Herzensüberzeugung« gespielt und solle unbedingt weiter an der Rolle arbeiten.

Sie war noch ganz in ihrer Hochstimmung gefangen, als Hannes plötzlich vor ihr stand, in einer Hand einen Koffer, einen Rucksack über der Schulter.

Thora blieb abrupt stehen. Eine Sekunde lang fürchtete sie, ihren Eltern könne etwas zugestoßen sein.

Hannes griff nach ihrem Arm. »Ich muss mit dir reden. Ungestört.«

»Lass uns an den Rhein gehen.«

Kurz darauf standen sie dicht beieinander am Ufer, vor sich den breiten Strom, der in der Sonne glänzte, den Wind in den Haaren. Thora schaute auf die Schiffe, die vorüberzogen, und flussabwärts zur Brücke, die sie in letzter Zeit so oft überquert hatte.

Hannes hingegen sah unverwandt geradeaus. Sie bemerkte, wie er die Hand zur Faust ballte, und berührte behutsam seinen Arm.

»Nun sag schon, was ist los.«

»Ich fahre morgen nach Berlin. Dort bewerbe ich mich um ein Architekturstudium.«

Thoras Herz schlug heftig, als wollte es ihre Kehle sprengen. »Hast du Papa gesagt, dass du nicht in der Firma arbeiten willst?«

Hannes warf den Kopf zurück und lachte bitter. Es traf sie ins Herz.

»Ja. Er hat gefragt, ob ich deshalb weggehen will. Ich habe nicht darauf geantwortet. Ich wollte nicht lügen, konnte aber nicht die Wahrheit sagen.« Er fuhr sich durch die Haare und holte tief Luft. »Thora, ich konnte nicht bleiben. Ich kann mich nicht mein Leben lang verstellen.«

Hatte sie auch nur einen Moment lang geglaubt, dass es so weitergehen könnte für Hannes, gefangen in den Erwartungen ihrer Eltern?

»Papa hat mir angeboten, in Aachen zu studieren.« Er schluckte. »Aber es geht nicht. Immer wieder nach Gladbach zu kommen und zu sehen, wie Carl seine Eva heiratet, in derselben Stadt mit ihm zu sein ...« Er verstummte. Jedes Wort schien ihn Mühe zu kosten.

Thora fragte sich nicht zum ersten Mal, wie eine Ehe aussehen sollte, die auf einer Lüge gegründet war. Denn sie zweifelte nicht daran, dass Carl ihren Bruder mehr liebte als Eva. Sie hatte sein Gesicht gesehen, wenn er von Hannes sprach.

Sie wechselte das Thema, weil Hannes so traurig aussah. »Wie haben sie reagiert, Mama und Papa, meine ich?«

»Mama hat geweint und immer wieder gefragt, warum ich gehe, und Papa ...« Er zuckte mit den Schultern. »Enttäuscht war er, nicht wütend. Er versteht es nicht. Aber in den letzten zwei Wochen war es, als säße ich wieder in der Zelle, als rückten die Wände immer näher, als müsste ich am Haus, an der ganzen Stadt ersticken. Gestern Abend habe ich es ihnen gesagt. Mein Zug fährt morgen früh um sieben.« Er blickte sie nun direkt an und offenbarte seine ganze Zerrissenheit.

Thoras Herz zog sich zusammen. Er wäre weit weg, dachte sie, und das tat weh, aber sie wusste auch, dass es letztlich für sie beide besser wäre. Sie könnte sich ganz aufs Theater konzentrieren. Und Hannes könnte vielleicht die Erinnerungen an den Krieg und das Gefängnis hinter sich lassen.

Außerdem würde sie ihn besuchen. Berlin war nur eine Bahnfahrt entfernt.

»Ich habe Carl zum Abschied geschrieben, dass ich nach Berlin gehen werde.« Er atmete tief durch. »Für ihn steht so viel auf dem Spiel.«

Thora sah ihm an, was ihn die Worte kosteten, und wandte sich zum Gehen. »Komm mit. Frau Hendricks hat das Zimmer noch nicht vermietet. Du kannst dort übernachten.«

Ganz früh am nächsten Morgen klopfte Hannes an ihre Zimmertür. Als sie öffnete, hielt er ihr einen großen braunen Umschlag hin.

»Was ist das?«, fragte Thora verwundert.

»Ich habe dir oft geschrieben«, sagte er leise. »Endlich kann ich dir die Briefe geben. Lies sie ganz in Ruhe, wenn ich weg bin.«

Sie drückte den Umschlag einen Moment fest an sich, als könnte sie ihren Bruder so noch ein bisschen länger bei sich behalten. Und in diesen Briefen würde er auch bei ihr sein, tröstete sie sich.

»Danke.« Thora legte die Hand an seine Wange und wandte sich ab.

»Wir werden uns besuchen«, sagte Hannes, als sie sich kurz darauf auf den Weg zum Bahnhof machten. »Wenn ich in Berlin bin und du hier, haben wir nicht mehr die verdammte Grenze dazwischen. Wir können frei durchs Land reisen.«

»Ja, das Leben ist jetzt weit und offen für uns beide. Ich bin freier, als Mama es je gewesen ist, auch wenn ein Krieg der Preis dafür war. Aber du wirst mir fehlen!« Sie blinzelte, um die Tränen zu vertreiben. »Wovon willst du leben? Vielleicht würde Papa dir etwas geben, aber ...«

Hannes hob abwehrend die Hand. »Das will ich nicht. Ich habe das kleine Erbe von Großmutter und werde mir eine Stelle suchen. Notfalls zeichne ich in Kneipen Porträts zum Mitnehmen. Ich kann nicht nur dorische Säulen und Grundrisse, weißt du.«

Er würde finanziell zurechtkommen, daran zweifelte Thora nicht. Doch wie mochte es ansonsten in ihm aussehen?

»Wirst du mir schreiben?«

»Ja, das werde ich. Jetzt darf ich dir endlich alles schreiben.«

Sie gingen durch die ruhigen Straßen, in denen nichts an die Wirren der vergangenen Wochen erinnerte. Wäre nicht ihr Bruder bei ihr gewesen, hätte Thora an einen absurden, wirbelnden Traum glauben können.

»Hannes, ich muss es dir noch einmal sagen. Ich werde immer zu dir stehen, egal was andere sagen, auch unsere eigenen Eltern.«

Hannes zog sie mit dem freien Arm zu sich heran. Seine vertraute Wärme tat wohl, sie legte den Kopf im Gehen an seine Schulter. »Du bist die beste Schwester, die man haben kann.« Sie spürte die Tränen in seiner Stimme.

Als sie die Bahnhofshalle betraten, zog sich Thoras Kehle schmerzhaft zusammen. Hier zu sein, machte den Abschied endgültig.

Sie sah auf die große runde Uhr. Erst halb sieben, viel zu früh. Sie hätte sich lieber sofort verabschiedet, statt den schmerzlichen Zustand auszudehnen, aber sie konnte Hannes nicht allein hier –

Da rief jemand seinen Namen. Thora drehte sich um und sah, wie ein Mann seinen Koffer fallen ließ und Hannes stürmisch umarmte.

Sie schaute von dem Koffer, der auf dem Boden lag, zu den beiden Männern, die einander mitten in der Bahnhofshalle umfangen hielten.

Für Unbeteiligte umarmten sich zwei alte Freunde, Kriegskameraden vielleicht, die sich lange nicht gesehen hatten. Thora aber sah, wie fest sich ihre Finger in den Rücken des anderen pressten, als wollten sie einander nie mehr loslassen. Sie schaute weg, weil sie die Intimität des Augenblicks nicht stören wollte.

Nach einer Weile lösten sie sich voneinander.

»Hast du wirklich geglaubt, ich lasse dich einfach gehen?«, fragte Carl atemlos.

Dann wandte er sich zu Thora und umarmte sie fest. »Du hast ihn mir zurückgegeben. Das vergesse ich nie. Danke, für alles.«

Hannes deutete fragend auf den Koffer.

»Ich komme mit«, sagte Carl schlicht.

»Aber Eva, deine Familie …«

»Da gibt es einiges zu erzählen. Nachher im Zug, ganz in Ruhe.« Er deutete auf die Bahnhofsgaststätte. »Ich weiß nicht, ob es dort trinkbaren Sekt gibt. Aber wir sollten auf die Zukunft anstoßen, dafür ist genügend Zeit.«

Dann gingen sie los, mit Thora in ihrer Mitte. Auf einmal war sie froh, dass noch Zeit bis zur Abfahrt blieb. Sie fühlte sich geborgen und würde diese Momente auskosten. Wenn der Abschied kam, könnte sie ihn ertragen. Denn das hier, so spürte sie, war kein Ende, sondern ein Anfang.

Nachwort

Nicht immer weiß ich, wann und wo ich die erste Idee zu einem Roman hatte, doch für die vorliegende Geschichte kann ich Ort und Zeitpunkt sehr genau benennen: Oktober 2022 im Theatermuseum Düsseldorf. Der Leiter, Dr. Sascha Förster, führte uns durch die Ausstellung. Nachdem ich aus dem Raum gekommen war, der dem ersten Düsseldorfer Schauspielhaus, gegründet und geleitet von Louise Dumont und Gustav Lindemann, gewidmet ist, setzte sich ein Gedanke hartnäckig in mir fest. Wenn ich schon so oft ins benachbarte moderne Schauspielhaus ging, warum dann nicht einen Roman schreiben, in dem sein Vorgänger eine wichtige Rolle spielte?

Das zeitliche Setting war rasch gefunden, nachdem ich in der Ausstellung erfahren hatte, dass Gustaf Gründgens, damals Gustav noch mit v geschrieben, von 1919 bis 1920 an der theatereigenen Schauspielschule gelernt hatte. Also 1919 sollte es sein, eine ohnehin spannende und bewegte Zeit in Düsseldorf und Umgebung.

Obwohl ich mein Leben lang im Rheinland gelebt habe, wurde mir erst mit Beginn meiner Recherchen bewusst, dass es hier nach dem Ersten Weltkrieg Besatzungstruppen gegeben hatte und die Stadt Düsseldorf geteilt gewesen war. Selbst wenn ich ältere Verwandte darauf ansprach, wussten diese meist nicht, dass Städte wie Mönchengladbach und Neuss von belgischen Truppen besetzt gewesen waren.

Was die Figurenkonstellation betrifft, wollte ich einmal andere Wege gehen. Was nicht heißt, dass Liebe keinen Platz in diesem Roman hat, ganz im Gegenteil. Letztlich gibt es drei Liebesbeziehungen. Die angedeutete, nur in Rückblenden erzählte Verliebtheit zwischen Thora und Tom, die nie zu etwas Größerem werden konnte. Die tiefe, gegen damalige Konventionen und Gesetze verstoßende Liebe zwischen Hannes und Carl. Und die innige, alle Hindernisse überwindende Geschwisterliebe zwischen Thora und Hannes.

Damit hatte ich die wesentlichen Elemente, die dann zu einem Roman zusammengefügt werden mussten: Theater, der Erste Weltkrieg, Novemberrevolution, Spartakus-Unruhen, Besatzung, eine queere Liebesgeschichte und ganz zentral die tief empfundene Beziehung zwischen Schwester und Bruder.

Es war mir ein sehr großes Vergnügen, in Archiven, an Originalschauplätzen und in der Literatur zu recherchieren. Ich hoffe sehr, dass sich dieses Vergnügen auf alle überträgt, die den Roman lesen.

Die folgenden Figuren, die im Roman auftreten oder genannt werden, sind historisch:

- Elsa Dalands
- Louise Dumont
- Johanna »Mutter« Ey
- Karl Gottgetreu
- Gustaf Gründgens
- Paul Henckels
- Paul Kemp
- Aenne Kraft
- Ernst Kraft
- Gustav Lindemann
- Stadtkommandant Nagel
- Emil Noske
- Hilde Schewior
- Renée Stobrawa

Danksagung

Immer tragen zahlreiche Menschen zur Entstehung meiner Romane bei. Diesmal waren es besonders viele, denen ich danken möchte. Ich hoffe, ich habe niemanden vergessen.

Ein ganz herzliches Danke also an:

- Sigrid Arnold und Maike Bannenberg, Sammlungen des Theatermuseums Düsseldorf
- Thomas Barthels
- Hanna Bauer für ihr konstruktives und einfühlsames Lektorat
- Achim Bovelett für sein umfangreiches Wissen über das Rheinland nach dem Ersten Weltkrieg, die Originalpersonalausweise und natürlich das Automatenrestaurant (das hebe ich mir fürs nächste Buch auf)
- Dr. Bastian Fleermann, Leiter der Mahn- und Gedenkstätte Düsseldorf
- Dr. Sascha Förster, Leiter des Theatermuseums Düsseldorf, bei dessen Führung ich die erste Idee zu diesem Roman hatte
- Heinrich-Heine-Antiquariat Düsseldorf

- Anna Hostert, ehemalige Kostümdirektorin des Düsseldorfer Schauspielhauses
- Liz für Theatergedanken und emotionales Feedback
- Hans Männel
- Schatten für die schwer zu beschaffenden und äußerst wichtigen Informationen zu Schmink- und Maskentechniken der damaligen Zeit
- Christiane Schulz, Bibliothekarin des Stadtmuseums Düsseldorf
- Stadtarchiv Düsseldorf: Irina Holzbrecher und Klaudia Wehofen
- Stadtarchiv Mönchengladbach: Ilona Gerhards und Joachim Wirtz
- Stadtarchiv Neuss: Dr. Annekatrin Schaller und Dr. Jens Metzdorf
- Vero, die mir in Sachen Bienen weitergeholfen hat und geduldig meine Theaterschwärmereien liest

und wie immer danke ich natürlich und vor allem meiner Familie:

- Horst für seine Erinnerungen ans alte Düsseldorf
- Marianne für ihr unermüdliches Interesse und die begeisterte Lektüre meiner Bücher
- Axel, Lena und Felix für Feedback, Brainstorming, Verständnis und viele gemeinsame Theaterbesuche. Ihr seid die Besten.

Quellenverzeichnis

S. 63, 64: Joseph von Eichendorff, »Adler«, in: *Werke*, Bd. 1, München 1970 ff., S. 186–187.

S. 106: Heinrich Heine, »Deutschland. Ein Wintermärchen«, aus: *Heine für unsere Zeit. Ein Lesebuch*, Berlin und Weimar 1983, S. 138.

S. 186, 187: Henrik Ibsen, *Ein Puppenheim*, übersetzt von Marie von Borch, in: *Sämtliche Werke*, Berlin 1907, Band 4.

S. 187: Carlo Goldoni, *Mirandolina*, Reclam 1991, S. 17 f., übersetzt von Annika Makosch.

Motto S. 6, S. 152, S. 188: Friedrich Schiller, *Don Karlos Infant von Spanien*, Leipzig 1802, S. 71.

S. 203: Georg Büchner, *Dantons Tod*, www.projekt-gutenberg.org/buechner/danton/titlepage.html

S. 315, 316: William Shakespeare, *Wie es euch gefällt*, übersetzt von August Wilhelm von Schlegel, I. Akt, 3. Szene, Projekt Gutenberg: www.projekt-gutenberg.org/shakespr/gefaellt/geflt13.html

S. 359: Lewis Carroll, *Alice im Wunderland*, Leipzig 1869, übersetzt von Antonie Zimmermann www.symbolon.de/downtxt/alice.htm.